COLLECTION CADOT
UN FRANC LE VOLUME
cent. pour les pays étrangers.

CHARDALL.

LES JARRETIÈRES

DE

MADAME DE POMPADOUR

PARIS

DEGORCE-CADOT, ÉDITEUR,

37, RUE SERPENTE, 37.

LES JARRETIÈRES

DE MADAME DE POMPADOUR

OUVRAGES DU MÊME AUTEUR.

GENÈVIÈVE LA ROUGE . . . . 1 vol.

LES VAUTOURS DE PARIS . . . . 2 vol.

LE BATARD DU ROI . . . . 1 vol.

Sceaux. — Imprimerie E. Dépée.

CHARDALL

LES JARRETIÈRES

DE

MADAME DE POMPADOUR

PARIS

DEGORGE-CADOT, EDITEUR,

37, RUE SERPENTE, 37

LES JARRETIÈRES

DE MADAME DE POMPADOUR

I

Une promenade dans les vignes.

A cette époque, c'est-à-dire vers le milieu du dix-huitième siècle, le couvent érigé au sommet du mont Valérien, que l'on appelait plus vulgairement le Calvaire, était la propriété d'une communauté religieuse dite des Prêtres de la Croix.

Cette sainte communauté, merveilleusement dirigée, il faut le croire, dans les voies du salut, par son supérieur indigne, comme il se nommait modestement lui-même, ne l'était pas moins efficacement dans les voies plus mondaines de ses intérêts bien entendus.

Propriétaire de la presque totalité des vignes qui recouvraient le coteau descendant du Calvaire à Suresnes, il avait imaginé un moyen très-ingénieux d'écouler le produit de ses récoltes avec le plus grand profit.

Et pour ce faire il avait fort heureusement allié le spirituel au temporel.

Déjà, et depuis longues années, les bons religieux du Calvaire n'avaient rien négligé pour attirer les étrangers et les Parisiens sur leur montagne. Le chemin escarpé qui y conduisait était, à la lettre, un véritable chemin de la Croix. Chaque station était marquée par une chapelle, ornée de statues de grandeur naturelle, et représentant les diverses phases de la Passion. Derrière le grand autel de l'église du couvent était représenté le sépulcre du Christ, entouré de statues également de grandeur naturelle.

Il y avait bien là seulement de quoi attirer un grand concours de curieux et de fidèles apportant, les uns et les autres, leurs gros sous destinés à être échangés contre les messes, les chapelets, les rosaires, les médailles et autres menus objets du commerce des bons religieux.

Mais ce n'était pas encore assez.

Certains curieux et promeneurs se montraient parfois assez mesquins pour ne faire provision ni de chapelets, ni de rosaires, et remportaient audacieusement leurs gros sous, qu'ils allaient dépenser au retour dans les cabarets de Courbevoie et de Puteaux.

Un pareil oubli de tout ce qui était dû à une communauté respectable ne pouvait être plus longtemps toléré.

Il fallait au plus tôt apporter au mal un remède efficace et empêcher qu'aucun des gros sous qui montaient au Calvaire dans la poche de leurs possesseurs, ne pût en descendre, à moins que ce ne fût dans la poche des religieux.

Et comme le vin de Suresnes avait alors une réputation qui a bien malheureusement perdu de son prix, celle d'être un vin plein de charmes, à chaque station du saint chemin de Croix, et concurremment avec chaque chapelle, on installa une façon de cabaret dans lequel on débita avec un double succès le vin récolté par les pères.

Cette ingénieuse innovation fit fureur.

Les pèlerins et les dévots, pèlerins et dévots de toutes sortes, affluèrent au mont Valérien.

Les uns, dit Dulaure, portaient une croix fort pesante et la traînaient avec peine jusqu'au haut de la montagne ; d'autres se faisaient fustiger en chemin.

Ceux-là s'occupaient plus du ciel que de la terre.

Mais il en était d'autres qui, ne pouvant ou ne voulant pas jouer des rôles si difficiles, se contentaient d'être spectateurs bénévoles et se délectaient à chaque station avec le petit vin du cru.

Et comme ces actes de religion se faisaient parfois la nuit, aux chandelles, comme tout dégénère et que la nature humaine est bien faible, surtout quand le vin de Suresnes vient en aide à sa fragilité, les pèlerins et les pèlerines faisaient souvent des stations non prévues avant d'en faire sur la montagne du Calvaire. La galanterie et le plaisir remplacèrent la pénitence, et plusieurs péchés étaient commis au lieu même de l'expiation.

Il serait superflu de dire que les bons religieux n'étaient pour rien dans tout cela.

Ils faisaient leurs affaires honnêtement, vendant du vin non baptisé et livrant mesure.

Le reste, quel qu'il fût, ne pouvait leur être imputé à crime et ils s'en lavaient, avec raison, les mains.

Mais ce n'était pas seulement au point de vue de leurs intérêts matériels et viticoles que les religieux du mont Valérien avaient témoigné de leur haute sagesse et de leur profond entendement.

Voisins de Saint-Cloud, où résidait alors le duc d'Orléans, qui passait ostensiblement pour ne point aimer les Jésuites ; voisins aussi de Versailles, où la favorite madame de Pompadour et le duc de Choiseul, premier ministre, faisaient une guerre à outrance à la société de Jésus, les religieux du Calvaire avaient eu le bon esprit et l'adresse de se déclarer en tout et pour tout leurs ennemis.

Aussi étaient-ils, et pour cela, en très-bonne odeur et en grande faveur auprès du parti très-nombreux à la cour qui demandait à hauts cris le renvoi des Jésuites.

Quelques jeunes seigneurs et certaines grandes dames de ce parti avaient même, disait-on, voulu leur donner une preuve de cette faveur en assistant et en prenant une part active à une des dévotes ascensions de leur Calvaire.

Les uns et les autres y avaient, paraît-il, éprouvé grand plaisir.

Quoi qu'il en fût, les pères du Calvaire devaient à leur conduite à la fois adroite et prudente de jouir tranquillement d'une honnête fortune honorablement acquise et qui s'augmentait tous les jours, grâce aux abondantes vendanges du coteau de Suresnes, et de la haute considération des puissants de la cour.

Mais à qui devaient-ils cela, sinon à leur supérieur indigne ?

Un homme de forte et bonne tête que cet indigne supérieur.

Pour en juger, il suffit de le suivre et de l'écouter ce soir-là.

Ce jour-là, le couvent du Calvaire avait donné l'hospitalité à un religieux étranger qui, sans autres recommandations que sa robe et sa tonsure, était venu frapper à sa porte.

Cela arrivait trop fréquemment pour que personne de la communauté y eût attaché de l'importance.

C'était là un échange de bons procédés d'une communauté à une autre, fort ordinaire en ce temps-là.

Le religieux voyageur survenu après none avait, durant les vêpres, édifié tous les assistants par sa remarquable piété, puis il avait modestement dîné d'un plat de racines cuites à l'eau, car c'était jour de maigre, et après s'être essuyé la bouche du revers de sa manche grasse, avait, en présence de tous les pères encore assemblés au réfectoire, raconté au supérieur sa petite et très-simple odyssée.

Il appartenait à un couvent de Cordeliers de Noyon, en Picardie, qui l'avait dépêché vers une maison professe que la communauté possédait en Normandie, près de Verneuil, pour qu'il en ramenât un jeune frère lai que l'on ne voulait pas laisser voyager seul et qui devait au retour profiter de son aide et de son expérience.

Il n'y avait encore là rien qui ne fût très-naturel et tout à fait dans l'ordinaire.

Or, quand il se fut bien reposé et que furent arrivées les heures fraîches de la soirée, comme il ne devait repartir du couvent hospitalier et reprendre sa route que le lendemain matin, le supérieur du Calvaire lui proposa une promenade à travers les saintes vignes du couvent, autant pour lui faire respirer le frais que pour lui montrer les richesses viticoles de la maison.

Une fantaisie de propriétaire que tout propriétaire comprendra aisément.

Le supérieur et son hôte étaient alors sortis des limites murées du couvent, et, par un charmant sentier, raide comme une échelle, et courant à travers les vignes déjà couvertes d'un raisin qui ne demandait qu'à mûrir, s'étaient mis à descendre de la montagne vers Suresnes.

Tous deux marchaient lentement, gravement, béatement, comme il convient à de dignes religieux beaucoup plus préoccupés de ce qui se passe au ciel que sur la terre.

Tous deux avaient le capuchon de leur froc rabattu et leurs deux bras croisés et enfouis au fond de leurs larges manches, ce qui ne laissait voir de leur individu naturel que la pointe aiguë de leur nez.

Ils échangeaient de très-rares paroles.

Et quand l'un ou l'autre parlait, ce n'était jamais que pendant un des courts temps d'arrêt qu'ils jugeaient à propos de faire lorsque le sentier offrait tout à coup dans son parcours un point un peu plus culminant que le reste.

Autrement dit, lorsque, perchés pour ainsi dire sur un mamelon élevé, ils pouvaient dominer devant et derrière eux, à droite et à gauche, dans toutes les profondeurs de la vigne, et s'assurer, sous prétexte d'admirer le paysage sur toutes ses faces, si aucune oreille indiscrète ne se trouvait à portée d'attraper au vol le moindre des mots qu'ils prononçaient...

Alors on entendait glisser hors des lèvres de leurs capuchons baissés des paroles comme celles-ci :

— Vous avez reçu les nouveaux ordres du général ?

C'était le révérend supérieur qui posait cette question.

— Oui.

C'était le pauvre religieux cordelier qui faisait cette laconique réponse.

Et le dialogue continuait ainsi :

— Approuve-t-il ou improuve-t-il nos actes ?

— Il approuve la tentative faite pour obtenir que l'un de nous devint le confesseur de la Pompadour.

— C'était le plus sûr moyen d'arriver à la perdre, car nous eussions connu ses secrets.

— Mais il blâme la non-réussite de ce projet. Nous devions le faire réussir.

— Il y a des impossibilités devant lesquelles il faut absolument reculer.

— De Rome, d'où le général nous suit des yeux, ces impossibilités disparaissent. Il nous blâme.

Et comme la perspective était sans doute là suffisamment

1.

admirée, ils continuaient à descendre, sans plus ouvrir la bouche, jusqu'à ce qu'une nouvelle aspérité du sentier les conviât à s'arrêter de nouveau.

Le dialogue interrompu reprenait alors.

— Que pense le général de l'arrêt du Parlement qui nous condamne, et qui enjoint aux supérieurs de toutes les maisons de l'ordre de remettre entre ses mains les titres de leur établissement?

— Arrêt fatal qui présage notre perte.

— Perte plus apparente que réelle, car il n'est pas une communauté en France où la Société n'ait des adhérents secrets et inconnus de tous, excepté d'elle. Qui soupçonne le supérieur des religieux du Calvaire d'appartenir à la Société?

— Certes, la Société ne peut périr, mais elle peut subir des échecs terribles.

— Le général reconnaît alors toute la gravité des circonstances?

— Oui, mais il compte sur un événement inattendu pour en changer la face.

— Lequel?

— La mort du roi, auquel succédera le Dauphin, qui est pour nous.

— Le roi se porte bien et nous ne pouvons ressusciter Damiens. Une nouvelle tentative de cette sorte serait le signal de notre mort.

— Damiens était trop des nôtres pour que l'on ne rejetât pas aussitôt sur la Société l'intention dont il était l'exécuteur. L'attentat de Damiens, sur la vie de Louis XV, est une de nos fautes. Nous ne devons pas y retomber.

— Que pouvons-nous faire alors?

— Rien nous-mêmes, mais nous laisserons faire.

— Qui?

— Un homme qui ne nous connaît pas et que nous ne connaissons pas, qui n'a jamais eu le moindre rapport avec nous, et dans la vie duquel on pourra fouiller à l'aise sans trouver, de lui à la Société, un point de contact qui puisse nous faire ses complices.

— Et cet homme qui doit frapper l'ennemi sans péril pour la Société, où le trouvera-t-on?

— Il est trouvé.

. — Par qui ?

— Par celui qui représente ici le général qui est à Rome, et à qui nous devons être soumis comme à lui-même.

— Cet homme dont nous ne savons rien, et qui n'est pour nous reconnaissable qu'aux horribles cicatrices qui le défigurent ?

— On devait chercher à pénétrer, sans qu'il s'en doute, le mystère dont il s'environne.

— Tâche difficile et dangereuse. Il se garde bien et il est bien gardé.

— De sorte qu'on ne sait rien ?

— Presque rien. En remontant à plus de vingt ans en arrière on retrouve l'existence d'un chevalier de Cubizol, avec laquelle la sienne pourrait avoir quelque affinité si ce chevalier de Cubizol n'était pas mort, depuis vingt ans, assassiné au fond d'un bois par ordre de son cousin le comte de Mailly.

— Peu importe, du reste, à présent, d'en savoir plus long sur sa personne. Le général a fini par adopter nos vues.

— Il consent enfin à croire que son affidé de confiance ne prétend à rien moins qu'à le renverser et à obtenir le généralat suprême ?

— Oui, et à ce sujet, il nous envoie ses instructions dernières.

— Quelles sont-elles ?

— Je vous les ferai connaître bientôt, quand nous aurons vu cet homme et entendu de sa bouche ce que nous pourrons lui faire avouer de ses projets et de ses plans.

Ici, nouvelle promenade silencieuse et grave dans les méandres du sentier.

Les deux paisibles religieux marchant de ce pas calme et mesuré qui témoigne d'une conscience honnête.

Puis, à cent pas plus loin, sur un mamelon plus élevé, nouvelle halte et nouvelle conversation reprise à son point exact d'interruption.

— Vous ne doutez pas qu'il vienne ? questionna le faux religieux cordelier.

— Je ne puis en douter, répondit le supérieur des pères du Calvaire. C'est de lui-même qu'est venu le signal, ce matin, une heure avant matines, une fusée blanche partie des hauteurs de Montmartre. J'ai répondu, comme il est prescrit, en plaçant sur ma fenêtre une lampe sans abat-jour que j'ai secouée deux fois. Il viendra, mais pas avant nuit noire.

— Le jour baisse, la nuit vient. Il ne saurait tarder. Allons.

Les deux bons pères reprirent alors leur marche lente et avancèrent sans plus s'arrêter jusqu'à un petit pavillon carré bâti à l'extrémité de la vigne.

C'était une de ces maisonnettes à un simple rez-de-chaussée, à une seule pièce, comme on en voit au milieu de chaque vigne dans les pays vignobles.

Ce que l'on appelait alors et ce qu'on appelle encore aujourd'hui un vide-bouteille.

Quinze pieds carrés entourés de murs nus, couverts en grosses toiles et auxquels on arrivait en gravissant quatre marches de pierre; le tout percé de la porte sur un des côtés et d'une fenêtre sur chacun des trois autres. Chaque fenêtre était garnie en dehors de forts et bons volets.

Le père supérieur tira de dessous son froc une maîtresse clef, fit jouer le pêne dans la serrure de bois et ouvrit la porte, qu'il referma prudemment derrière lui et son compagnon.

Il traversa alors la pièce en ligne droite au milieu d'une obscurité complète et ouvrit doucement la fenêtre qui faisait face à la porte.

Les dernières clartés du jour pénétrèrent dans le pavillon et permirent d'en voir l'intérieur.

Cet intérieur avait l'aspect ordinaire à ces sortes de lieux.

Au milieu ou à peu près, une mauvaise table et une demi-douzaine d'escabeaux.

Dans un coin, un tas d'instruments aratoires, louchets, hoyaux, pics, pioches, et cætera.

Dans un autre, un monceau de petits fagots de sarments secs, résultats de la taille dernière.

Partout une couche assez respectable de poussière, pour prouver que les bons religieux du Calvaire ne faisaient pas de leur vide-bouteille un usage bien fréquent.

Puis, au milieu du plancher, formé de grandes dalles, sous les pieds de la table, une large trappe en bois servant à donner accès à la cave creusée en dessous.

Les deux religieux se mirent à la fenêtre ouverte.

Au bas de cette fenêtre courait un chemin creux qui formait la limite des vignes des bons pères.

De l'autre côté, s'étendaient d'autres vignes.

Puis, à une centaine de pas, s'élevaient les premières maisons du village de Suresnes, maisons éparpillées çà et là au bord des vignes ou au milieu des carrés de jardin.

Puis au delà ruisselait la Seine, large, limpide, calme et profonde, séparant le rivage de Suresnes de celui du bois de Boulogne, dont la haute futaie se dressait uniforme et sombre sur le fond du tableau.

— C'est par là qu'il viendra, dit le père supérieur en sortant son bras droit de sa manche gauche et en l'étendant vers la rivière.

Il se pencha en dehors de la fenêtre, parcourut d'un long regard scrutateur le chemin placé au-dessous et les vignes élevées en face, et, ramenant son bras de côté, il désigna une petite maison un peu écartée des autres, la dernière dans la direction de Saint-Cloud et la plus avancée de toutes au bord de la rivière.

— Et c'est là que nous le rencontrerons, ajouta-t-il.

La nuit commençait à tomber rapidement. Il n'y avait plus que quelques instants de crépuscule, et comme la lune, cette nuit-là, devait être au plus bas, l'obscurité allait avant peu de temps devenir profonde.

— En regardant attentivement le milieu de la rivière, à l'endroit où le courant plus rapide garde toujours, même dans la nuit la plus sombre, une certaine clarté, nous devons y voir passer sa barque, reprit le père supérieur.

Son compagnon approuva de la tête ou plutôt du capuchon, et tous deux, sans plus prononcer une parole, demeurèrent le regard fixé devant eux sur le fleuve.

Un assez long moment s'écoula.

— Le voici, dit le père.

Il venait d'apercevoir une barque glissant rapidement à travers la ligne du courant.

Son compagnon n'avait rien vu.

— Tenez, dit le père, il est temps, si nous voulons arriver en même temps que lui.

Il referma les volets et la fenêtre, puis il fit du feu à l'aide d'un briquet et il alluma une chandelle de cire jaune qu'il avait apportée sous son froc.

— Levez la trappe, dit-il à son compagnon.

Celui-ci obéit et souleva la trappe qui recouvrait la cave.

La tête d'une sorte d'échelle de meunier apparut à l'orifice.

Tous deux la descendirent et se trouvèrent dans une sorte de caveau voûté de même forme et de même grandeur que la pièce supérieure.

Ici encore rien de particulier ne s'offrait tout d'abord à l'œil.

Quelques fagots de fascines jetés pêle-mêle, en désordre, deux ou trois vieilles futailles défoncées ou décerclées, et c'était tout.

Le père supérieur passa sa main sous un fagot, chercha à tâtons, et pressa au ras du sol un ressort introuvable sans doute pour tout autre que pour lui, et tout aussitôt un panneau de mur, tournant en dedans sur des gonds invisibles, découvrit un trou horizontal assez large pour le passage d'un homme.

Les deux religieux y pénétrèrent l'un après l'autre et avancèrent résolûment.

Ils étaient alors dans un boyau d'une largeur de trois à quatre pieds, très-solidement maçonné, et s'enfonçant en ligne presque droite.

Ils marchèrent pendant un quart d'heure à peu près, ce qui représentait environ la distance existant, à vol d'oiseau, du vide-bouteille où était l'entrée du souterrain au bord de la rivière.

Au bout de ce quart d'heure de marche ils étaient arrivés au pied d'un escalier au sommet duquel, à la hauteur d'une vingtaine de marches, s'ouvrait une petite pièce octogone, éclairée par une lampe accrochée au mur.

Quatre portes se faisaient face, deux par deux, dans cette pièce, et elles offraient cette particularité que trois étaient en chêne, de forme ordinaire, et que la quatrième était en fer plein.

C'était cette dernière qui fermait l'escalier gravi par les deux religieux.

Elle était toute grande ouverte devant eux.

Les trois autres étaient fermées.

Le père supérieur, qui jusque-là avait semblé faire les fonctions de guide, souffla la chandelle de cire qui leur avait servi à éclairer leur marche et la déposa à terre sous la lampe.

Puis il frappa doucement à l'une des trois portes fermées.

— Entrez, dit de l'intérieur une voix forte et vibrante.

II

Conciliabule entre trois hommes noirs.

Au fond d'une vaste salle, à peine éclairée par une lampe posée devant lui sur une large table, un homme était assis dans une attitude de sombre et profonde méditation.

Cet homme, que la lumière de la lampe éclairait en plein visage, nous le connaissons déjà.

C'est celui que (1) nous avons vu, chez le prince Campiréali, dicter à ce patricien romain de sa création, ses lois absolues et sans appel.

Il porte le même vêtement qu'il portait lors de sa visite nocturne à l'hôtel Campiréali, un vêtement noir de coupe sévère tenant le milieu entre l'habit du laïque et celui de l'abbé.

Une fine et solide épée est passée en verrou sous la basque gauche de son habit, et de la façon dont il est assis, la poignée de cette épée se trouve parfaitement à portée de sa main droite.

On peut aussi apercevoir, en y regardant de près, comme la forme confuse de deux crosses de pistolets se dessinant sous le velours qui recouvre sa poitrine.

Tout cela ne dénote pas une excessive confiance, soit dans

(1) Voir le *Bâtard du roi;* ouvrage du même auteur.

les gens qu'il a pu ou qu'il pourra rencontrer sur sa route,
soit dans ceux qu'il attend.

Au contraire de la nuit de sa visite au prince Campiréali, où
il semblait, en se plaçant le dos à la lumière, vouloir dissimuler aux regards de son interlocuteur ses traits et leur
expression, il a cette fois la lumière en face de lui, et les profondes et terribles cicatrices qui lui labourent le visage se dé-
roulent à l'œil dans toute leur sauvage horreur.

Certes, tel qu'il est, ainsi défiguré, cet homme, qui a pu être
beau jadis, est maintenant d'une laideur monstrueuse.

Mais cette laideur est animée par une pensée si puissante,
pensée de vengeance ou d'ambition, qu'après quelques secondes d'examen, on est habitué à l'étrangeté des traits, à leurs
formes couturées et hors nature, et que l'on n'est plus frappé
que de leur expression.

Cette expression est saisissante.

C'est l'orgueil satisfait de l'homme qui, après une lutte ardente et longue, voit enfin, à portée de sa main, le but qu'il
a rêvé.

Mais cette expression change tout à coup de nature.

Un coup discret a été frappé à la porte.

Un sourire de menace hautaine passe rapidement sur les
lèvres couturées de l'homme aux balafres, ses grands yeux
noirs, miraculeusement épargnés dans la catastrophe qui l'a
défiguré, brillent d'audace et de défi.

— Je n'ai plus que ces deux-là à décider et à vaincre,
murmure-t-il; s'ils résistent, je les briserai.

Les deux religieux entrèrent, traînant la semelle de leurs
grands souliers.

Ils avaient repris leur air paterne, leur allure grave et com-
passée, et ils marchaient de nouveau la tête penchée, le capuchon baissé, les bras croisés sous leurs larges manches.

L'homme aux balafres les regarda à peine et ne fit pas un
mouvement pour les recevoir.

Il demeura assis dans son attitude froide et hautaine.

Eux, s'avancèrent inclinés et vinrent s'agenouiller humblement aux côtés de son siége.

Alors il leur tendit gravement sa main, qu'ils baisèrent à
tour de rôle avec une componction pleine d'humilité.

Puis, sur un signe, ils se relevèrent et se tinrent modestement debout devant lui.

L'homme aux balafres promena de l'un à l'autre un regard
froidement ironique.

— Mes révérends pères, dit-il tout à coup d'un ton sec, la
curiosité est, vous devez le savoir, un péché.

Les deux moines tressaillirent sous leur froc.

— Péché véniel, monseigneur, hasarda la voix du père supérieur du fond de son capuchon.

— Péché mortel, mon père, quand cette curiosité tente de
s'exercer sur un homme comme moi, répliqua durement celui
qui venait d'être ainsi qualifié de monseigneur.

Et comme aucun de ses deux auditeurs ne semblait disposé
à reprendre la parole :

— Qu'espériez-vous donc en essayant de pénétrer mes secrets, si j'en ai, continua-t-il, en essayant de remonter dans
ma vie pour en dévoiler les mystères, en admettant qu'il s'y
en trouve ? Espériez-vous seulement que j'ignorerais vos démarches cachées et vos recherches tortueuses ? Ne savez-vous
pas que tous ceux qui vous entourent, que tous ceux que vous
pourriez employer contre moi, sont à moi ? Avez-vous donc
oublié le pouvoir immense et absolu dont je dispose, non-seulement sur tous les autres, mais encore sur vous, qui êtes au-
dessus des autres, ou bien avez-vous eu un seul instant l'audace et la folie de vouloir le braver ?

Les deux capuchons s'inclinèrent plus bas avec un mouvement de dénégation suppliante.

— Vous avez voulu découvrir, non pas ce que je suis, vous
le savez, cela : vous savez que je représente en France, avec
tous ses pouvoirs, le général, notre maître à tous; non, vous
avez voulu découvrir ce que j'étais et d'où je viens, et vos
espions vous ont rapporté qu'il existait autrefois, il y a vingt
ans, un certain chevalier de Cubizol, lequel, assassiné au coin
d'un bois, pourrait bien avoir ressuscité en ma personne. Je
vais, moi, vous dire ce que je veux que vous sachiez.

Il leur montra deux sièges derrière la table qui supportait
la lampe.

— Asseyez-vous, commanda-t-il.

Les deux religieux obéirent.

Alors, lui, à son tour, se leva, et croisant ses bras sur sa poitrine d'un geste qui appartenait bien plutôt à un mousquetaire qu'à un père jésuite :

— Ce qu'il vous faut savoir, ce qu'il importe que vous sachiez, c'est que je poursuis depuis vingt ans une œuvre que seul je puis mener à fin, et qui seule peut sauver notre Société compromise, perdue par vos nombreuses fautes.

Les capuchons se redressèrent lentement, et le père supérieur, qui paraissait décidément s'être chargé de la parole, répondit avec l'angélique douceur dont ne doit jamais se départir un saint homme :

— Veuillez vous expliquer, monseigneur, et nous dire quelles sont nos fautes. Nous essayerons de les réparer.

— Elles sont irréparables. Vous avez armé le bras de Damiens, qui a échoué, et qui, reconnu pour un des vôtres, a rejeté sur vous tout l'odieux d'une tentative d'assassinat avortée; vous avez tenu tête au Parlement et vous en êtes fait un ennemi; vous avez voulu lutter avec madame de Pompadour, et vous n'avez pas su la vaincre; enfin, vous avez eu la faiblesse de communiquer au grand conseil la chartre de notre ordre, et vous avez ainsi consommé notre perte. Au moment où je vous parle, elle est décidée dans l'esprit du roi. Avant huit jours, demain peut-être, paraîtra l'arrêt du Parlement qui proscrit l'ordre de tout le royaume, comme il a été proscrit de l'Espagne et du Portugal, l'ordre qui nous enjoindra de fermer nos collèges, qui nous fera défense de porter l'habit de la Société, de vivre sous l'obéissance du général, d'entretenir entre nous aucune correspondance et de nous assembler en communauté.

— Cet arrêt n'est pas encore rendu, hasarda le supérieur d'une voix insinuante, et monseigneur vient de nous dire qu'il possède un moyen sûr de nous sauver et de réparer ainsi d'un seul coup tous les malheurs survenus par notre faute. Si monseigneur nous accorde encore assez de confiance pour nous croire dignes de l'aider dans l'exécution de ses projets, qu'il veuille bien nous donner ses instructions et ses ordres.

L'homme aux balafres resta quelques instants sans répondre, puis il s'écria brusquement :

— Relevez vos capuchons, mes révérends pères. J'aime voir le visage des gens.

Les deux capuchons se soulevèrent, et mirent à découvert

deux physionomies ternes, froides, sans ressort et sans expression.

Il était aussi difficile de lire sur ces faces de parchemin sans couleur et sans vie apparente, que sur les capuchons de bure qui les recouvraient une seconde auparavant.

— Oui, je peux sauver l'ordre, et je le sauverai, reprit l'homme aux balafres, mais voici à quel prix. En échange de ce service, que seul, entre tous, je peux rendre à la Société, je veux sur elle le pouvoir suprême, je veux remplacer le général, quand le général mourra.

Aucun des deux religieux ne fit un mouvement; pas un muscle de leur visage mort ne remua.

— Personne plus que vous ne serait digne de cette haute position, la première de l'ordre, dit doucereusement le père du Calvaire.

L'autre moine ne desserrait pas ses lèvres minces.

L'homme aux balafres fixa sur lui son regard ardent.

Le moine ne leva pas les yeux, mais il sentit sans doute ce regard peser sur lui.

— Je suis de l'avis du père supérieur, dit-il. Ce qu'il pense, je le pense; ce qu'il fera, je le ferai.

Un éclair de triomphe passa comme une flamme dans les yeux de l'étrange personnage.

— Je n'attendais pas moins du père provincial de Paris, dit-il. Avec votre assentiment, mes révérends, tout le reste devient chose facile, car ce n'est plus entre nous qu'une affaire de forme. Toutefois, dans une grave entreprise comme celle-ci, les questions de forme elles-mêmes ont de la valeur. Vous me donnerez chacun un engagement écrit et signé, portant qu'à l'ouverture de la vacance du généralat, vos voix me sont dès à présent acquises.

Ces derniers mots, par le ton dont ils furent prononcés, ressemblaient plutôt à un ordre qu'à une demande.

Cependant ils ne soulevèrent chez ceux à qui ils étaient adressés ni surprise, ni opposition.

— Le premier jour que vous voudrez encore nous recevoir ici, dit le père supérieur du Calvaire, reprenant son rôle officieux d'interlocuteur principal, et parlant pour lui et pour son compagnon, nous vous remettrons cet engagement fait dans les termes que vous aurez dictés vous-même.

— C'est inutile, dit froidement l'homme aux balafres.

Il sortit de son habit un large papier et le remit tout plié au supérieur.

— Quel est ce papier, monseigneur? questionna celui-ci.

— Ce papier est un engagement en tout semblable à celui que je vous demande, signé déjà de tout ce que l'ordre compte en France de supérieurs et de provinciaux. Vos deux noms, mes révérends pères, placés au bas de ce papier, seront, vous le voyez, en bonne et nombreuse compagnie. Vous n'avez qu'à signer.

Les deux jésuites ne s'attendaient pas à cela.

Ils se trouvaient véritablement pris à la gorge.

Il fallait ou céder ou résister franchement et hautement.

Le père supérieur déplia le papier, le lut, parcourut des yeux les innombrables signatures qui le recouvraient, et le posa tout ouvert devant lui sur la table.

Puis, sans hésitation, il prit une plume et signa.

— A votre tour, mon père, dit-il au père provincial en lui passant la plume.

Celui-ci resta un instant indécis.

— Signez, signez, mon père, lui dit-il; nous ne pouvons témoigner à monseigneur moins de confiance que tous nos pères qui ont signé avant nous. D'ailleurs, n'avez-vous pas dit que ce que je ferais, vous le feriez?

Le provincial prit la plume et signa.

— C'est bien, dit l'homme aux balafres en se ressaisissant du papier et en le remettant dans sa poche. Chacun sera plus tard récompensé selon ses mérites.

— Et maintenant, monseigneur, reprit timidement le père supérieur, nous sera-t-il permis de vous demander ce que vous comptez faire pour conjurer notre ruine imminente?

— Aujourd'hui, non. Aujourd'hui, mes projets sont à moi seul, et personne que moi ne doit les connaître. Demain, à pareille heure, vous reviendrez ici, et selon ce qui sera arrivé, je vous indiquerai ce que chacun de vous devra faire. Allez.

Il les congédia d'un geste.

Alors, sans répliquer, avec une soumission respectueuse, les deux religieux se levèrent.

Puis, comme ils avaient fait en entrant, ils s'agenouillèrent aux pieds de l'homme aux balafres et lui baisèrent humblement la main.

Puis, rabattant leur capuchon, ils sortirent à pas comptés de la salle, sans oser se retourner vers leur impérieux dominateur.

Celui-ci les suivit un instant des yeux.

— Ils se sont exécutés trop aisément, pensa-t-il. Sous cette trop prompte obéissance, il y a un piége. Si cela est, malheur à eux !

Les deux religieux étaient sortis de la salle, et, la porte refermée derrière eux, avaient retrouvé la petite pièce servant d'antichambre, dans laquelle s'ouvrait la porte du boyau souterrain par lequel ils étaient venus.

Le père supérieur reprit sa chandelle de cire et l'alluma à la flamme de la lampe accrochée au mur, puis son compagnon et lui franchirent cette porte.

Tous deux descendirent l'escalier qui aboutissait au souterrain.

Parvenu sur la dernière marche, le père supérieur s'arrêta, et se tournant vers son compagnon :

— Vous deviez me faire connaître les intentions secrètes du général relativement à cet homme, dès que nous l'aurions vu, lui dit-il de la bouche à l'oreille. Nous l'avons vu, et nous savons à présent ce qu'il veut. Parlez. Qu'ordonne le général ?

— Il ordonne de lui obéir en toutes choses et de le laisser faire, répondit le père provincial en usant des mêmes précautions pour n'être entendu que de son compagnon.

— Est-ce tout ?

— Oui, jusqu'à ce que ce qu'il projette ait réussi ou échoué.

— Et après ?

— Après ? S'il échoue, il faut qu'il meure pour avoir échoué.

— Et s'il réussit ?

— S'il réussit, il faut qu'il meure pour avoir réussi.

Au haut de l'escalier, la porte de fer qu'ils venaient de franchir se ferma, projetant au loin un bruit sourd et grondant comme le roulement d'un tonnerre éloigné.

Le père supérieur ôta ses souliers et posa ses larges pieds nus sur la dalle.

— Faites comme moi, dit-il.

Le père provincial obéit.

— Suivez-moi maintenant, dit le premier en éteignant la chandelle qui les éclairait. Prenez mon froc et retenez votre haleine.

Il se mit à remonter l'escalier, tantôt sur ses pieds nus, tantôt en rampant sur ses genoux et sur ses mains.

L'autre le suivait marche à marche.

Ils arrivèrent à la porte de fer.

Elle était à présent hermétiquement fermée.

Le père supérieur écouta un instant.

— Il est parti, murmura-t-il.

Il chercha sous son froc une clef d'acier presque imperceptible, tâta sur la paroi la place connue d'une serrure invisible, et la porte tourna doucement sur ses gonds.

La lampe qui brûlait tout à l'heure le long du mur était éteinte.

La plus lourde obscurité régnait maintenant partout dans la maison.

Le religieux ralluma sa petite chandelle.

— Regardez le plancher de cette pièce, souffla-t-il au père provincial.

Ce plancher n'avait rien de remarquable.

Il était formé, comme un grand nombre de planchers de ce temps, d'une sorte de mosaïque de planches de chêne.

Au milieu se voyait une large rosace dont le diamètre occupait la presque totalité de la surface de la pièce.

Tout à coup, sous le regard du père provincial, cette rosace s'abattit tout entière, laissant à sa place un trou béant et noir, un gouffre.

Une humidité glacée montait de ses flancs, et l'on entendait surgir de ses profondeurs un clapotement monotone et continu.

— C'est l'eau de la Seine avec laquelle ce gouffre communique, dit simplement le père du Calvaire, qui était resté derrière son compagnon sur la dernière marche de l'escalier, et qui tenait son doigt posé sur l'angle d'une pierre du mur.

Il retira son doigt. La rosace reprit sa place avec une telle précision, qu'il eût été impossible de retrouver dans les lignes du bois la rainure qui la dessinait.

— J'avais deviné les ordres du général, dit-il, et nous avons au couvent un frère très-habile dans l'art de la serrurerie et de la mécanique.

III

Une aventure de jeunesse du duc de Richelieu.

Le singulier hôte de la petite maison du bord de l'eau, à Suresnes, l'avait-il réellement quittée et était-il parti, comme l'avait affirmé le père supérieur, lorsque les deux bons pères, revenus pieds nus sur leurs pas, avaient secrètement rouvert la porte de fer et démasqué le précipice en forme d'oubliettes creusé sous la rosace ?

Ou plutôt, connaissant les deux apôtres comme il devait les connaître et soupçonnant de leur part quelque piége perfidement tendu, avait-il assisté, de quelque coin bien sombre, à la visite furtive du tombeau d'une espèce nouvelle que, dans sa louable prévoyance, l'excellent père supérieur du Calvaire lui avait d'avance préparé ?

La suite de ce récit nous l'apprendra.

Entre gens de cette sorte, moitié renards, moitié loups, la défiance est non-seulement chose permise, mais encore chose nécessaire.

Quoi qu'il en fût, peu d'instants après celui où nous avons vu les deux religieux procéder à leur exploration secrète, il abordait et prenait pied sur l'autre rive de la Seine, sous les premiers arbres du bois qui la bordaient.

Il amarra son batelet au tronc d'un saule, et pénétra dans un fourré d'où il ressortit presque aussitôt, tirant un cheval par la bride.

Il fit ainsi à pied une centaine de pas à travers bois, puis ayant atteint une allée assez large, il sauta en selle et partit au galop.

Le bois de Boulogne, à cette époque, n'était rien moins que sûr, et il fallait un certain courage et une grande confiance en soi pour oser y braver, la nuit surtout, les mauvaises rencontres que l'on avait chance d'y faire.

Le jésuite-cavalier devait avoir une bonne dose de ce courage et de cette confiance, car il ne semblait nullement se préoccuper des périls qu'il pouvait rencontrer.

Au reste, il est un Dieu pour les audacieux.

Le cavalier arriva sans encombre au pont de Sèvres, qu'il traversa sans ralentir son allure rapide, pour prendre, toujours du même train, la route de Versailles.

Moins d'une demi-heure après, il heurtait à la porte, qui s'ouvrait large devant lui, d'un vieil hôtel de la rue Saint-Louis.

C'était l'hôtel habité par le nonce apostolique accrédité près Sa Majesté Louis XV par le pape Clément XIII.

Peu d'instants s'écoulèrent, puis la grande porte roula sur ses gonds avec fracas, et un carrosse de gala, conduit par un cocher poudré et portant suspendus aux courroies de derrière deux laquais à la livrée du nonce, sortit de l'hôtel.

Au fond de ce carrosse était assis l'homme aux balafres.

Le cocher prit le chemin du château, entra bruyamment dans la cour d'honneur et vint ranger le perron.

Un des valets de pied sauta à terre, s'approcha de la portière et reçut de la main de son maître un billet préparé à l'avance.

Ce billet était adressé à M. le duc de Richelieu.

M. de Richelieu était en ce moment au jeu du roi.

Le billet, passant de main en main, lui parvint par le capitaine des gardes de service.

Dès qu'il en eut pris connaissance, le duc s'approcha de la table du roi pour solliciter la permission de prendre congé et de se retirer.

Louis XV, qui jouait contre le comte de Lauraguais, et qui

gagnait quelques centaines de louis, était d'une humeur charmante, comme il lui arrivait toujours quand il gagnait, de
même qu'il se montrait d'une humeur atroce lorsque par hasard il perdait.

L'histoire a consigné cent traits de l'avarice cupide et singulière de ce roi, qui, pour satisfaire un caprice ou payer les
faveurs d'une maîtresse, signait, les yeux fermés, un bon de
cent mille livres, et se serait baissé avec empressement pour
ramasser un louis tombé dans la boue.

— Vous nous quittez sitôt, monsieur de Richelieu ? dit-il
en riant. Je ne vous pardonnerai que si vous me jurez que la
personne qui vous réclame est une de celles à qui l'on ne
peut rien refuser, c'est-à-dire une de nos plus jolies dames.

— Alors, Sire, vous ne me pardonnerez pas, répondit Richelieu d'un ton de gravité qui ne lui était pas habituel.
Quelque envie que j'aie de plaire à Votre Majesté, je suis forcé
d'avouer qu'il ne s'agit de rien moins que d'une jolie femme.
Il s'agit d'un homme que je ne connais pas, mais que je dois
néanmoins recevoir, parce qu'il invoque le service du roi.

— Allez, alors, monsieur de Richelieu, répliqua Louis XV
quelque peu surpris. Mais puisque cela m'intéresse, comptez
que vous aurez à me répéter ce que vous aura dit cet homme.

Le duc salua et quitta la chambre royale.

Comme gentilhomme de la chambre du roi, le duc de Richelieu avait son appartement au château.

Il s'y rendit directement, donna ses ordres, et attendit.

Quelques instants après, un valet introduisait près de lui
l'homme aux balafres.

L'appartement était largement éclairé ; on y voyait comme
en plein jour.

Richelieu parcourut l'inconnu de ce regard rapide et plein
d'investigations profondes dont les diplomates vieillis sous le
harnais et quelques observateurs d'élite ont seuls le privilége.

Mais l'épiderme, tant morale que physique d'un jésuite de
la force de celui qu'il avait devant lui, était chose difficile à
percer, même pour le regard d'un vieux diplomate.

Ce regard ne lui apprit rien.

Alors il entra brusquement, presque brutalement, en matière.

— Monsieur, dit-il, votre billet en dit beaucoup trop et ne dit pas assez. Il peut être l'œuvre d'un intrigant ou d'un fou, mais il n'est certainement pas celle d'un ami sincère du roi. Si vous ne vous étiez pas présenté sous un couvert aussi recommandable que celui de Sa Grandeur le nonce de Sa Sainteté, je ne vous aurais pas reçu, et j'aurais fait charger de ce soin quelque agent de M. le lieutenant de police, qui aurait pris la peine de vous interroger. J'attends maintenant que vous vous expliquiez.

Et, fidèle à ses habitudes de haute politesse, le duc, malgré la raideur de ses paroles, désigna du geste à son visiteur un siége en face de lui.

L'homme aux balafres avait très-irrévérencieusement souri en écoutant l'exorde menaçant du duc.

Il prit le siége qui lui était offert, s'assit avec aisance, et se tournant vers le duc de manière à le voir et à en être bien vu, en pleine face :

— Avant toutes choses, dit-il, permettez-moi de vous demander, monsieur le duc, si ma personne ne vous rappelle rien.

Richelieu le regarda mieux encore qu'il ne l'avait fait, puisqu'il en avait maintenant toute latitude, et secoua négativement la tête.

— Rien, dit-il. Je crois fermement ne vous avoir jamais vu avant ce moment.

— Monsieur le duc se trompe, répliqua l'homme aux balafres. Mais je comprends que son souvenir lui fasse défaut. J'ai été si remarquablement défiguré depuis, que, lorsque j'ai pu me voir moi-même, je ne me suis pas reconnu.

Il porta le doigt à son visage couturé.

— Je n'avais pas alors reçu ces blessures qui ont fait de moi un monstre.

Le duc fit un geste d'impatience.

Ces détails tout personnels manquaient d'intérêt pour lui.

L'homme aux balafres surprit ce mouvement et lut dans sa pensée.

— Tout cela vous semble oiseux, monsieur le duc, dit-il. Détrompez-vous. Il est nécessaire que je vous remette sur la voie. Ce que j'ai à vous dire n'a et ne peut avoir d'importance que dans ma bouche. Il faut que vous sachiez qui je suis pour bien l'apprécier. Permettez-moi donc de rappeler vos souvenirs.

— Soit, monsieur, rappelez, fit Richelieu avec une légèreté qui n'était qu'apparente, car, au fond, son instinct lui faisait pressentir une confidence grave et d'un pressant intérêt.

— Il y a une vingtaine d'années, monsieur le duc, reprit l'homme aux balafres, vous vous êtes trouvé un matin avoir besoin d'un homme à la fois très-déterminé, très-habile et très-obéissant.

Il s'agissait pour vous d'empêcher, doucement, sans esclandre, sans bruit, et surtout sans que vous paraissiez y être mêlé en rien, un certain seigneur de sortir de Versailles ce jour-là.

Ce seigneur, dont le nom avait alors une autorité assez grande, due bien plus aux mérites de sa femme qu'à ses propres mérites, était, si je m'en souviens encore, le comte de Mailly.

En entendant ce nom, le duc regarda plus attentivement son visiteur, et un étrange soupçon lui traversa l'esprit.

Mais de tout cela il ne laissa rien paraître.

— N'avez-vous pas quelque souvenir là-dessus, monsieur le duc? questionna naïvement l'homme aux balafres.

— Oui, confusément, j'ai idée de quelque chose de semblable, répondit légèrement Richelieu. Mais, parbleu ! mon cher monsieur, d'aventures de ce genre, j'en ai eu tant jadis, que les noms se mêlent dans mon esprit avec les autres, et qu'il me faudrait un dur travail pour les débrouiller. Au reste, vous ne devez pas avoir fini ; continuez. Nous allons voir.

— Vous fîtes choix alors, pour mener à bien l'entreprise, d'un pauvre diable que vous ne connaissiez pas, mais dont la réputation, solidement établie, vous séduisit comme représentant la perfection de ce qu'il vous fallait : un jeune gentilhomme tombé, perdu de dettes et de débauches, joueur effréné, duelliste terrible dont l'adresse était telle, qu'aucune lame en France n'aurait pu tenir contre la sienne.

Une circonstance particulière le désignait encore à votre choix : il était le propre cousin du comte de Mailly, et il y avait entre eux depuis longtemps un vieux levain de haine qui ne demandait qu'à s'épancher.

De celui-là, je me rappelle parfaitement le nom. C'était le chevalier Raoul de Cubizol.

2.

— Ah ! parbleu ! s'écria Richelieu avec un étonnement bien réel, mais avec une bonhomie tranquille très-heureusement jouée, je me rappelle tout à présent. C'était un pari que j'avais fait d'empêcher le comte de sortir de Versailles, et le chevalier de Cubizol, en faisant au visage du comte une blessure pour rire, a fort bien joué son rôle. Je n'ai regretté qu'une chose jadis, c'est que ce diable de chevalier ne soit pas venu me réclamer la récompense que je lui avais promise.

— Il avait peut-être jugé plus sûr de se récompenser lui-même.

— Et, par ma foi, s'il a pu le faire, il a bien fait. Mais, en vérité, à présent que vous m'avez, comme vous disiez, mis sur la voie, plus je vous regarde, et malgré que vous soyez changé, plus je crois reconnaître en vous le chevalier de Cubizol d'autrefois.

— Vous ne vous trompez pas, monsieur le duc, dit gravement l'homme aux balafres, j'étais en effet, à cette époque, le chevalier de Cubizol.

— Ne l'êtes-vous plus à présent ?

— Non. Je vous dirai tout à l'heure, monsieur le duc, ce que je suis aujourd'hui. Auparavant, laissez-moi vous continuer le récit de cette aventure qui date de vingt ans, et pour le succès de laquelle vous aviez réclamé mon aide.

— C'est inutile, je la connais, dit Richelieu.

— Je crois pouvoir vous affirmer que vous ne la connaissez pas tout entière.

— Peut-être avez-vous raison, car cette aventure si simple et que je croyais si complétement enterrée que j'en avais perdu depuis longtemps le souvenir, se trouve évoquée ce soir d'une façon étrange et ressemble presque à une histoire de revenants. Vous qui me la racontez, monsieur le chevalier, n'avez-vous pas, durant vingt ans, passé pour mort ?

— Le chevalier de Cubizol a, en effet, été tué à cette époque.

— Pas complétement, puisque vous êtes là.

— Je ne suis plus le chevalier de Cubizol, monsieur le duc.

— Comme vous voudrez. Ce n'en est pas moins pour moi un premier mystère, et quant au second, plus difficile à comprendre encore que celui-ci, ne m'avez-vous pas dit en commençant que votre présence ici n'avait d'autre objet qu'une confidence des plus graves touchant les intérêts du roi ? Or, en quoi les intérêts de Sa Majesté peuvent-ils se rattacher à une chose aussi insignifiante qu'un pari fait et gagné il y a vingt ans entre le comte de Mailly et Richelieu ?

L'homme aux balafres, nous lui laisserons encore ce nom jusqu'à ce qu'il nous ait lui-même fait connaître celui qu'il doit porter à l'avenir, l'homme aux balafres se leva.

— Monsieur le duc, dit-il froidement, si vous ne voulez pas m'entendre, ou si, tout en m'entendant, vous vous refusez à me comprendre, il est inutile de continuer un entretien sans objet. Je vous demande la permission de me retirer, et vous prie seulement d'oublier ma visite.

Certes Richelieu avait fait ses preuves de finesse, d'astuce et de rouerie, et il avait assez bien réussi dans la plupart des ambassades dont, à diverses époques de sa vie, il s'était trouvé chargé, pour avoir quelque confiance dans ses talents de diplomate, mais en ce moment il se sentit dépassé.

L'homme qu'il avait devant lui, avec son visage qui n'avait plus rien d'humain et sur lequel aucune impression de l'âme, quelque violente qu'elle fût, ne pouvait se traduire, cet homme était plus fort que lui.

A mesure qu'il l'écoutait, il le voyait devenir de plus en plus maître de la situation.

Il l'avait reconnu ou plutôt deviné tout de suite, presque à première vue, dès les premiers mots qu'il avait prononcés, et dès ce moment, tout en l'écoutant, il n'avait cessé de se demander avec anxiété quel pouvait être le but de cette visite qui avait tardé vingt ans et qui se faisait aujourd'hui sous le patronage avéré d'un prince de l'Eglise.

Et il se demandait encore avec une anxiété plus grande, si ce chevalier de Cubizol d'autrefois, ce mauvais drôle sans foi ni loi, ce spadassin sans vergogne, ce besoigneux capable de tout parce qu'il n'avait plus rien à risquer et à perdre, s'était alors contenté du rôle d'instrument passif qu'il lui avait donné, et s'était ensuite perdu dans l'ombre, ou bien si, plus habile encore qu'il ne l'avait supposé, il avait surpris quelque chose du secret qu'on voulait cacher à tous.

Si cela était, qu'en avait-il surpris?

Etait-ce partie? Etait-ce tout?

Et comment alors s'expliquer qu'il eût attendu vingt ans pour venir marchander et vendre son silence?

Questions insolubles et qu'il fallait pourtant parvenir à résoudre.

Une chose surtout effrayait Richelieu.

C'était l'audace même de la démarche.

Il fallait que cet homme se sût bien fort et bien invulnérable pour venir ainsi hautement se livrer entre ses mains.

Toutes ces pensées diverses, si longues à déduire, avaient traversé le cerveau du duc avec la rapidité d'une étincelle électrique.

L'ex-chevalier de Cubizol était à peine levé de son siége, qu'il le forçait par un geste amical à se rasseoir.

— Vous m'avez annoncé une confidence, lui dit-il, et quelque étrange qu'elle me semble devoir être, je suis désireux de l'entendre. Continuez donc, puisque vous le voulez, votre histoire vieille de vingt ans. Je vous écoute et vous promets de vous écouter sérieusement, le plus sérieusement que je pourrai.

Et en disant cela, la mobile physionomie du courtisan exprimait une gaieté malicieuse bien loin alors de son esprit.

— Il faut que vous me promettiez aussi, monsieur le duc, répliqua l'homme aux balafres toujours impassible, de ne pas vous étonner si, dans mon récit, je ne suis pas complétement d'accord avec ce qu'il vous plaît de penser et de dire. Vous serez libre de juger, quand j'aurai fini, si je suis dans le vrai ou dans le faux.

— Tout ce que vous voudrez! fit le duc en riant.

— Alors je reprends. Le chevalier de Cubizol, pour obéir aux ordres qu'il avait reçus de vous, monsieur de Richelieu, d'empêcher le comte de Mailly de sortir de Versailles, ne trouva d'autre moyen que de le forcer à mettre l'épée à la main, et, comme il ne voulait que le blesser, il se contenta de le toucher à l'œil.

Vous savez cela, n'est-il pas vrai, monsieur le duc?

— Très-bien. Ce pauvre comte porte encore aujourd'hui un

bandeau de taffetas noir qui le fait ressembler soit à l'amour, soit à un cyclope.

— Cela fait, le chevalier de Cubizol croyait n'avoir plus autre chose à faire. Il avait été payé pour contraindre le comte à rester à Versailles, le comte blessé était rentré dans son hôtel, tout lui semblait fini.

Le hasard le lança dans une voie nouvelle.

— Le hasard? fit Richelieu attentif.

— Le hasard qui lui fit connaître que ce jour-là précisément où, par suite d'un pari de M. de Richelieu, le confident intime, le serviteur dévoué, l'ami presque de Sa Majesté, le comte de Mailly ne devait pas quitter Versailles, madame de Mailly, sa femme, la maîtresse avouée du roi, dans un état de grossesse tel que de moment en moment on attendait sa délivrance, partait au contraire de Versailles pour Rambouillet, en compagnie de son royal amant et de M. de Richelieu.

— Eh bien, monsieur, fit Richelieu toujours riant, que diable avez-vous pu voir là d'extraordinaire?

L'homme aux balafres poursuivit :

— Le chevalier de Cubizol, qui, de son vivant, jouissait d'un esprit assez logique et aimait avant tout à aller au fond de toutes choses, fit à ce sujet un rapprochement, un raisonnement qui ne manquait pas de justesse.

Si l'on empêche le comte de Mailly de sortir aujourd'hui de Versailles, même au prix d'un coup d'épée, se dit-il, ce n'est point, certes, dans un autre but que de lui ôter la possibilité de suivre la comtesse, et comme la comtesse fera ses couches aujourd'hui ou demain, c'est, évidemment, que l'on veut l'empêcher d'y assister, même de loin. Or, pour agir ainsi, il faut que l'on y ait un intérêt. Or, cet intérêt, il peut être bon de le connaître.

— Puissamment raisonné, dit Richelieu. Mais comme dans tout cela il s'agissait du roi, le chevalier de Cubizol risquait fort, en raisonnant ainsi, de se faire envoyer pour sa vie à la Bastille.

— Vous oubliez, monsieur le duc, que le chevalier de Cubizol n'avait rien à perdre et pouvait gagner beaucoup. Ce qu'il y a de certain, c'est que la peur de la Bastille ne l'arrêta pas, et comme il devait se rendre à Rambouillet pour faire savoir à M. de Richelieu le résultat de son aventure avec le comte, il résolut de profiter de son voyage pour agir de son côté à sa façon.

— Ah! ah! fit Richelieu. Voyons donc comment agit le chevalier à Rambouillet.

— D'une façon fort simple. Il fit ce que, de tout temps, on a fait lorsqu'on a voulu savoir quelque chose. Il regarda et écouta. Et voici ce qu'il découvrit.

IV

Où l'homme aux balafres, tout renard qu'il est, trouve plus
renard que lui.

Malgré sa puissance sur lui-même, Richelieu n'était plus
tenté de plaisanter.

Car il ne doutait plus.

Ce secret, qui intéressait si profondément le roi et dont il
s'était cru jusqu'à ce jour le possesseur exclusif, avait été
surpris, et depuis vingt ans était à la discrétion de ce misérable.

A partir de ce moment, le duc aurait pu se dispenser d'en
entendre davantage.

Il en avait entendu assez pour tout deviner.

Tout, excepté une chose qu'il pouvait être important de
connaître et qu'il fallait savoir avant de rien décider.

Qu'était devenu pendant vingt ans ce chevalier de Cubizol
qui avait jusqu'ici passé pour mort et qui ressuscitait si inopinément ?

Etait-il resté le misérable d'autrefois ?

Dans ce cas on pouvait en avoir bon compte. Un exempt et
quatre soldats aux gardes qui le conduiraient dans quelque
cachot du grand Châtelet, y enterreraient en même temps le

secret du roi et son possesseur, avant qu'il ait pu en faire usage.

Mais si, comme cela était possible, probable même, il avait pris ses précautions à l'avance en confiant tout ou partie de ce qu'il avait surpris à quelque autre misérable comme lui?

Si, pendant les vingt ans qu'il était resté dans l'ombre, il était devenu, ou par lui-même, ou par ses relations, un de ces personnages avec lesquels, soit pour une raison, soit pour une autre, on est obligé de compter?

— Laissons-le aller, pensa le duc. Qui sait, d'ailleurs? Il est peut-être moins bien instruit que je ne le suppose.

— Il découvrit, continua l'homme aux balafres, que le lendemain de l'arrivée à Rambouillet de madame de Mailly et de Sa Majesté, M. le duc de Richelieu se rendait, enveloppé d'un large manteau et le visage recouvert d'un masque, chez une sage-femme, nommée madame Bertrand, dont la maison isolée est la dernière sur la route d'Épernon.

Monsieur le duc doit se rappeler cette circonstance?

— Continuez, monsieur, dit froidement le duc.

— Cette femme Bertrand n'était pas alors chez elle, mais on sut, par la vieille domestique qui la servait et que l'on parvint aisément à intimider, qu'elle avait passé la nuit et qu'elle était encore près de la jeune femme d'un forestier qui venait de mettre au monde un enfant mort.

M. de Richelieu, qu'accompagnaient deux de ses valets sans livrée et masqués comme lui, attendit son retour, et quand la dame Bertrand fut rentrée, il employa vis-à-vis d'elle des arguments si convaincants qu'elle fut bientôt décidée à retourner d'où elle venait, c'est-à-dire à la cabane de Lamazou, le forestier.

Une voiture de louage, mais conduite par un valet du duc, attendait à une porte de derrière ouvrant sur une ruelle déserte.

La dame Bertrand y prit place, à côté de M. de Richelieu.

A cent pas de la cabane du forestier, elle descendit seule et revint quelques instants après portant, enveloppé dans sa mante, l'enfant mort de la femme de Lamazou.

Tout cela est-il bien exact, monsieur le duc? demanda l'homme aux balafres en s'interrompant brusquement.

— Continuez, monsieur, répéta Richelieu.

— La voiture, chargée de son nouveau fardeau, le corps inanimé de l'enfant, reprit sa route vers Rambouillet, mais au lieu de revenir à la maison de la sage-femme, elle pénétra dans le château, sous les appartements occupés par madame de Mailly.

Quelques heures après la comtesse était délivrée, et l'on proclamait avec grand bruit, aussi bien dans le château que dans la ville, qu'elle avait mis au monde un enfant mort.

Et presque en même temps, c'est-à-dire dès que la nuit fut venue, le carrosse de louage, qui avait amené la dame Bertrand au château, en sortait par la même porte, renfermant cette fois encore la sage-femme, M. de Richelieu et un enfant.

Mais cette fois ce n'était plus un enfant mort.

C'était un enfant vivant et très-vivant.

Monsieur le duc doit avoir encore présents à son souvenir les cris qu'il poussait instinctivement en se sentant arraché des bras de sa mère?.

L'homme aux balafres fit une pause, attendant une réponse du duc, mais celui-ci se contenta de lui dire froidement pour la troisième fois :

— Continuez, monsieur, continuez. Je vous attends à la fin de votre histoire.

— J'y arrive, monsieur le duc.

La voiture s'enfonça dans la forêt et gagna péniblement, par des chemins de traverse, un petit village appelé Jumery.

Alors, M. de Richelieu descendit, prit lui-même dans ses bras l'enfant nouveau-né, et se dirigea, à travers l'obscurité, vers une maison dont la porte s'ouvrit devant lui.

Il était attendu.

Cette maison était et est encore la demeure d'un gentilhomme, M. le baron de Jumery, dont la femme venait précisément, la veille, de mettre au monde une petite fille.

C'était elle qui devait se charger d'élever l'enfant, et elle l'a élevé.

Cet enfant est aujourd'hui un jeune et beau gentilhomme.

Et la protection toute-puissante de M. de Richelieu, et celle encore plus puissante du roi, ne lui ont pas manqué, car il est, par leur grâce, comte de Lorges, riche de cent mille

3

livres de rente, depuis quarante-huit heures lieutenant aux gardes.

Et cependant il se croit encore modestement le fils d'un petit écuyer obscur !

L'homme aux balafres s'arrêta.

— Est-ce tout? demanda Richelieu.

— C'est tout, monsieur le duc.

— Et que coucluez-vous de tout cela ?

— Moi? rien. Mais si vous voulez connaître les conclusions que le chevalier de Cubizol, qui avait un esprit essentiellement logique, en tire, je puis vous les dire. Les voici :

Ce n'est pas madame de Mailly, la maîtresse du roi, qui a mis au monde un enfant mort, c'est la femme de Lamazou, le forestier.

Ce n'est pas l'enfant de madame de Mailly qui lui a été présenté comme étant le sien, c'est l'enfant mort de la femme de Lamazou.

Et c'est l'enfant de madame de Mailly, c'est l'enfant, le fils de Sa Majesté Louis XV, roi de France et de Navarre, qui va être élevé à Jumery dans l'ignorance de sa royale origine et sous un nom qui ne sera pas le sien.

On peut ajouter aujourd'hui : Cet enfant de Sa Majesté n'est autre que le comte de Lorges.

L'homme aux balafres s'attendait peut-être à une protestation, peut-être même à un démenti énergique et formel à tout ce qu'il venait de dire.

Mais le vieux duc n'était pas homme à faire une pareille école.

— Votre histoire est fort intéressante, mon cher monsieur, dit-il tranquillement en puisant dans sa tabatière une prise de tabac d'Espagne, mais elle ne finit pas.

— Je le sais, monsieur le duc, et c'est précisément à l'effet d'en chercher la fin de concert avec vous que je vous l'ai racontée.

— A mon tour, je vous ferai remarquer que vous ne voulez pas me comprendre. Je ne vous demande pas l'histoire du comte de Lorges, que je sais beaucoup mieux que vous, mais bien celle de cet habile chevalier de Cubizol qui, paraît-il, a été tué, puis a ressuscité miraculeusement en votre personne.

Ceci me semble devoir être encore plus intéressant que tout le reste.

— La vie ou la mort d'un pauvre diable comme le chevalier de Cubizol, doivent être bien indifférents à un homme comme le duc de Richelieu, répliqua l'homme aux balafres qui flaira un piége.

Le duc prit un air et un ton sérieux :

— Détrompez-vous, monsieur. Tout ce qui concerne le chevalier de Cubizol est, aussi bien pour vous que pour moi, en ce moment, d'une importance extrême. Suivez bien mon raisonnement, et si ce digne chevalier, qui est mort pour renaître en vous, vous a laissé en héritage quelque peu de sa logique, vous allez être tout à fait de mon avis.

L'homme aux balafres ne répliqua pas.

— Supposons un instant, poursuivit Richelieu, que le chevalier soit resté, après vingt ans, ce qu'il était alors, un pauvre hère sans attache, sans liaisons, sans poids dans le monde ni par lui, ni par les siens, et qu'il vienne, comme vous venez de le faire, se vanter à moi de posséder un secret de la nature de celui dont vous parliez, que devrais-je faire de lui ? Je m'en rapporte à vous.

L'homme aux balafres sourit.

— Je vous comprends, monsieur le duc, dit-il, et je n'hésite pas à vous répondre en vous indiquant franchement ce que je ferais si j'étais à votre place. J'enverrais tout simplement mourir le trop imprudent chevalier dans quelque cul de basse-fosse, et il ne serait plus désormais question ni de lui, ni de son secret.

— Parfait ! dit Richelieu. C'est exactement là ce que je voudrais faire, et ce que je ferais.

— Oui, mais c'est ce que vous ne pourrez faire et ce que vous ne ferez pas, monsieur le duc, reprit l'homme aux balafres avec calme. Et cela, parce que l'hypothèse où vous vous placiez tout à l'heure est fausse et ne peut être vraie, parce que le chevalier de Cubizol, qui n'a jamais été un sot, ne commettrait pas la sottise de venir se livrer à vous s'il n'avait, par devers lui, l'assurance formelle que vous ne pouvez rien ni sur lui ni contre lui.

— Très-bien, fit le duc sans paraître ni étonné ni choqué de ces paroles. Mais ceci nous ramène naturellement au désir que j'exprimais de connaître, dans ses détails, l'histoire de ce digne chevalier pendant ces vingt dernières années.

— Histoire bien simple, monsieur le duc. Le chevalier avait blessé son cousin de Mailly en lui crevant un œil, son cousin de Mailly le fit assassiner en chargeant ses braves de lui crever les deux yeux. S'ils n'y sont pas parvenus, ce n'est pas de leur faute. Ils ont assez tourné autour. Voyez.

L'homme aux balafres promena son doigt dans les longues et larges cicatrices qui labouraient son visage.

— Le chevalier de Cubizol tua six de ses ennemis, et quand il tomba il avait huit coups d'épée dans la face et quatorze dans le corps. C'était plus qu'il n'en fallait pour mourir, et, comme au moment de mourir il avait surpris un secret qui pouvait le faire au besoin tuer une seconde et même une troisième fois, il se résolut à mourir immédiatement de cette première.

— C'était un garçon prudent, observa le duc impassible. Et quand il fut mort, comment et pourquoi ressuscita-t-il ?

— Quand il ressuscita, c'est qu'il n'avait plus rien à craindre, parce qu'il s'était mis sous la protection d'un ordre et d'un habit qui devaient le protéger contre tous. Le chevalier de Cubizol mort, avait fait place au père Cubizol, le confident, l'agent avoué, le bras droit du général de l'ordre des jésuites, votre humble serviteur aujourd'hui, monsieur le duc, ajouta courtoisement le père.

— Ah ! ah ! fit Richelieu. Je comprends tout. C'est bien joué, mon père. Et je dois, je le vois maintenant, traiter avec vous de puissance à puissance. Parlons donc à présent sérieusement et gravement. Qu'avez-vous l'intention de faire du secret que vous possédez ?

— Divulguer au comte de Lorges sa naissance, faire parler, écrire, chanter les encyclopédistes, les Diderot, les d'Alembert, tous les esprits forts ou malades du jour, agir sur les membres du Parlement qui sont à nous, en un mot, créer à force d'argent et d'influences un parti qui, je le sais, ne sera jamais assez fort pour faire du bâtard un personnage à craindre, mais qui sera, pour le roi, assez embarrassant pour lui causer, par le scandale et le bruit, ce que Sa Majesté redoute le plus au monde parce que cela gêne ses plaisirs, c'est-à-dire des ennuis incessants.

Richelieu ne sourcilla pas à cet exposé net, tranchant, absolu, débité par le père jésuite avec une froide assurance, mais il n'en reconnut pas moins toute la valeur de la nuance qu'il renfermait.

— Et en échange du silence que demandez-vous ? dit-il.

— Si vous ne l'aviez pas déjà deviné, monsieur le duc, vous ne seriez pas Richelieu, répondit le père.

— Le maintien des jésuites ?

— Oui.

— Leur expulsion est décidée dans le conseil du roi.

— Sa Majesté, si son intérêt personnel s'y trouve, fera revenir le conseil sur cette décision.

Un long silence se fit.

Richelieu réfléchissait.

Le père cherchait à deviner du regard, sur les traits fins et déliés du courtisan, la nature de ses pensées intimes.

Il pressentait le triomphe.

Un valet gratta à la porte et entra presque aussitôt.

— Au diable ! fit le duc mécontent d'être dérangé.

Le valet s'excusa. Il apportait une lettre envoyée d'urgence par M. de Sartines, le lieutenant de police.

Richelieu prit la lettre avec un mouvement d'impatience et y jeta les yeux.

— Ah ! parbleu ! s'écria-t-il gaiement, voilà qui arrive comme marée en carême.

Le valet était sorti.

— Tenez, mon père, dit le duc en passant la lettre ouverte au jésuite, ceci, à quoi j'étais loin de m'attendre, m'évite de plus longues réflexions et me servira de réponse. Lisez.

C'était un court billet qui ne contenait que quelques lignes.

« Monsieur le duc,

« C'est parce que je sais quel intérêt vous avez toujours « témoigné à M. le comte de Lorges, que je crois devoir vous « donner l'avis que ce jeune gentilhomme a été arrêté ce « soir et conduit à la Bastille, en vertu d'une lettre de « cachet.

« Je saurai et vous ferai connaître aussitôt de quelles « mains est sortie la lettre de cachet qui a motivé cette arrestation.   « DE SARTINES. »

Un nuage passa devant les yeux du père en lisant cette note.

Le triomphe s'évanouissait pour faire place à la défaite.

— Un homme d'un esprit comme le vôtre doit comprendre après cela combien la position est changée, lui dit Richelieu souriant. Grâce à cette heureuse circonstance, que je bénis sans la connaître, qui a envoyé le comte de Lorges à la Bastille, tous vos projets sur lui avortent dans leur germe, car on n'entre pas plus aisément à la Bastille qu'on n'en sort, et il vous est désormais impossible de faire savoir au comte de Lorges de qui il peut être le fils.

— Le comte sortira un jour de la Bastille, dit le père Jésuite avec un sourd accent de menace, et ce jour-là, il nous appartiendra.

— Non, mon père, non, répliqua Richelieu, car pour l'en faire sortir, à présent qu'il y est, nous attendrons que votre ordre et tous ses adhérents soient eux-mêmes sortis de France.

Le duc en disant cela s'était levé.

C'était marquer la fin de l'entretien.

Le père l'imita.

— Monsieur le duc, dit-il avec une intention qui eût fait frémir Richelieu s'il lui avait été donné de la comprendre, vous nous permettrez, maintenant que nous avons échoué près de vous, de nous adresser directement à la personne du roi.

Richelieu s'inclina sans répondre et salua ainsi le père, qui sortit.

Celui-ci regagna son carrosse, qui l'attendait dans la cour d'honneur, et y monta, calme, froid, impassible, mais la rage dans le cœur.

Et quelle rage !

Une rage d'ambitieux greffé de jésuite.

Le carrosse reprit le chemin de l'hôtel du nonce, mais à moitié chemin, le père le fit arrêter et, après l'avoir renvoyé, s'engagea seul et à pied dans la voie la plus courte pour se rendre à l'hôtel du prince Campiréali.

Il était alors près de minuit.

C'était l'heure habituelle de ses visites au prince romain.

V

Une femme qui s'est enfuie, et qui a oublié de dire si elle reviendrait.

Un grand malheur, le seul vraiment qui pût être sensible à cette nature italienne, vicieuse et viciée, avait frappé ce jour-là même le prince Campiréali.

Ce prince de contrebande, fabriqué par la société de Jésus pour ses besoins ultérieurs et secrets, ce bandit éclos au soleil de Rome, sur les marches du Translevère, cet ancien pensionnaire des prisons pontificales, qui n'avait été choisi pour le rôle qu'on lui destinait qu'en raison de ses instincts détestables et des criminelles preuves qu'il en avait déjà données, possédait néanmoins, dans quelque repli non encore gangrené de son cœur de ruffian, un sentiment d'une essence relativement plus honnête qui le rattachait, quelque peu que ce fût, à la commune humanité, dont il n'eût été sans lui qu'une difformité monstrueuse.

Tant il est vrai que, dans l'être tombé le plus bas, on peut toujours trouver une corde non encore flétrie, à l'aide de laquelle il est possible de le relever.

Le malheureux aimait.

Il aimait une femme que, de par la loi des affinités, il avait

dû forcément rencontrer, et qui, sans le vouloir, s'était emparée de lui avec une violence de puissance irrésistible.

Qu'avait été madame Louise? Qu'était-elle quand il la rencontra?

Il n'avait jamais cherché à le savoir.

Car lorsque seulement il y songeait, il se sentait pris de fé-
roces frénésies de fureur à vouloir la tuer, dût-il mourir après
elle du désespoir de l'avoir perdue.

Que pouvait-elle avoir été, sinon quelque fille ou femme
déshonorée enfant par un grand seigneur débauché, et qui,
de main en main, de couche en couche, était parvenue jusqu'à
lui?

Il l'avait trouvée dans la rue, pauvre, misérable, vêtue
d'oripeaux fanés, derniers vestiges d'une splendeur éteinte,
mais si belle sous ses haillons, qu'en la voyant il en était
devenu fou.

Et il l'avait saisie et emportée chez lui, comme un tigre
emporte sa proie, en regardant soupçonneusement derrière
si quelque rival qui l'a vue ne songe pas à venir la lui dis-
puter.

Et son amour était véritablement un amour de tigre, et de
tigre italien.

La jalousie, cette jalousie qui a inventé les cadenas, les
verrous et les grilles comme moyens de conserver l'objet
aimé, le poignard et le poison comme moyens de s'en venger
au besoin, y entrait pour les trois quarts au moins.

Madame Louise vivait à l'hôtel dans une rigidité de réclusion qui aurait effrayé un trappiste.

Depuis le jour où elle y était entrée, elle n'en était jamais
sortie.

Personne ne l'avait vue; elle n'avait pu voir personne.

Les valets seuls la connaissaient; encore avaient-ils défense
de la regarder en face.

Ce n'était que grâce à ces infinies précautions que le prince
devait de conserver à son sujet quelque tranquillité d'esprit.

Et encore!

Un jaloux furieux est-il jamais tranquille?

Il y avait des instants où le prince songeait, avec les fré-
missements du Maure Othello, à la possibilité d'une rup-

ture, de sa maîtresse à lui, et aux événements qui en seraient la suite.

Ces événements étaient arrêtés à l'avance dans son esprit, immuables comme les arrêts aveugles du destin.

La mort pour elle, et si elle l'avait sacrifié à un rival, la mort pour tous les deux.

C'était écrit! comme disent les fatalistes.

Tous les coquins le sont plus ou moins.

Mais ces prévisions sinistres n'étaient que passagères dans l'esprit du prince Campiréali; ce n'étaient que des papillons noirs qui apparaissaient brusquement au souffle de la jalousie, et qui disparaissaient non moins vite au souffle de la raison.

Que pouvait-il craindre en effet?

Madame Louise n'était-elle pas dans l'hôtel comme dans une citadelle imprenable? Qui la connaissait? qui connaissait-elle? qui voyait-elle et de qui pouvait-elle être vue?

Or, ce qu'il n'avait aucune raison de craindre venait précisément d'arriver.

Madame Louise avait disparu.

Elle s'était enfuie, laissant et dédaignant d'emporter tout ce qu'elle tenait de la générosité du prince, qui, semblable aux sultans d'Orient, ne se refusait à aucune prodigalité pour parer son esclave, à laquelle il donnait à pleines mains tout, hors la liberté.

Bijoux, diamants, parures, or et toilettes, elle avait tout abandonné.

Elle n'avait conservé que la robe et la mante qu'elle portait d'ordinaire à l'hôtel.

Telle elle y était entrée, telle elle avait voulu en sortir.

Une échelle oubliée par des jardiniers, et trouvée encore dressée le long d'un des murs du jardin, avait été l'instrument de son évasion.

Cette nouvelle était tombée sur la tête du prince avec la violence et la spontanéité de la foudre.

Rien ne pouvait la lui faire prévoir.

La veille au soir, une heure avant de partir pour ce rendez-vous dont il avait surpris le secret en interceptant la lettre que l'imprudente marquise de Pompadour avait écrite au comte de Lorges, et où il allait audacieusement prendre la

3.

place de ce dernier, il avait encore vu madame Louise telle qu'elle était chaque jour.

. Ses paroles, son attitude, son maintien, calmes comme toujours, ne pouvaient faire présager une fuite aussi soudaine.

Depuis, il ne l'avait pas revue.

Rentré le matin à l'hôtel, il s'était retiré chez lui et couché, sans songer à s'informer d'elle.

Puis, à son réveil, pressé par l'heure fixée pour sa présentation officielle à mademoiselle de Jumery, il était reparti sans la voir.

Nous savons quel avait été pour lui le résultat de cette tentative de présentation, qui s'était effectuée d'une tout autre manière que celle qu'il espérait.

La cravache de mademoiselle de Jumery, en traçant un long sillon bleuâtre sur la joue du prince romain, l'avait brusquement et victorieusement terminée.

Et c'était en rentrant à l'hôtel, ivre de rage de l'insulte reçue, fou de désespoir à la pensée que son mariage manqué le ruinait pour l'avenir sans ressources, qu'il avait appris la fuite de celle qu'il aimait avec fureur.

Tout d'abord, il avait refusé d'y croire.

Mais il lui fallut bien se rendre à l'évidence.

Depuis vingt-quatre heures, personne de ses gens ne l'avait aperçue, et l'ordre qui régnait dans son appartement prouvait sans discussion possible qu'il y avait au moins le même temps qu'elle l'avait quitté.

Alors le malheureux oublia tout, le coup de cravache de Claire de Jumery, la menace terrible que lui avait faite l'homme aux balafres, son mystérieux protecteur, de le rejeter dans la fange d'où il l'avait tiré, s'il ne parvenait pas à épouser Claire, tout, jusqu'à la découverte, si grosse de périls et si riche de profits, de l'amour de la Pompadour pour le comte de Lorges, tout, jusqu'aux preuves matérielles qu'il en avait entre les mains, le billet de la marquise et le ruban qui le fermait, pour ne penser qu'au coup effroyable qui venait de le frapper.

. Sans raisonner ses ordres, il les entassa les uns sur les autres, les mêlant, les confondant, les révoquant, comme un homme qui n'a plus son bon sens.

. Il fit fouiller l'hôtel depuis les caves jusqu'aux combles, dans l'espoir fou de retrouver la fugitive cachée dans quelque coin.

Puis il fit partir tous ses valets à sa recherche à travers les rues désertes de la ville.

La moitié de la nuit se passa ainsi.

Et malgré que le temps s'écoulât, et que, plus il s'en écoulait, moins ses espérances devaient être fortes, à chaque instant il se précipitait, soit à une fenêtre, soit à la porte, s'attendant à ce que chaque valet rentrant allait lui ramener madame Louise, ou tout au moins lui apporter la nouvelle qu'elle était retrouvée.

Comme minuit allait sonner, un coup sec, un coup de maître, retentit sous le marteau de la porte cochère.

— C'est elle ! pensa le prince dont le cœur bondit.

Et il s'élança dans les escaliers.

Mais sous le vestibule, à la lumière de la lampe qui l'éclairait, il aperçut, au lieu de madame Louise, la silhouette sévère de l'homme aux balafres qui venait droit à lui.

Durant le trajet de son carrosse, qu'il avait quitté à mi-chemin du château, à l'hôtel du prince, le père avait appliqué sur ses traits un demi-masque.

Le prince ne vit pas son visage, mais il le reconnut, et son premier mouvement fut un mouvement d'effroi.

Puis, la pensée qui le dominait reprenant aussitôt le dessus, il poussa une exclamation de joie, et s'élançant vers ce protecteur inconnu dont il connaissait la puissance :

— Oh ! vous savez où elle est, vous, s'écria-t-il, ou si vous ne le savez pas aujourd'hui, vous le découvrirez, n'est-ce pas ?

Le père ne répondit pas, mais poussant lui-même la porte de l'antichambre qui précédait le salon où il avait attendu deux jours auparavant, il commanda du geste au prince de passer devant lui, et il le suivit.

— Comment avez-vous rempli les instructions que je vous avais données ? lui demanda-t-il dès qu'ils furent seuls dans le salon et que portes et fenêtres eurent été hermétiquement fermées.

Le jeune homme secoua son visage pâle et défait, comme pour rappeler dans son cerveau sa raison qui s'en échappait, et fixant sur le père un regard égaré :

— Je ne sais plus ce que vous voulez dire, fit-il. Ne me demandez rien. Vous m'avez menacé de me reprendre tout ce que vous m'avez donné, titre, rang, position, fortune, reprenez-le. Je ne puis plus vous servir. Je n'ai plus de force, je n'ai plus de courage, plus de volonté. Oui, reprenez tout, si bon vous semble, et chassez-moi. Mais avant de me chasser, vous qui êtes si fort et si puissant, prêtez-moi un peu de votre force et de votre puissance, aidez-moi à retrouver celle que j'ai perdue, cette femme qui m'a fui, peut-être pour aller se jeter dans les bras d'un autre qu'elle aime plus que moi ; faites que je puisse les voir ensemble, pour les maudire et les tuer tous deux de mille morts.

Il y a dans l'expression de toute douleur, de tout désespoir vrai, des accents inimitables qui ne peuvent tromper.

L'Italien avait mis tant de fureur jalouse, tant de rage passionnée dans ces derniers mots, que le père jésuite en fut frappé.

Si son visage n'eût pas été complétement caché sous son masque, on eût pu voir son regard noir étinceler tout à coup sous le choc d'une pensée profonde et terrible.

Et cette pensée, un observateur perspicace eût pu la traduire avec cette question mentale qui devait en être l'expression :

— Aurais-je donc trouvé ce que j'avais presque renoncé à chercher ?

Archimède inventant les lois de la mécanique, Galilée découvrant le secret du mouvement de la terre, durent avoir, à ce moment unique de leur existence, ce regard lumineux et comme inspiré.

— Je ne veux rien vous reprendre, répondit le père d'une voix aussi calme que s'il n'eût pas été violemment ému. Ce que j'exigeais de vous, je ne l'exige plus. Votre mariage avec mademoiselle de Jumery n'a plus de raison d'être, maintenant que le comte de Lorges est à la Bastille. J'abandonne ce projet.

— Ah ! oui, c'est vrai, fit le prince comme sortant d'un rêve, et dont les traits s'empourprèrent à ce souvenir d'une rougeur de honte et de fureur nouvelle, car, en lui rappelant l'arrestation du comte de Lorges, il lui rappelait en même temps le coup de cravache de mademoiselle de Jumery ; c'est vrai, le comte a été arrêté. Mais comment pouvez-vous en être instruit déjà? questionna-t-il.

— Je sais tout ce que je veux savoir, répondit péremptoirement le père.

— Tout?

— Tout.

— Alors, vous pourrez savoir pourquoi Louise m'a quitté, pour qui elle m'a quitté, où elle est, où je pourrai la retrouver? reprit avec anxiété le jeune homme, revenant malgré lui aux sentiments de rage et de jalousie qui le torturaient.

— Peut-être.

— Et vous me le direz?

— Peut-être.

— Oh! vous me le direz! supplia le misérable avec des larmes dans la voix et une grimace féroce aux lèvres. Il faudra que vous me le disiez, car il faut que je me venge et qu'ils meurent.

Au milieu de sa rage, il trouva la force de pousser un cri de joie.

Une pensée infâme, mais féconde, venait de lui venir, à lui aussi.

— Oui, vous me le direz, reprit-il, car j'ai le moyen de vous payer ce service, qui ne vous coûtera rien, un prix inestimable.

— Vous? fit le père avec un doute marqué.

— Moi! car je peux vous faire le maître d'une femme qui fait tout trembler devant elle, à qui tout le monde obéit, même le roi.

— De qui voulez-vous parler?

— Il n'y a qu'une femme en France à qui le roi obéisse.

— Madame de Pompadour?

— C'est elle.

Le jésuite eut un éblouissement, mais il se remit aussitôt.

Ce qu'il entendait était trop incroyable pour qu'il pût y croire, ne fût-ce qu'un instant.

— Vous devenez fou, dit-il.

— Non, je ne suis pas fou! s'écria le prince avec force, et je vous le prouverai quand il en sera temps.

— Alors, expliquez-vous. Que dites-vous? que voulez-vous dire?

— Je veux dire que la marquise trompe le roi.

Le père jésuite eut un sourire de pitié.

— Qui l'ignore ? dit-il.

— Le roi tout le premier.

— Le roi lui-même ne l'ignore pas, mais il ne peut avoir que des doutes.

— Et si on lui donnait des preuves ?

— Des preuves !

— Si on mettait sous ses yeux une lettre de la marquise donnant un rendez-vous pour une nuit d'amour ?

— Une lettre de la marquise ! Ecrite de sa main ?

— Tout entière de sa main, et fermée d'un ruban qui, par sa forme, par l'odeur parfumée qu'il exhale, a fait certainement partie intime de sa toilette.

— A qui cette lettre était-elle adressée ?

— Au comte de Lorges.

— Au comte de Lorges !

Tout l'empire que le père jésuite avait sur lui ne pouvait tenir contre une pareille révélation.

Sa voix avait pris une intonation stridente de joie et de triomphe, son regard flamboyait à travers les trous de son masque et la sueur perlait sur son front pâle d'émotion.

— Il faut avoir cette lettre, pensa-t-il tout haut.

Mais une réflexion, rapide comme un éclair, abattit toute cette joie.

La rigide loyauté, l'honneur immaculé du comte de Lorges étaient trop avérés pour que cette entreprise ne fût pas impossible.

— Le comte ne se sera pas séparé de cette lettre, dit-il, et maintenant qu'il est sous la protection de la Bastille, il faut renoncer à s'en emparer.

— Ce n'est pas le comte de Lorges qui est le possesseur de cette lettre, dit le prince.

— Qui donc ?

— C'est moi.

— Vous !

— Le comte ne l'a pas reçue, elle a passé directement des mains du messager de la marquise dans les miennes, et c'est moi qui suis allé, à la place du comte, au rendez-vous donné.

Le père jésuite ne put réprimer une exclamation d'étonnement et en même temps d'admiration.

— Vous ! répéta-t-il. Mais la marquise a dû, alors, reconnaître la fourberie dont elle était victime.

— Non, car elle avait pris toutes ses précautions pour ne pas être vue, et par conséquent, elle-même ne pouvait voir. Elle croit encore avoir reçu le comte de Lorges, et le comte de Lorges seul.

— Donnez-moi cette lettre, fit le père en tendant avidement la main.

Le prince lui jeta un regard de sombre méfiance.

— Non, dit-il. Cette lettre est toute ma force. La marquise la rachèterait un million. Moi, je n'en veux d'autre prix que la satisfaction de ma vengeance, mais je ne veux pas que cette vengeance puisse m'échapper. Qui est-ce qui m'assure qu'une fois possesseur de cette lettre, vous ne m'oublierez pas ? Sais-je seulement qui vous êtes, d'où vous venez, où vous voulez aller ? Suis-je sûr de vous revoir, de vous retrouver jamais s'il ne vous plait plus de revenir ici ? Non, je ne me dessaisirai pas de cette lettre, ou plutôt je ne m'en dessaisirai qu'en échange du prix que j'en réclame. Donnez-le moi, elle est à vous.

Tant que l'Italien avait parlé, le père ne l'avait pas quitté des yeux.

Il y avait dans son accent une si ferme résolution qu'il ne songea pas à essayer de le persuader.

Seulement, un instant, il parcourut du regard tout ce qui l'entourait comme s'il eût été tenté d'employer jusqu'à la violence pour se procurer, sans plus attendre, cette preuve qui devait mettre aux pieds de l'ordre, la marquise, et par la marquise, le roi.

Mais il eut la force de résister à cette tentation suprême, ou peut-être cette tentation céda-t-elle naturellement le pas à la poursuite de l'exécution d'un projet, non moins important, antérieurement conçu.

— Soit, dit-il froidement. Ce que vous exigerez sera fait. Que désirez-vous ?

— Je veux savoir où s'est retirée la femme que j'avais ici hier.

— Vous le saurez.

— Je veux connaître le nom de l'homme pour lequel elle m'a quitté.

— Vous le connaîtrez.

— Et je veux les tuer tous deux dans les bras l'un de l'autre.

Le père jésuite le regarda fixement, en silence, pendant un assez long moment.

— La femme que vous avez aimée et qui vous a abandonné pour en aimer un autre, dit-il enfin d'une voix lente, pénétrante et remplie d'intentions marquées, on peut au besoin comprendre que vous vous arrogiez le droit et le pouvoir de la punir de son infidélité, mais l'homme qui vous l'a enlevée, ou pour qui on vous l'a enlevée, vous ne le connaissez pas, et vous ne pouvez prendre d'avance avec vous-même l'engagement de le frapper.

L'Italien éclata d'un rire farouche.

L'observation lui paraissait plaisante.

— Et pourquoi donc ? fit-il.

— Parce qu'il y a certaines gens en France que l'on ne tue pas, ni pour cette cause, ni pour toute autre, répondit le père jésuite doucement, moins encore surtout pour cette cause que pour une autre, des hommes si haut placés au-dessus du commun, qu'il leur est permis de prendre où ils les trouvent les beautés qui leur plaisent, sans que personne ait le droit de s'en fâcher, des hommes contre lesquels une mauvaise pensée est un crime et qui ont la licence de l'impunité, même dans leurs plus grands excès.

L'Italien continua de rire.

— Je ne connais pas cet homme-là, dit-il. A Rome, le prince qui passe à portée du couteau du portefaix, reçoit la pointe de ce couteau entre les côtes, si le portefaix croit avoir une raison de le frapper. Je ne suis pas Français, moi, je suis de Rome, et je tue qui me blesse sans m'inquiéter de ce qu'il est. Celui qui m'a volé Louise mourra, quand il serait le roi lui-même.

— Malheureux ! Qu'osez-vous dire ? s'écria le père jouant l'indignation et l'horreur.

— Ce que je pense et ce que je ferai, répliqua l'Italien de ce ton calme, de cette voix forte et nette qui dénote une volonté de fer.

— Taisez-vous, reprit sévèrement le père jésuite. Je veux avoir cette lettre, et pour la recevoir de vous, je ferai ce que vous souhaitez ; je vous ferai connaître la retraite de la femme que vous avez perdue, et, si cela est, le nom de celui qui vous l'a ravie, mais je ne vous donnerai aucun moyen pouvant vous aider à parvenir jusqu'à eux.

— Je ne vous en demande pas. Je n'en veux pas. Moyens, exécution, tout cela me regarde et ne regarde que moi, s'écria le prince Campiréali avec une énergie sauvage. Dites-moi seulement quand vous pourrez m'apprendre ce que je veux savoir.

— Demain, répondit le père après avoir un instant réfléchi.

— Où ?

— A la grille de l'avenue de Paris.

— L'heure ?

— Dix heures.

— C'est bien. Et maintenant que je suis plus tranquille puisque j'ai la certitude de pouvoir dans deux jours me venger de ceux-là, ajouta le prince Campiréali avec une expression sinistre, je vais pouvoir songer à me venger d'ici là d'une autre femme qui, elle aussi, m'a offensé.

— Comment l'appelez-vous celle-là ? demanda le père.

— Je l'appelle Claire de Jumery.

Quelques instants après, le père jésuite, l'agent secret du général de l'ordre, se retrouvait seul dans les rues de Versailles, et se répétait fiévreusement, comme s'il eût craint de l'oublier :

— Avant deux heures, il faut que cette femme soit retrouvée et il faut que demain elle soit placée au Parc-aux-Cerfs sous les regards du roi, sa beauté fera le reste.

Cette résolution mentale du père eût pu servir d'explication terrible à ces dernières paroles qu'il avait adressées, deux heures plus tôt, au duc de Richelieu :

— Vous nous permettrez, maintenant que nous avons échoué près de vous, de nous adresser directement à la personne du roi.

C'était en effet, maintenant, directement *à la personne du roi* que la société de Jésus allait s'adresser.

VI

Les fonctions secrètes de madame de Pompadour.

I

L'histoire intime de ce temps-là s'est chargée de nous apprendre que madame de Pompadour n'éprouvait pas et n'avait jamais éprouvé un amour bien fougueux pour Sa Majesté Louis XV.

Louis XV, qui se connaissait fort en pareille matière, lui avait donné, comme petit nom d'amitié, celui de *Macreuse*.

Dans la société de ses intimes il ne l'appelait, en effet, que sa Macreuse.

Or, chacun sait que la macreuse est un animal à sang froid.

Mais ce nom peu galant, donné à sa favorite, n'avait pas dans la bouche du roi une signification blessante.

Il croyait fermement que la froideur de la marquise était simple affaire de tempérament, et il ne cherchait pas à obtenir d'elle plus qu'il ne la croyait capable de donner.

— Cette pauvre marquise fait ce qu'elle peut, disait-il quelquefois.

La vérité était que la marquise faisait, non ce qu'elle pouvait, mais ce qu'elle voulait, et qu'elle ne méritait réellement son nom de Macreuse que lorsqu'elle était près de Sa Majesté.

Mais Sa Majesté, toute majesté qu'elle était, devait être, comme il arrive toujours, la dernière à s'en apercevoir.

Ambitieuse avant tout, la marquise, qui n'entendait pas jouer le rôle de dupe amoureuse qu'avait joué mademoiselle de la Vallière vis-à-vis de Louis XIV, la marquise s'était surtout attachée à captiver le roi par son esprit, qui était des plus brillants, par sa grâce, qui était inimitable, et surtout par une complaisance absolue à satisfaire, à prévenir même au besoin, tous les caprices de son royal amant.

Et elle y était parvenue.

Seulement, quelquefois, elle avait dû trouver la tâche rude.

Impuissante, de sa propre volonté, à procurer au roi toutes les distractions auxquelles son titre de maîtresse favorite donnait à celui-ci le droit incontestable de prétendre, il lui avait fallu d'abord fermer les yeux sur les nombreuses infidélités qu'il ne se faisait aucunement faute de lui faire.

Ceci lui avait coûté assez peu.

Mais, dans la crainte d'être supplantée par une rivale, il lui avait fallu bientôt aller plus loin.

Parmi toutes ces innombrables beautés de cour toujours prêtes à jeter leur déshonneur au cou du maître en échange du mouchoir, il pouvait s'en rencontrer une plus belle ou plus habile qui parviendrait à enchaîner le volage sultan.

Et c'était là ce qu'à tout prix il fallait empêcher.

Du jour où elle avait compris cela, la marquise avait quitté son rôle de complaisante aveugle fermant les yeux pour ne rien voir, pour prendre celui plus actif de complaisante prévenante.

Elle s'était mise alors, avec une héroïque résignation, à chercher elle-même, et à choisir avec soin, les maîtresses faciles et peu dangereuses pour elle qui pouvaient être pour quelques jours du goût de Sa Majesté, écartant avec un tact exquis toutes celles qui, visant plus haut, auraient pu tenter de toucher son cœur.

— Il faut, se disait-elle, que le roi n'ait que des caprices et point de maîtresses.

Avec un homme d'humeur aussi furieusement galante que

Sa Majesté Louis XV, de semblables fonctions n'étaient rien moins que sinécure.

La marquise toute seule n'aurait pu y suffire.

Mais heureusement elle avait trouvé près d'elle, merveilleusement disposés à lui venir en aide, d'abord sa femme de chambre de confiance, presque son amie, madame du Hausset, puis le propre valet de chambre du roi, Lebel.

Celui-ci, un charmant homme qui était bien véritablement de son siècle, s'était chargé de la partie active des recherches.

C'était lui qui présentait les postulantes aux bonnes grâces du roi.

Madame du Hausset et, en dernier ressort, madame de Pompadour, jugeaient de leurs mérites.

Quand le personnel féminin de la cour fut épuisé, on descendit jusqu'aux simples bourgeoises, puis jusqu'aux humbles grisettes, voire même jusqu'aux modestes villageoises.

Mais, à ce compte-là, et pour éviter, en faisant ainsi défiler sous ses yeux des légions de beautés qui se succédaient sans relâche, que le roi se ne livrât à une passion sérieuse, toute la France féminine eût eu bientôt passé une revue orientale devant lui.

Madame de Pompadour craignait de périr par la disette.

De concert avec madame du Hausset et Lebel, elle essaya de concevoir un système un peu moins transitoire.

Et des profondes méditations de cet immoral trio sortit la création du Parc-aux-Cerfs.

Un harem pour le roi de France !

Aujourd'hui encore on a peine à croire à la réalité de pareilles turpitudes, et il faut les attestations irréfutables de l'histoire pour ne pas les rejeter dans le domaine de la fiction.

Voici, textuellement copiés sur l'original écrit de la main de M. de Bernis, les immondes statuts de ce lupanar royal :

« De très-jeunes personnes, vierges, autant qu'on en pourra juger, seront admises dans cette espèce de couvent, qui prendra le nom de Parc-aux-Cerfs.

« Les demoiselles, dont le nombre demeure illimité, y vivront séparément, et sans avoir la moindre communication entre elles, pour éviter de détruire la diversité de naturels, d'humeurs et d'esprits qui doit offrir au maître les charmes de la variété.

« Des agents sûrs et dévoués seront chargés de parcourir le royaume, pour y découvrir des beautés neuves et inconnues; les autorités recevront l'ordre secret, non-seulement de n'entraver en aucune manière la mission des fonctionnaires du Parc-aux-Cerfs, mais encore de leur prêter assistance et main-forte au besoin.

« Des bordereaux approximatifs seront remis aux trésoriers de la couronne, qui seront tenus de faire les fonds nécessaires à l'entretien de la chaîne d'affidés, d'agents et d'indicateurs établis d'un bout à l'autre de la France, et qu'il sera juste de salarier largement, de peur que, par une parcimonie mal entendue, le service ne vienne à souffrir.

« Un autre fonds sera alloué pour conduire à Versailles les demoiselles recrutées, pour les décrasser, les habiller, les parfumer, et relever, en un mot, tous les moyens de séduction qu'elles pourront posséder.

« Les néophytes, à leur arrivée à Versailles, seront d'abord présentées à madame la marquise de Pompadour, qui, seule, pourra les introduire dans les petits appartements, où le roi prononcera sur leur admission ou leur rejet.

« Une indemnité honnête sera donnée aux aspirantes qui n'auraient pas eu le bonheur de plaire à Sa Majesté; elles seront, par les soins des agents du Parc-aux-Cerfs, remises au lieu d'où elles auront été enlevées: l'institution n'entendant toutefois contracter aucune responsabilité quant aux accidents qui pourraient survenir à la vertu des beautés réformées avant admission.

« Le sieur Lebel est nommé surintendant du Parc-aux-Cerfs; il aura la haute main sur les détails extérieurs et intérieurs.

« La dame Bertrand, qui, selon les circonstances, pourra prendre encore le nom de Dominique, sera directrice de la maison; elle correspondra directement avec le roi et avec madame de Pompadour.

« Les avantages des pensionnaires du Parc-aux-Cerfs varieront selon le degré de satisfaction qu'elles auront procuré au roi, suivant leur position dans le monde, et surtout relativement à la fécondité ou à la stérilité du commerce qu'elles auront eu avec Sa Majesté. Mais une jeune personne congédiée de la maison ne pourra jamais obtenir moins de cent cinquante mille livres ; il sera le plus ordinairement pourvu à son mariage, afin que Sa Majesté n'ait pas le désagrément de voir tomber dans le désordre une femme honorée de ses bontés.

« La première entrevue des arrivantes avec le roi aura lieu dans le petit appartement de deux pièces attenant à la chapelle : Sa Majesté y passera pour un seigneur polonais, parent de la reine, et qui, par cette raison, logera au château. Le monarque se rendra secrètement dans cet endroit : les sentinelles, devant lesquelles il devra passer, auront l'ordre de lui tourner le dos quand elles l'entendront venir. Les entrevues suivantes se passeront dans l'intérieur du Parc-aux-Cerfs, à moins que Sa Majesté n'ait la fantaisie de recevoir une des pensionnaires au château, dans lequel cas des ordres spéciaux seraient donnés à la dame Bertrand. »

Ces statuts, digne monument d'un libertinage que rien ne semblait pouvoir assouvir, furent lus, *approuvés* et *signés* par le roi.

Ils peuvent donner une idée de ce bon vieux temps que certaines gens voudraient encore aujourd'hui voir renaître.

A partir de la création du Parc-aux-Cerfs, la marquise de Pompadour put dormir à peu près tranquille.

Elle n'eut plus qu'un souci, celui d'entretenir le harem royal toujours bien approvisionné.

Car à ce minotaure couronné qui avait nom Louis XV, il fallait chaque jour, pour qu'il ne s'ennuyât pas, un holocauste de nouvelles victimes.

Et la marquise ne craignait rien tant qu'une chose, c'était de voir l'ennui s'emparer du roi.

Or, ce jour-là, le roi avait hautement déclaré qu'il s'ennuyait.

VII

Le roi s'ennuie, la marquise se désole.

Ce jour-là était le lendemain de celui où la marquise, imprudente comme une femme qui n'a rien à risquer ou plutôt comme une femme que l'attrait d'un caprice à satisfaire fait passer par-dessus tout, s'était échappée furtivement et délicieusement émue pour aller chercher près du comte de Lorges la plus horrible désillusion, la mortification la plus cruelle qui puisse atteindre une femme quelle qu'elle soit.

La conviction désolante de s'être livrée, victime d'une infâme trahison, à un inconnu, à un misérable, quand elle croyait se donner à un homme qu'elle aimait.

Mais pour une femme dans la position de la marquise de Pompadour, les circonstances avaient un caractère de gravité tout 'exceptionnel.

A côté de la question d'amour et d'amour-propre, horriblement blessés tous deux, il y avait la question du péril matériel auquel elle était exposée, les mains liées, sans pouvoir se défendre.

Elle ne pouvait prévoir de quel côté viendrait l'attaque.

Qu'était devenue cette lettre qu'elle avait eu l'insigne folie d'écrire au comte de Lorges et qui ne lui était pas parvenue ?

En la possession de quel traître était-elle tombée ?

Quel usage fatal allait-on vouloir en faire ?

La marquise ne se dissimulait pas qu'en présence d'une preuve aussi palpable d'infidélité, si elle venait à être produite, le roi, ne fût-ce que par orgueil, devrait être forcé de signer sans hésiter l'arrêt de sa disgrâce.

Aussi n'avait-elle guère dormi cette nuit-là.

Elle se sentait sur une mine qu'elle avait chargée elle-même, à laquelle une main inconnue pouvait mettre le feu d'une minute à l'autre et qui devait, en éclatant, l'engloutir elle et sa fortune.

La veille au soir elle avait vu le roi, qui, contre sa coutume, n'avait fait qu'apparaître chez elle.

Il lui avait paru préoccupé, maussade.

Et comme, faisant contre fortune bon cœur, elle lui avait demandé en plaisantant de lui rendre cette jarretière, ce bout de ruban rose, qu'il lui avait si galamment dérobé l'avant-veille, il lui avait répondu avec un sérieux qui l'avait glacée jusqu'au fond de l'âme.

— Non, madame, non. Ce que je tiens une fois, je le garde. Je suis bien aise de conserver une chose qui vous a appartenu de si près; c'est un talisman qui pourra peut-être un jour m'être utile.

C'était la seconde de ces jarretières, un bout de ruban pareil, qui fermait la lettre adressée au comte de Lorges !

La marquise avait failli s'évanouir à cette pensée.

Toute la nuit elle avait rêvé que le sultan du Parc-aux-Cerfs, à l'instar de ses aimables collègues d'Asie, la faisait étrangler avec un ruban rose.

A son réveil, et comme pour faire suite au cauchemar qui l'avait si douloureusement obsédée, le surintendant du Parc-aux-Cerfs, Lebel, qui, en sa double qualité de pourvoyeur et de valet de chambre du roi, avait chez elle ses grandes et petites entrées, parut dans son appartement, introduit par madame du Hausset.

Lebel, la mine longue et défaite d'un serviteur à qui l'on vient de reprocher la négligence et les défectuosités de son

service, accourait annoncer à la marquise que Sa Majesté
était, ce matin, d'une humeur massacrante.

Il en avait reçu en l'habillant les plaintes les plus amères.

Le roi se plaignait surtout du peu de soin que l'on mettait,
depuis quelque temps, dans le choix de ses pensionnaires du
Parc-aux-Cerfs.

Aucune de celles qui s'y trouvaient n'avait le talent de lui
plaire.

Elles se ressemblaient toutes.

Et cœtera, et cœtera.

Il n'avait voulu écouter ni les protestations, ni les excuses
du Mercure, et après s'être fait botter et éperonner, il était
parti chasser à Saint-Germain.

Bref, le roi s'ennuyait.

Telle était la conclusion de Lebel, qui prétendait, avec raison, bien connaître son royal maître.

Le cas était grave.

Mais en raison des circonstances toutes particulières dans
lesquelles elle se trouvait et dont elle se garda bien de faire
la confidence au valet de chambre, il était plus grave encore
pour madame de Pompadour que pour tous autres.

Les trois associés, la Pompadour, madame du Hausset et
Lebel, tinrent aussitôt conseil.

— Il faut au plus vite remplacer toutes ces péronnelles qui
ne savent rien imaginer pour être agréables au roi, dit madame de Pompadour pensive.

— C'est aussi mon avis, madame, dit Lebel, mais la mesure
est plus facile à prescrire qu'à exécuter. Il faut trouver de
quoi les remplacer, et les sujets deviennent rares.

— Il est certain qu'avec la furieuse consommation qu'en
fait le roi, il aura bientôt épuisé tout ce qu'il y a de jolies
filles en France, observa madame du Hausset.

— Le roi est le roi, ma chère, répliqua la marquise. Il a
parfaitement le droit de s'amuser.

— C'est évident, dit Lebel. Le roi a des sujets pour le
servir, les hommes dans ses armées, les femmes dans ses
plaisirs.

— Toutes ces paroles ne nous donnent pas le moyen de
sortir de peine, fit la marquise avec impatience. Voyons,
Lebel, vous qui êtes homme de ressource, cherchez dans vo-

tre tête, dans vos notes, dans les rapports de vos agents. N'avez-vous pas laissé en réserve, dans des temps moins difficiles, quelque beauté de second ordre que nous avons repoussée jadis et que nous serions heureux peut-être d'accueillir aujourd'hui?

Lebel, la tête dans ses mains, réfléchissait à se rompre la cervelle.

— Nous avons bien des pères qui nous ont proposé leurs filles, dit-il, des frères, leurs sœurs, des oncles, leurs nièces, des filles, plus audacieuses ou moins bien apparentées, qui se sont proposées elles-mêmes, mais tout cela n'est que du fretin.

— Mieux vaut du fretin que point du tout de friture, observa encore madame du Hausset.

— Quand on ne sait où donner de la tête, on fait flèche de tout bois, appuya madame de Pompadour.

Lebel continuait à se gratter le front.

— Non, dit-il, de l'humeur où je vois Sa Majesté, ce n'est point là du tout ce qu'il nous faut.

— Voyons, Lebel, selon vous, que nous faudrait-il? demanda la marquise.

— Madame, répondit le pourvoyeur du Parc-aux-Cerfs du ton grave et convaincu qu'aurait pris un conseiller au Parlement pour donner son avis sur une question solennelle, depuis quatre ans que vous avez eu l'heureuse idée de créer à portée de Sa Majesté, et pour ainsi dire sous sa main, une institution destinée à lui présenter sans cesse ce qui pouvait le mieux exciter et satisfaire ses désirs, nous n'avons offert au roi que des jeunes filles, de toutes jeunes filles, comme le portaient nos statuts.

— Où voulez-vous en venir, Lebel? Nous avons offert à Sa Majesté ce qui devait lui plaire. Vous savez comme moi qu'elle a toujours eu un goût prononcé pour les jeunes filles les plus innocentes.

— Les goûts changent quand ils sont satisfaits, madame. C'est la variété des mets qui engendre l'appétit. Un homme nourri de perdreaux toute une année donnera sa fortune pour mordre à belles dents dans une tranche de bœuf bouilli. Le roi, sans qu'il s'en doute, est saturé d'innocentes, les niaises

lui lèvent le cœur. C'est toujours la même chose, comme il le
dit lui-même.

— M. Lebel parle d'or, madame, dit madame du Hausset.

— Il pourrait bien avoir raison, dit la marquise réfléchissant.

— Croyez que j'ai raison, madame la marquise, reprit avec
feu le valet de chambre du roi, fort de cette double approbation. Et si j'ai raison, il va nous falloir violer nos statuts en
introduisant au Parc-aux-Cerfs tout autre chose qu'une innocente, quelque belle jeune femme suffisamment bien édu-
quée pour dissiper l'ennui de Sa Majesté en réveillant son
appétit.

— Sans consulter le roi ? fit la marquise hésitante.

— Le roi n'aura garde de s'en fâcher s'il y trouve son
compte. En tout cas, il nous resterait la ressource de lui dire
que le hasard a tout fait. La petite porte du potager peut
être restée par hasard ouverte quelque temps, une femme
passant là et attirée par la curiosité peut y être entrée par
hasard, le hasard peut l'avoir poussée dans une des maisons
du parc, dans un des appartements où Sa Majesté la trouverait par hasard.

— Allons, rapportons-nous-en au hasard, puisque nous ne
pouvons mieux faire, dit la marquise. Mais pour parler ainsi,
Lebel, avez-vous donc déjà quelque personne en vue ?

— Non, madame, mais une femme, comme je la comprends,
pour distraire quelques instants Sa Majesté, est beaucoup
plus facile à découvrir qu'une véritable innocente.

— Parfaitement vrai ! fit madame du Hausset riant.

— Non pas que je veuille dire qu'il faille renoncer pour
cela à présenter à Sa Majesté des jeunes filles pures et de
grande vertu, reprit le valet de chambre, au contraire, car
les préférences du roi reviendront vite à celles-ci. Mais si
nous parvenons à rencontrer ce qu'il nous faut tout de suite,
nous gagnerons du temps, au moins quelques jours, et en
quelques jours, quand on est pressé comme nous le sommes,
on fait beaucoup de besogne.

— Oui, Lebel, pressez-vous. Je connais le roi, dit la marquise. Si l'ennui le prend, tout est perdu.

— Que madame la marquise veuille bien compter sur moi.
Maintenant que j'ai son autorisation d'agir en dehors de nos

statuts, je réponds de tout. Je vais à l'instant mettre tous mes agents en campagne, et quand le roi reviendra ce soir de Saint-Germain, j'espère que nous pourrons lui présenter, par hasard, une nouvelle figure capable de le dérider.

Lebel salua respectueusement et très-profondément madame de Pompadour, en laquelle il reconnaissait sa véritable maîtresse, adressa un geste demi-cavalier, demi-affectueux à madame du Hausset, en laquelle il ne voyait qu'une égale, et partit au plus vite.

— Ce Lebel est un homme précieux, dit madame du Hausset en le suivant des yeux, mais c'est un fier coquin.

— C'est un homme d'esprit, repartit la marquise songeuse, un homme incapable de jamais faire une sottise comme celle que j'ai faite et à laquelle, je le sens, je vais devoir ma perte.

Madame du Hausset se récria chaleureusement.

— Votre perte, madame, pour une lettre que vous avez toujours la ressource de répudier !

— Elle est tout entière de mon écriture.

— N'avez-vous pas assez d'ennemis intéressés à vous accabler sous les plus noires calomnies ? Vous les accuserez d'avoir perfidement imité votre écriture et de l'avoir assez habilement contrefaite, pour que l'œil le plus exercé pût s'y tromper.

— Vous avez réponse à tout, ma chère du Hausset, dit la marquise en essayant un pâle sourire, malheureusement ces réponses, si je voulais en faire usage, ne seraient sans doute pas goûtées par Sa Majesté.

— Mais qui vous dit que Sa Majesté aura jamais connaissance de ce malheureux billet ? Pourquoi voulez-vous qu'il soit tombé précisément entre les mains d'un malhonnête homme ?

— Il n'y a qu'un malhonnête homme qui soit capable de soustraire une lettre qui ne lui est pas adressée et d'en abuser d'une si indigne façon.

— Mais du tout, madame ! Mais il n'est pas un de nos jeunes seigneurs qui ne soit capable d'en faire autant, au risque de recevoir un coup d'épée du dépossédé si l'aventure se découvre. Les Laugeac, les Nocé, les Beaufort, les la Trémouille, les Coigny, tous honnêtes et loyaux gentilshom-

mes, ne laisseraient, certes, pas échapper une pareille occasion si elle se présentait, et les croyez-vous pour cela assez
dépourvus d'honneur pour aller faire montre de la lettre
qu'ils auraient détournée au seul profit de leur plaisir?

— Je voudrais vous croire, ma chère du Hausset, mais je
tremble.

— Ne tremblez pas, ma chère maîtresse, et voyez les choses sous leurs véritables apparences. Par qui ce billet com-
promettant a-t-il pu être intercepté, sinon par quelqu'un
des amis, des intimes du comte de Lorges? Or, le comte, si
pur d'honneur, peut-il avoir pour ami un misérable? D'ailleurs, madame, que risquez-vous, à tout prendre sérieusement? Cet audacieux larron qui a surpris la place du comte,
ne vous a pas plus vue que vous n'avez pu le voir. Je l'ai
amené près de vous les yeux bandés et je l'ai reconduit de
même, et pendant tout le temps vous êtes restée avec lui dans
une complète obscurité. Il ne vous connaît pas, il ne vous
connaîtra jamais.

— Mais cette nuit que vous oubliez, du Hausset, cette nuit
que j'ai passée près de lui, croyant être près du comte. Oh!
c'est à en mourir de honte! s'écria la marquise en cachant
son visage dans ses mains.

— Quant à cela, madame, repartit madame du Hausset
avec un sourire que le respect seul empêchait de devenir un
rire franc et bruyant, permettez-moi de vous dire que c'est
de votre part véritable enfantillage. Bah! une nuit est si vite
passée, et n'en avez-vous pas devant vous tant d'autres qui
vous feront oublier celle-là!

— Jamais! dit sourdement la marquise. Avant d'avoir vu
le comte, je n'avais pour lui qu'un caprice, une simple fantaisie me poussait à vouloir le connaître; depuis que je l'ai
vu, si calme devant mes emportements, si digne devant ma
colère, si franchement loyal devant mes jalousies qu'il ne
pouvait pas comprendre et que je n'avais pas le droit d'avoir,
je l'aime comme jamais homme n'a été aimé de moi.

La marquise prononça ces derniers mots, qui s'échappaient
de son cœur trop plein pour les contenir plus longtemps,
d'une voix si profonde qu'à peine si sa confidente les entendit.

— Et l'homme qui lui a pris sa place près de moi, reprit-

4.

elle avec une énergie furieuse, l'homme qui lui a volé mes caresses et qui m'a salie de ses embrassements, je l'exècre comme jamais femme n'a exécré un homme, et je donnerais dix ans de mon pouvoir pour le connaître et m'en venger.

Madame du Hausset se mit à genoux sur un tabouret aux pieds de sa maîtresse, et lui prit une de ses mains qu'elle baisa.

— Vous êtes bonne, madame. Vos ennemis eux-mêmes ne peuvent le nier, dit-elle, et cependant voyez : l'homme que vous aimez, et qui n'est coupable envers vous d'aucun crime, vous l'avez fait arrêter hier et conduire à la Bastille; celui qui vous a offensé, et que vous voudriez connaître pour vous venger de lui, est libre, et viendra peut-être aujourd'hui, à votre lever, solliciter de vous la faveur de vous baiser la main.

La marquise passa son mouchoir sur ses yeux et secoua la tête.

— J'étais folle, hier, en sortant de chez lui, dit-elle.

Madame du Hausset continua :

— Mais, moi, je vous sais bonne, et j'étais certaine que vous ne penseriez pas aujourd'hui comme hier. J'ai pris sur moi de donner l'ordre à l'exempt, à qui j'ai dû remettre votre lettre de cachet, de ne présenter M. le comte de Lorges au gouverneur de la Bastille que comme un prisonnier qui, devant être promptement relâché, ne devait pas être enregistré, ni écroué. Il ne tient qu'à vous, à présent, de le faire libre.

— Ah ! du Hausset, merci ! s'écria la marquise avec élan. Vous avez bien fait, merci !

— Et raisonnez, ma chère maîtresse, poursuivit la femme de chambre. Qui mieux que le comte de Lorges peut vous faire connaître et retrouver celui qui l'a trahi et qui vous a offensé ? Qui mieux que le comte de Lorges peut, en rappelant ses souvenirs, en cherchant autour de lui quel peut être le traître, vous mettre sur la voie de la vengeance que vous voulez tirer de lui ?

— Vous avez raison, du Hausset, dit la marquise subitement éclairée. Oui, le comte seul peut découvrir cet homme. Oui, je veux le voir, je veux le délivrer, puis chercher avec lui à qui nous devons demander compte.

Elle s'assit vivement devant sa table de toilette.

— Vite, ma chère, une toilette d'un quart d'heure. Ensuite, vous nous procurerez une voiture de louage avec de bons chevaux. Il nous faut quatre heures pour aller à Paris et en revenir. Le roi, qui est à Saint-Germain, ne peut être ici avant l'heure de son dîner, quatre heures. Nous serons de retour, mais hâtons-nous.

Moins d'une heure après, la marquise, accompagnée de sa confidente, toutes deux dans une voiture rapidement emportée, roulaient sur la route de Paris.

VIII

Le prisonnier de la marquise.

La noire forteresse dans laquelle les caprices, les rancunes, les inimitiés, les vengeances des puissants du jour entassaient depuis si longtemps, grâce au système si commode des lettres de cachet, tous ceux qui, à un titre quelconque, avaient le malheur de leur porter ombrage, la Bastille était alors telle qu'elle se trouvait lorsqu'elle tomba, le 14 juillet 1789, sous les mains vengeresses du peuple de Paris.

C'était un vaste et massif parallélogramme dont la porte d'entrée donnait sur la rue Saint-Antoine, en face la rue des Tournelles.

A la suite de cette porte se dressait un premier pont-levis, lequel, une fois abattu, permettait d'arriver dans la *cour du Gouvernement*.

Dans cette cour, à droite, était la maison du gouverneur; en face, une terrasse; à gauche, la véritable entrée de la prison.

Cette entrée, véritable bouche d'un enfer plus affreux que celui du Dante, était fermée par un énorme pont-levis, derrière lequel était une forte grille en fer et un corps de garde donnant sur un guichet sombre et voûté.

Ces obstacles une fois franchis, on se trouvait dans la *grande cour*. Elle avait trente-quatre mètres de long sur vingt-quatre mètres de large, et était environnée de six tours principales.

Trois de ces tours regardaient le faubourg Saint-Antoine.

Elles avaient nom :

La première, *la Comté* ;

La seconde, *le Trésor*, parce que c'était dans celle-là que Henri IV renfermait son épargne,

Et la troisième, *la Chapelle*, parce que la chapelle de la prison y attenait,

Les trois autres tours se nommaient : *la Liberté, la Bertaudière* et *la Bazinière*.

Celles-ci regardaient Paris.

Au fond de la grande cour, il y avait un élégant bâtiment qui venait d'être achevé, et qui avait été commencé l'année précédente, en 1764, par ordre de M. de Sartines, lieutenant de police.

Sur le fronton de ce bâtiment s'étalait une horloge, entourée et décorée d'ornements allégoriques et cruellement significatifs, tels que fers, chaînes, instruments de torture, figures enchaînées, etc.

Cela était d'un bel effet, et faisait le plus grand honneur à l'esprit et à l'imagination de M. de Sartines.

Sous ce fronton, au milieu du bâtiment, s'ouvrait un passage voûté conduisant à la *cour du Puits*, où se trouvaient les deux tours *du Coin* et *du Puits*.

Les tours de la Bastille étaient toutes partagées en cinq étages voûtés ou portés sur des charpentes doubles, pour rendre plus difficiles les communications entre les prisonniers logés à des étages différents.

Et toutes ces tours, hautes de soixante-douze pieds, étaient réunies et reliées l'une à l'autre par des murs de même élévation, d'une épaisseur massive de trois mètres.

Et toutes ces tours, et toutes ces murailles étaient environnées d'un fossé profond de vingt-quatre pieds.

C'était là, on ne saurait dire le contraire, une fort jolie forteresse, et ce devait être une bien agréable prison.

Le comte de Lorges y avait été amené la veille, sous la conduite de l'exempt qui l'avait arrêté.

Le gouverneur, homme de tact et de savoir-vivre, l'avait reçu tout d'abord avec une grande politesse, mais avec cette froideur glaciale qui était une des conditions de sa position vis-à-vis d'un prisonnier.

Mais après que l'exempt lui eut dit à l'oreille une ou deux paroles que le comte n'entendit pas, sa froideur gourmée tomba pour faire place à des formes presque affectueuses.

En quelques mots bien sentis, prononcés d'un ton triste et pénétré, il exprima au jeune homme le chagrin qu'il ressentait d'être forcé de le recevoir comme pensionnaire, et de ne pouvoir s'écarter des règles étroites de la maison, en le traitant comme il méritait d'être traité.

Puis, après avoir indiqué à un guichetier la chambre qui devait lui être affectée, il lui tourna poliment le dos, soit qu'il n'eût plus rien à lui dire, soit qu'il ne voulût pas lui en dire plus long.

L'exempt, déchargé de son prisonnier, allait faire comme le gouverneur et s'éloigner.

Le comte le rappela, et lui mit dans la main la moitié des louis que contenait sa bourse.

— Espérez, lui dit cet homme à voix basse, tandis qu'il le saluait pour le remercier.

Le comte poussa un soupir de profonde tristesse en le regardant sortir de la maison du gouverneur, traverser la cour et passer le pont-levis, qui se releva derrière lui avec son bruit de chaînes.

Il lui semblait que cet homme qui s'en allait, libre, avait rompu en s'en allant le lien qui le rattachait lui-même à la liberté.

Le guichetier chargé de le conduire revenait.

Sa chambre de prisonnier était prête.

Le comte, trop fier pour vouloir paraître abattu, trop fort pour l'être véritablement, le suivit à sa première invitation, sans prononcer une parole.

Son guide fit abaisser le second pont-levis, qui s'était déjà relevé, franchit la grille de fer, qui se referma derrière eux, traversa la grande cour en diagonale et gagna le pied de la tour du Trésor.

C'était cette tour-là qui devait avoir l'honneur de loger le nouveau prisonnier.

Le comte, marchant dans les pas de son guide, suivit une galerie sombre, prit un escalier tournant comme une vis de pressoir, monta un nombre infini d'étages, passa de là dans une autre galerie plus sombre encore que la première, de cette galerie dans une grande pièce carrée où se promenait une sentinelle, le mousquet au bras, et enfin de cette grande pièce dans une chambre, petite, étroite et longue, plus sombre encore que tout ce qu'il avait parcouru de sombre jusque-là.

Le guichetier, promenant sur les quatre murs la lumière de la lampe dont il s'était prudemment muni dès la première galerie, lui montra tour à tour du doigt les meubles qui la garnissaient.

Un escabeau de bois.

Une table recouverte d'un méchant tapis.

Et un lit dont l'épaisseur eût fait reculer un anachorète ascétique.

C'était tout.

Cet homme, habitué aux récriminations, aux marques de dégoût, aux cris de colère des prisonniers à l'aspect de ces débris honteux, qui s'appelaient les meubles de la Bastille, en voyant le jeune homme demeurer calme, digne et silencieux, crut devoir aller au-devant de la pensée qu'il ne pouvait manquer d'avoir, mais qu'il dédaignait d'exprimer.

— Cette chambre, toute vilaine qu'elle est, monsieur, dit-il, est la plus jolie de la Bastille, et pour que M. le gouverneur vous l'ait donnée, il faut qu'il veuille avoir pour vous bien des égards. M. de Richelieu y a été renfermé deux fois, la première, après son duel avec M. le comte de Nocé, la seconde, trois ans plus tard, au sujet de ses amours avec mademoiselle de Valois, la troisième fille de monseigneur le Régent.

— Cette chambre est celle d'un prisonnier, répondit le comte avec une patiente résignation. Je n'ai pas le droit de me plaindre.

— Vous êtes un aimable seigneur, dit le geôlier, que la beauté sereine du comte et sa touchante douceur avaient frappé d'un respect involontaire; vous ne resterez pas long-temps ici. Et cependant, ajouta-t-il en guise de correctif à cette espérance, j'en ai déjà vu beaucoup, de jeunes seigneurs bien aimables, qui y sont longtemps restés, ici, et qui y sont devenus vieux et méchants. A la grâce de Dieu! fit-il.

— Oui, mon ami, à la grâce de Dieu! répéta le prisonnier.

— Les premiers jours sont les plus durs à passer, reprit le guichetier, mais comme vous n'êtes pas mis au secret, vous pourrez, pour vous distraire, recevoir quelques visites.

— Est-il donc permis de visiter les prisonniers? questionna le comte.

— Oui, monsieur, mais avec l'autorisation de M. le gouverneur. M. le duc de Richelieu, tout le temps qu'il a passé ici, ne s'en faisait pas faute, et mademoiselle de Valois et mademoiselle de Charolais, soit ensemble, soit à tour de rôle, passaient avec lui une grande partie des jours.

— Quoi! on peut recevoir même des femmes à la Bastille?

— Sans doute, mais toujours avec la permission de M. le gouverneur.

Le comte eut un battement de cœur. Il songea aussitôt à mademoiselle de Jumery.

— Claire me sait ici, pensa-t-il. Si elle ne peut obtenir justice du roi, je suis au moins certain qu'elle viendra me consoler.

Le geôlier faisait mine de vouloir se retirer.

— Merci de vos bonnes paroles, mon ami, lui dit-il, mais, avant de partir, n'allez-vous pas me laisser votre lampe?

— Impossible, mon jeune seigneur, répondit le geôlier. Une lampe, c'est du feu, et on ne peut avoir du feu dans la prison.

— Pardonnez-moi. J'ignore les habitudes et les règles de la Bastille, et je ne voudrais pas vous faire contrevenir à vos devoirs.

— Au reste, reprit le geôlier, le jour est encore haut, et quand la lampe sera partie avec moi, vous y verrez encore clair par la fenêtre.

— C'est bien, dit le comte résigné.

— D'ailleurs, il ne m'est pas défendu de demander à M. le gouverneur s'il veut, pour une fois, déroger à la règle en votre faveur. Il est le maître. En vous apportant votre souper, s'il m'y a autorisé, je vous laisserai ma lampe.

Le geôlier subissait à son insu le charme du jeune homme.

La grosse bonté de cet homme toucha le comte jusqu'aux larmes.

Plus on est malheureux, plus on est sensible aux moindres attentions.

Demeuré seul, le prisonnier s'assit sur l'escabeau et voulut réfléchir.

Mais il était encore trop tôt.

Maintenant qu'il n'avait plus autour de lui personne qui pût être témoin de sa défaillance, il lui fallait payer à l'humanité son tribut de faiblesse.

Comblé jusqu'à ce jour, et comme à souhait, de tous les bonheurs qu'un homme puisse rêver, il n'avait jamais encore, dans son insouciance heureuse, pensé que le malheur pût jamais l'atteindre.

Le coup qui le frappait n'en était que plus fort.

Rien n'avait pu l'y préparer.

Et ce coup imprévu lui ravissait à la fois tout ce qui l'avait fait heureux.

Sa fortune et ses biens.

A ceux-là, il n'accordait ni un regret, ni une larme.

Mais ce qui arrachait à son cœur et à ses yeux gonflés des regrets amers et des larmes de sang, c'était la perte de ceux qu'il aimait, et dont il allait vivre séparé, c'était sa jeunesse morte, sa liberté enchaînée, sa vie tout entière enterrée entre les quatre murs noirs d'une prison.

Il mit sa tête dans ses mains, et il resta longtemps absorbé dans une douleur morne, sans mouvements, sans idées, le corps et l'esprit paralysés.

Le guichetier rentra, et déposa sur la table un souper bien maigre, mais trop convenable cependant pour être strictement le souper ordinaire de tous les prisonniers.

Puis il plaça sa lampe à côté du souper, sur la table, et sortit en l'y laissant.

Le gouverneur avait bien voulu autoriser cette dérogation à la règle, et, pour comble de complaisance, avait sans doute pris à même son propre souper pour fortifier un peu celui de son nouveau pensionnaire.

Le jeune homme n'avait rien vu, rien entendu.

Ce furent les verrous craquant à l'extérieur de la porte,

5

dans leurs gâches rouillées, qui le tirèrent de sa léthargie morale.

Il se redressa soudain, puis aussitôt il retomba sur son escabeau, et ses yeux fixes s'attachèrent à la porte.

Un instant, pendant qu'il était perdu dans l'abîme de ses pensées, qui, trop confuses, ne produisaient dans son esprit qu'un chaos douloureux, il avait oublié où il était et jusqu'à ce qui lui était arrivé.

Ce bruit sinistre de verrous l'avait rappelé à la réalité terrible.

Mais aussi il lui avait rendu son courage et sa force.

— Je suis innocent de tout crime, je n'ai pas une faute, pas une imprudence, pas une pensée coupable à me reprocher contre qui que ce soit, se dit-il. Je suis évidemment victime d'une machination perfide, mais, continua-t-il à se dire dans son honnête et touchante bonne foi, il est impossible que la vérité ne se fasse pas jour et que justice ne me soit pas rendue.

Réconforté par cette consolante pensée, il parcourut de nouveau des yeux sa chambre, qui lui parut moins horrible que la première fois.

Puis, pour baigner un peu d'air pur son front encore chargé de fièvre, il monta sur son escabeau et essaya d'atteindre à la fenêtre étroite et grillée, qui laissait passer à travers ses barreaux en croix un dernier reflet du jour.

Puis il revint s'asseoir devant sa table, et comme à vingt ans la nature ne perd jamais complétement ses droits, il mangea plus résolûment qu'il ne s'y serait attendu lui-même le pain et les légumes du roi, escortés d'un morceau de rôti passable complaisamment détaché à son intention du souper du gouverneur.

Cela fait, il se jeta tout habillé sur son lit et se mit à réfléchir, mais, cette fois, sérieusement et sainement.

Le sujet de ses réflexions était d'avance tout trouvé ; elles convergeaient toutes vers le même but : découvrir par quelles circonstances on avait pu s'emparer d'une lettre qui lui était destinée, et trouver le nom de l'homme qui s'était rendu coupable de ce vol.

On voit que le comte allait se vouer seul, par avance, à la

recherche que madame de Pompadour devait, le lendemain, venir lui demander de faire en commun avec elle.

Le comte était sûr de ses domestiques, qui tous l'aimaient et le respectaient comme un dieu. Aucun d'eux, à aucun prix, n'aurait livré à qui que ce fût une lettre à lui appartenant.

La lettre volée avait dû être remise, par le messager qui la portait, directement à celui qui l'avait gardée, et elle lui avait été remise à l'hôtel même du comte.

Maintenant, qui était celui-là ?

Le jeune homme se rappela toutes les circonstances qui avaient rempli la journée de la veille, car c'était la veille que le fait avait eu lieu ; il chercha dans son souvenir le nom de tous les hommes qui, la veille, s'étaient trouvés à l'hôtel avec lui : c'étaient uniquement ses nouveaux collègues, les officiers du régiment des gardes, à qui il avait donné à déjeuner, et avec eux, seul étranger au corps, le prince Campiréali.

Ce nom, quand il lui vint à l'esprit, fut un trait de lumière.

La conduite de l'Italien allant, au sortir de sa table, où il l'avait traité comme son ami le plus cher, demander la main de mademoiselle de Jumery, la scène au milieu de laquelle il était tombé une minute avant d'être arrêté, et dont il avait vu de loin le dernier épisode, la cravache de Claire s'abattant sur la joue de l'insulteur, le regard chargé de haine que lui avait lancé le prince, tout vint le persuader à la fois.

Le coupable ne pouvait être que le prince Campiréali.

Maintenant, il fallait rencontrer le prince, le convaincre et le punir.

Mais pour cela il fallait être libre.

— Je serai libre un jour, se dit le comte; Claire me délivrera.

Et sur ce doux nom de Claire, qui faisait sur son âme agitée l'effet d'une rosée bienfaisante sur une fleur à demi desséchée par un soleil ardent, il s'endormit.

Le lendemain, il se leva au jour.

Mais le jour de la prison retardait de bien des heures sur le jour de la liberté.

La fenêtre grillée était si étroite, qu'à peine si à midi, au milieu du jour, la cellule du prisonnier était quelque peu éclairée.

Aussi était-il plus de midi lorsqu'il se réveilla.

Le jeune homme n'avait pas encore eu le temps d'aspirer au pied de cette fenêtre quelques souffles d'air et quelques rayons du jour, quand il entendit les verrous de sa porte grincer et cette porte s'ouvrir.

Il tourna les yeux de ce côté, et vit apparaître, d'abord le gouverneur lui-même, puis, derrière lui, une femme dont la tête disparaissait sous ses coiffes.

— Claire ! s'écria-t-il éperdu en s'élançant vers elle.

Le gouverneur s'était effacé et avait disparu.

Et la visiteuse, dérangeant les flots de dentelle qui cachaient son visage, découvrit aux regards du jeune homme les traits de la marquise de Pompadour.

En reconnaissant la marquise, celle qu'il pouvait à bon droit considérer comme son ennemie, car il n'avait pas à douter qu'elle ne fût l'unique cause de sa détention, le comte de Lorges avait fait un mouvement en arrière.

De son côté, la marquise, en entendant le nom de Claire s'échapper si vibrant de bonheur et d'amour des lèvres du jeune homme, avait involontairemet reculé.

— Toujours ce nom ! murmura-t-elle.

Le comte s'était remis.

— Pardonnez-moi, madame, dit-il en ramenant sur sa belle et sereine physionomie, en place de l'expression de cruelle déception qui venait de la recouvrir, une douce expression de tristesse résignée, pardonnez-moi un premier mouvement de surprise dont je n'ai pas été le maître en vous voyant franchir la porte de ma prison.

— Vous vous attendiez à une tout autre visite, n'est-ce pas, monsieur ? fit la marquise, et surtout à une visite plus agréable.

Le comte secoua doucement la tête.

— Dieu m'est témoin, madame, que je serais désolé de vous blesser en quoi que ce soit, répondit-il, mais je ne sais pas mentir, et je l'avoue : Oui, j'attendais, j'espérais une autre visite, car rien ne pouvait me faire présager la vôtre. Que suis-je en effet pour vous, madame, sinon un étranger, pis encore, un malheureux qui, sans le savoir, est devenu la cause innocente et cependant réelle pour vous d'une contrariété, d'un chagrin ? Tandis que pour celle que j'attendais, je suis un frère, plus qu'un frère, un ami, et que, ni volontairement ni involontairement, je ne lui ai jamais causé la moindre peine. Vous ne pouvez pas me blâmer.

— Je ne vous blâme pas, monsieur, dit la marquise, qui avait oublié déjà, depuis qu'elle l'entendait et le regardait, le motif qui l'avait amenée.

— Au reste, poursuivit le jeune homme avec une confiante simplicité, je bénis mon étoile qui a bien voulu que le hasard, ou peut-être une erreur, vous aient conduite ici. Je pensais à vous, madame, quand vous êtes entrée.

— Vous pensiez à moi ? murmura madame de Pompadour émue.

— Je pensais que je serais bien heureux de vous voir, parce que si j'avais ce bonheur, je vous dirais : Madame, c'est par moi que vous avez éprouvé un dommage, une peine; c'est en se servant de mon nom que l'on a trouvé le moyen de vous offenser. Je ne sais s'il vous plaira d'oublier l'offense et de pardonner à l'offenseur, mais je ne puis pas, moi, laisser mon honneur et mon nom entâchés d'une félonie. Je voudrais rechercher le coupable et le punir. En prison, je ne peux rien faire pour arriver à ce double but, rendez-moi ma liberté. Voilà ce que j'aurais voulu vous dire, madame, et puisque mon bonheur permet que, par votre présence si inespérée, cette faveur me soit accordée, laissez-moi ajouter : Si vous consentez à me rendre cette liberté que vous m'avez ravie, je vous jure de retrouver cet homme qui nous a offensés tous deux, et de lui arracher, soit de gré, soit de force, ce que la trahison a mis entre ses mains, et je vous jure encore, cette tâche une fois accomplie, de revenir, si vous l'exigez, ici, y reprendre ma place.

La marquise ne l'avait interrompu ni par un mot, ni par un geste.

Elle l'écoutait, ravie, admirant cette délicatesse exquise qui venait au-devant de sa demande pour lui en éviter le douloureux aveu et la cruelle honte.

— Ecoutez, dit-elle sans répondre tout d'abord à sa généreuse supplique, vous avez attribué ma présence ici, dans votre prison, soit au hasard, soit à une erreur, c'est être bien dur et bien sévère. Me croyez-vous donc incapable d'un bon mouvement, d'une bonne pensée ? Je suis venue ici pour vous, et rien que pour vous. J'ai voulu vous rapporter moi-même cette liberté que je ne me pardonnerai jamais de vous avoir enlevée, ne fût-ce que pendant un jour. Vous êtes libre, monsieur.

— Oh ! merci, madame ! s'écria le comte avec une effusion de vive reconnaissance.

— Mais à deux conditions.

Le comte pâlit.

— Parlez, madame, dit-il.

— La première, que vous me pardonnerez vous-même ce que je ne veux pas me pardonner, votre réclusion de cette nuit et la peine qu'elle vous a causée.

— Quand le bonheur revient, le malheur s'envole bien vite. Je ne me souviens déjà plus de ce que j'ai souffert, répondit doucement le comte.

La marquise s'assit sur l'escabeau qu'il venait de quitter et promena lentement son regard autour d'elle.

— Cette prison est horrible, dit-elle. N'aurait-on pas dû au moins vous donner une autre chambre ?

— Celle-ci est, m'a-t-on dit, la plus belle de la maison.

— Mon Dieu ! comme vous devez me haïr ! s'écria-t-elle avec emportement.

— Moi, vous haïr, pour une mauvaise nuit passée !

— La colère rend injuste ; elle m'a rendue injuste et folle. Venez. Ne restez pas plus longtemps ici. La vue de cette chambre me fait mal.

Elle se leva vivement, lui prit la main et l'entraîna vers la porte.

— Vous m'avez annoncé deux conditions mises par vous à ma liberté, madame, dit le comte en se laissant aller à cette douce violence, et vous ne m'en avez encore dit qu'une. Quelle est la seconde ?

La marquise s'arrêta et le regardant avec une tendresse inquiète :

— La seconde est que, lorsque vous aurez découvert l'homme qui nous a offensés tous deux, vous me le nommerez et me laisserez me charger seule de notre vengeance commune. Je ne veux pas que vous fassiez à un pareil misérable l'honneur d'une rencontre. Je ne veux pas que vous risquiez votre loyale existence contre la sienne. Je ne le veux pas !

Le jeune homme retira sa main que la marquise n'avait pas quittée.

— Alors, madame, dit-il tristement, mais d'un ton ferme et résolu, permettez-moi de ne pas aller plus loin et de ne pas franchir le seuil de cette porte. Je suis encore et je reste prisonnier.

— Que voulez-vous dire ?

— Que je ne puis accepter ma liberté au prix où vous la mettez. Mon honneur tout entier y périrait. Quoi ! vous voudriez faire de moi un simple délateur, dont tout le courage consisterait à rechercher dans l'ombre le coupable, et à venir, dès qu'il serait trouvé, se réfugier à l'abri de votre pouvoir pour vous le désigner du doigt et vous dire lâchement : Vengez-moi ! Oh ! madame, vous m'avez fait moins de mal hier, en m'envoyant ici, que vous ne venez de m'en faire en me jugeant capable d'accepter d'être libre à ce titre !

Madame de Pompadour avait humblement baissé la tête devant l'explosion de cette indignation d'un cœur honnête.

— Vous avez raison et j'ai tort, monsieur, dit-elle. C'est un second pardon que j'ai à vous demander. Non pas que je doive m'accuser d'avoir douté de votre honneur ou de votre courage, mais je ne devais pas vous proposer cela. Il n'y a pas que la colère qui puisse rendre folle. Pardonnez-moi, et soyez libre sans autre condition. Rendez-moi votre main, et suivez-moi.

— Merci, madame. Vous ne voulez pas être bonne à demi, merci ! s'écria le comte.

Et il suivit sa libératrice.

Madame du Hausset attendait discrètement la marquise dans la salle carrée qui précédait la chambre.

En voyant sa maîtresse, elle vint se placer à son côté, et toutes deux, précédant le jeune homme, se mirent à descendre l'escalier.

Le guichetier éclairait leur marche.

Au bas de l'escalier, les deux femmes rabattirent leurs coiffes.

Mais le gouverneur avait sans doute donné ses ordres à l'avance.

Devant elles toutes les portes s'ouvraient, tous les pont-levis s'abaissaient.

Quand elles furent parvenues dans la cour du Gouvernement, où leur carrosse stationnait, la marquise se retourna.

— Et maintenant, monsieur, dit-elle au comte, maintenant que vous êtes libre, où comptez-vous aller en franchissant cette dernière porte que l'on va vous ouvrir ?

— A Jumery, madame, répondit-il franchement. Il y a là des cœurs qui m'aiment et qui doivent mourir d'inquiétude en pensant à mon sort. Mon premier devoir est de les rassurer.

La marquise garda un instant le silence, puis obéissant à une impulsion plus forte que sa volonté :

— Mademoiselle de Jumery est donc bien belle ! dit-elle.

— Moins belle que vous, madame, répondit le comte.

— Mais vous l'aimez ?

— C'est vrai.

Elle baissa les yeux, palpitante, profondément émue.

— Eh bien, monsieur, allez, dit-elle tout à coup, allez à Jumery. Et dites à mademoiselle de Jumery que c'est votre ennemie d'hier, votre amie d'aujourd'hui, qui vous y envoie. Dites-lui qu'elle ne redoute plus rien pour vous, ni pour elle. On ne vous séparera plus. Je vous le jure. J'y veillerai.

Le comte s'inclina sur la main qu'elle lui tendait et y appliqua ses lèvres.

Elle la retira comme si un fer rouge l'eût brûlée.

— Adieu, monsieur, dit-elle d'une voix étouffée en se détournant vivement pour se rapprocher de madame du Hausset, qui l'attendait arrêtée à quelques pas.

— Cette petite fille qui n'est rien, murmura-t-elle en prenant le bras de sa confidente, comme s'il elle eût voulu s'en faire un appui pour se retenir de tomber, est plus grande, plus haute, plus puissante que moi. Je ne suis rien auprès d'elle. Il l'aime. Et toutes mes richesses, tout mon crédit, toute ma puissance ne pourraient faire qu'il ne l'aime pas. A quoi sert tout cela ?

IX

Le cabaret du *Petit-Ramponneau.*

Lorsqu'il eut quitté la marquise, après en avoir obtenu l'autorisation de violer accidentellement, pour plus grande variété des plaisirs de Sa Majesté, les statuts secrets qui régissaient son domaine amoureux, le valet de chambre Lebel, surintendant du Parc-aux-Cerfs, s'était empressé de rentrer chez lui.

Le Mercure galant n'avait pas de temps à perdre pour se procurer l'objet charmant d'un goût plus relevé qui, selon son opinion, si éloquemment développée devant madame de Pompadour, devait réveiller, au moins pour quelques moments, les appétits blasés du roi, et dissiper, de l'esprit de Sa Majesté, cet ennui maussade qui pouvait dégénérer en disgrâce.

Le roi chassait à Saint-Germain et pouvait être de retour vers quatre heures.

Il fallait de toute nécessité, et à tout prix, être en mesure de lui offrir, à l'issue du dîner, une chasse d'un nouveau genre sur un gibier nouveau.

Et bien que Lebel, qui s'y connaissait, jugeât, avec raison, qu'il était beaucoup plus aisé de trouver l'objet qu'il convoi-

5.

tait qu'une de ces innocentes, comme les exigeait le programme ordinaire du Parc-aux-Cerfs, il n'en était pas moins effrayé du peu de temps qui lui restait pour se livrer à sa recherche.

Si encore il avait eu quelque indice pour se guider, quelque piste à suivre, mais, ainsi qu'il l'avait dit à la marquise, ses notes secrètes, dont le plus grand nombre lui étaient fournies par le lieutenant de police, ne lui offraient, en ce moment, rien qui lui parût digne de mériter son attention.

Mais, comme tous les grands hommes, Lebel avait foi en son étoile.

Et il se disait qu'il aurait bien du malheur si, en deux heures de promenade solitaire dans les rues de la ville, le nez en l'air et les yeux aux aguets, il n'apercevait pas quelque minois pouvant lui convenir.

Quant aux moyens de l'attirer au Parc-aux-Cerfs, il en possédait tant et de si puissants, depuis la corruption des paroles et de l'or, jusqu'à l'enlèvement avec ou sans violence, qu'il ne se préoccupait nullement de cette seconde partie de son projet.

Le principal et le difficile était de trouver, le reste n'était rien.

C'était pour pouvoir se livrer plus à son aise, et sans danger d'être plus tôt reconnu qu'il ne serait utile, à sa promenade d'investigations, qu'il commençait par rentrer dans son appartement.

Il voulait tout simplement y changer de costume, ce qui lui arrivait fréquemment quand il avait quelque excursion de ce genre à faire pour le service de Sa Majesté.

Lebel avait eu raison de compter sur son étoile de grand homme.

Deux lettres l'attendaient, apportées pendant sa courte absence.

L'une lui donnait cavalièrement rendez-vous sur l'heure même au cabaret du *Petit-Ramponneau*.

L'autre le priait plus convenablement de se trouver au coup de midi sur la petite place ronde qui faisait face à l'église Saint-Louis.

Toutes les deux indiquaient comme unique objet de ces rendez-vous le désir de mettre monseigneur le surintendant du Parc-aux-Cerfs sur la trace des deux plus ravissantes femmes qu'il eût pu voir de sa vie.

Lebel recevait si fréquemment de semblables lettres, qu'en toute autre circonstance il ne se fût peut-être que très-médiocrement occupé de celles-ci, mais dans la pénurie où il se trouvait de beautés dignes d'attirer l'attention de Sa Majesté, et principalement en raison du peu de temps qu'il avait devant lui, il les accueillit comme un coup de fortune.

La première seulement lui fit faire une légère grimace au nom de l'endroit qui lui était assigné comme lieu de rendez-vous : Le *Petit-Ramponneau*, un cabaret !

Mais Lebel n'était pas si collet monté qu'une considération pareille pût le faire reculer.

D'ailleurs, et avant tout, le service du roi.

Et le sien.

Car, en faisant les affaires amoureuses de Sa Majesté, le valet de chambre-pourvoyeur n'avait garde d'oublier ses affaires d'argent, les seules qui l'intéressassent.

Et quelle magnifique eau trouble pour pêcher les louis que cette estimable institution du Parc-aux-Cerfs qui coûtait chaque année plusieurs millions à la France !

Lebel y faisait des coups de filet superbes, et Lebel, qui était aussi avide qu'avare, ne s'en contentait jamais.

Son changement de costume fut lestement opéré.

Il choisit dans une garde-robe admirablement garnie de défroques de toutes sortes un habit complet d'abbé de cour : bas de soie à coins, culotte de satin noir, souliers à boucles, petit collet et tricorne sans galon, et il s'en revêtit avec une aisance qui prouvait sa grande habitude de recourir aux travestissements les plus étranges.

Puis il sortit du château par les communs et prit le chemin du *Petit-Ramponneau*.

Ce choix fait par Lebel d'un costume d'abbé, pour se rendre à un rendez-vous dans un cabaret, peut paraître singulier, mais c'est que le cabaret où il se rendait n'était pas un cabaret ordinaire.

Il y avait quelques années que s'était établi à Paris, aux Porcherons, un cabaretier ayant nom Ramponneau, que ses coq-à-l'âne grivois, ses quolibets orduriers, ses calembours burlesques avaient bientôt rendu célèbre.

Tout d'abord le menu peuple avait seul fourni sa clientèle, mais un jour Louis XV, ennuyé, ayant eu l'idée de se faire remettre un relevé des lazzi de Ramponneau pour essayer d'y retrouver un peu de sa gaieté perdue, la célébrité du cabaretier des Porcherons vit tout à coup sa sphère singulièrement agrandie.

Grâce à ce caprice du roi, la mode fut à Ramponneau.

La fortune de la guinguette fut faite.

On chanta Ramponneau dans tous les carrefours ; les habits, les meubles, les usages et jusqu'aux sauces des ragoûts, furent à la Ramponneau ; ce fut la folie en vogue pendant toute une année.

A partir de ce moment, le peuple seul n'afflua plus à la guinguette à la mode, de gros bourgeois, des seigneurs en chenille, des princes du sang, eux-mêmes, vinrent s'attabler aux tables grossières des Porcherons. Les petites-maîtresses de la cour, déguisées et aguerries à l'avance contre des propos d'une robuste naïveté, se firent conduire aux Porcherons pour y jouir des bons mots du père Ramponneau.

Or, ce père Ramponneau possédait un neveu, lequel, portant le même nom que son oncle, l'illustre nom de Ramponneau, eut un jour l'idée d'essayer, grâce à cet heureux nom, de faire fortune à l'instar de son oncle.

C'est-à-dire d'établir, lui aussi, une guinguette, à laquelle petit peuple, grands seigneurs, grisettes et nobles dames, apporteraient chacun son contingent d'écus et de louis.

Et il n'avait pas trop mal réussi.

Son cabaret-guinguette, qu'il avait modestement baptisé le *Petit-Ramponneau*, et dont il avait planté la tente, non loin de la cour, à Versailles, au bout du faubourg du Grand-Montreuil, avait acquis en peu de temps une assez jolie renommée.

On y mangeait bien, on y buvait mieux, on y chantait, on y dansait à l'aise, et bon nombre de parties fines s'y nouaient et s'y dénouaient chaque jour au fond des petits cabinets de verdure très-discrets et très-ombragés qui couvraient la surface de son grand jardin.

La clientèle en était des plus mêlées.

Si dans un bosquet se trouvaient attablés cinq ou six gardes-françaises buvant bouteille et ne songeant qu'à boire,

dans le bosquet voisin se pressaient l'un contre l'autre, songeant à toute autre chose qu'à boire, un fringant abbé de cour
et une marquise déguisée en soubrette.

Ici, des mousquetaires faisaient sauter sur leurs genoux des
filles peu cruelles ; là, une noce du petit commerce prenait
ses ébats, marié et mariée en tête, et le cotillon dansé par les
courtauds de boutique et les grisettes, tourbillonnait gaiement
au son d'un violon criard.

Lebel, qui était monté dans la première brouette de louage
qu'il avait rencontrée, arriva au *Petit-Ramponneau* au moment
de la journée où l'établissement était d'ordinaire dans sa plus
grande animation.

Ce jour-là, d'ailleurs, était un dimanche, jour de fête et de
plaisir.

Tous les bosquets étaient ou paraissaient pleins.

Lebel descendit de brouette à la porte et s'engagea dans
l'allée tortueuse de laquelle partaient les petites allées qui
formaient le labyrinthe où se trouvaient disséminés de
droite et de gauche, comme de petits îlots de verdure, les
cabinets particuliers de l'établissement.

Il avançait lentement et avec une certaine hésitation.

Ne connaissant pas l'homme qui l'avait appelé là, il n'aurait pu aller à lui, l'eût-il rencontré face à face.

Il lui fallait être vu lui-même et reconnu.

Or, son costume d'abbé, sans le rendre méconnaissable, le
changeait suffisamment de tournure et d'aspect pour qu'il
pût craindre, en passant trop rapidement, de ne pas être
assez complétement dévisagé par celui qui devait l'attendre.

Mais son hésitation fut de courte durée.

Un jeune garçon servant sortit tout à coup d'un bosquet et
vint droit à lui, en lui disant :

— Monsieur l'abbé, on vous attend.

— Tu me connais donc, drôle ? fit Lebel.

— Non, monsieur l'abbé, répondit le valet, mais il y a dans
le bosquet que vous voyez là quelqu'un qui guettait votre
arrivée et qui, en vous voyant, m'a envoyé vers vous pour
vous conduire à lui.

— Quel est ce quelqu'un ? questionna Lebel.

— C'est un soldat aux gardes.

— Un soldat aux gardes ! répéta Lebel étonné.

Il avait peine à croire que ce fût un soldat aux gardes qui lui eût donné un rendez-vous de la nature de celui qu'il avait reçu.

— Et un soldat généreux, poursuivit le valet du *Petit-Ramponneau*, en faisant sauter une pièce d'argent dans le creux de sa main, car il m'a gratifié d'un écu de six livres rien que pour faire sa commission.

Lebel sourit.

Il devinait que l'habit de garde-française n'était qu'un habit de circonstance, tout comme son costume d'abbé.

— Marche devant, dit-il au jeune garçon.

Celui-ci rentra sous la feuillée et Lebel le suivit.

Le premier bosquet devant l'entrée duquel ils passèrent était occupé par une demi-douzaine de gardes, attablés devant une douzaine de bouteilles de vin.

— Il n'est pas de ceux-là, dit le garçon à voix basse.

— Je m'en doute bien, pensa Lebel.

Ils firent encore quelques pas et se trouvèrent à l'entrée d'un bosquet plus petit, séparé du premier par une charmille épaisse, et si parfaitement ombragé, qu'en plein jour on y pouvait à peine distinguer celui qui s'y trouvait.

— C'est ici, dit le garçon. Entrez, monsieur l'abbé.

Il fit passer Lebel devant lui, et, discret comme doit l'être tout garçon d'une maison respectable, il tourna le coin de la charmille et disparut.

Les yeux de Lebel, passant d'une vive lumière à une presque complète obscurité, ne virent rien tout d'abord.

Mais au bout d'un instant il aperçut un homme en habit de garde-française, assis devant une table qui supportait deux verres et une bouteille, non encore attaquée.

C'était celui qui l'attendait.

Lebel prit un tabouret, le plaça en face de lui, s'assit, et posant ses coudes sur la table et son menton sur ses deux mains, de manière que sa voix eût le moins d'espace possible à parcourir pour arriver de sa bouche à l'oreille de son auditeur.

— Vous avez voulu me voir, lui dit-il ; me voici. Qu'avez-vous à m'apprendre ?

— Une chose qui ne peut manquer de vous intéresser, monsieur Lebel, répondit le garde.

Le premier valet de chambre du roi l'interrompit par un geste expressif.

— Pas de nom, monsieur, lui dit-il d'un ton péremptoire quoique d'une voix toujours basse et contenue. Ici, je suis un abbé et vous êtes un garde. Toute autre dénomination serait superflue et dangereuse. Soyons brefs et concis. Qu'avez-vous à me dire?

— Que vous cherchez et faites chercher bien loin ce que vous pourriez toucher en étendant la main.

— Qu'est-ce?

— Un trésor, une merveille de beauté et de grâce, une femme telle que ni vous, ni Sa Majesté n'avez jamais rencontré sa pareille.

— Peste! c'est s'avancer beaucoup.

— C'est ainsi.

— Et cette beauté qui tient du phénomène, et qui se trouve si près de nous sans que nous l'ayons jamais vue, où se trouve-t-elle? Serait-ce dans votre manche, par hasard, monsieur le garde?

— A peu près, monsieur l'abbé, car il ne tient qu'à moi de vous mettre à même de la posséder, et si je ne le veux pas, elle passera près de vous sans que vous ayez seulement la pensée de la regarder.

— Je regarde toutes les femmes par goût.

— Et par métier.

— Par métier, si vous voulez.

— Soit, mais si je ne vous mets pas sur la voie, vous ne regarderez pas celle-là.

— Ecoutez, mon cher monsieur, dit Lebel, je ne vous demande pas qui vous êtes, bien que je sois certain que vous n'êtes pas plus soldat aux gardes que je ne suis abbé. Cela m'importe peu. Je ne vous demande même pas quel mobile vous pousse à me faire l'offre que vous me faites. Si vous voulez être payé, vous le serez généreusement comme le sont tous mes agents en pareil cas, selon la valeur et le mérite de l'objet dont la possession est due à leur concours. Si au contraire vous refusez une rémunération, ce qui nous arrive quelquefois, nous n'en serons pas plus mauvais amis, et je ne m'inquiéterai nullement des raisons qui vous font agir. Ce sont là vos affaires; elles ne me regardent pas. Mais ce dont je dois m'occuper sur l'heure, parce que je n'ai pas de temps à perdre en fausses démarches ne devant aboutir à rien, c'est de savoir un certain nombre de choses qu'il m'est indispensable de connaître pour juger par moi-même si je dois oui ou non donner suite immédiate à votre communication.

— Que voulez-vous savoir? demanda le garde.

— En premier lieu, si votre beauté mérite réellement les éloges hyperboliques que vous en faites. Le mot merveille est bientôt lâché, trésor est tout aussitôt dit. J'en ai déjà vu un grand nombre de ces soi-disant merveilles, de ces soi-disant trésors qui ne pouvaient supporter l'examen d'un connaisseur, et qui, tout compte fait, n'étaient que des laiderons.

— Vous la verrez et vous n'agirez, selon que vous voudrez, qu'après l'avoir vue. Je m'en rapporte à vous.

— On ne peut pas mieux dire. Voilà un premier point réglé. Maintenant, encore quelques petits renseignements.

— Voyons.

— D'abord et avant tout, son âge.

— Vingt ans.

— C'est vieux. Mais enfin ce n'est pas là un cas absolument rédhibitoire, si elle répond au portrait flatteur que vous me faites. Autre chose.

— Quoi encore?

— Êtes-vous bien absolument certain de sa candeur, de son entière innocence? Ceci est un point capital.

— J'en jurerais, dit vivement le garde.

— Hum! serment peut-être un peu bien hasardé! fit Lebel. Ce sont de ces choses si difficiles à garantir, surtout aujourd'hui. Enfin!

— N'avez-vous plus rien à me demander?

— Parbleu! si. Quelle est la position de la jeune fille? A quelle classe appartient-elle? Est-elle noble ou du peuple, ou du commerce ou de la bourgeoisie?

— Elle est noble.

— Halte-là! Prenons garde! Si elle est de grande noblesse, n'en parlons plus. Il nous est défendu de toucher à la grande noblesse, à moins de circonstances toutes particulières.

— Rassurez-vous. Elle n'est que de très-petite noblesse. Son père est un ancien soldat devenu gentilhomme-fermier qui a même, dans sa jeunesse, conspiré contre Sa Majesté.

— Parfait, dit Lebel. Ce sera là un excellent moyen de lui fermer la bouche s'il se permettait, après l'événement, de vouloir crier trop fort. On le menacerait de la Bastille, et au besoin on l'y mettrait.

— Cela n'en serait que mieux, dit le garde.

— Bon, pensa Lebel, il y a de la haine et de la vengeance sous jeu.

Il avait été frappé de l'accent avec lequel ces cinq mots avaient été prononcés.

— Il me reste à savoir, dit-il, où et comment je pourrai voir la belle, si elle doit mettre quelque bonne volonté à se laisser enlever, ou si, au contraire, j'aurai à prendre les mesures nécessaires pour la faire enlever de force, dans le cas où elle vaudrait véritablement la peine de risquer un éclat.

— Vous n'aurez ni éclat à faire, ni violence à employer, il ne vous faudra qu'un peu d'adresse, et je ne vous ferai pas l'injure de douter de la vôtre, monsieur l'abbé.

— Vous êtes bien honnête, monsieur le garde.

— Elle viendra d'elle-même au-devant de vous, se jeter dans vos mains.

— Expliquez-vous mieux.

— C'est facile, seulement écoutez-moi bien.

— Je ne perds pas une de vos paroles.

— Hier, l'homme qu'elle aime a été arrêté et conduit à la Bastille.

— Cet homme se nomme ?

— Le comte de Lorges.

— Le comte de Lorges, répéta Lebel cherchant dans ses souvenirs. Il me semble avoir entendu déjà prononcer ce nom, mais il ne me rappelle rien. Ce n'est celui d'aucun personnage dont on pourrait avoir quelque chose à craindre, par conséquent il est indifférent. Après?

— La jeune fille a formé aussitôt le projet de venir se jeter aux pieds du roi pour lui demander justice.

— Très-bien. Nous lui donnerons le moyen d'obtenir audience.

— Tout le secret de l'entreprise est là, et je vois que déjà vous m'avez compris. Ne connaissant personne à qui se recommander pour se faire présenter au roi, elle ira frapper à la première porte venue du château.

— Je me trouve moi-même à cette porte, continua Lebel dont l'esprit actif avait en effet déjà saisi dans tous ses détails le plan le plus simple à mettre en œuvre, je la reçois avec tous les égards qui sont dus à la beauté et au malheur, je m'offre à l'introduire près de Sa Majesté. Je l'introduis au Parc-aux-Cerfs. Tout cela est d'un facile superbe. Un enfant l'exécuterait.

— N'est-ce pas ?

— C'est parfait ! Point de violence, point de bruit, le poisson vient de lui-même se jeter dans la nasse !

— Quand je vous le disais !

— Et avant de l'y laisser entrer, je peux juger par moi-même, à première vue, si elle est digne de cette faveur ! Parfait ! parfait ! parfait ! murmura le premier valet de chambre du roi avec enthousiasme. Ah ! par exemple, ajouta-t-il, il me faudrait savoir à peu près vers quelle heure elle se présentera au château.

— Elle a quatre lieues à faire pour venir de chez elle à Versailles, dit le garde avec l'assurance d'un homme dont tous les calculs ont été faits d'avance, et elle viendra à cheval. Elle partira après avoir assisté à la messe, c'est-à-dire vers midi; donc elle sera au château vers trois heures au plus tôt.

— Êtes-vous sûr de tout cela ?

— Très-sûr.

— Alors il ne me reste qu'à agir.

— Oui.

— Quand vous m'aurez dit, toutefois, le nom de la jeune fille.

— Claire de Jumery, dit le garde d'une voix sourde.

— Jumery ! fit Lebel avec dédain. Je ne connais pas cela. Quelque hobereau qui n'a que sa particule. Tout est bien.

Il se leva.

Le garde en fit autant.

— Il faudra pourtant que je vous revoie, ne fût-ce que pour vous récompenser comme vous méritez de l'être, dit Lebel.

— Je ne veux pas de récompense, répondit le garde.

— Alors ce que vous en faites n'est que pour être agréable au roi; c'est très-bien. Je vous en remercie en son lieu et place.

Lebel sortit du bosquet, regagna l'allée principale et quitta le *Petit-Ramponneau*.

Le garde attendit qu'il fût éloigné, puis sortit à son tour.

Comme il passait devant l'entrée du premier bosquet où se trouvaient les cinq ou six gardes-françaises qui vidaient leurs bouteilles, il entendit une sorte de cri étouffé, puis un mouvement se faire parmi eux.

Mais il ne se détourna pas.

Si, quand il fut arrivé dans la rue, il avait regardé derrière lui, il aurait aperçu, à l'angle de la porte du *Petit-Ramponneau*, un homme portant le même habit que lui, un garde-française, qui le suivait avidement des yeux.

Puis, il aurait vu ce garde remonter son sabre d'un mouvement d'épaule, assujettir d'un coup de poing son tricorne lampion, et s'élancer à pas de loup derrière lui.

Celui-ci n'était autre que Jalabert, dit Coco, le frère d'Agathe, la noyée, le beau-frère de Gendreux, le pendu.

Jalabert qui, tout en le suivant à vingt pas derrière, marmottait entre ses dents avec une joie furieuse :

— Pareillement parlant, je veux que le diable m'écorche si ce n'est pas lui qui s'est déguisé sous l'habit d'un honnête soldat! Tonnerre du ciel! mort diable! Si c'est lui, le particulier qui l'arrachera de mes griffes tout à l'heure sera indifféremment un rude particulier!

X

La belle ravaudeuse.

Comme nous ne pouvons suivre en même temps le garde mystérieux du *Petit-Ramponneau*, suivi lui-même par Jalabert, et maître Lebel, le surintendant du Parc-aux-Cerfs, il nous faut absolument choisir entre eux.

Nous choisirons maître Lebel, sauf à revenir après aux deux autres.

Lebel, remonté dans sa brouette en sortant du *Petit-Ramponneau*, Lebel s'en allait triomphant.

Sa bonne étoile venait de le servir d'une façon vraiment inespérée.

Certes, cette jeune fille qu'on lui offrait et qu'on lui donnait le moyen de faire tomber dans un piége odieux, que lui ne trouvait que plaisant, cette Claire de Jumery ne remplissait pas exactement toutes les conditions qu'il aurait voulues...

Avec elle le système qu'il avait développé à madame de Pompadour ne recevait pas son entière application.

Elle était jeune et pure et il lui aurait fallu une femme plus âgée et déjà suffisamment pervertie.

Mais enfin mieux valait encore celle-là, avec ses défauts de jeunesse et d'innocence, que rien.

— C'est toujours du fruit nouveau, se disait le misérable en se frottant les mains.

Puis, il se sentait en veine et il pensait que son deuxième rendez-vous pourrait bien être aussi heureux que le premier.

Et, pour ne pas laisser refroidir cette heureuse veine, il avait ordonné à son voiturier de le trainer vers l'église Saint-Louis.

C'était, on se le rappelle, sur la petite place ronde faisant face à l'église, et au coup de midi, que la seconde lettre lui donnait rendez-vous.

Or, l'heure de midi approchait.

En admettant que son entretien avec celui qu'il allait rencontrer durât une heure, Lebel calculait qu'il aurait encore devant lui deux heures avant le moment où Claire, devant arriver au château, il lui faudrait s'y tenir aux aguets pour la recevoir.

A midi sonnant, il débarquait avec sa brouette sur la place Saint-Louis.

C'était l'heure de la sortie de l'office.

Lebel vit défiler devant lui toute la troupe des fidèles, sans rien remarquer chez aucun d'eux qui pût lui faire distinguer celui qui l'avait mandé.

Les piétons, hommes et femmes, disparurent l'un après l'autre, puis les chaises à porteurs renfermant les dévots, puis les brouettes, puis les carrosses.

Il ne resta plus enfin sur la place qu'un carrosse, dont la vue lui avait échappé jusque-là, rangé qu'il était derrière tous les autres le long du mur de l'église contre lequel il semblait collé.

Lebel devina que dans ce carrosse se trouvait celui qui lui avait écrit.

Une espèce de valet sortit, en effet, de derrière la caisse et se dirigea directement vers lui.

— Veuillez me suivre, monsieur, lui dit-il.

Lebel sauta de sa brouette et le suivit.

Son conducteur le fit tourner derrière le carrosse, dont la portière était ouverte du côté du mur, et lui fit signe de monter.

Tous les volets du carrosse étaient fermés.

Il y faisait nuit complète.

Et pour surcroît de précautions, celui qui l'occupait avait le visage recouvert d'un masque à barbe de soie noire.

Dès que Lebel fut monté, la portière se referma et le peu de jour qu'elle laissait encore passer disparut tout à fait.

Le premier valet de chambre du roi avait une certaine habitude des hommes et des choses.

A un certain je ne sais quoi, dont lui-même n'aurait pu se rendre un compte bien exact, il devina, ou plutôt il sentit qu'il était en présence d'un homme de haute sphère, d'un tout autre personnage que celui qu'il venait de quitter au cabaret du *Petit-Ramponneau*.

— Monsieur Lebel, lui dit brusquement l'inconnu sans lui donner le temps d'ouvrir la bouche, je vous ai mandé pour une affaire qui rentre dans les attributions de vos fonctions près de Sa Majesté. Elle peut vous faire honneur dans l'esprit du roi et vous rapporter doubles profits. Vous ne méprisez pas l'argent. Cette dernière considération doit avoir du poids pour vous. S'il y a des difficultés, elle vous engagera à passer par-dessus; s'il y a des obstacles, elle vous donnera le courage de les lever.

— Pourvu que la personne dont il est question possède, en effet, la beauté remarquable que vous annoncez, je ne prévois aucun obstacle, répondit le valet de chambre.

— Son âge seul pourrait en être un, car je sais que vous avez pour loi de ne présenter au roi que de très-jeunes filles.

— Quel est cet âge ?

— Je ne le sais pas moi-même, et elle ne veut peut-être plus le savoir.

— Diable ! si c'est une vieille femme, que voulez-vous qu'on en fasse ?

— Ce n'est pas une vieille femme. C'est une femme faite, une femme dans la plénitude de ses formes et de sa beauté. Ne savez-vous pas, maître Lebel, qu'une femme n'a d'autre âge que celui qu'elle paraît avoir ? Celle-ci paraît avoir vingt-cinq ans au plus. Que demandez-vous davantage ?

— C'est différent, dit Lebel, qui, pour la seconde fois, remercia son étoile.

— Au reste, j'avais prévu l'objection, reprit l'inconnu, et je me suis muni d'un argument capable, je le crois, de la

faire disparaitre. Cet argument n'est autre qu'un billet de
caisse de cinquante mille livres.

Le cupide Lebel tendit la main dans l'ombre.

— Ce billet de caisse est à vous, monsieur Lebel, si vous
voulez me faire la promesse que la femme dont nous parlons sera mise par vous, dès ce soir, sous les yeux de Sa
Majesté.

— Je ne vois rien qui s'y oppose, dit Lebel, si je puis, avant
ce soir, l'avoir à ma disposition.

— Les moyens vous regardent et je ne les crois pas difficiles à trouver. Cette femme, qui a nom Louise Lamazou, est
établie, depuis hier seulement, comme ravaudeuse et lingère
au coin de la rue Satory et de la rue de la Solive, dans la
maison d'un tailleur d'habits qui lui a cédé une chambre.
Vous pourrez la voir dès à présent travaillant derrière sa
fenêtre, au-dessus de la boutique du tailleur.

— C'est tout ce qu'il en faut, dit Lebel.

— Alors, j'ai votre promesse ?

— Oui.

— Voici le billet de caisse. Descendez et agissez.

— Sur l'heure, dit Lebel. Je vais la voir de ce pas, étudier
les lieux et prendre mes mesures. Ce soir, si elle mérite l'attention de Sa Majesté, elle lui sera présentée.

Lebel adressa à l'inconnu un salut qui se perdit dans l'ombre, descendit du carrosse et regagna sa brouette.

— Une ravaudeuse, se dit-il en y reprenant place après
avoir donné à son voiturier l'ordre de longer la rue Satory ;
j'ai un moyen aussi simple que facile de la voir de près et de
faire lestement sa connaissance.

Il arracha du bout de l'ongle deux ou trois mailles à l'un
de ses bas de soie et se laissa conduire.

Parvenu rue de Satory, à l'endroit indiqué, son regard subtil, parcourant de bas en haut la maison du tailleur, aperçut
au premier étage, ou plutôt à une espèce de soupente plus
basse qu'un entre-sol ordinaire, une femme travaillant à l'aiguille derrière une fenêtre ouverte.

Cette femme ne pouvait être que celle qu'il venait voir.

Il la regarda et fut ébloui.

La ravaudeuse était assise, et comme le rebord de la fenêtre était très-bas, que la fenêtre elle-même était très-peu éle-

vée au-dessus du sol, on pouvait, de la rue, découvrir presque toute sa personne.

Cette personne était de la plus splendide beauté.

Le costume simple qui la revêtait, loin de lui nuire par sa simplicité extrême, en faisait au contraire ressortir tous les avantages.

Un corset de basin gris, échancré sur la poitrine, selon la mode du temps, laissait à découvert la moitié du sein et les plus riches épaules; un caraco d'indienne, à manches courtes et évasées, jeté sur le corset, ne cachait rien et montrait à nu deux beaux bras blancs et arrondis qui semblaient avoir été modelés dans l'ivoire ; un court jupon d'indienne, relevé sur les hanches et bouffant autour de la ceinture, permettait de voir une fine et vigoureuse jambe admirablement chaussée d'un bas de coton à jour et terminée par un petit pied nerveux qui dansait dans un soulier de cuir noir à haut talon pointu.

Quant à la tête, qui surmontait tout cela, coiffée coquettement d'une modeste cornette de mousseline, c'était tout simplement une tête de Greuze ou de Boucher, plus jolie peut-être encore, car à la finesse, à la délicatesse, au gracieux des traits, elle joignait une expression de mélancolie sérieuse qui donnait à sa physionomie un charme tout-puissant.

Lebel était un bon juge en fait de beautés.

— Corbleu! se dit-il avec un enthousiasme exalté, celle-ci est bien véritablement une merveille, une perle, un trésor ! Quelle carnation! quelle fraîcheur ! quelles formes ! Si avec elle nous ne parvenons pas à égayer Sa Majesté, il faudra y renoncer.

Mais ce n'était pas le tout que d'admirer, il y avait à trouver les moyens de se rendre maître de l'objet de cette admiration.

Lebel mesura d'un coup d'œil la distance qui séparait la chambre de la ravaudeuse de la rue.

Cette distance était si peu de chose qu'un enlèvement par la fenêtre n'était rien moins que difficile.

Mais un enlèvement dans une des rues les plus fréquentées de Versailles, en admettant qu'il réussît, ne pouvait se faire sans un certain bruit, un certain scandale, et d'ailleurs, pour le tenter, il fallait tout au moins attendre le milieu de la nuit.

Or, Lebel était pressé.

C'est surtout dans les moments critiques que le génie se développe.

Le premier valet de chambre, pourvoyeur de Sa Majesté Louis XV, avait le génie de son métier.

Une inspiration pleine de hardiesse illumina tout à coup son cerveau surexcité.

— Essayons toujours, pensa-t-il ; si cela échoue, nous aurons alors recours aux grands moyens, car, coûte que coûte, maintenant que j'ai vu cette femme, il me la faut pour Sa Majesté.

Il fit retourner sa brouette, qui avait dépassé de quelques pas la boutique du tailleur, et la fit arrêter devant la porte.

Le tailleur et sa femme étaient déjà sur leur seuil, empressés au-devant de cet abbé fringant, une riche pratique sans doute qui leur tombait du ciel en brouette.

Lebel descendit et entra, poussant devant lui l'industriel et sa moitié, qui, tout en reculant, se confondaient en salutations.

— Tenez, bonhomme, dit-il en tendant en avant sa jambe droite et montrant les mailles arrachées à son bas, bien que ceci ne soit pas de votre ressort, voyez donc si vous ne pourriez pas me ravauder ces quelques mailles assez proprement pour qu'on ne puisse plus les retrouver.

Le tailleur regarda sa femme, laquelle regarda son mari.

— Il n'y a qu'une habile ravaudeuse capable de refaire un pareil ouvrage, dit enfin la femme. Ce n'est ni moi ni mon mari qui nous chargerions de ça.

— Comment faire ? dit Lebel. Je ne puis cependant pas courir les rues en bas troués.

— Monsieur l'abbé, reprit la femme, ce que nous ne pourrions pas faire, une autre le fera. Nous avons ici depuis hier, dans la maison, une jeune dame, car elle a beau faire on ne la prendra jamais pour une ouvrière, qui ravaude comme une fée, même qu'elle veut en faire son métier. Si vous voulez monter jusque chez elle, elle va vous arranger votre bas, que le marchand, qui l'a vendu, le reprendrait comme neuf après.

6

— Une jeune dame, ravaudeuse? fit Lebel d'un air de doute. Quel conte me faites-vous là? à moins cependant que ce ne soit quelque honnête personne ayant eu des malheurs, ajouta-t-il d'un ton pénétré. Dans ce cas, c'est une bonne œuvre que de lui venir en aide, et le hasard qui m'a conduit ici ne serait que le doigt de la Providence, car je suis justement prié, par une vieille dame bien respectable, de lui trouver une personne sage et tranquille capable de surveiller et d'entretenir son linge.

— Seigneur Dieu, comme ça se rencontre! s'écria la tailleuse en joignant les mains.

— Le bon Dieu n'abandonne jamais ceux qui le méritent, ma bonne, dit Lebel en levant béatement les yeux au plafond de la boutique. Mais votre ravaudeuse n'est peut-être que ravaudeuse et ne se connaît peut-être pas aux ouvrages de lingerie.

— C'est-à-dire, monsieur l'abbé, qu'elle s'y connaît comme si elle n'avait fait que cela toute sa vie.

— Puis il me faudrait des répondants de sa moralité, de sa tenue, de ses bons sentiments. Vous comprenez qu'avec mon caractère je ne pourrais prendre sous ma protection une personne qui... une personne que... je n'ai pas besoin de vous en dire davantage, n'est-ce pas?

Le tailleur et sa femme se regardèrent de nouveau avec une nuance d'embarras.

— Dame! monsieur l'abbé, dit la brave femme, s'il suffisait d'avoir confiance pour pouvoir répondre de quelqu'un, nous répondrions de tout notre cœur de mam'zelle Louise, car nous n'avons eu besoin que de la voir pour l'aimer. Mais, pour vrai dire, nous ne la connaissons pas autrement.

— C'est fâcheux, dit Lebel.

— Figurez-vous, monsieur l'abbé, qu'elle est entrée hier dans la boutique, bien honnêtement, bien timidement, et que nous l'avons prise tout de suite pour une grande dame, car elle avait une belle robe de soie, une belle mante de soie aussi, et un beau coqueluchon, de soie pareillement. Alors elle nous a demandé si nous voudrions lui acheter tous ses beaux habits ou les lui changer contre des vêtements d'ouvrière : « Je quitte une maison dans laquelle je ne veux pas rentrer, nous dit-elle d'un air tout triste, mais auquel on voyait qu'il n'y

avait rien à répondre parce que c'était décidé ; je veux, à partir de ce moment, vivre de mon travail, et ces vêtements ne
me conviennent plus ; il me faut ceux de mon état. Donnez-
moi en échange des miens un jupon et un caraco d'ouvrière
et procurez-moi de l'ouvrage ; vous aurez fait une bonne
action. »

— Mais c'est très-bien cela ! s'écria Lebel jouant la satisfaction la plus complète, mais de pareils sentiments peuvent
tenir lieu de répondants ! Je répondrais déjà, moi, sans l'a-
voir encore vue, que cette jeune femme est une bien honnête
personne.

— Ah ! tant mieux, fit la tailleuse. Ce serait bien heureux
pour elle si monsieur l'abbé voulait la prendre sous sa protection et lui procurer une bonne place.

— Celle dont je pourrais disposer en sa faveur est excellente. Il n'y a qu'une chose à craindre peut-être, c'est qu'elle
n'en veuille pas.

— Ah ! Seigneur Dieu ! n'en pas vouloir ! mais elle vous
en baisera les mains, monsieur l'abbé ! Voulez-vous monter
avec moi chez elle ? je vais vous conduire.

— Non, ma bonne dame, non, dit Lebel, il est plus convenable que vous la priiez de descendre. Je lui parlerai devant
votre mari et vous.

Cette tactique de Lebel était pleine de profondeur.

Envoyer chercher Louise au lieu d'y aller lui-même présentait deux avantages.

Le premier était de témoigner d'une retenue qui devait
inspirer en lui une plus grande confiance.

Le second reposait sur cette certitude que la bonne femme
ne manquerait pas de prévenir la ravaudeuse de l'occasion
inespérée qui se présentait pour elle, et ferait de la sorte passer en son esprit une partie de son enthousiasme.

Tout au moins allait-elle lui préparer les voies.

La tailleuse redescendit bientôt.

Elle était suivie de la ravaudeuse.

Lebel remarqua d'un coup d'œil que celle-ci était encore
plus belle et plus jolie de près que de loin.

Mais ce coup d'œil rapide échappa à tous, même à celle qui
en avait été l'objet.

— Ma chère enfant, lui dit Lebel de son air le plus paterne

en lui montrant la déchirure de son bas, on m'a assuré que vous pourriez aisément réparer ces quelques mailles rompues. Voulez-vous bien me rendre ce service?

— Tout de suite, monsieur, dit Louise, qui tira de son étui une fine aiguille et de sa poche une pelote de soie.

Lebel tendit la jambe en plaçant le pied sur un tabouret, et la ravaudeuse, posée sur un genou devant lui, se mit aussitôt à l'ouvrage.

— Ces bonnes gens m'ont raconté votre histoire, ma chère enfant, reprit Lebel en promenant son regard connaisseur sur les formes magnifiques que la posture de la ravaudeuse lui découvrait comme à souhait; elle est fort intéressante, elle m'a ému, et je serais heureux, si je le puis, de contribuer à vous affermir dans cette louable résolution, de vivre honorablement du travail de vos mains.

— Je vous remercie, monsieur, répondit la ravaudeuse sans lever la tête.

— Ne me remerciez pas encore, mon enfant. Vous ne savez pas ce que je veux faire pour vous, et peut-être que la position tranquille, calme et retirée qu'il m'est permis de vous offrir, ne conviendra pas à votre caractère.

— Cependant, monsieur, je ne souhaite rien tant que la tranquillité, dit la jeune femme d'une voix sourde.

— Alors, cela se trouverait à merveille. Je connais une vieille et honorable dame qui a un besoin pressant d'une ouvrière habile, et sa confiance en moi 'est assez grande pour que je puisse vous adresser à elle à l'instant.

La ravaudeuse releva ses yeux, et adressa au faux abbé un regard de vive reconnaissance.

La pauvre femme était à cent lieues de soupçonner un piége que rien ne pouvait lui faire pressentir.

— Vous serez bien payée, bien nourrie et bien traitée, mais, ajouta Lebel d'un ton demi-grave, demi-sévère, il faut vous attendre et vous résoudre à l'avance à mener une existence à peu près dépourvue de tous plaisirs. Vous verrez peu de monde dans votre nouvelle demeure, et vous ne devrez compter ni sur les visites que vous voudriez recevoir, ni sur les sorties que vous voudriez faire. Sorties et visites vous seront interdites, à moins cependant, reprit Lebel avec une douce mansuétude, qu'il ne s'agisse pour vous de recevoir ou de venir voir ces excellentes gens, qui vous ont recueillie dans votre infortune. La reconnaissance est une sainte vertu dont votre maîtresse ne voudrait pas vous priver. Maintenant, voyez, réfléchissez.

La ravaudeuse avait terminé son ouvrage.

Elle se redressa.

— Mes réflexions sont faites, monsieur, dit-elle d'un accent ému. La position que vous m'offrez, une position ignorée, tranquille, occupée et digne, est celle que j'aurais choisie moi-même, s'il m'avait été permis de choisir. Je l'accepte comme un bienfait.

— Alors, mon enfant, vous pouvez en prendre possession quand vous voudrez, aujourd'hui, à l'instant. Faites-vous accompagner, si vous le désirez, par ce brave homme, qui portera vos hardes, ajouta Lebel en désignant le tailleur, et rendez-vous au n° 15 de la rue Saint-Antoine. Vous demanderez madame Dominique, c'est le nom de votre nouvelle maîtresse, et vous vous direz envoyée par l'abbé Beaudet, son confesseur.

Louise remercia avec effusion, et le tailleur, sur un signe de sa femme, fit ses préparatifs de départ.

— Maintenant, mon enfant, il faut que je vous paye le ravaudage de mon bas, dit Lebel. Je ne suis pas riche, et vous voudrez bien me pardonner si je ne suis pas aussi généreux que je désirerais l'être. Mais vous le savez, un abbé n'est pas un évêque.

Lebel chercha au fond de toutes ses poches pour trouver autre chose que des louis.

Trop de générosité aurait pu éveiller des soupçons.

Enfin, il finit par rencontrer sous ses doigts un petit écu, qu'il ne put faire accepter que de force.

Puis, reconduit par les bénédictions du tailleur et de sa femme, et par les remercîments de la belle ravaudeuse, il sortit de la boutique et remonta dans sa brouette.

Il suivit la rue Satory jusqu'au coin de la première rue, mais arrivé là, et sous prétexte qu'il irait plus vite à pied, il paya son voiturier et le congédia.

Libre alors de ses allures, il prit le chemin le plus court, en doublant le pas, pour gagner la rue Saint-Louis.

6.

Il s'agissait pour lui d'arriver assez tôt pour pouvoir prévenir madame Dominique de la visite qui allait lui venir, et lui faire convenablement sa leçon.

Or, on sait que la dame Dominique et la dame Bertrand, directrice du Parc-aux-Cerfs, ne faisaient qu'une seule et même personne; la dame Bertrand étant autorisée, par les statuts mêmes de l'institution, à prendre au besoin, selon les circonstances, le nom de dame Dominique.

Pourvu qu'il arrivât à temps, son audacieuse fourberie ne pouvait manquer de réussir.

La maison formant le n° 15 de la rue Saint-Antoine, où il avait adressé la belle ravaudeuse, faisait clandestinement partie du Parc-aux-Cerfs, mais rien encore n'en avait transpiré ni dans la ville, ni à la cour.

Achetée sous le nom d'un sieur Gallet, procureur au Châtelet de Paris, elle servait de domicile apparent à la dame Bertrand, qui ne s'appelait là que Dominique.

Des ramifications souterraines et des portes secrètes, habilement percées dans les murs mitoyens et cachées sous d'épais massifs de verdure, la faisaient communiquer avec les jardins du véritable Parc-aux-Cerfs, qui s'étendaient de la rue des Tournelles aux murs du petit potager du roi, et qui, englobant une partie du côté nord de la rue Saint-Louis, avaient une seconde entrée particulière sur cette dernière rue.

C'était vers cette seconde entrée que Lebel se dirigeait en toute hâte.

Il y parvint bientôt, et grâce à tous ces passages souterrains ou cachés dont il avait la clef et le secret, il se rendit en peu de temps à la maison de la rue Saint-Antoine.

La dame Bertrand, avec son expérience consommée, le comprit dès les premiers mots, et en moins d'un instant, tout fut convenu et arrêté entre les deux dignes acolytes.

La belle ravaudeuse pouvait venir, on était prêt à la recevoir.

Mais Lebel n'avait pas encore fini.

Maintenant qu'il était certain que l'une ne pouvait lui échapper, il lui fallait songer à l'autre.

Et il ne lui restait plus qu'un quart d'heure avant l'heure probable où mademoiselle de Jumery devait se présenter au château.

Mais le premier valet de chambre-pourvoyeur était infatigable, quand il s'agissait du service de son royal maître.

Moins de dix minutes après, il avait dépouillé sa défroque d'abbé et repris son habit, et posté derrière une fenêtre d'où il pouvait voir tout ce qui se dirigeait vers le château, il attendait Claire de Jumery.

XI

Où Jalabert donne un échantillon de son savoir-faire à confectionner les collets de braconnier.

Retournons à Jalabert, dit Coco, qui, le jarret souple comme celui d'un jaguar sur la piste d'une proie, le regard ardent et fixe, suivait à trente pas par derrière, sans jamais le perdre de vue, le faux garde-française dont il avait éventé, il le croyait, du moins, à sa sortie du *Petit-Ramponneau*, le véritable individu.

Ce garde portait, en effet, assez maladroitement son sabre, et paraissait assez grandement mal à l'aise dans son habit échancré, pour laisser soupçonner qu'il n'avait pas une bien longue habitude du costume militaire.

Il semblait, du reste, se rendre lui-même compte de sa mauvaise tournure et de son embarras, car à peine fut-il sorti du *Petit-Ramponneau*, que, sans doute pour éviter de rencontrer quelque soldat aux gardes véritable, qui se serait pour le moins moqué de lui, il enfila la première rue détournée du faubourg de Montreuil.

La rue était déserte.

Jalabert, avant de s'engager à sa suite, lui laissa prendre une avance double.

Il avait, de son côté, un certain intérêt à ne pas être aperçu trop tôt.

Au bout de la rue, un carrosse de louage passait à vide.

Le garde appela le cocher et monta lestement dans le véhicule, qui repartit au trot.

Pour tout autre que Jalabert, cette circonstance non prévue eût peut-être suffi à lui faire perdre les traces de celui qu'il suivait.

Mais Jalabert, dit Coco, avait des jambes de soldat greffées sur des jambes de paysan ayant fait, comme tous les paysans, quelque peu de braconnage.

Il prit une allure entre le pas allongé et le petit trot, et partit sur les traces du carrosse.

Celui-ci traversa tout le faubourg et tourna du côté de la rue de la Paroisse, mais arrivé au carrefour, il s'arrêta court devant la maison d'un baigneur.

Le garde descendit du carrosse et entra dans la maison.

Jalabert se mit de faction sous une porte, à cinquante pas de là, et attendit.

— Je ferais la gageure que le brigand va troquer son habit de soldat, dont il n'a plus que faire, contre son véritable habit, se dit-il.

L'événement ne tarda pas à lui donner raison.

Au bout d'une petite heure, il ne fallait rien moins que ce temps-là pour opérer une semblable transformation, un jeune et très-élégant seigneur sortit de la maison du baigneur.

Ce jeune seigneur était le prince Cafnpiréali.

Il n'avait fait qu'apparaître, sautant d'un bond du seuil de la porte dans le carrosse resté ouvert, mais Jalabert l'avait assez vu.

Bien qu'il fût à peu près sûr de son fait, le coup fut si violent qu'il en devint blême.

— Ouf! dit-il en reprenant haleine, ça m'a fait le même effet que si j'avais reçu dans l'estomac un des boulets de Berg-op-Zoom. J'en étais totalement certain que c'était lui; à présent, je le suis deux fois totalement. Et je me garantis que, cette fois, je le tiens.

Le carrosse était reparti.

Jalabert repartit à son tour.

Cette fois, la course ne fut pas longue.

Le carrosse, coupant à travers le quartier alors assez peu habité qui devait devenir le nouveau Versailles, vint s'arrêter de nouveau à l'angle de la grille du château.

Le prince Campiréali paya le cocher, et se dirigea aussitôt vers la porte d'un cabaret alors en grand renom parmi les jeunes et riches gentilshommes qui venaient volontiers y dîner et y faire des parties.

Jalabert fit un mouvement pour l'y suivre, mais une simple réflexion l'arrêta.

— L'endroit ne vaudrait rien pour ce que je veux faire, se dit-il.

Il rétrograda prudemment, chercha un lieu d'embuscade convenable, et quand il s'y fut arrangé de manière à ne pas perdre de vue la porte du cabaret, il prit patience.

Il savait que son ennemi ne pouvait lui échapper.

Pendant ce temps-là, le prince Campiréali, installé au premier étage de la maison, se faisait servir à dîner, moins pour dîner que pour se donner une contenance et pour avoir le droit de rester aussi longtemps qu'il lui conviendrait à la place qu'il avait choisie.

Cette place était située derrière une fenêtre de laquelle on embrassait, dans toute son étendue, la grille du château.

Personne ne pouvait la franchir, soit pour entrer, soit pour sortir, sans passer ainsi sous le regard de l'Italien.

Est-il besoin de dire que le misérable n'était là que pour savourer son infâme vengeance, pour s'assurer par ses yeux que les instructions qu'il avait données à Lebel seraient exactement suivies, que Claire de Jumery allait bien inévitablement tomber dans le piége odieux qu'il avait tendu sous ses pas?

Il attendit longtemps ainsi, le regard rivé à l'entrée de la grille, et toutes les flammes de l'enfer lui calcinèrent le cœur pendant tout ce temps-là.

Il avait tout oublié, son amour effréné pour Louise, son désespoir fou et sa rage furieuse de l'avoir perdue, pour concentrer toute son âme gangrenée sur cette pensée remplie de doute :

— Viendra-t-elle ?

— Ne viendra-t-elle pas ?

Il ne songeait plus qu'à Claire.

Et jamais amant, arrivé le premier au rendez-vous d'amour, n'aspira avec autant de frénétique impatience à la présence de sa bien-aimée.

Les heures s'écoulèrent lentes et terribles d'angoisses affreuses.

L'horloge du château sonna quatre heures.

— Elle ne viendra pas! s'écria-t-il en levant au ciel un poing chargé de menaces.

Il jeta vers la grille un dernier regard désespéré, et soudain un rugissement de joie sauvage éclata de sa poitrine.

Mademoiselle de Jumery, à cheval, venait d'entrer dans la cour du château, et un valet, sans doute dépêché par Lebel, s'avançait au-devant d'elle.

Le front collé aux vitres, le cœur palpitant, du fiel et de la haine satisfaite dans l'âme et dans les yeux, il suivit avidement tous les détails de l'arrivée de Claire.

Il la vit, après avoir abandonné son cheval à un valet, monter les marches du perron à la suite de celui qui l'avait d'abord reçue; il vit Lebel lui-même faire au-devant d'elle quelques pas; il le vit lui parler; il devina ses paroles; puis il vit la jeune fille suivre Lebel et disparaître.

Elle était perdue!

Et c'était par lui!

— Maintenant, dit-il en laissant se dégonfler sa poitrine dans un long soupir de joie infernale, je n'ai plus qu'à retrouver Louise, et cet homme à qui je dois donner ce soir la lettre de la Pompadour me dira en échange où je pourrai la retrouver. Là encore j'aurai une dette à payer, une vengeance à satisfaire; mais, de celle-là, je me chargerai seul.

Il sortit du cabaret et prit à pied le chemin de son hôtel.

Derrière lui, se détachant du mur contre lequel il était resté en sentinelle, Jalabert, le frère d'Agathe, se mit à le suivre pas à pas.

Lui aussi méditait une belle vengeance.

Le prince Campiréali atteignit son hôtel.

Il était alors près de cinq heures.

L'hôtel était à peu près désert. La valetaille presque tout entière l'avait abandonné, sous le spécieux prétexte de rechercher les traces de madame Louise.

Elle en avait reçu l'ordre la veille, alors que la tête du

prince était à moitié folle de désespoir, et comme l'ordre n'avait pas été révoqué, elle était censée continuer ses recherches.

Mais comme c'était jour de dimanche, il y avait tout lieu de croire que les empressés valets du prince Campiréali couraient sur les traces de la fugitive autour de la table d'un cabaret ou d'un tripot, occupés avec philosophie à vider bouteille et à jouer aux dés.

Seul, le suisse était resté à son poste.

C'était bien le moins que le maître pût, au besoin, rentrer chez lui.

Le prince n'était pas dans une disposition d'esprit à remarquer le vide qui régnait autour de lui.

Il passa devant le suisse sans le regarder, et monta dans son appartement.

Jalabert l'avait suivi jusqu'à la porte de l'hôtel.

Quand il l'eût vu disparaître, il chercha des yeux autour de lui à qui il pourrait bien demander quelques petits renseignements, dont il jugeait avoir besoin.

A vingt pas, de l'autre côté de la rue, c'est-à-dire presque en face de l'hôtel, un brave homme qui, l'épaule appuyée au montant de sa porte, fêtait tranquillement saint Dimanche à regarder passer les passants, lui parut très-propre à le satisfaire.

Il prit cet air désœuvré et cette allure flâneuse qui, de tous temps, ont été l'un des signes caractéristiques du troupier français en garnison, et il s'approcha du bonhomme.

C'était un maître cordier.

Sa maison était fermée, hormis la porte qui était demeurée ouverte et contre laquelle il s'appuyait, et l'on voyait de chaque côté, peints à fresque sur le mur, des faisceaux de cordages, des guirlandes de ficelles, des navettes de tisserands et autres ustensiles, emblèmes parlants de sa profession.

— Voilà particulièrement, et tout de même, un bel hôtel, lui dit Jalabert la main posée sur la poignée de son sabre et en se dandinant d'une jambe sur l'autre.

Il lui désignait de l'œil l'hôtel dans lequel avait pénétré le prince Campiréali.

— Un bel hôtel, dit le cordier. Ce qui n'empêche pas,

ajouta-t-il en manière de réflexion, que je ne voudrais pas être
à la place de son maître.

— Et pourquoi donc çà? questionna le soldat. Serait-ce pareillement parce qu'il serait vieux et que vous préféreriez sagement la jeunesse à la richesse.

— Ce n'est pas du tout çà, soldat. Le maître de cet hôtel-là
est plus jeune que vous et que moi. S'il a vingt-cinq ans,
c'est au plus, et il est prince, par-dessus le marché, prince
Campiréali, un Italien, rien que çà! Non, c'est qu'on dit que,
depuis hier, il est devenu à moitié fou.

— Pauvre jeune homme! fit Jalabert.

— Et ça ne m'étonnerait pas qu'il ait, comme on dit, un
coup de marteau, car c'est la première fois que je le vois
marcher à pied. Jamais, avant tout à l'heure, je ne l'avais
vu sortir autrement qu'en carrosse ou en chaise, et tout à
l'heure, tout de suite plutôt, il vient de rentrer sur ses jambes
comme vous et moi.

— Ah! bon! je l'ai vu aussi alors, moi, dit Jalabert avec
naïveté. Est-ce que ce n'est pas lui qui allait devant moi?

— Juste.

— Sait-on comment elle lui a pris cette folie, qui le décide
à marcher comme tout le monde?

— On dit qu'il avait chez lui une jeune femme qu'il gardait
comme la prunelle de ses yeux, et qu'elle s'est échappée. Depuis hier, il fait courir toute la ville à tous ses valets pour
tâcher de la rattraper. Les gaillards profitent de la permission. Il n'y en a pas encore un de rentré depuis hier. Le
suisse est le seul qui soit resté à sa porte. S'il avait fait
comme les autres, le prince, tout à l'heure, n'aurait pas pu
rentrer chez lui.

— Voyez-vous çà! fit Jalabert. Et devine-t-on par où elle
s'est échappée la femme? Est-ce par la porte, naturellement,
ou bien par quelque sortie de derrière?

— Il paraîtrait que c'est par-dessus le mur du jardin, qui
donne sur la rue de la Cervoise.

— C'était donc une gaillarde?

— Il paraîtrait.

— Bon! Voilà une histoire que je vais raconter à la caserne. Et je crois que les camarades en riront pareillement.

7

Jalabert fit mine de reprendre son chemin, puis il revint.

— Dites donc, bourgeois, si votre enseigne ne me trompe pas, il m'est avis que vous vendez des cordes ?

— C'est mon état, mon brave, répondit le cordier.

— Quoique ce soit aujourd'hui dimanche, voudriez-vous bien m'en vendre un bout ?

— Deux, si ça vous fait plaisir. Quelle espèce de corde vous faut-il ?

— Quelque chose qui ne soit ni trop gros, ni trop mince, mais qui soit fort.

— Entrez, vous allez choisir vous-même.

Jalabert entra chez le cordier, et après une visite rapide des différents échantillons que celui-ci lui offrit, il choisit un filin gros comme un tuyau de plume, vigoureusement tordu et en pur chanvre.

— Est-ce bon, ça ? demanda-t-il au marchand.

— Parfait.

— Et solide ?

— Si c'est solide ! Ça pendrait un homme.

— Vous êtes certain, particulièrement, que ça pendrait un homme ?

— Tout ce qu'il y a de plus certain. J'en ai vendu, il y a un mois, un bout de deux aunes à Simon, le boulanger de la rue Saint-Antoine, qui s'est très-bien pendu avec.

— Alors, c'est mon affaire.

— Pardon, mon brave, reprit le marchand, est-ce que vous avez quelqu'un à pendre ?

— Précisément. Mais rassurez-vous, bourgeois, ce n'est pas un homme que j'ai à pendre, ajouta Jalabert en souriant du bout des dents, ce n'est qu'un chien.

— Un chien ! Oh ! pauvre bête !

— Ne le plaignez pas. C'est un chien enragé qui n'a déjà que trop mordu.

— C'est différent.

— D'ailleurs, ce n'est pas par le cou que je veux le pendre, c'est par les pattes, d'abord.

— D'abord ?

— Oui. Ensuite on verra.

Tout en parlant, Jalabert faisait travailler ses mains.

Après avoir coupé à même le peloton de corde qu'il avai, choisi deux bouts d'égale longueur, d'une brasse environ chacun, il avait d'abord mis dans sa poche le reste du peloton, puis il avait artistement fait à l'extrémité de chacun des deux bouts un splendide nœud coulant.

— Vertuchoux ! dit le cordier, pour un homme qui n'est pas de l'état, vous savez joliment parer un nœud, mon brave.

— J'ai été quelque peu braconnier dans ma jeunesse, répondit modestement Jalabert, et j'ai appris à faire les collets. Un collet n'est pas autre chose qu'un nœud coulant bien dressé. Seulement, pour que le nœud coule bien, il faut quelque chose qui le fasse couler. Vous n'auriez pas, par hasard, dans votre boutique, un restant de chandelle ?

— Voilà, dit le cordier.

— Merci.

Jalabert graissa avec soin ses deux bouts de corde, les roula proprement et les mit dans sa poche, sur le peloton.

Puis il paya les huit sous que le marchand lui demanda et il regagna la rue.

— Huit sous bien employés, se dit-il en se retrouvant en face de l'hôtel Campiréali et en lui jetant de côté un regard expressif.

Il se détourna un peu, et vit le marchand de cordes qui le suivait curieusement de l'œil.

— Bah ! pensa-t-il, pourvu qu'il ne parle que lorsque j'aurai fini, cela m'est égal.

Mais comme il n'avait pas fini, et que jusque-là il jugeait la prudence nécessaire, il reprit sa démarche désœuvrée et son pas militairement cadencé.

Seulement, lorsqu'il se sentit hors de portée des regards du bonhomme, il changea subitement d'allure, et ce fut au pas accéléré qu'il tourna le coin de la rue qui devait le conduire à la petite rue de la Cervoise, sur laquelle il savait maintenant que donnaient les jardins de l'hôtel Campiréali.

Le cordier ne lui avait-il pas dit que c'était par cette rue, en passant par-dessus le mur du jardin, que s'était échappée cette femme dont la fuite avait rendu le prince presque fou ?

Cette simple parole avait grandement ouvert l'esprit du garde-française.

C'était sur elle seule qu'il avait édifié tout son plan de campagne.

— Où une femme a passé, ce serait bien singulièrement le diable si je n'y passais pas, s'était-il dit.

Pendant ce temps, le prince Campiréali faisait ses préparatifs pour se rendre, plutôt avant qu'après l'heure fixée, au rendez-vous que lui avait donné la veille l'homme aux balafres, le père jésuite, qui devait lui livrer le secret du lieu où s'était retirée Louise et le nom de l'homme pour lequel elle l'avait abandonné, en échange de la lettre de la marquise de Pompadour.

La vengeance terrible qu'il méditait, et contre celle dont il se croyait trahi et contre son nouvel amant, absorbait maintenant toutes ses facultés et toutes ses pensées.

Il était debout devant une table, dans ce même salon où nous l'avons vu deux fois déjà recevoir l'homme aux balafres.

Sur cette table étaient étalés plusieurs instruments de mort.

Une paire de pistolets posés l'un près de l'autre...

Et un long poignard sorti de sa gaîne et dont la lame aiguë miroitait.

Le misérable hésitait entre le pistolet et le poignard.

Prenant alternativement tantôt l'un, tantôt l'autre, il semblait se demander lequel tuerait le mieux et le plus sûrement.

Peut-être même se demandait-il lequel rendrait la mort plus douloureuse et plus longue à venir.

Ce fut sans doute cette pensée secrète, bien digne d'une âme italienne, qui l'inspira, car il repoussa les pistolets sur la table avec un geste de mépris et il saisit le poignard.

Mais, avant de le remettre dans sa gaîne, il voulait l'essayer, et posant délicatement le bout de son doigt sur la pointe, il se sourit à lui-même.

Le poignard piquait bien.

Le fracas soudain d'une fenêtre violemment ouverte lui fit lever la tête.

Et il eut, à la vue de l'homme qui sauta dans la chambre, un tel mouvement de stupéfaction qu'il recula machinalement d'un pas.

Cet instant d'oubli lui fut fatal.

Jalabert bondit de la fenêtre à la table, et posant ses deux mains sur les pistolets, les dirigea par un même geste sur sa poitrine, menacée ainsi à bout portant.

En même temps le soldat partit d'un large éclat de rire, en face de la physionomie ébahie, stupide d'étonnement et de frayeur de l'Italien.

Seulement, cet éclat de rire sec, ironique et mordant n'était rien moins que l'expression d'un accès de gaieté.

— Double imbécile! dit-il avec mépris. Il n'avait que la main à étendre pour me brûler la cervelle, et il saute en arrière, pareillement comme une chèvre effarouchée, pour me donner le temps de lui mettre sous le nez ses propres pistolets!

Une apparence de sang-froid était revenue au prince.

Quel que fût cet homme, à l'apparition si subite et si étrange, il ne pouvait être à craindre.

Il ne le connaissait pas, il ne l'avait jamais vu; dès lors, il ne devait être pour rien dans ses affaires, soit ouvertes, soit cachées.

Ce ne pouvait être un voleur; son habit de soldat suffisait pour en éloigner l'idée.

Qu'était-il alors?

Un fou ou quelque ivrogne qui s'était trompé, non de porte, mais de fenêtre.

En tous cas, rien de bien dangereux.

Il prit cet air et ce ton conciliants que l'on emploie quand on veut venir à bout d'un insensé, dont on évite de heurter de front la lubie, et il dit au soldat :

— Remettez ces armes où vous les avez prises. Comme vous n'y avez aucun intérêt, je ne suppose pas que vous veuilliez me tuer, n'est-ce pas?

— Non, répondit Jalabert, c'est défendu. Ah! si ce n'était pas défendu, ce serait déjà fait.

Ces paroles n'étaient pas encore des plus compréhensibles pour l'Italien, mais comme, à tout prendre, le singulier individu qu'il avait devant lui ne faisait pas acte d'agression, il se rassura tout à fait.

Et, une fois rassuré, il redevint impertinent et hautain,

comme il convenait à un personnage de sa sorte assailli jusque dans son hôtel par un misérable soldat.

— Voilà un plaisant drôle! s'écria-t-il. Mais une demi-douzaine de laquais vont me faire raison de son insolence, en le reconduisant à sa caserne à grands coups de bâton. Attends!

Il fit un pas vers un des cordons de sonnette de la cheminée.

Mais entre la cheminée et lui se dressa, à un pied de son visage, le visage narquois du garde-française.

— Je vois que vous ne m'avez pas reconnu, lui dit Jalabert. Regardez-moi mieux.

C'était la seconde fois que le prince Campiréali voyait cette franche et mâle figure, mais, par le fait, la première ne pouvait pas compter.

Lorsque, quelques jours auparavant, il avait rencontré le garde au milieu de la côte de Tiredoux, et avait arrêté son cheval pour lui demander le chemin de Lorges, il ne l'avait pas seulement regardé.

— Je ne vous ai jamais vu, je ne vous connais pas et je ne veux pas vous connaître, dit-il. Si vous n'êtes qu'à moitié fou, allez-vous-en comme vous êtes venu, sinon, j'appelle.

— C'est bon, appelez, dit Jalabert.

Il démasqua le cordon de sonnette, auquel le prince se pendit aussitôt.

A l'intérieur de l'hôtel, personne ne répondit à cet appel pressant.

Aucun bruit, aucun mouvement ne se fit entendre.

— Histoire de vous montrer, reprit Jalabert ricanant, qu'il n'y a bien ici que nous deux, et que le diable lui-même ne m'empêcherait pas de faire de vous ce que je veux en faire.

Le regard qui accompagna ces paroles était tel, que le prince Campiréali recula de nouveau.

Il ne devinait pas encore, mais il pressentait quelque chose de terrible.

— Qui êtes-vous? Que me voulez-vous? questionna-t-il en cherchant des yeux une issue qui lui permît de fuir au besoin, car il avait compris, au silence de ses valets, qu'il ne pouvait attendre de secours de personne.

Jalabert surprit ce mouvement de ses yeux et en saisit le sens.

— N'y comptez pas, dit-il. Vous ne m'auriez pas tourné le dos, qu'une balle vous rattraperait à la course. J'ai promis de ne pas vous tuer, mais je me suis juré en même temps et pareillement de ne pas vous laisser échapper de mes mains. Si, pour vous empêcher de m'échapper, il faut que je vous tue, je ne m'en contrarierai aucunement. Comprenez-vous ? Quant à vous dire ce que je suis et ce que je veux, ce ne sera pas long. Je suis le frère de la mariée de Lorges.

Le prince devint blême.

Il commençait à comprendre.

— Vous savez, monseigneur, cette jeune mariée que vous avez entraînée de force au château en lui faisant croire que vous étiez le seigneur de Lorges ? Vous ignorez peut-être bien ce qu'elle est devenue ? Un gentilhomme de votre espèce ne peut pas s'occuper plus d'une heure d'une fille comme ça. Eh bien, monseigneur, elle est devenue morte. Elle s'est noyée dans l'étang en vous quittant, et son mari s'est pendu. Mort aussi, pareillement ! Ce qui fait que vous en avez tué deux d'un coup. C'est un bon tour. Je ne suis pas fâché de pouvoir vous apprendre ça, pour vous faire rire.

Le prince ne riait pas.

Il sentait le frisson gagner ses os.

Jalabert riait, lui.

— Je m'étais d'abord promis de vous tuer comme un chien partout où je vous rencontrerais, véritablement, histoire de rendre le tour tout à fait bon et complet. Mais il s'est trouvé sur ma route quelqu'un que je respecte qui m'a demandé de lui céder ce plaisir-là. Vous lui avez volé son nom, et il veut, paraît-il, vous le faire payer.

— Le comte de Lorges ? fit le prince avec dédain.

— Juste.

— Je ne le crains plus. Il est à la Bastille et n'en sortira pas.

— Ah ! dit Jalabert. C'est possible, mais cela ne fait rien. Nous irons toujours y voir. Et si c'est vrai que le comte de Lorges ne puisse pas vous tuer lui-même, le plaisir m'en reviendra.

— Espérez-vous que je me laisserai tuer ainsi ? s'écria l'Italien exaspéré.

— Parbleu ! vous ne seriez pas si simple, mais, rassurez-vous, on ne vous en demandera pas la permission. Momentanément, et quant à présent, vous n'avez toujours rien à craindre. Si ce sont vos pistolets qui vous effrayent, je vais vous les rendre. Seulement, vous ne vous étonnerez pas si je m'arrange, en vous les rendant, pour que vous ne vous en serviez pas vous-même.

Le garde ouvrit sans façon le tiroir de la table, y fourra les pistolets, donna un tour de clé à la serrure, retira la clé et la jeta à la volée dans le jardin par la fenêtre ouverte.

— Voilà, dit-il. Est-ce maintenant mon sabre qui vous fait peur ? Vous n'auriez pas raison. Il a fait avec moi les guerres de Flandre contre les Impériaux, et, conséquemment, il ne peut pas vouloir vous toucher. Je vous ai dit que si je vous tuais, je vous tuerais comme un chien ; ce ne peut donc pas être avec mon sabre de soldat, pas vrai ? Mais comme vous n'êtes pas forcé de me croire, je m'en vais me débarrasser de mon sabre pareillement.

Il enleva lentement son baudrier et jeta son sabre derrière lui.

— Je le reprendrai tout à l'heure, dit-il.

L'Italien suivait tous ses mouvements d'un regard ardent.

En le voyant se désarmer ainsi pièce à pièce, tandis que lui restait armé de son long poignard qu'il n'avait pas quitté, les couleurs lui revinrent aux joues.

Il se crut sauvé.

— Que voilà donc un soldat bête ! n'est-ce pas, monseigneur ? fit le garde toujours goguenardant et dont les yeux étaient maintenant rivés sur les yeux de l'Italien. Il avait pour m'attaquer deux bons pistolets et un grand sabre, et il se dessaisit de ses pistolets, et il jette son sabre, tout en me laissant dans les mains mon long couteau pointu pour que je puisse le massacrer tout à mon aise. On n'est pas plus bête que ce soldat-là, et je vais naturellement et joliment profiter de sa bêtise. N'est-ce pas, monseigneur, que c'est bien là ce que vous vous dites ?

Le prince Campiréali s'était reculé jusqu'au mur du fond

du salon, et là, ramassé sur lui-même, son poignard à la main, il semblait en effet n'attendre que l'instant favorable pour se précipiter sur le soldat.

— Eh bien, lui dit Jalabert, qui tout d'un coup changea de physionomie et de langage, c'est toi, misérable, qui n'es qu'un sot comme tu ne peux être qu'un lâche. Ton long couteau pointu ne te sauvera pas, et je n'ai besoin ni de pistolets ni de sabre pour faire de toi ce que j'ai juré que j'en ferais.

L'Italien l'écoutait les dents serrées, cherchant de l'œil la place où il pourrait le mieux le frapper.

— Je ne vais pas te prendre en traître, ajouta le garde. Tu m'as demandé en outre de ce que j'étais, ce que je te voulais? le voici : Je veux t'emporter d'ici vivant pour aller te jeter aux pieds du comte de Lorges, et comme je ne puis t'emporter par la porte, je t'emporterai par-dessus le mur, à la place même où est passée en s'échappant la femme que tu cachais.

Le prince grinça des dents et poussa un rugissement à ce souvenir qui déchirait sa blessure saignante.

— Attends un peu. J'ai dans ma poche trois bouts de corde. L'un va me servir à te lier les mains, le second t'attachera les pieds, et avec le troisième, j'unirai les deux autres pour faire de ta personne une espèce de masse ressemblant au corps d'un veau que le boucher porte à l'abattoir.

— Misérable! hurla l'Italien.

— Allons, y es-tu? Tiens-tu bien ton couteau? Tiens-le bien! ne manque pas ton coup, car moi je ne vais pas manquer le mien !

Il n'avait pas achevé que le prince s'était précipité sur lui le poignard à la main.

Jalabert en même temps avait pris son élan.

Jetant ses deux bras en avant comme deux tenailles humaines, il saisit au vol le bras de l'Italien. le tordit comme s'il eût été de cire, le désarma, lança le poignard au loin, et, réunissant alors dans une seule de ses mains les deux poignets de l'homme, il le renversa et tomba sur lui, un genou à terre, l'autre sur sa poitrine.

Alors, de la main qui lui restait libre, il tira de sa poche un premier bout de filin dont il passa le nœud coulant graissé aux poignets de son adversaire abattu.

7.

Mais au contact de la corde, le prince Campiréali fit un effort surhumain.

Moins vigoureux que le garde, mais plus nerveux et plus agile, il glissa, comme une couleuvre, hors de l'étreinte qui l'écrasait, bondit sur ses pieds et s'élança vers la fenêtre ouverte en jetant un cri désespéré.

En ce moment, les mains déjà à moitié liées, il n'avait plus de ressources que dans ses cris, qui pouvaient être entendus de quelque maison voisine.

Seulement Jalabert ne devait pas lui laisser le temps d'en jeter un second.

Relevé aussi vite que lui, il avait bondi comme lui et était arrivé en même temps à la fenêtre.

Saisissant l'Italien à la gorge, il le renversa de nouveau, l'étranglant à demi, sans doute pour l'empêcher de crier, et, fidèle au plan qu'il s'était tracé, se mit aussitôt en devoir de lui lier les pieds comme il lui avait déjà lié les mains.

Mais alors commença entre les deux hommes une lutte ardente, acharnée, furieuse.

Roulés l'un sur l'autre, les membres entrelacés et tordus, ressemblant à deux reptiles monstrueusement accouplés, ils se traînèrent sur le plancher, heurtant les meubles, renversant les fauteuils, déchirant le tapis, arrachant les tentures.

Le garde concentrant tous ses efforts dans un seul but : réunir les deux pieds de son ennemi et les rassembler dans un même nœud.

L'Italien usant toutes ses forces à tenter de lui échapper.

Celui-ci criant, mordant, écumant, ivre de rage et de désespoir.

Celui-là silencieux, impassible, mais indomptable dans l'exécution de son œuvre.

On eût dit un condamné et son exécuteur.

La lutte fut longue, mais elle devait avoir un terme.

Le prince Campiréali, haletant, épuisé, vaincu, cessa de résister, et Jalabert put accomplir le dessein qu'il avait poursuivi avec une si terrible ténacité.

Il lui passa aux pieds son second nœud coulant, noua vigoureusement le bout de celui-ci à celui qui lui liait déjà les mains, et passa dans ce nœud le troisième bout de corde dont

la longueur lui permit de ficeler les bras, les jambes et tout
le corps de l'Italien.

Celui-ci devait être évanoui, car il ne fit pas un mouvement.

Alors Jalabert s'empara d'un manteau jeté sur un meuble
et l'en enveloppa comme s'il eût fait un paquet, le recouvrant
tout entier depuis les pieds jusqu'à la tête.

Puis il repassa le baudrier de son sabre, saisit le paquet
dans ses bras, et, franchissant la fenêtre, sauta dans le
jardin.

— Nous allons voir maintenant ce que le comte de Lorges
veut en faire, murmura-t-il.

La nuit n'était pas encore tombée, mais le jour touchait à
son déclin.

La lumière devenait indécise.

Sous les grands arbres elle avait presque complétement
disparu.

Jalabert, chargé de son fardeau, traversa le jardin en
ligne droite et gagna le mur qui le fermait sur la rue de la
Cervoise.

Une échelle, celle qui avait sans doute servi à la fuite de
madame Louise, y était encore dressée sous les branches
touffues d'un énorme tilleul.

Le garde gravit l'échelle et, parvenu sur le chaperon du
mur, il y déposa son fardeau.

La rue de la Cervoise était déserte.

Dans toute sa longueur, aussi loin que sa vue put s'étendre, Jalabert ne vit pas un passant.

Alors, écartant les plis du manteau qui contenait le prince
Campiréali juste assez pour pouvoir dérouler le long bout de
corde auquel se réunissaient les deux nœuds coulants, il le
descendit dans la rue de la même façon que l'on descend un
seau au fond d'une citerne.

Puis, quand il eut soigneusement déposé sur le sol son
paquet vivant, mais toujours inerte, il se suspendit des deux
mains au chaperon du mur et se laissa tomber près de lui.

De l'endroit où il se trouvait à l'hôtel du comte de Lorges,
où il voulait porter le prince, il n'y avait que peu de chemin
à parcourir et la rue était assez peu fréquentée pour qu'il
pût espérer y arriver sans faire de rencontres fâcheuses :

quelque particulier curieux de savoir ce que renfermait le paquet qu'il avait à porter.

Seulement il ne fallait pas perdre de temps.

Le garde se pencha en avant pour saisir le prince et l'enlever dans ses bras.

Mais au lieu de se redresser avec son fardeau, il se rejeta en arrière, les mains vides et tendues, recula de quelques pas comme un homme ivre et s'affaissa au milieu de la rue en poussant un cri sourd.

En même temps les plis du manteau qui enveloppaient le prince s'ouvraient violemment et l'Italien, libre de toute entrave, se dressait sur ses pieds.

Ramassé sur lui-même, il avait, à l'abri du manteau, coupé avec ses dents le filin qui nouait ses poignets, avait pris dans son habit un de ces longs et minces stylets, arme de son pays, dont le Romain a de tout temps fait son compagnon inséparable, et quand le soldat s'était penché sur lui, il lui en avait traversé la poitrine.

Puis, le coup frappé, il avait tranché la corde qui serrait ses jambes et il s'était retrouvé debout.

Neuf heures sonnaient à l'horloge Saint-Louis.

L'Italien tressaillit en écoutant le neuvième coup.

— Il était temps! dit-il.

Et, sans regarder derrière lui, il prit en courant la direction de l'avenue de Paris, au bout de laquelle, à la grille, l'attendait l'homme aux balafres.

XII

Où le comte de Lorges et les deux chiens de mademoiselle de
Jumery tombent d'accord sur la même voie.

En franchissant le seuil de la Bastille, dont la marquise
venait si généreusement de lui ouvrir les portes, la première,
l'unique pensée du comte de Lorges avait été de courir aussitôt à Jumery.

Il devinait et il ressentait par contre-coup les douleurs qui
devaient assaillir Claire, sous les yeux de qui il avait été arrêté, qui savait qu'on l'avait conduit à la Bastille, et qui n'i-
gnorait pas, quelque retirée qu'elle eût vécu jusque-là, la
sinistre réputation de la forteresse royale.

La Bastille prend tout ce qu'on lui donne et ne rend rien
de ce qu'elle prend, disait-on alors.

Il y avait bien quelques exceptions.

Mais ces exceptions s'appelaient Richelieu, Lauzun, Bas-
sompierre, d'Aiguillon.

Quelques rares favoris.

Et les exceptions confirmaient la règle.

Claire s'était écriée, en lui disant adieu, qu'elle irait se jeter aux pieds du roi et lui demander justice, et le comte savait que la courageuse enfant ferait ce qu'elle avait promis de
faire, mais il avait déjà assez vécu près de la cour pour

savoir aussi que, de cette démarche vaine, elle ne rapporterait qu'une désillusion et un désespoir plus grand.

Il était convaincu d'avance qu'elle ne pourrait pas même parvenir jusqu'au roi.

Et maintenant qu'il était libre, et que cette démarche désespérée de Claire était devenue inutile, il espérait arriver assez tôt auprès d'elle pour qu'elle n'ait pas à l'essayer.

Son premier soin fut donc de se mettre à la recherche d'un cheval ou d'un carrosse de louage qui pût le transporter sinon à Jumery, au moins à son hôtel de Versailles, où il trouverait chevaux ou carrosse à son gré.

Mais il eut assez de difficulté à se procurer ce qu'il souhaitait.

A cette époque la cour tout entière ne quittait guère Versailles, et Paris n'était que fort mal pourvu de tout ce qui touchait au luxe.

A force de recherches cependant le comte finit par découvrir, rue des Lions-Saint-Paul, un mauvais carrosse de louage attelé de mauvais chevaux qui consentit à le porter jusqu'à Versailles.

La route fut longue, d'abord parce que les chevaux n'allaient pas, ensuite parce que l'impatience du jeune homme l'allongeait outre mesure.

Il n'y avait pas longtemps que le jeune comte avait commencé à expérimenter la vie, quarante-huit heures tout au plus.

Jusque-là, il avait eu une existence si calme, si uniformément heureuse, que son esprit était demeuré tout à ait étranger aux défiances, aux soupçons, aux doutes.

Mais depuis quarante-huit heures, il avait souffert, et la souffrance lui avait appris la vie.

Maintenant, il connaissait le mal et il le redoutait.

Et plus il avançait vers le but de sa route, plus il lui tardait d'arriver.

Sans se rendre compte de ce qui le pressait ainsi, il sentait d'instinct qu'il ne pourrait jamais arriver assez tôt.

Les pressentiments, chez certaines natures privilégiées, sont un véritable don de seconde vue qui permet souvent, à celui qui le possède, de lire dans l'avenir.

C'était, en effet, à cette heure-là même que Claire de Jumery pénétrait dans le château de Versailles, au seuil duquel l'attendait Lebel, le pourvoyeur du roi, pour la conduire, au moyen d'une fraude infâme, au milieu du harem du Parc-aux-Cerfs.

Il était près de quatre heures quand le comte atteignit enfin son hôtel.

Mais il ne s'y arrêta pas.

Il sentait quelque chose d'étrange le pousser en avant.

Le temps de se faire seller son cheval le plus rapide, et il s'élança à toutes brides sur le chemin de Jumery.

Une heure plus tôt, il eût rencontré Claire.

Mais il arrivait une heure trop tard.

Cinquante minutes après, il avait franchi les quatre lieues qui séparaient Versailles de Jumery, et il sautait à bas de cheval sous le grand porche.

Lamazou semblait y attendre quelqu'un.

Le géant avait l'épaule appuyée contre un des pilastres de pierre et regardait au loin sur le chemin avec une persistance si grande que, malgré la présence inopinée du jeune homme, ses yeux restèrent encore un long moment fixés devant eux dans les profondeurs de l'allée.

Sa physionomie rude et toujours sauvage était plus sombre que jamais.

— Lamazou, où est Claire ? lui demanda brusquement le comte.

Lamazou secoua la tête.

— Mademoiselle n'est pas au château, dit-il.

Chose singulière, le comte s'attendait à cette réponse.

Et cependant elle le frappa d'un coup aussi subit que douloureux.

— Où est-elle ? demanda-t-il.

— Je ne le sais pas.

— Le baron le sait sans doute et me le dira.

— Monsieur le baron ne le sait pas plus que moi. Personne ne le sait, car elle n'a dit à personne où elle allait. D'ailleurs, monsieur le baron lui-même n'est pas ici et, pas plus que mademoiselle, on ne pourrait dire où il est.

Et comme le visage du jeune homme exprimait une surprise mêlée d'angoisses, Lamazou continua d'un accent grave et convaincu :

— Monsieur Louis, le vent du malheur a passé sur Jumery, et il y est entré il y a deux jours en même temps que ces deux hommes, l'un vieux et noir, l'autre jeune et pimpant, qui sont venus voir monsieur le baron. Je ne sais pas ce qui les amenait, mais je sais qu'ils ont emporté avec eux tout le bonheur de Jumery.

Le jeune homme tressaillit.

Les paroles de Lamazou répondaient à ses plus intimes pensées, à ses pressentiments secrets.

L'image de cet Italien, qu'il avait si longtemps appelé son ami, passa devant ses yeux comme une flamme sinistre.

Il revit le sourire haineux, le regard chargé de vengeances qui avaient éclairé les traits du prince Campiréali la veille, et il eut peur pour Claire.

Ce misérable, si cruellement, mais si justement souffleté, n'était-il pas capable de tout?

— Oui, Lamazou, dit-il, de ces deux hommes, il y en a un qui menace Claire, s'ils ne la menacent pas tous les deux. Jusqu'à ce que je l'aie tué celui-là, il faut que tu ne perdes pas Claire de vue, il faut que ton bras loyal et terrible soit toujours assez près d'elle pour se mettre en travers de tout danger qui lui viendrait de lui, il faut que tu puisses toujours arriver à temps pour éviter les piéges que l'on pourrait tendre sous ses pas ou pour les anéantir avant qu'elle y tombe.

Le colosse, dressé debout devant le jeune homme qu'il dépassait de plus d'un pied, secoua furieusement son épaisse crinière et passa avec rage ses gros doigts à travers sa barbe touffue.

— J'aurais dû suivre mon idée, dit-il d'une voix sourde. Je voulais, le jour où ils sont venus, écraser ces deux hommes sous mon talon, comme deux vipères; j'aurais bien fait.

— Oui, tu aurais bien fait, dit le comte.

— C'est la seconde fois que je me repens de ne pas avoir obéi à ma première pensée, poursuivit Lamazou, se parlant maintenant à lui-même, et remontant comme malgré lui dans ses souvenirs. Il y a vingt ans, dans un combat à mort où je voulais d'abord exterminer tous ceux qui me faisaient face, j'en ai épargné un; j'ai fait plus que de l'épargner, je l'ai défendu, soigné, guéri, sauvé, et dès qu'il a pu me quitter, il m'a quitté. Les bienfaits ne font que des ingrats.

— Lamazou! dit le comte.

L'ancien forestier parut se réveiller comme d'un songe.

— Pardon, monsieur Louis, dit-il, ce sont de vieilles idées qui me reviennent, mais cela ne vous intéresse pas. Vous n'étiez qu'à peine né dans ce temps-là. Ce qui est passé est passé.

— Parlons du présent, dit le jeune comte avec impatience.

— Oui, car si dans le passé je n'ai à accuser que moi, dans le présent je n'ai failli que parce que j'ai été empêché d'agir comme je voulais le faire.

— Qui t'en a empêché ?

— Mademoiselle elle-même.

— Ce que Claire a décidé est bien, dit le comte.

— Non, s'écria Lamazou avec emportement et avec la téna- cité d'idées des natures incultes qui ne peuvent voir que le fait matériel et pour qui la force brutale est le suprême argu- ment; mademoiselle n'a pas eu raison en m'empêchant de tuer ces deux hommes. Morte la bête, mort le venin. Mais elle a ordonné, j'ai obéi, comme hier, comme ce matin, comme toujours.

— Que t'a-t-elle ordonné ce matin ?

— Elle m'a ordonné de ne pas la suivre, et je ne l'ai pas suivie. Voilà pourquoi je ne sais pas où elle est.

— Que faisais-tu là à cette place ?

— Je l'attendais.

— Sais-tu donc qu'elle doive revenir par cette route ?

— Je le crois. Et cependant, sans doute pour que tout le monde ignore la direction qu'elle voulait prendre, elle est sor- tie du parc par le bois.

— Qu'est-ce qui te fait alors supposer qu'elle soit de ce côté ?

— Écoutez, monsieur Louis, répondit Lamazou d'un ton presque attendri, je vous ai pour ainsi dire élevés tous les deux, vous et mademoiselle Claire, et je vous aime tous les deux comme si vous étiez mes vrais enfants, mais j'aime la demoiselle encore plus que vous.

— Et tu fais bien, Lamazou. Merci.

— Eh bien, il y a si longtemps que je l'observe avec mon cœur, que, sans le vouloir, je la devine. Un pli à son front, un mouvement à ses lèvres, me font lire dans sa pensée. Hier déjà j'ai voulu la suivre quand elle est sortie, et elle me l'a défendu, en me disant, pour me rassurer, qu'elle n'allait que dans le petit bois des Aulnaux, voir à chasser un lièvre ; je savais qu'elle n'allait pas là, mais elle avait avec elle ses deux terriers et son fusil, et je ne craignais rien. La demoiselle est capable au besoin de se défendre.

— Oui, dit le comte, Claire est courageuse comme un lion.

— Mais aujourd'hui, quand je l'ai vue partir, au sortir de la messe, montée sur sa petite jument et habillée en demoiselle, sans son fusil et sans ses chiens, j'ai eu peur, et j'ai encore voulu la suivre. Elle m'a de nouveau refusé, j'ai obéi, et je suis resté. Seulement je me suis dit : La demoiselle ne va pas dans les bois.

— Tu as raison, Lamazou, dit le comte. Claire n'est pas dans les bois aujourd'hui ; mais, où qu'elle soit, il faut la chercher et aller au-devant d'elle.

— Je n'aurais pas osé le faire, s'écria Lamazou avec un vif mouvement de joie, quoique depuis bien longtemps j'en aie envie. Mais puisque vous l'ordonnez, monsieur Louis, nous allons le savoir avant peu, où elle est.

— Comment le saurons-nous ?

— Attendez.

Il prit le cheval du jeune homme par la bride et il entra dans la cour.

Le comte le suivit.

Lamazou alla au chenil, détacha les deux terriers de Claire et les coupla, puis il se dirigea à travers le parc vers la porte de sortie que nous avons vu mademoiselle de Jumery franchir la veille, lorsqu'elle se rendait au-devant du prince Campiréali.

— Tant qu'il fera jour et que nous serons sous bois ou dans les chemins doux, dit-il, les chiens ne nous seront pas utiles. J'ai des yeux qui, pour suivre une piste, valent autant que leur nez. Mais ils pourront nous servir plus tard.

Il courba sa grande taille et montra sur le sable de l'allée une empreinte de fer de cheval.

— Voilà la dernière marque du passage de mademoiselle. Il faut suivre cela jusqu'à ce qu'on ne puisse plus le voir. Remontez à cheval, monsieur le comte.

Le jeune homme obéit.

Alors le forestier, l'œil fixé au sol, et tenant les deux terriers en laisse, prit les devants d'un pas tellement allongé que le comte dut mettre son cheval au trot pour pouvoir le suivre.

Les traces du cheval de Claire restèrent visibles pendant plus de deux heures.

Depuis longtemps déjà le comte de Lorges n'avait plus aucun doute.

— Je sais où est allée Claire, dit-il à Lamazou. Nous ne sommes plus qu'à environ une lieue de Versailles, nous voici bientôt à l'endroit où le chemin de traverse vient se joindre à la route, et les pieds de son cheval sont toujours dans la même direction. Claire est allée à Versailles.

Il regarda sa montre et fit un geste de désespoir.

— Huit heures ! dit-il, et nous ne l'avons pas rencontrée revenant, et nous ne l'apercevons pas encore devant nous sur la route ! Que peut-il lui être arrivé ?

Et malgré lui il pensa de nouveau au prince Campiréali.

— Lamazou, cria-t-il, ne perdons pas un temps précieux à suivre lentement une piste désormais inutile, car je sais maintenant où trouver Claire. Suis-moi aussi vite que tes jambes pourront te porter.

Il poussa son cheval en répétant à demi-voix :

— Que peut-il lui être arrivé ? Elle me l'a dit, elle a voulu s'adresser au roi, et c'est au château qu'elle a dû se rendre. Mais, qu'elle ait vu le roi ou qu'elle n'ait pas pu le voir, elle devrait être revenue. Pourvu qu'en entrant ou en sortant du château, ce misérable Italien ne l'ait pas rencontrée, insultée, peut-être !

Lamazou, obéissant, s'était mis à suivre le comte.

Mais, soit qu'il eût plus de confiance dans l'instinct des deux terriers que dans les affirmations du jeune homme, soit qu'il voulût les vérifier et les contrôler les unes par les autres, avant de s'élancer, au grand pas de ses longues jambes, derrière le cavalier, il sortit de la poche de sa veste un morceau d'étoffe.

C'était une sorte d'écharpe de soie dont mademoiselle de Jumery s'enveloppait le col et les épaules, quant, au retour de la chasse, elle se sentait saisie par les brouillards du soir.

Lamazou le passa sous le museau des deux chiens, en leur disant à voix basse, et de cet accent que les chasseurs seuls savent trouver pour se faire comprendre de leurs intelligents compagnons de chasse :

— Cherche.

Les deux chiens soufflèrent le vent, puis le humèrent, et, certains de leur voie, partirent d'eux-mêmes sur les traces du comte de Lorges.

— Bon ! dit Lamazou, il paraît que c'est vrai et que nous sommes toujours sur la bonne piste.

Et alors seulement il partit à son tour.

XIII

Où il se rencontre trois hommes très-décidés à se mettre en travers
des plaisirs innocents de Sa Majesté Louis XV.

Moins d'une demi-heure après, le comte de Lorges arrêtait son cheval sur la place d'armes, devant la grille du château de Versailles.

Lamazou, bien qu'il l'eût suivi à pied, y arrivait en même temps que lui.

Il tenait toujours les deux terriers en laisse.

Le comte sauta de son cheval et donna la bride au forestier.

Pendant ce temps, celui-ci était obligé d'employer la force pour retenir les chiens qui, suivant la voie qu'on leur avait donnée, voulaient, à grands coups de colliers, pénétrer dans la cour d'honneur par la grille ouverte.

— Monsieur le comte, dit Lamazou au jeune homme, mademoiselle Claire est entrée par ici et n'est pas ressortie. Ce sont ses chiens qui le disent, et ils ne se trompent pas.

— Garde les chiens et mon cheval, et attends-moi là, dit le comte. Si Claire est entrée au château, je vais le savoir ; si elle y est encore, je vais la ramener.

Il poussa droit au château et demanda à voir le gentilhomme de service.

C'était, ce jour-là, le marquis de Lugeac.

Le comte se nomma, et, s'excusant de l'indiscrétion de sa démarche sur des circonstances impérieuses et de haute gravité, pria le marquis de vouloir bien lui dire si, parmi les personnes qui avaient ce jour-là sollicité la faveur d'être admises près de Sa Majesté, ne se trouvait pas mademoiselle de Jumery.

Le marquis de Lugeac, homme de grande expérience des choses de la vie, regarda un instant ce jeune et sympathique visage, pâle et bouleversé par une émotion douloureuse, et il se sentit touché.

Malgré l'étrangeté de la demande qui lui était faite, il ne refusa pas d'y répondre.

Il assura le jeune homme que, depuis le matin, personne du nom de mademoiselle de Jumery ne s'était présenté au château pour voir le roi ; que Sa Majesté, partie d'assez méchante humeur le matin pour chasser à Saint-Germain, en était revenue depuis quelques instants seulement d'humeur plus méchante encore, et qu'ayant refusé de recevoir qui que ce fût, elle s'était fait servir le dîner à son petit couvert ; que, par suite, tous ceux qui, dans l'espoir d'être reçus, avaient attendu jusqu'au soir, s'étaient vus contraints de se retirer, et qu'à cette heure il ne restait plus personne dans les antichambres royales.

Le marquis ajouta qu'il avait bien entendu parler, par quelques officiers qui avaient été témoins du fait, d'une jeune femme introduite au château par le valet de chambre du roi, Lebel, lequel l'avait reçue à l'entrée du vestibule et l'avait aussitôt conduite du côté du Parc-aux-Cerfs, mais, par cela seul que Lebel l'attendait et lui avait servi de guide, il n'y avait aucun doute à avoir sur ce qu'elle était : quelque nouvelle recrue du pourvoyeur de Sa Majesté.

Il ne pouvait y avoir là rien de commun avec une honnête et honorable jeune fille comme mademoiselle de Jumery.

Le comte de Lorges remercia le marquis et sortit du château.

Il descendit les degrés du perron du pas d'un homme ivre.

— Si elle n'est pas ici, où peut-elle être ? se demandait-il avec angoisse.

Il rejoignit Lamazou.

— Eh bien, monsieur le comte? questionna celui-ci.

— Claire n'est pas venue au château, répondit le jeune homme atterré. Le gentilhomme de service, monsieur le marquis de Lugeac, me l'a assuré, et j'ai vu, au ton sincère de ses paroles, qu'il ne me trompait pas.

— Alors c'est lui qui se trompe, affirma Lamazou. Voilà les chiens de mademoiselle qui parlent tout autrement que lui.

Il montra les deux terriers, qui tiraient sur leur laisse pour forcer dans la cour.

— Ce sont ceux-là qui ne se trompent pas. Je leur ai donné la voie avec ce mouchoir de soie que porte souvent mademoiselle Claire, et maintenant qu'ils sont dessus, ils ne veulent pas la quitter. Croyez-moi, monsieur Louis, je connais les bêtes et je comprends ce qu'elles disent. S'ils pouvaient parler, ils vous jureraient que mademoiselle est entrée par cette grille au château, qu'elle n'en est pas ressortie, et, par conséquent, qu'elle y est encore.

Le comte frissonna.

L'assurance du forestier était foudroyante.

Il se rappela les dernières paroles du marquis de Lugeac.

Cette jeune femme reçue par Lebel et conduite ostensiblement par lui au Parc-aux-Cerfs.

Qui était-elle?

Un nuage de sang passa sur ses yeux, et il prit son front dans ses deux mains comme s'il eût voulu l'empêcher d'éclater.

Bien qu'il n'eût pas vécu à la cour, il en connaissait assez pour savoir ce qu'était le Parc-aux-Cerfs, ce que valait Lebel, ce en quoi consistaient ses fonctions principales.

Et la pensée de ce que lui avait dit le marquis de Lugeac allumait dans ses veines tout le feu des enfers.

Claire en rapport avec Lebel, Claire reçue par lui, pourvoyeur infâme des plaisirs du roi, Claire conduite par lui au Parc-aux-Cerfs, Claire le suivant volontairement, de son plein gré!

C'était là quelque chose d'inouï, d'extravagant, d'impossible!

Aussi le malheureux jeune homme, en retirant sa tête de

ses deux mains, se laissa-t-il aller à rire de lui, de sa folie d'une seconde.

Mais ce rire, plein de sanglots, était si déchirant, que le forestier eut froid dans les os en l'entendant.

— Qu'est-ce que vous avez, monsieur le comte ? dit-il.

— Viens, lui dit le comte.

A l'angle opposé de la grille, une vieille femme, une de ces marchandes ambulantes qui, à cette époque, portaient, dans un panier carré qu'elles pouvaient au besoin poser devant elle sur trois pieds, un assortiment assez complet de mauvais gâteaux et de mauvaises liqueurs dont les soldats faisaient volontiers leurs délices, s'apprêtait en ce moment à ployer sa modeste boutique.

La nuit était proche et la vente de la journée était finie.

La vieille qui s'était installée là, à portée du corps de garde des chevau-légers de service, dont elle n'était séparée que par la grille, commençait à entasser l'un sur l'autre ce qui lui restait de marchandises, et se disposait à regagner son logis.

Le comte de Lorges, traînant derrière lui Lamazou, l'arrêta au moment où, son panier placé devant elle sur son trois-pieds plié, elle tournait le dos à la grille et s'éloignait.

— Bonne femme, lui dit-il, en lui mettant un louis dans la main, voulez-vous, en échange de ce louis, répondre en quelques mots à deux ou trois questions que j'ai à vous faire ?

— Tout ce qui pourra vous faire plaisir, mon jeune gentilhomme, répondit la vieille étonnée.

— Y a-t-il longtemps que vous êtes là, à cette place ?

— Depuis ce matin, mon gentilhomme, comme tous les jours. On m'y souffre et j'y viens, car c'est ma meilleure place. Tous les soldats de garde sont mes habitués.

— Vous ne l'avez pas quittée de la journée.

— Pas une minute.

— Et de cette place, vous pouvez voir aisément tous les gens qui entrent au château ?

— Et tous ceux qui en sortent, bien sûr. Et depuis que j'y viens, j'en ai tant vu entrer et sortir, que, sans me vanter, je puis dire que je connais la figure de tous les seigneurs et dames de la cour.

Le comte fit mentalement ce rapide calcul :

— Claire est partie de Jumery à midi et il lui a fallu de deux à trois heures pour venir.

Puis il dit à la vieille :

— Avez-vous vu entrer par cette grille, vers trois heures de l'après-midi, de deux heures et demie à quatre heures, une jeune dame montée sur une jument barbe, alezane, à crins noirs ?

— Oui, répondit nettement la vieille.

Le comte fit un effort et ajouta :

— Ne l'avez-vous pas vue ressortir ?

— Non, dit-elle.

— Les chiens avaient raison, murmura Lamazou.

— Vous en êtes certaine ?

— Comme de mourir un jour, mon gentilhomme. Oh ! je ne puis pas me tromper, ajouta la vieille, car j'ai bien regardé la jeune dame quand elle est entrée, parce que je ne la reconnaissais pas pour être de la cour, et qu'elle était si jolie sur son petit cheval que j'en suis restée éblouie. Elle est descendue de cheval au bas du perron, et M. Lebel, qui la regardait venir et qui l'attendait sous le vestibule, est arrivé au-devant d'elle et l'a fait entrer avec lui.

— Vous connaissez M. Lebel ? demanda le comte d'une voix étranglée.

— Si je connais M. Lebel ! s'écria la marchande, M. Lebel, le premier valet de chambre de Notre Majesté le roi ! M. Lebel, un si brave homme !

— C'est bien, dit le comte, j'en sais assez. Merci.

Il entraîna de nouveau Lamazou, laissant la bonne femme interdite et croyant avoir eu affaire à un fou.

Maintenant le jeune homme ne frémissait plus.

Ses idées, tout à l'heure si troubles et si confuses, étaient nettes et lucides.

Son visage était resté pâle, mais il étincelait de résolution.

Quand il eut fait vingt pas vers le milieu de la place et qu'il fut bien assuré que personne n'était plus à portée de l'entendre, il s'arrêta.

— Lamazou, dit-il, à tout autre qu'à toi je dirais que je vais tenter une entreprise dans laquelle j'ai mille chances contre une de rencontrer la mort, et je le prierais de me laisser seul

8

risquer ma vie ; à toi, tout au contraire, je dis : Tu vas m'accompagner.

— Je l'espère bien, dit simplement le colosse.

— Lamazou, reprit le comte, il s'agit de sauver Claire, qui
court en ce moment le plus horrible des dangers.

Les yeux du forestier eurent une lueur rouge sous leurs
longs sourcils hérissés.

On eût dit les yeux sanglants du sanglier qui recule acculé
dans sa bauge.

— Quel piége infâme lui a-t-on tendu ? Par quelle infernale
combinaison l'y a-t-on attirée ? Je n'en sais rien. Mais je devine, je sens qu'elle est tombée dans un piége. Sais-tu où
elle est en ce moment?

— Oui, répondit Lamazou. J'ai entendu tout ce qu'a dit
cette vieille femme, et j'ai compris.

— Le marquis de Lugeac me l'avait dit aussi : qu'une jeune
fille avait été introduite au château et dirigée vers le Parc-
aux-Cerfs par Lebel, mais j'avais refusé de croire que cette
jeune fille pût être mademoiselle de Jumery ; à présent, il n'y
a plus de doute possible.

— Eh bien, monsieur Louis, à présent, que comptez-vous
faire ? demanda le forestier.

— Pénétrer dans le Parc-aux-Cerfs et en arracher Claire, ou
m'y faire tuer, répondit le comte.

— C'est justement l'idée qui m'est venue, dit Lamazou.
Seulement, j'espère, je vous garantis même que si l'on y tue
quelqu'un, ce ne sera pas vous seul.

— L'entreprise est presque insensée, reprit le jeune homme,
qui raisonnait maintenant froidement toutes ses chances
bonnes et mauvaises, mais c'est peut-être son excès d'audace
qui doit la faire réussir. Personne n'a jamais dû croire que
deux hommes seraient assez téméraires pour oser venir trou-
bler Sa Majesté Louis XV dans ses honnêtes plaisirs et tenter
de lui arracher, de force, s'il le faut, une de ses victimes ; les
précautions, la surveillance doivent être nulles ou à peu près.
Quel est le père, le frère, l'amant qui pousseraient l'audace
jusqu'à venir réclamer sa fille, sa sœur ou celle qu'il aime
enlevée par le seigneur Lebel ? Derrière Lebel est le roi,
derrière le valet, le maître.

— Bon ! grogna Lamazou. Que je trouve le maître ou le

valet, ou tous les deux ensemble, entre moi et la demoiselle !

— Qui peut nous empêcher d'entrer dans le Parc-auxCerfs ? Personne. Quelques murs à franchir, et nous y sommes. Le difficile sera d'y découvrir Claire.

— Nous avons les chiens, dit Lamazou.

— Ils ne serviraient qu'à nous faire découvrir nous-mêmes, répondit le comte réfléchissant toujours. Ce qu'il nous faudrait, c'est un guide, quelqu'un qui connaisse l'intérieur de cet abominable lieu. Mais où le chercher à cette heure, quand le temps nous presse, quand chaque minute qui s'écoule est plus précieuse qu'une année de notre vie, à qui nous confier ?

— Ne savez-vous donc rien vous-même, monsieur Louis, qui puisse nous guider ? questionna le forestier.

· — Rien. J'ai quelquefois entendu parler du Parc-aux-Cerfs, mais sans y prêter attention. Je sais que c'est un quartier des jardins attenant au château du côté du potager, qu'il y a des charmilles, des pavillons disséminés à travers ces charmilles, quelques soldats aux gardes en faction sur divers points.

— C'est assez, dit Lamazou. Entrons-y d'abord. Quand nous y serons, nous chercherons mademoiselle Claire et nous la trouverons, quand je devrais étouffer l'un après l'autre tous les soldats de planton.

Le jeune homme secoua tristement la tête.

— C'est assez pour nous faire prendre ou tuer, dit-il, mais ce n'est pas de nous qu'il s'agit seulement. Il s'agit de sauver Claire. Mourir après l'avoir sauvée, soit, mais je ne veux pas mourir avant.

Il jeta tout à coup un cri d'ardente joie.

— Lamazou, reprit-il, si Dieu veut être pour nous, nous allons avoir, sinon un guide, au moins tous les renseignements qu'il peut nous falloir. Ce sont les gardes-françaises qui font le service dans le Parc-aux-Cerfs, et j'ai sous la main un de ces hommes, ce soldat que vous avez rencontré il y a quelques jours dans les bois de Lorges.

— Jalabert ?

— Il est à mon hôtel. Si Dieu permet qu'il ait été appelé par son service à pénétrer dans le Parc-aux-Cerfs, il va nous dire tout ce qu'il en connaît. Viens.

Quelques minutes après, le comte et Lamazou arrivaient rue des Hôtels, à l'hôtel du comte.

Au premier coup d'œil, le jeune homme comprit que quelque chose d'extraordinaire venait de s'y passer.

Tous les valets de la maison étaient rassemblés dans le vestibule autour d'un homme assis dans un fauteuil.

Cet homme était Jalabert.

En peu d'instants, le comte sut tout ce qu'il put savoir.

Le garde, blessé, couvert de sang, était venu tomber en travers de la porte de l'hôtel, où un valet l'avait trouvé.

On l'avait transporté sous le vestibule, et le valet de chambre du comte, qui se piquait de quelque savoir en chirurgie, avait visité et pansé sa blessure.

Il avait repris toute sa connaissance, mais il refusait de s'expliquer.

Le comte perça le groupe.

Dès que Jalabert le vit, il se leva de lui-même.

— Monsieur le comte, dit-il, je l'ai découvert.

— Qui ? demanda le jeune homme.

— Celui que vous savez, qui a tué ma sœur.

Il jeta les yeux autour de lui. Tout ce monde qui l'entourait le gênait.

Le comte fit un signe et resta seul avec le garde et Lamazou.

— C'est le prince Campiréali, acheva Jalabert.

— Et c'est lui qui t'a frappé ?

— Oui.

— Je te vengerai. Mais il y a une chose qui presse davantage. Es-tu en état de parler ?

Jalabert montra sa poitrine, sur laquelle un appareil avait été posé.

— Je n'ai perdu que du sang, dit-il. C'est une bagatelle. Si je savais où retrouver l'Italien, je me sens de force à faire une étape de six lieues pour le rejoindre.

— Nous le rejoindrons ensemble, mais auparavant, réponds-moi.

Et il questionna le garde.

Par un hasard heureux, Jalabert avait été maintes fois de service dans le Parc-aux-Cerfs, et il en connaissait à peu près tous les mystères.

Mais quand il sut que toutes les questions qui lui étaient faites par le jeune homme n'avaient pour but que de lui donner les moyens de s'y introduire, il fit une grimace significative.

— Monsieur le comte, lui dit-il, franchement et véridiquement parlant, je vous jure, foi de Jalabert, que si vous y allez comme cela, vous ne ferez pas vingt pas dans cet endroit sans être pris. Pour réussir et sauver mademoiselle Claire, il faut plus de ruse et de prudence que de force et de courage. Voulez-vous que je vous dise le seul moyen que vous ayez de réussir?

— Parle.

— Emmenez-moi avec vous.

Le comte fit un geste énergique de refus.

Mais Lamazou tendit son énorme main à Jalabert en lui disant :

— Vous êtes un brave garçon, et un brave garçon n'est jamais de trop nulle part. D'ailleurs, on n'est tué qu'une fois, et l'on ne peut mieux sacrifier sa vie qu'en la sacrifiant pour sauver une honnête fille de l'infâme amour d'un grand seigneur.

— Mais il est blessé, dit le comte.

— Une égratignure, fit le garde.

— S'il est fatigué, je le porterai, dit Lamazou ; s'il faut se battre, ce que j'espère bien, je me battrai pour lui et pour moi. Ah! j'ai déjà brisé la tête d'un de ces nobles brigands suborneurs et ravisseurs de filles et de femmes, qu'il ne s'en rencontre pas un autre cette nuit sur mon chemin!

D'après l'avis et sur l'invitation de Jalabert, on se procura deux échelles de corde dont les crampons de fer furent à l'avance garnis de linges de laine pour amortir tout bruit, puis le comte et le garde s'armèrent chacun, en outre, de son épée, de son sabre et d'une paire de pistolets.

— Il ne faudra s'en servir qu'à la dernière extrémité, dit Jalabert, car du moment où nous serons forcés de tirer un coup de feu, nous aurons sur les bras toute la garde du château, et nous pourrons nous regarder comme perdus.

Lamazou ne voulut se charger d'aucune arme.

— Je n'ai besoin que de cela, dit-il en étendant ses deux bras. Cela ne fait pas de bruit, et d'un coup de mon poing je

8.

tuerai un homme aussi sûrement que d'un coup de pistolet.

Avant de partir, le garde dit au comte.

— Savez-vous où j'ai reconnu l'homme qui a tué ma sœur après vous avoir volé votre nom? Au cabaret du *Petit-Ramponneau*, où il était en entretien mystérieux et secret avec l'homme qui a conduit mademoiselle de Jumery au Parc-aux-Cerfs, avec Lebel.

— C'est bien, dit le comte froidement. Je devais m'y attendre.

Une heure plus tard, les trois hommes, résolus à tout, franchissaient, en l'escaladant, le mur de clôture du Parc-aux-Cerfs sur la rue Saint-Antoine et pénétraient dans les jardins.

XIV

Un pauvre oiseau mis en cage.

Mademoiselle de Jumery était une noble et vaillante jeune fille.

En rentrant la veille au château, après avoir souffleté de sa cravache le misérable qui l'avait insultée, après avoir vu arrêter sous ses yeux, pour être conduit à la Bastille, celui qu'elle aimait, elle s'était courageusement rendue maîtresse de ses émotions et n'avait laissé deviner à personne, pas même à son père, qu'elle venait d'être acteur et témoin de deux drames terribles dont le dénoûment, encore inconnu, ne pouvait être que plus terrible encore.

Elle avait trouvé le baron attendant anxieusement ce gendre qu'on lui imposait et qui voulait, ce jour-là, se faire présenter officiellement à sa future; et comme le vieux gentilhomme, étonné déjà du retard apporté dans cette visite, lui faisait part de cet étonnement, elle lui avait simplement répondu :

— Le prince Campiréali a peut-être changé d'avis.

Claire savait qu'elle ne devait chercher de ressources qu'en elle-même, qu'aucun secours, maintenant que le comte de Lorges était aux mains de ses ennemis, ne pouvait lui venir que d'elle-même, et elle en avait pris énergiquement son parti.

Pourquoi dès lors mettre son père, déjà accablé de ses propres tourments, de moitié dans les siens ?

D'ailleurs Claire avait son projet arrêté, et rien n'aurait pu l'en faire changer.

A cette époque la personne auguste du roi avait encore un peu de ce magique prestige que lui avait transmis le règne absolu de l'omnipotent Louis XIV, qui avait élevé la prétention de faire concurrence au soleil.

Il est vrai que ce prestige avait déjà été bien largement battu en brèche par les déplorables vices et la remarquable nullité du monarque, non moins que par les écrits des philosophes qui s'étaient chargés de mettre au jour et les uns et les autres.

Mais, en dehors d'un certain monde qui vivait à la cour ou autour de la cour et en connaissait toutes les tristes faiblesses, et d'un certain cercle d'esprits éclairés qui en suivaient curieusement la décadence et la décomposition, un grand nombre de familles que leur existence ignorée laissait à l'écart du mouvement, voyaient encore dans la personne du roi une sorte de demi-dieu tenant dans ses mains sacrées toutes les grâces et toutes les foudres.

Pour ceux-là, le roi était aussi indiscutable que le Messie.

Claire, bien que vivant tout auprès de Versailles et de la cour, était aussi ignorante de ce qui s'y passait que si elle eût vécu à Landerneau ou à Carpentras.

Ne connaissant l'histoire de la royauté que par ce qu'elle avait entendu raconter par son père des grands faits du règne de Louis XIV, elle était du nombre de ceux pour lesquels le roi était encore le roi, c'est-à-dire un homme au-dessus de tous par sa grandeur, son pouvoir immense, ses vertus plus immenses encore.

Innocente et pure comme un ange, elle ignorait même le nom des vices héréditaires et largement développés du successeur du grand roi, et elle n'avait rien lu des ouvrages des philosophes.

Quand elle s'était vue frappée dans son père, dans celui qu'elle aimait, dans elle-même par un concours d'événements et de malheurs qui lui semblaient partir tous d'une même main, sa première pensée, sa suprême espérance avait été d'aller se jeter aux pieds de ce roi qui pouvait tout, qui, pareil à Dieu, dont il était le représentant, était, par droit de naissance, souverainement bon et souverainement juste, et de lui demander protection et justice.

C'était cette résolution qui lui donnait sa force et sa tranquillité.

Elle pressentait bien, il est vrai, quelques difficultés dans l'exécution de cette démarche; elle redoutait bien de ne pouvoir pas peut-être obtenir tout de suite, aussitôt qu'elle le voudrait, la faveur d'approcher de Sa Majesté, mais elle comptait sur son titre de fille de gentilhomme pour venir à bout de ces obstacles.

L'ignorante jeune fille avait foi en la noblesse comme en la royauté.

Le soir, en se couchant, elle fit sa prière, demandant au ciel de la faire réussir dans sa généreuse tentative.

Puis elle s'endormit, en songeant à son père, qu'elle allait, le lendemain, délivrer de ses craintes, et au pauvre prisonnier de la Bastille, dont elle allait, le lendemain, obtenir la liberté.

Ce lendemain était, nous le savons, un dimanche.

Claire s'habilla dès le matin, assista pieusement à la messe, puis elle partit.

Lamazou, qui ne perdait aucun de ses mouvements, avait voulu la suivre, mais elle s'y était opposée.

Elle ne pouvait ni ne voulait le mener où elle allait.

Et, d'un autre côté, où elle allait, elle n'avait rien à craindre.

Par conséquent, elle n'avait pas besoin de Lamazou.

Nous l'avons vue arriver à Versailles et se présenter au château, où l'attendait Lebel.

Le misérable était resté un instant ébahi de surprise et d'admiration en face de cette beauté suave, resplendissante d'innocence et de chasteté.

Le mystérieux garde-française du *Petit-Ramponneau* n'avait rien exagéré dans ses emphatiques éloges.

Mais le valet de chambre s'était promptement remis et s'était vivement avancé vers Claire.

Claire, de son côté, en le voyant venir à elle, s'était empressée au-devant de lui.

Elle le prenait naïvement pour un officier de la maison du roi.

Lebel écouta la supplique de la jeune fille d'un air important et sans la regarder.

Il avait sans doute peur que son cynique regard, en rencontrant le sien, ne l'éclairât trop bien sur ce qu'il était réellement.

— Mademoiselle, lui dit-il d'un air bienveillant, les lois de l'étiquette s'opposent à ce que votre demande soit accueillie. Ce n'est point ainsi que l'on sollicite la faveur d'être admise à voir Sa Majesté.

— Que me faudrait-il donc faire ? questionna Claire atterrée.

— Il faut adresser une pétition au premier gentilhomme de la chambre, qui consulte le bon plaisir du roi, et si Sa Majesté consent, assigne un jour et une heure d'audience.

— Mon Dieu ! fit la jeune fille ; et combien cela exige-t-il de temps ?

— Quinze jours, un mois quelquefois.

Claire joignit les mains avec désespoir et une larme brilla dans ses yeux.

Elle pensait au comte, prisonnier, qui aurait à attendre peut-être sa liberté un mois.

Lebel eut l'air de céder à une résolution soudaine.

— Votre douleur me touche, mademoiselle, dit-il. Je prendrai sur moi de violer pour cette fois les lois de l'étiquette. Sa Majesté est en ce moment à la chasse, mais elle doit rentrer pour l'heure du dîner. Veuillez me suivre. Je vais vous conduire dans les petits appartements où le roi se rendra avant de se mettre à table. Vous pourrez le voir là et lui parler en dehors de tout cérémonial.

— Oh ! monsieur, merci ! s'écria Claire avec effusion.

Ces quelques mots avaient été échangés en dehors du vestibule, au sommet des degrés.

Lebel prit les devants et Claire le suivit.

Le vestibule était plein de gens de service, les salons avoisinants remplis de gentilshommes et de gardes.

Le valet de chambre, évitant les curieux, suivit sur sa gauche la longue file d'appartements donnant sur la cour Royale, gagna la cour des Cerfs et s'arrêta un instant dans un petit salon octogone pour y ouvrir une porte qui, à l'inverse de toutes les autres qu'il avait franchies jusque-là et qui étaient ouvertes, était hermétiquement fermée.

— C'est l'entrée des appartements intimes de Sa Majesté, dit-il à Claire.

Il jugeait nécessaire de détourner de l'esprit de la jeune fille les soupçons qu'elle aurait pu concevoir de cette longue course à travers les appartements du château et de cette unique porte fermée.

Mais c'était de sa part peine perdue.

Claire n'avait pas dans l'esprit le plus léger soupçon.

Elle n'avait dans le cœur qu'une infinie reconnaissance pour ce digne seigneur, qui lui offrait le moyen de voir le roi et qui prenait tant de peine à la conduire.

D'ailleurs, elle avait remarqué que tous les gens qu'ils avaient rencontrés, tout au travers des appartements, s'étaient empressés de saluer humblement son conducteur, et elle en avait naturellement tiré cette conséquence, que ce devait être un personnage de haute valeur.

Pauvre enfant!

La porte ouverte par Lebel donnait accès dans un second salon où se voyait le commencement d'un petit escalier.

Lebel et Claire le descendirent et se trouvèrent dans un large corridor splendidement éclairé, et moelleusement tapissé d'une épaisse moquette.

Au bout de ce corridor, se présenta un nouvel escalier au sommet duquel Claire et son conducteur entrèrent dans une vaste et luxueuse chambre.

Là seulement le valet de chambre s'arrêta.

— Vous voici arrivée, mademoiselle, dit-il à la jeune fille. Veuillez attendre patiemment Sa Majesté. Vous avez sur ces étagères et sur ces tables des livres, des dessins, des gravures qui vous aideront à passer le temps. Si quelque chose vous manquait, ces cordons de sonnettes appelleraient auprès de vous des gens de service qui s'empresseront de vous obéir.

Il salua respectueusement mademoiselle de Jumery et sortit par la porte qui leur avait donné entrée dans la chambre, sans vouloir écouter les paroles de remercîments que Claire lui adressait avec toute l'effusion de son cœur reconnaissant.

— Allons, se dit-il en reprenant le chemin du passage secret qui faisait communiquer les bâtiments du Parc-aux-Cerfs
avec le palais, voilà l'oiseau en cage. Le reste regarde madame Bertrand et Sa Majesté.

Claire, demeurée seule, obéit tout d'abord à cet instinct
naturel à toutes les femmes.

L'instinct de la curiosité.

Elle parcourut des yeux la chambre où elle se trouvait.

C'était une chambre à coucher d'une richesse d'ameublement inouïe, mais il y avait dans l'arrangement des tentures
et des tapisseries, dans la coupe des meubles, dans la forme
du lit surtout, tant de voluptueuse recherche, quelque chose
de si mignard, de si efféminé, de si précieux, que Claire en
fut instinctivement choquée.

Ce n'était pas là une chambre de roi, la chambre d'un
homme ; c'était la chambre d'une courtisane.

Claire ne fit pas cette distinction.

Elle ne pouvait pas la faire, mais elle se sentit mal à l'aise
en voyant son visage se refléter dans les glaces, au milieu
de ce luxe énervant.

L'exquise délicatesse de sa pudeur native lui disait secrètement que ce n'était point là sa place, et que son conducteur s'était trompé en la faisant s'arrêter dans cette chambre
au lieu de l'introduire dans un salon.

Une porte était ouverte en face de celle par laquelle elle
était entrée.

Claire la franchit et se trouva cette fois dans un salon.

Mais ce salon n'était encore qu'un boudoir, où le nu des
peintures le disputait au laisser-aller des sujets.

Au plafond, des guirlandes de nymphes nues entremêlées
d'amours non moins nus, affectant tous à qui mieux mieux
les poses les plus érotiques.

Sur les trumeaux, les mêmes nymphes et les mêmes
amours.

Et tout ce monde, aux chairs fraîches et roses, se répétant
à l'infini dans les grandes glaces qui se les renvoyaient.

Claire détourna les yeux et ouvrit une fenêtre.

Cette fenêtre était élevée d'un grand étage ; au-dessous,
bordant le rez-de-chaussée, régnait dans toute la façade un
perron composé de trois marches de marbre blanc.

Devant elle s'étendait un jardin touffu, rempli d'arbustes, peuplé de charmilles et de bosquets dans lesquels une myriade d'oiseaux chantaient leur dernière chanson au soleil qui baissait à l'horizon.

Claire s'avança sur le petit balcon de fer ventru et contourné qui garnissait la fenêtre et se résolut à attendre là l'arrivée du roi.

Elle demeura à cette même place près d'une heure, enfoncée dans ses pensées, faisant et défaisant tour à tour le thème de ce qu'elle se proposait de dire au roi pour le toucher.

Et à mesure que le temps se passait et qu'approchait le moment où elle allait se trouver en face de ce grand monarque dont elle allait invoquer et la clémence et la justice, elle sentait son cœur battre plus fort, tantôt de doute et de crainte, tantôt d'espoir.

Mais au bout de cette heure usée dans des émotions sans cesse renaissantes, la fatigue prit la jeune fille ; l'impatience la gagna, et avec l'impatience un commencement d'inquiétude.

Non point encore une inquiétude qui lui fût personnelle.

Loin de là.

Se sachant dans la maison du roi, Claire s'y croyait aussi en sûreté que dans la maison de son père.

Mais en voyant la soirée s'avancer rapidement, elle songea à son père, qui ne savait rien de sa démarche, qui ignorait où elle se trouvait, et dont l'anxiété serait sans bornes quand il ne la verrait pas rentrée au château à l'heure habituelle du souper de famille.

En entendant l'horloge de Boule du salon sonner le dernier coup de six heures, elle calcula avec effroi qu'elle avait quatre lieues à faire pour retourner de Versailles à Jumery, et qu'en admettant même qu'elle partît de suite, elle ne pourrait arriver avant huit ou neuf heures.

Mais partir de suite, c'était partir sans avoir vu le roi, c'était renoncer au bénéfice de la gracieuse obligeance de son introducteur, qui l'avait fait passer par-dessus les lois du cérémonial imposé à toutes les demandes d'audience ; c'était vouloir rentrer dans la loi commune et se résigner à attendre peut-être quinze jours, peut-être un mois, une nouvelle occasion d'être admise en présence de Sa Majesté.

9

A cette pensée, Claire imposa silence à son inquiétude, fit taire la voix de son impatience et se résigna à attendre encore.

Ce n'était pas au moment peut-être où le roi allait paraître qu'elle devait abandonner ainsi lâchement son dessein.

Une nouvelle période de temps s'écoula avec une lenteur pénible.

Claire, le regard perdu dans les profondeurs du jardin, commençait enfin à s'inquiéter un peu sur elle-même.

Pour la première fois depuis qu'elle était là, elle remarqua l'isolement de la maison où elle était.

Cette maison ne semblait pas faire partie du château.

Elle se souvint de la longue course que son obligeant conducteur lui avait fait faire, de cet interminable vestibule souterrain qu'il lui avait fait parcourir, et qui n'était peut-être si brillamment éclairé que pour éloigner de l'esprit de ceux qui le parcouraient l'idée de ce qu'il pouvait être ; elle se rappela ces deux escaliers, l'un descendant, l'autre montant, qu'on lui avait fait alternativement descendre et gravir, et elle se demanda, avec un secret effroi, si elle était bien véritablement chez le roi Louis XV.

Un rapide et honteux regard qu'elle jeta derrière elle dans le salon augmenta ses doutes.

Ce luxe galant, ces peintures impudiques, lui semblèrent s'accorder peu avec la majesté grave et digne d'un roi de France.

Puis, le silence qui l'entourait lui semblait étrange et comme menaçant.

Rien ne remuait autour d'elle.

A si peu de distance du fracas incessant du château, du mouvement perpétuel qu'y jetait son monde de seigneurs et de valets, on s'en serait cru à cent lieues.

La maison tout entière semblait inhabitée, et Claire eut un instant la pensée qu'elle y était le seul être vivant.

Cette pensée lui causa une sorte de terreur superstitieuse.

Elle qui n'avait jamais connu la peur en parcourant, la nuit, au retour de la chasse, les solitudes les plus profondes de ses forêts, se sentit tout à coup glacée en se croyant seule au milieu de cette maison isolée et silencieuse.

Dans son premier mouvement d'effroi, plus fort que sa raison, elle fut sur le point d'appeler.

Mais le souvenir de quelques paroles dites par son introducteur lui revint à l'esprit.

Elle se rappela qu'au-dessus de la cheminée de marbre blanc de la chambre se trouvaient des cordons de soie, qui devaient faire venir à son gré les gens dont elle pouvait vouloir réclamer les services.

Elle s'élança de la fenêtre dans le salon.

A son grand étonnement et à son plus grand soulagement encore, elle s'aperçut qu'elle n'était plus seule.

Une jeune et jolie fille leste et vive, accorte et souriante, ayant toutes les allures d'une soubrette de haut lieu, une véritable Marton, en un mot, était entrée dans le salon, et, dressée sur la pointe des pieds, s'occupait à allumer les bougies roses des torchères et des girandoles.

Claire n'avait entendu aucun bruit.

A la vue de mademoiselle de Jumery, la soubrette lui fit une révérence gracieuse et s'apprêtait à reprendre son occupation.

Mais Claire l'arrêta.

— Mon enfant, lui dit-elle, je suis heureuse de vous voir. J'allais appeler.

— Je suis au service de mademoiselle, dit respectueusement la soubrette.

— Il y a déjà quelque temps que j'attends Sa Majesté, reprit Claire. La personne qui m'a conduite ici m'a donné l'assurance que le roi, dès qu'il serait de retour au château, passerait par cet appartement, où je pourrai le voir et lui parler. Mais la soirée s'avance, et je voudrais, s'il est possible, savoir si je dois attendre encore ou si je dois pour aujourd'hui renoncer à voir le roi.

La soubrette avait, en apparence, écouté très-attentivement les paroles de Claire, mais en réalité elle n'avait cessé, tant qu'elle avait parlé, de regarder en-dessous, avec une surprise qu'elle pouvait à peine dissimuler, cette belle et candide jeune fille dont toute la personne respirait la noblesse et la dignité.

— Mademoiselle, repondit-elle, tout ce qu'il m'est permis de vous dire, c'est que Sa Majesté va sûrement venir ici ; ce que je puis vous assurer, c'est que vous la verrez ce soir.

Claire eut d'abord un premier mouvement de joie, puis elle eut un serrement de cœur de crainte.

Le grand moment approchait.

— Veuillez prendre la peine de vous asseoir, continua la soubrette en poussant un fauteuil derrière la jeune fille. Vous n'avez plus maintenant bien longtemps à attendre.

Claire s'assit et suivit machinalement des yeux la soubrette, qui se remit silencieusement aux soins de son service.

Elle la vit s'empresser d'achever d'allumer les nombreuses bougies des candélabres du salon, qui se trouva bientôt éclairé comme si tous les rayons du soleil l'eussent inondé de leur lumière.

Puis, ayant passé dans la chambre à coucher, au lieu des bougies éclatantes, elle la vit allumer une lampe d'albâtre qui ne laissa percer, à travers l'épaisseur de son globe opaque, qu'une lueur douce et mystérieuse.

La soubrette revint alors dans le salon, qu'elle traversa rapidement pour aller ouvrir à son extrémité une porte cachée par une portière.

Derrière cette porte, Claire aperçut une ravissante salle circulaire, meublée dans tout son pourtour d'un large sofa oriental.

La soubrette disposa au milieu de cette salle deux fauteuils.

A côté de chacun d'eux, elle plaça une servante de bois de rose incrusté de marbre, dont les trois étages étaient à l'avance garnis d'assiettes et de bouteilles de cristal.

Ensuite Claire la vit se placer elle-même entre les deux fauteuils et frapper coup sur coup de son petit pied le centre du parquet.

Aussitôt, et laissant à peine à la soubrette le temps de se rejeter en arrière, une partie du parquet s'enfonça en terre, et à sa place s'éleva doucement une table ronde, splendidement servie, et dont le magnifique service étincelait aux feux de deux candélabres placés à ses deux bouts.

Claire fit la remarque que cette table supportait deux couverts.

Mais elle n'eut pas le temps de donner cours à l'étonnement naturel que cette scène étrange venait de lui causer.

Un bruit léger se fit entendre en dehors du salon.

La soubrette, en l'entendant, se mit vivement à fermer la fenêtre ouverte et à pousser les volets intérieurs ; puis, légère comme un sylphe, elle passa sous une portière et disparut.

Au même instant, une porte, restée fermée jusque-là, s'ouvrit doucement presque derrière le fauteuil où était assise Claire.

Claire, se soulevant à demi, se retourna et se trouva en face d'un homme richement vêtu et sur la poitrine duquel s'étalait un large cordon bleu.

C'était Sa Majesté Louis XV.

XV

Où la seconde jarretière de madame de Pompadour, en revenant
sur l'eau, donne une violente migraine à Sa Majesté.

Nous savons par Lebel, qui l'avait annoncé à madame de
Pompadour ce matin même, que Louis XV était parti pour
chasser à Saint-Germain, étant d'humeur assez méchante.

Et nous savons encore par le marquis de Lugeac, qui l'a dit
au comte de Lorges, qu'il en était revenu d'humeur plus méchante encore.

Cette recrudescence de mauvaise humeur du roi rapportée
de Saint-Germain avait une cause.

Quelque philosophe que soit un homme, il est rare qu'il
reçoive, on ne peut pas dire avec plaisir, mais sans une certaine grimace la nouvelle brutale que la femme qu'il s'est
habitué à regarder comme sienne a jugé à propos de lui donner un concurrent.

Quand cet homme est un roi et s'appelle Louis XV, cette
grimace prend naturellement de grandes proportions.

Certes, Sa Majesté Louis XV était de mœurs faciles pour
lui. Il comprenait et pratiquait volontiers tous les genres
d'infidélités. Mais, en sa qualité de sultan, il prétendait jouir
seul de ce privilége...

Surtout lorsqu'il s'agissait d'une femme qu'il avait comblée de ses faveurs, de la fille d'un boucher dont il avait fait presque une reine de France.

Ce n'est pas que le monarque fût au fond tout à fait convaincu que, depuis plus de quinze ans que madame de Pompadour était sa favorite en titre, elle lui fût toujours restée d'une inviolable fidélité, qu'elle n'eût jamais, au grand jamais, fait jouer la pointe du canif dans le contrat morganatique qui les unissait...

Seulement, il ne faisait que douter.

Et il est certaines choses sur lesquelles on préfère le doute à la certitude.

Certaines choses que, surtout quand on est roi, on n'aime pas à se voir dire en face.

Et c'était précisément ce qui était arrivé à Louis XV pendant cette chasse à Saint-Germain...

Ce qui avait augmenté sa mauvaise humeur au point de lui donner une bonne migraine.

En arrivant au pavillon de la Muette, lieu fixé pour le rendez-vous de départ, le capitaine des chasses avait remis au roi un pli cacheté ayant la forme d'un placet.

Ce placet, ou soi-disant tel, avait été donné dans une allée écartée de la forêt à un des rabatteurs de la chasse par un pauvre brave homme ayant l'air d'un paysan, avec prière instante de le faire parvenir aux mains de Sa Majesté.

Le rabatteur l'avait porté à son chef piqueur, qui l'avait passé à son capitaine, lequel prenait la licence de le présenter au roi.

Il n'y avait dans tout cela rien que de très-ordinaire. Louis XV, pour continuer de mériter son nom de Bien-Aimé, et pour faire de la popularité utile ayant assez l'habitude de recevoir, quand il chassait en forêt, les demandes et pétitions des petites gens.

Le roi, croyant à un placet véritable, l'ouvrit aussitôt et le lut.

On peut aisément se faire une idée de l'effet que produisit cette lecture.

Voici ce que contenait le placet :

« Majesté,

« Si le roi veut daigner refuser les signatures que madame

« la marquise de Pompadour pourra lui proposer d'ici à
« vingt-quatre heures, il recevra demain l'original écrit de la
« main de la marquise d'une lettre dans laquelle elle accorde
« une nuit d'amour qui ne lui était pas demandée.

   « Cette lettre est fermée avec un ruban qui a fait partie de
« la toilette de la marquise, une jarretière.

   « Le roi pourra juger alors s'il est de sa justice de sacri-
« fier un monde d'innocents à une femme indigne de ses
« bontés.

Louis XV, après avoir lu, porta la main à son gilet et en
sortit la jarretière rose qu'en plaisantant l'avant-veille avec
la marquise il lui avait galamment dérobée.

— C'est peut-être la sœur de celle-ci, murmura-t-il.

Il remit la jarretière dans son gilet et la lettre accusatrice
dans sa poche.

Puis il donna l'ordre de rechercher et de lui amener immédiatement le paysan qui avait remis cette lettre au rabatteur.

On chercha le pauvre brave homme ayant l'air d'un paysan
pendant plus d'une heure, mais on ne le retrouva pas.

Comme il avait paru se diriger du côté du couvent des
Loges, on alla jusqu'à s'informer de lui au couvent.

Les frères religieux, interrogés, répondirent comme un seul
homme qu'ils n'avaient ni vu ni reçu personne lui ressemblant.

Alors, Sa Majesté, toute soucieuse, remonta en carrosse et
regagna Versailles.

La marquise, de retour de son expédition à la Bastille, où
elle avait voulu aller délivrer elle-même son innocente victime d'un jour, le comte de Lorges, y était revenue elle-
même depuis une heure.

Réunie comme le matin en conciliabule avec madame du
Hausset et Lebel, elle écoutait les récits des hauts faits accomplis par le valet de chambre dans le cours de cette mémo-
rable journée.

Lebel ne tarissait pas d'éloges sur son propre mérite, sur
l'adresse et le génie qu'il avait déployés dans la capture de
ses deux nouvelles recrues pour le Parc-aux-Cerfs.

Mais il était surtout rempli d'enthousiasme quand il parlait de leur beauté : l'une, fine, délicate, distinguée, patricienne de la tête aux pieds, vraie fleur d'innocence et de chasteté ; l'autre, femme splendidement développée, riche de formes parfaites, et qui, dans ses yeux profonds, dans le velours de sa peau, dans les fauves reflets de sa luxuriante chevelure, semblait recéler toutes les ardeurs, toutes les séductions, toutes les sciences des plus fameuses courtisanes de l'antiquité.

Un ange.

C'était Claire de Jumery.

Un démon.

C'était Louise Lamazou.

— Si ces deux femmes, ou séparément ou ensemble, ne parviennent pas à amuser Sa Majesté, il faut y renoncer, dit Lebel en terminant ; c'est qu'elle n'est décidément plus amusable.

Comme Lebel prononçait ces derniers mots, le roi entra. Il était encore botté et éperonné.

En descendant de carrosse, il n'avait fait que traverser ses appartements sans s'y arrêter, et il était venu droit chez la marquise.

Sur un signe de la favorite, à qui les nuages sombres amoncelés sur le front de son royal amant n'avaient pu échapper, Lebel et madame du Hausset sortirent.

Le roi se promena quelques instants sans mot dire, regardant les rosaces du tapis.

La marquise, le regardant à la dérobée, pressentit une catastrophe.

Elle se tint pour avertie, c'est-à-dire sur ses gardes.

Et, suivant la tactique féminine, elle prit aussitôt l'offensive.

— Votre Majesté revient bien sombre de cette chasse où elle se promettait grand plaisir, dit-elle. Me sera-t-il permis de lui demander ce qui peut l'attrister ainsi ?

Jamais la voix de la marquise n'avait été plus douce et plus persuasive, et cependant la parfaite comédienne y avait mis une nuance de reproche et d'orgueil blessé qui devait frapper le roi.

Une femme coupable ne pouvait avoir de pareils accents.

Louis XV regarda la marquise et sourit...

9.

Il était déjà à demi désarmé.

Peut-être venait-il de se faire à lui-même cette simple question d'équité :

— Ai-je vraiment le droit de me montrer jaloux ?

Quoi qu'il en fût, cessant sa promenade saccadée, il s'assit en face de la marquise et lui dit :

— Quelles sont les pièces en votre possession, marquise, pour lesquelles ma signature est nécessaire ?

La marquise respira.

Elle crut qu'il ne s'agissait que d'affaires d'État.

Depuis quelques années, depuis que sa faveur était à son comble, madame de Pompadour avait obtenu que le plus grand nombre des affaires se traiteraient chez elle, en présence du roi et en sa présence.

Les ministres s'y réunissaient en conseil, et, dans ces conseils, elle donnait ouvertement son avis, lequel était assez généralement suivi.

Il faut dire, à la louange de madame de Pompadour, que le peu de mesures bonnes, utiles, salutaires et véritablement françaises qui signalèrent son règne de vingt ans comme maîtresse de Louis XV, furent dues à son initiative ou à sa volonté.

— Sire, dit-elle, je n'ai qu'une seule pièce attendant votre royal seing. Le duc de Choiseul me l'a remise ce matin même.

Elle se leva et se dirigea vers un large bureau-secrétaire dans l'un des tiroirs duquel elle prit un parchemin qu'elle mit sous les yeux du roi.

— Oui, dit Louis XV après en avoir parcouru les premières lignes, je le reconnais. C'est l'arrêt du Parlement qui prononce l'expulsion définitive des jésuites de France, vos ennemis personnels, madame.

Louis XV appuya sur ces derniers mots.

La marquise, depuis qu'elle croyait n'avoir plus à traiter que des affaires politiques, s'était retrouvée tout à fait à son aise.

— Je ne m'en cache pas, sire, et je ne m'en suis jamais cachée à Votre Majesté, dit-elle : je n'aime pas les jésuites, mais je ne leur ai pas encore fait l'honneur de les considérer comme mes ennemis. Je les ai méprisés, je ne les ai jamais craints. Je les regarde comme un fléau pour le pays qui a la faiblesse de leur donner asile, voilà pourquoi j'ai appuyé de toutes mes forces la proposition de leur expulsion. Je crois, sire, vous avoir rendu là, ainsi qu'à la France, le plus grand des services.

Elle approcha elle-même du roi la petite table à laquelle il avait coutume de se mettre lorsqu'il avait quelques signatures à donner, et trempant une plume dans l'encrier, elle la lui présenta en lui disant :

— Votre Majesté veut-elle signer ?

— Non, dit le roi en repoussant doucement la table de la main et la plume du geste, non, marquise, pas encore.

La marquise ne put réprimer un vif mouvement de surprise.

— La volonté de Votre Majesté est souveraine, dit-elle, mais je prie le roi de me pardonner d'avoir pensé qu'en ordonnant à M. de Choiseul de faire libeller cet arrêt, il lui donnait à l'avance sa royale sanction.

Louis XV eut un moment d'embarras.

— Parbleu ! fit-il, marquise, je ne veux pas que vous m'accusiez de caprices. Je laisse ce joli défaut aux charmantes femmes comme vous. Tenez, voyez ce que je rapporte de ma chasse à Saint-Germain, et dites-moi en conscience si je n'ai pas au moins un motif pour reculer, ne fût-ce que de vingt-quatre heures, la signature de cet arrêt.

Et il tendit toute ouverte à la marquise la lettre qui l'accusait.

Instinctivement elle sentit que là était le coup, et sans deviner encore de quelle nature il serait, elle s'apprêta à le recevoir.

Aussi fût-ce avec le plus grand calme et avec un sourire doucement railleur aux lèvres qu'elle lut d'abord et qu'elle rendit ensuite la lettre au roi.

— Vous avez raison, sire, lui dit-elle. Je suis maintenant la première à vous prier de remettre à demain la signature de cet arrêt. Il n'y aura que vingt-quatre heures de perdues pour son exécution.

— Vous savez cependant, marquise, que je ne suis pas jaloux, dit le roi.

— Je remercie Votre Majesté de sa confiance, répliqua la

marquise d'un air finement ironique, mais sans être jaloux, un grand roi comme vous doit avoir le juste orgueil de ne pas vouloir être trompé. L'auteur de cette lettre vous édifiera sûrement à ce sujet. Vous n'êtes pas sans l'avoir déjà deviné, n'est-ce pas, sire ?

— Je crois m'en douter.

— Il s'est du reste chargé de signer sa lettre, sans y apposer sa signature. Le monde d'innocents qu'il vous conjure de ne pas sacrifier à une femme indigne, désigne clairement la sainte société de Jésus, qui a su trouver dans son sein des innocents comme Jacques Clément, qui a assassiné Henri III, comme Ravaillac, qui a assassiné Henri IV, comme Damiens, qui a essayé de vous assassiner vous-même.

Louis XV n'était rien moins que brave vis-à-vis de la mort. Il en avait une peur horrible.

En entendant ces paroles profondément adroites de la marquise, il pâlit et frissonna au seul souvenir du danger que lui avait fait courir le couteau de Damiens trois ans auparavant.

— Ce sont des misérables! dit-il.

— Je ne vous demande qu'une grâce, sire, reprit la marquise, c'est de les abandonner si demain ils ne vous ont pas apporté tout ce qu'ils vous promettent dans cette lettre.

— Tenez, marquise, faisons mieux, dit Louis XV vaincu. N'attendons pas à demain. Donnez-moi cet arrêt, que je le signe.

— Non pas, sire, dit la marquise avec résolution. Les premières idées sont toujours les meilleures. Vous avez d'abord dit demain, attendons demain. Seulement, sire, ajouta-t-elle avec un franc éclat de rire qui fit bondir sous les yeux du roi sa gorge aux riches contours, je vous en prie, exigez bien d'eux tout ce qu'ils vous promettent. Ils parlent d'une de mes jarretières, ne l'oubliez pas. Au fait, ne serait-ce pas celle que vous m'avez si méchamment prise l'autre jour et que vous auriez perdue?

— Elle m'était trop chère pour que je puisse la perdre, dit le roi, qui, tirant le ruban rose de sa poche, le déroula dans toute sa longueur. N'avez-vous plus la pareille, marquise ?

— Ah! sire, fit la marquise riant, me croyez-vous femme

à porter des jarretières dépareillées, l'une rose, l'autre bleue ?

Elle retroussa le bord de sa jupe, et montrant au roi ses deux jambes divines emprisonnées dans des bas de soie à jour et couronnées d'un nœud de satin bleu :

— Voyez plutôt, dit-elle. Quant à la pareille de celle que vous tenez, et que je vous laisse puisque vous l'avez prise, elle a été sans doute mise dans quelque coffret par l'une de mes femmes, mais je vous promets de vous la montrer demain.

— Allons, marquise, dit le roi, qui se leva et lui baisa la main, sans quitter des yeux le bord toujours relevé de la jupe de la favorite, vous êtes, et vous serez toujours, quoi qu'on dise et qu'on fasse, la plus belle et la plus charmante femme de la cour.

— Ne dînerez-vous pas avec moi, sire ? demanda la marquise avec le plus engageant des sourires.

— Non.

— Me garderiez-vous donc déjà et d'avance une rancune anticipée ?

— Vous ne le pensez pas. Non, je suis las, fatigué de cette chasse, et j'ai besoin d'un repos que je ne pourrais trouver près de vous.

Le mot était trop délicatement flatteur pour que la marquise n'insistât pas, comme elle devait le faire, pour retenir auprès d'elle son royal amant, mais il fut inflexible et il quitta l'appartement.

A peine fut-il sorti, que la marquise, se précipitant dans le cabinet d'où madame du Hausset avait à peu près entendu, comme le voulait son rôle de confidente, tout ce qui venait d'être dit, se jeta dans les bras de sa femme de chambre en s'écriant :

— Ah ! ma chère du Hausset, cette fois, je suis perdue. Les jésuites jettent le masque et m'attaquent en face. C'est entre eux et moi une guerre à mort. Mais je jure Dieu, si j'en réchappe, que je les anéantirai tous en France, depuis le premier jusqu'au dernier, ou que j'y périrai.

Louis XV avait regagné son appartement.

Lebel l'y attendait.

— Sire, lui dit-il en le débottant, j'ai le bonheur de pouvoir offrir aujourd'hui à Sa Majesté deux nouvelles beautés aussi dignes de ses faveurs l'une que l'autre. Que Sa Majesté me permette de ne pas lui en dire un mot de plus pour lui laisser tout le plaisir de la surprise.

— Depuis quelque temps, Lebel, vous n'avez pas la main heureuse, dit le roi.

— J'espère aujourd'hui faire revenir Sa Majesté de cette opinion.

— Et où sont ces beautés?

— Au Parc-aux-Cerfs, toutes deux dans la petite maison de la rue Saint-Antoine : l'une dans la partie nord, l'autre dans la partie sud. Je supplie Votre Majesté de vouloir bien les voir. Au moyen des judas pratiqués dans les pourtours des deux salons, Votre Majesté pourra les juger et les apprécier sans être vue elle-même.

— Voyons, Lebel, franchement, valent-elles la peine que je me dérange?

— Sire, que Votre Majesté me chasse honteusement demain si elle n'est pas forcée par sa conscience de tout le plaisir qu'elle aura obtenu, de me faire des compliments de mes deux nouvelles pensionnaires ! s'écria Lebel avec conviction.

— Allons, soit ; habille-moi, dit Louis XV.

Moins d'une heure après, le roi, guidé par Lebel, s'arrêtait dans un vestibule secret de la petite maison du Parc-aux-Cerfs, et après avoir écarté un rideau de soie qui recouvrait un petit judas, appliquait avidement ses yeux contre le cristal diaphane.

— Oh! mais, c'est en effet une merveille, dit-il à demi-voix.

— C'est la plus jeune celle-ci, mais l'autre est peut-être plus belle, dit le valet sur le même ton.

— Je me tiens à celle-ci pour ce soir. Demain, je verrai l'autre, dit le roi.

Il fit un signe muet à Lebel, qui tourna sur ses talons et s'éloigna discrètement.

Puis, tournant doucement le bouton d'une porte, il entra, comme nous avons vu, dans le salon où Claire l'attendait.

XVI

L'oiseleur et la colombe.

Louis XV ne possédait rien au moral de ce qui constitue un grand roi, mais il en avait au moins le physique et toutes les apparences extérieures.

On disait de lui qu'il était l'homme le plus beau de son royaume.

Il avait la taille élevée et pleine, sans être affligée de cet embonpoint qui déparait celle de Louis XIV, et ses traits étaient remarquables de grâce et de régularité, deux choses qui s'excluent d'ordinaire, et qui, par une faveur exceptionnelle de la nature, se trouvaient réunies en lui.

L'expression dominante de sa physionomie, au type bourbonien, était une grande douceur, une affabilité pleine de courtoisie, une inaltérable bonté.

La bonté, ou plutôt la faiblesse, qui n'est qu'une bonté inintelligente, faisait du reste le fond du caractère de Louis.

Mais ce qui l'élevait au physique véritablement au-dessus de la foule, c'était la grande distinction répandue sur toute sa personne, la majesté naturelle de son port et de son maintien, l'incomparable dignité de son geste.

Sans le connaître, sans l'avoir jamais vu, à son premier

aspect on devinait en lui le roi, c'est-à-dire l'homme habitué dès le berceau à commander à tous.

Mademoiselle de Jumery n'eut à cet égard aucun doute.

Au premier regard, elle reconnut le roi dans l'homme qui paraissait.

Et de quelque forte dose de courage qu'elle eût fait provision pour affronter sa présence, elle n'en sentit pas moins ses genoux trembler sous elle et son cœur battre à se rompre.

— Oh! sire, s'écria-t-elle en tombant éperdue à ses pieds, daignez me pardonner mon audace.

Louis XV se baissa, et la releva doucement par les deux mains qu'elle tendait vers lui.

— Je n'ai rien à vous pardonner, mademoiselle, lui dit-il. C'est plutôt moi qui ai besoin de pardon, pour avoir osé pénétrer ainsi chez vous sans vous faire demander s'il vous convenait de me recevoir.

— Je ne suis pas ici chez moi, sire. D'ailleurs, le roi est le maître partout, répliqua Claire d'une voix encore mal assurée.

Il avait gardé dans les siennes les mains de la jeune fille, que son émotion rendait encore plus jolie, et il la regardait avec admiration.

Claire, sans en comprendre la cause, se sentit embarrassée sous ce regard.

Elle retira ses mains par un mouvement si simple et si digne à la fois, que le roi, qui n'était pourtant rien moins que timide avec les femmes, n'osa les retenir.

Puis, se reculant d'un pas :

— Puisque Sa Majesté ne veut pas que je reste à genoux devant elle, comme il convient à une personne qui vient lui demander une grâce, qu'elle veuille bien s'asseoir, je lui parlerai debout.

Et avec un geste rempli de grâce et de noblesse, elle montra à Louis XV le fauteuil qu'elle venait de quitter.

On eût dit qu'elle était à Jumery, et qu'elle y faisait les honneurs du vieux salon de son père.

— Peste! pensa Louis XV, frappé de l'air de grandeur et de pudique assurance de Claire, celle-ci n'est pas une fille ordinaire.

Mais cette pensée, qui eût dû changer en respectueux égards les criminels désirs du roi, ne fit que les surexciter.

Louis XV était bon, mais en tant cependant que la satisfaction de ses plaisirs n'était pas en jeu.

Son cœur saignait volontiers à la vue d'une infortune, et il eût tout fait pour la secourir.

Mais il n'eût reculé ni devant les larmes, ni devant le désespoir, ni devant la ruine de toute une famille pour satisfaire le voluptueux penchant que la vue d'une femme lui aurait inspiré.

L'histoire scandaleuse de ses innombrables amours ne l'a que trop souvent prouvé.

Aussi ajouta-t-il aussitôt, comme complément de sa pensée première :

— Mais, quelle qu'elle soit, c'est la plus ravissante et la plus désirable personne que j'aie vue de ma vie, et Lebel est véritablement un charmant drôle d'avoir su me l'amener ici.

Il repoussa le fauteuil qui lui était offert, et montrant par la baie de la double porte ouverte la table servie dans la salle à manger :

— Vous ne me parlerez ni à genoux, ni debout, mademoiselle, dit-il. Je vous écouterai assise en face de moi, à cette table, où j'espère que vous me ferez l'honneur de m'accepter pour convive.

— L'honneur serait pour moi, sire, répondit Claire, et il est si grand que je ne saurais en jouir, car je ne m'en trouve pas digne. Mais il est un autre motif qui ne me permet pas de m'asseoir à la table du roi, et Votre Majesté me pardonnera d'y céder quand elle le connaîtra.

— Et ce motif si puissant, questionna le roi en souriant, quel est-il?

— J'ai, à quatre lieues de Versailles, mon père qui m'attend, et qui doit déjà s'étonner de ma longue absence, sire. Il ignore où je suis. A mesure que la soirée s'avance, son étonnement doit se changer en inquiétude, et son inquiétude fera bientôt place à la douleur, au désespoir. Je vous en supplie, sire, daignez m'écouter de suite, sans me laisser perdre un instant, et que vous exauciez ou que vous repoussiez ma prière, permettez-moi d'aller, aussi vite que je le pourrai, rassurer ma famille inquiète.

— Allons, allons, fit le roi d'un ton conciliant, nous pouvons arranger tout cela à la satisfaction de tout le monde. Il

ne s'agit que de faire partir un courrier a cheval chargé de
dire à monsieur votre père où vous êtes et ce qui vous retient,
pour que toute son inquiétude disparaisse. Comment se nomme
monsieur votre père, mademoiselle?

— Le baron de Jumery, sire.

— Jumery! N'est-ce pas un petit village qui avoisine Rambouillet?

— Oui, sire.

— Eh bien, mon enfant, c'est un ordre à donner, l'affaire
d'un instant. Et comme, grâce à cet expédient, vous allez
être, je l'espère, tout à fait rassurée, vous ne refuserez plus
de partager mon dîner et de l'embellir de votre ravissante
personne.

Malgré l'outrecuidante assurance qu'il devait à sa double
qualité de séducteur riche de mille conquêtes et de monarque
absolu à qui rien ne résiste, c'était le premier compliment, la
première allusion que Louis XV eût encore osé faire à la beauté
de la jeune fille.

Il avait beau se gourmander *in petto* de ce qu'il appelait sa
niaise timidité, Claire lui imposait.

Et, depuis qu'il était là devant elle, il avait déjà plus d'une
fois arrêté au passage, au moment de les prononcer, des paroles contre la liberté desquelles la personne tout entière de
Claire lui semblait d'avance protester.

Mais si sa langue était glacée par une sorte de respect involontaire, faible rempart que la brutalité de ses passions ne
devait pas tarder à renverser, ses yeux, fidèles traducteurs de
ses secrets désirs, étaient d'une éloquence non équivoque.

Claire était trop pure et trop chaste pour comprendre le
langage de cette éloquence, mais en sentant peser sur son
front ce regard chargé d'effluves impudiques, elle eut instinctivement conscience d'un danger.

— Je ne sais comment vous remercier, sire, de l'extrême
bonté que vous daignez me témoigner, dit-elle, mais un messager, même envoyé par vous, ne rendrait pas la tranquillité
à mon père, c'est sa fille qu'il lui faut.

— C'est-à-dire que vous me refusez, que vous voulez partir? fit le roi en se pinçant les lèvres.

Claire s'inclina respectueusement.

— Sans seulement me dire quelle est la prière que vous aviez à m'adresser?

— Oh ! sire, s'écria Claire en joignant ses belles mains suppliantes, j'avais mis tout mon espoir dans votre miséricorde et dans votre justice, et il a fallu que ma peine fût bien grande pour que j'aie pu trouver en moi l'audace d'oser venir me jeter à vos pieds, mais je crains à présent, je tremble que Votre Majesté ne soit pas disposée à m'entendre.

— Moi, ne pas être disposé à vous entendre! s'écria Louis XV avec feu, moi qui suis disposé à tout vous accorder. Avouez plutôt que vous vous défiez de moi !

— Oh ! sire !

— Que je vous fais peur.

— Oh ! sire, pouvez-vous penser cela !

— Je ne suis cependant pas méchant, et l'on dit que mon visage n'a rien d'effrayant, ajouta le roi d'un ton de parfaite bonhomie. Mais comment le sauriez-vous? Vous ne m'avez pas encore regardé. Vos beaux yeux, obstinément baissés, n'ont pas encore voulu rencontrer les miens. Voyons, mon enfant, ne soyez plus aussi cruelle. Ne me fuyez pas, et croyez que, pour vous faire plaisir, je suis prêt à vous donner tout ce que vous souhaiterez, tout.

— Ah ! sire, vous me rendez la vie ! s'écria Claire.

— En échange, je ne vous demanderai que d'avoir confiance en moi.

— Sire, ma confiance dans le roi est entière.

— De me dire votre nom, qui doit être aussi doux que votre personne est charmante.

— Sire, je me nomme Claire de Jumery.

— Un nom que je veux n'oublier jamais. Enfin, de m'aimer un peu.

— Sire, le roi a droit à l'amour de tous ses sujets.

Louis XV s'était assis en face de Claire et lui avait pris la main, qu'elle n'avait pas osé retirer.

— Vous ne me comprenez pas, Claire, dit-il d'une voix pénétrante. Le roi n'est pas ici et ne veut pas y être. Ce n'est pas l'amour d'un sujet pour son roi que je veux obtenir de vous, c'est un amour plus tendre, un amour charmant, comme tout ce qui vient de vous.

— Que dites-vous, sire?

— Je dis, Claire, que près de vous j'éprouve des sensations qui m'ont été, jusqu'à ce jour, inconnues, que vous réunissez toutes les beautés, tous les charmes, toutes les séductions; que je donnerais le quart, la moitié de mon royaume pour être aimé de vous une heure, comme vous devez pouvoir aimer; je dis que, si vous le voulez, vous allez me voir à vos pieds, et vous serez demain la première et la plus élevée des femmes de France.

— Je crois, sire, que vous m'insultez! dit Claire en se rejetant en arrière avec un mouvement d'indicible fierté.

Quelques minutes plus tôt, Louis XV se serait peut-être arrêté.

Quelques minutes plus tôt, le monarque, le gentilhomme, l'honnête homme, tout au moins, aurait peut-être senti tout ce qu'il y avait de douloureuse surprise, de honte pour lui-même, de mépris mérité dans cette simple parole de la noble jeune fille et dans l'accent qu'elle lui avait donné.

Mais, maintenant, il était trop tard.

Maintenant, chez le sultan du Parc-aux-Cerfs, la brute avait tout à fait dominé l'être intelligent, la matière avait absorbé l'esprit.

Ce n'était plus ni un roi, ni un gentilhomme, ni un honnête homme que Claire avait en face d'elle.

C'était un libertin aux passions effrénées, et qui ne devait plus reculer devant rien pour arriver à les assouvir.

Il avait entendu le mot, mais il ne l'avait pas compris, tant il avait déjà perdu le sens moral.

— Vous insulter, Claire, dit-il en approchant son fauteuil de la jeune fille et en la dévorant des yeux, ne le croyez pas. Ce n'est pas insulter une femme que de lui dire qu'elle est belle et faite pour aimer, que de lui offrir la richesse, le luxe, la puissance réunis dans l'amour d'un roi, que de lui montrer le bonheur, après lequel tant de gens courent sans pouvoir l'atteindre, en lui disant : Le bonheur, c'est le plaisir, et le plaisir, c'est l'amour.

Louis XV eût pu parler longtemps ainsi sans que Claire songeât à l'interrompre.

Elle le regardait.

Et la plus accablante surprise se peignait sur son front et dans son regard.

Était-ce donc là ce roi qu'elle était habituée d'enfance à vénérer comme un second Dieu, ce monarque imposant dont elle était venue, tremblante, implorer la justice?

Un sourire de dégoût retroussa le coin de ses lèvres.

Le roi vit le sourire et surprit le regard, sans deviner le sens ni de l'un, ni de l'autre.

Et comme la jeune fille se taisait, il crut un instant à sa victoire prochaine.

— Claire, s'écria-t-il en se penchant presque à genoux pour ressaisir la main qu'elle lui avait retirée, Claire, je t'aime! Sois à moi!

Elle ne se recula pas cette fois. Elle se contenta d'éloigner sa main pour éviter l'attouchement qui la menaçait; puis, calme et froide, la voix pleine de mépris et de dédain:

— Vous n'êtes pas le roi, dit-elle. Le roi, s'il pouvait oublier le respect que tout homme bien né doit à une femme, n'oublierait pas au moins le respect qu'il se doit à lui-même. Vous n'êtes pas le roi. Qui êtes-vous? Quelque valet qui avez pris le nom et les habits de votre maître. Vous ne m'avez pas insultée, vous ne le pouviez pas; vos paroles et vos insultes s'arrêtent au-dessous de moi. Relevez-vous et faites-moi place. Je veux sortir d'ici.

Cette terrible apostrophe dégrisa Louis XV.

Il se redressa debout.

Son visage était tout à coup devenu affreusement pâle.

— Voilà de graves paroles, dit-il. Vous pourriez amèrement regretter de les avoir prononcées. Mais les moyens qu'un autre à ma place emploierait certainement, me répugnent. Je suis bon, trop bon. Je ne vous punirai pas. Seulement, écoutez-moi bien, ma chère enfant. Ce qui chez moi, tout à l'heure, n'était peut-être qu'un caprice, est devenu maintenant l'objet d'une volonté inébranlable. Je me jure à moi-même que vous serez à moi, et vous serez à moi, comptez-y.

— Jamais! s'écria Claire.

Elle se retourna vers la chambre qu'elle avait traversée en arrivant, et au fond de laquelle se trouvait la porte par laquelle elle était entrée.

La porte de cette chambre était fermée.

S'était-elle fermée seule, ou l'avait-elle été par la soubrette lorsqu'elle était sortie?

Claire n'eût su le dire, et elle ne prit pas le temps d'y réfléchir.

Son regard, dédaignant le roi et passant par-dessus lui sans
le voir, parcourut rapidement le salon, y cherchant une
issue.

— Vous ne trouverez rien, dit Louis XV riant ironiquement. La cage est bien close. On n'y peut entrer et on n'en
peut sortir que par ma volonté. Rien ne peut vous sauver,
cruelle. Pourquoi ne pas céder ?

Il voulut faire un pas vers elle.

Claire s'élança vers la fenêtre, ouvrit le volet, tourna l'espagnolette et se trouva sur le balcon.

— Si vous faites un mouvement vers moi, si vous ne sortez
pas à l'instant de ce salon, s'écria-t-elle l'œil en feu, les nari-
nes dilatées, superbe de colère et de résolution, je me brise
la tête sur les marches de ce perron !

— Malheureuse ! s'écria le roi épouvanté.

— Sortez !

Elle lui montra la porte du doigt avec un geste de reine.

— Soit, dit le roi. Je ne veux pas que, par ma faute, il vous
arrive du mal, même dans un accès de folie. Je compte que
demain, après avoir un peu réfléchi, vous serez plus raisonnable. Adieu donc, ma jolie sauvage, à demain.

— Demain ! Si d'ici à demain je n'ai pas trouvé le moyen
de fuir de cette maison infâme, demain vous m'y trouverez
morte, monsieur, répliqua Claire parvenue au dernier degré
d'exaltation.

— Bah ! bah ! ma chère belle, d'ici à demain, je vous le
jure, vos idées changeront, dit le roi riant ; à demain.

Et sortant à reculons, il franchit la petite porte secrète qui
lui avait donné entrée.

Elle se referma doucement d'elle-même sans produire aucun
bruit.

Une fois dans le corridor, Louis XV s'arrêta un instant.

C'était la première fois de sa vie qu'il était traité de la
sorte, la première fois qu'il éprouvait un aussi épouvantable
échec.

— Oh ! murmura-t-il en jetant derrière lui un regard qui eût
fait trembler Claire, toute courageuse qu'elle était, si elle eût

pu le voir, celle-ci est trop belle dans ses fureurs pour que j'y renonce. Je reviendrai bientôt.

A peine Claire eut-elle vu disparaître le roi, qu'elle rentra dans le salon, en repoussant derrière elle brusquement la fenêtre.

Là, elle se laissa tomber dans un fauteuil et fondit en larmes.

C'était la réaction de son exaltation qui se faisait.

Toutes les natures fines, délicates et nerveuses subissent ces extrêmes abattements à la suite d'une surexcitation extrême.

Claire pleurait sans le savoir, sans le sentir; elle n'existait plus.

Les nerfs, détendus, n'avaient plus ni sensibilité, ni vie.

Combien de temps demeura-t-elle ainsi?

Tout d'un coup, elle releva la tête, ouvrit ses yeux alourdis, et fit un effort violent pour se lever de son siége.

Mais elle n'en eut sans doute pas la force.

Son corps retomba, ses paupières se refermèrent.

Deux ou trois fois encore elle essaya de se redresser, et ses lèvres ouvertes tentèrent de faire entendre un cri, un appel désespéré.

Mais elle ne put y parvenir.

Et bientôt, la tête renversée au dossier de son fauteuil, les mains pendantes inertes de chaque côté de son siége, le corps affaissé, elle s'endormit d'un sommeil léthargique.

Le sultan repoussé pouvait désormais venir quand bon lui semblerait.

Sa victime était désormais incapable de se défendre.

XVII

Louise au Parc-aux-Cerfs.

Toute la scène qui précède avait eu un témoin.

Ce témoin n'était autre que Louise Lamazou, la *madame Louise* du prince Campiréali, la *belle ravaudeuse* du pourvoyeur Lebel.

Nous n'avons fait jusqu'ici qu'entrevoir cette femme.

Nous l'avons aperçue d'abord sur son lit de misère, quelques heures avant celle où Lamazou, le forestier, son mari, indignement trompé, devait, le cœur brisé par sa trahison, l'abandonner pour jamais, pour pouvoir plus librement briser le crâne de son premier amant, de celui qui l'avait perdue et lancée dans la voie du vice, le marquis de Guéliant.

Nous l'avons retrouvée ensuite, rivée par cette chaîne dorée des courtisanes, aux côtés du bandit Filippo Gouetti, fait par la grâce, et pour les besoins des révérends pères jésuites, prince Campiréali.

Et nous l'avons revue ensuite tremblante, émue et dévouée, touchée enfin par l'amour vrai, chez le comte de Lorges, où le hasard, sa destinée peut-être, l'avaient invinciblement poussée.

Sortie courtisane de cœur et de corps de chez son amant,

le prince Campiréali, d'où elle ne s'était échappée que pour l'épier entrant et sortant de l'Ermitage de la marquise de Pompadour, où il avait été prendre la place du comte de Lorges, elle était sortie de chez ce dernier, régénérée.

Comme la Madeleine quittant le temple après avoir été inondée de la grâce divine du Sauveur.

Cette transformation d'une femme perdue en une femme honnête, tout étrange qu'elle paraisse, n'est pas une chose aussi rare qu'on pourrait le croire.

Il suffit quelquefois d'un rayon d'amour pur pénétrant à l'improviste dans un cœur gangrené pour le purifier de toutes ses souillures.

C'est ce qui était arrivé à Louise.

Déplorant et maudissant sa vie passée, elle avait résolûment tourné le dos à l'hôtel du prince Campiréali, et, décidée à gagner honnêtement son pain de chaque jour, elle s'était mise aussitôt en quête d'un asile honnête.

Mais auparavant, comme fait la fourmi pour la nourriture de son corps, avant de s'enterrer pour ses six longs mois d'hiver dans sa cellule souterraine, elle avait voulu faire provision, pour la nourriture de son âme dans la vie nouvelle qu'elle allait embrasser, de la plus grande somme possible de souvenirs vivifiants, de pensées salubres.

Et où prendre les uns et les autres, sinon auprès et autour de celui dont la vue seule l'avait transformée?

En quittant le comte de Lorges, qu'elle se sentait aimer comme elle n'avait jamais aimé, et dont elle était certaine de ne jamais être aimée, avant de se rendre chez le tailleur de la rue de Satory où elle devait prendre bravement l'aiguille de la ravaudeuse, elle avait questionné tous ceux qu'elle avait pu questionner.

Et elle avait appris à peu près tout ce qui concernait le jeune homme.

D'abord, qu'il n'habitait Versailles que depuis deux ans à peine, et qu'auparavant il avait toujours habité Jumery, où il avait été élevé par le baron de Jumery côte à côte avec Claire, son amie d'enfance.

Ensuite, que chaque jour, sans jamais y manquer, il se rendait de Versailles à Jumery.

Louise avait compris.

10

Il devait y avoir entre le comte et Claire de Jumery plus et autre chose qu'une liaison d'enfance.

Ce devait être Claire qu'il aimait.

Et le cœur triste, mais résigné, sans jalousie, sans haine, sans envie, Louise, associant dans sa pensée ces deux noms du comte de Lorges et de Claire, était allée courageusement s'enterrer dans sa cellule, au fond de la maison du tailleur.

Nous avons vu par quel perfide moyen Lebel l'en avait arrachée, à l'instigation, peut-être plus perfide encore, du jésuite Cubizol, qui voulait en faire, entre les mains de la vengeance du prince Campiréali, l'instrument occulte d'un régicide.

De même que pour Claire, la première partie du plan de Lebel, qui consistait à les attirer l'une et l'autre au Parc-aux-Cerfs, avait parfaitement réussi.

On sait que Lebel n'avait en définitive d'autre but que de les livrer toutes deux au bon plaisir du roi.

Mais Louise n'avait rien moins que l'innocente candeur de Claire.

Louise était une maîtresse femme qui avait assez vécu pour ne pas être longtemps dupe des apparences, quelque parfaites qu'elles fussent.

Il est vrai que Lebel ne se préoccupait de cela que fort médiocrement.

Il savait qu'une fois entrées au Parc-aux-Cerfs ses pensionnaires n'en pouvaient sortir que si on le voulait bien.

Le principal pour lui était de les y faire entrer.

Le reste regardait Sa Majesté.

Louise, arrivant en qualité d'ouvrière dans la petite maison de la rue Saint-Antoine, pour avoir soin du linge d'une vieille dame, avait d'abord été sans défiance.

La maison n'avait rien de remarquable, et la personne qui l'avait reçue avait assez les allures et la physionomie d'une vieille bourgeoise de bon air.

Mais après qu'on l'eut fait descendre dans un vaste jardin pour l'introduire dans les luxueux appartements d'une espèce de pavillon isolé au milieu des charmilles, en lui disant que ce serait à l'avenir là qu'elle résiderait, Louise, sans rien deviner encore de ce qui était la vérité, flaira tout aussitôt un piége et une aventure.

Demeurée seule dans l'appartement où on l'avait conduite, elle commença par l'examiner curieusement.

Le pavillon où elle était faisait corps avec celui où Lebel devait introduire Claire quelques moments après.

Une porte secrète de communication les réunissait l'un à l'autre.

Ils étaient disposés de même, se composant d'antichambre, de chambre à coucher avec cabinets de toilette et de bains, d'un salon et d'une salle à manger.

Si leur ameublement différait, quant aux couleurs et aux tentures, ils rivalisaient de luxe voluptueux, et les peintures murales qui recouvraient les plafonds et les trumeaux étaient d'un genre aussi léger d'un côté que de l'autre.

Quand Louise eut terminé son examen, tous ses doutes étaient dissipés.

C'est-à-dire qu'elle n'en avait plus aucun.

— Je suis tombée dans un piége, se dit-elle.

Puis, après un instant de réflexion :

— Mais cela ne m'effraye guère. On ne fera toujours de moi que ce que je voudrai qu'on en fasse. Attendons.

Et Louise attendit.

Seulement, comme elle finit par trouver qu'on la faisait attendre trop longtemps, elle se pendit sans façon à un cordon de sonnette et le secoua de manière à se faire entendre au loin.

Presque aussitôt la soubrette qui l'avait amenée parut.

Celle-ci était l'image de celle que nous avons vue près de Claire de Jumery.

Même gentillesse, même désinvolture, même air effronté, même nez retroussé.

— Madame a sonné ? dit-elle en passant son museau pointu à la porte.

— Oui, dit Louise. Approchez un peu, ma fille. J'ai à causer un instant avec vous.

— Je suis aux ordres de madame, dit la soubrette en s'avançant lestement.

— Je m'en doute bien, fit Louise, aussi vous voyez que j'en use, et je vais en user encore plus, car je vais vous questionner.

— Je répondrai à madame du mieux que je pourrai.

— C'est-à-dire que vous ne répondrez que ce que vous voudrez répondre. J'y compte. Mais ce que vous ne voudrez pas dire, je me charge de le deviner.

La soubrette eut un fin sourire qui en appela un autre tout pareil sur les lèvres de Louise.

Elles se sentaient d'égale force.

— D'abord, chez qui suis-je ici? commença Louise.

— Madame doit le savoir puisqu'elle y est venue, riposta la soubrette.

— C'est vrai. N'en parlons plus. Mais au moins devez-vous savoir pourquoi j'y suis venue et ce que j'y viens faire.

— C'est encore là une chose que madame doit savoir mieux que moi.

— Alors vous l'ignorez?

La soubrette répondit par un signe de tête négatif.

— Très-bien. Je vais vous le dire. Je suis ici pour soigner et entretenir le linge d'une vieille dame qui doit être votre maîtresse comme elle est la mienne.

— Ah! fit la soubrette.

— Oui. Par conséquent je suis tentée de croire que vous vous êtes trompée en me conduisant dans cet appartement et en me disant que c'était le mien. Ce n'est pas ici l'appartement d'une ouvrière en linge.

— J'ai exécuté les ordres que j'avais reçus.

— De qui?

— De ma maîtresse.

— Très-bien. Vous êtes une fine mouche, ma fille. Parlons d'autre chose, puisqu'on ne peut rien tirer de vous sur celle-ci. Votre maîtresse habite-t-elle seule cette maison? n'a-t-elle pas un mari, un frère? ne vient-il jamais d'hommes chez elle?

— Pardon, madame. Il y a monsieur le comte qui vient ici quand il lui plaît.

— Cela ne m'étonne pas. Et qu'est-ce que c'est que ce monsieur le comte?

— C'est monsieur le comte.

— Très-bien.

— Et monsieur le comte est le maître de ma maîtresse.

— D'où il résulte que votre maîtresse, étant aussi la mienne, ce n'est pas son linge à elle que, paraît-il, je suis chargée d'entretenir, mais bien plutôt celui de monsieur le comte, n'est-ce pas?

La soubrette ne répondit pas.

— Allons, dit Louise, je sais à peu près tout ce que je désirais savoir, et j'en sais assez pour vouloir sortir d'ici à l'instant même. Faites-moi donc le plaisir, ma fille, de me reconduire auprès de votre maîtresse, à laquelle je veux faire mon compliment.

— Cela ne se peut pas, madame, répondit la soubrette très-respectueusement mais d'un ton très-ferme. On ne peut sortir d'ici qu'avec le consentement de monsieur le comte.

— Eh bien, conduisez-moi à monsieur le comte.

— Impossible. Personne ne peut se présenter devant monsieur le comte sans être mandée par lui. Il faut attendre sa visite.

— Et si cette visite tarde?

— Je puis affirmer à madame qu'elle aura la visite de monsieur le comte peut-être bien ce soir, mais au plus tard demain.

— Et il me faudra rester prisonnière ici jusque-là?

— Madame n'est pas prisonnière. Madame peut sortir, se promener dans les jardins.

— En vérité!

— Sans compter qu'elle ne manque pas ici de distractions. Il y a des livres, des tableaux, des dessins.

— Dans le genre de ceux-ci? fit Louise en montrant du doigt un trumeau sur lequel le peintre avait amoncelé bergères et satyres dans un état de légèreté plus que licencieuse.

— Plus jolis encore, dit la soubrette sans rougir.

Les soubrettes du Parc-aux-Cerfs étaient au-dessus du préjugé.

— Ensuite, ajouta-t-elle, comme l'heure du dîner est sonnée et que dès lors monsieur le comte ne viendra pas pour dîner avec madame, madame pourrait se mettre à table pour passer le temps.

— Au fait, j'ai faim, dit bravement Louise. Dînons. Nous verrons après.

— Je ne demande à madame que le temps d'éclairer, dit la soubrette.

10.

En quelques secondes la chambre à coucher, le salon et la salle à manger étincelèrent de bougies.

Puis, comme avait fait la soubrette chargée du service de Claire dans l'autre partie du pavillon, la soubrette de Louise, frappant sur le parquet de la salle, fit jaillir une table servie, toute brillante de cristaux et de pièces d'orfévrerie.

Louise, qui, dans le cours de sa vie d'aventures, avait déjà vu bien des choses, regardait tout cela ébahie.

— Votre monsieur le comte doit être fabuleusement riche pour traiter de la sorte une simple ouvrière en ravaudage, dit-elle à la soubrette en souriant.

Il y avait, comme chez Claire, deux couverts mis à table, mais la soubrette en enleva un.

Louise tourna autour de la table avec une défiance marquée.

Elle souleva toutes les cloches d'argent qui recouvraient les plats sur leurs réchauds brûlants ; elle regarda le vin dans les carafes, les pâtes et les sucreries dans leurs compotiers de vermeil.

Et cet examen fait, elle dit à la camériste :

— C'est un fin et délicat souper que celui-ci, mais je préfère deux œufs à la coque et un verre d'eau. Pouvez-vous me faire servir cela, ma fille ?

— A l'instant, répondit celle-ci avec un grand sérieux.

Elle sortit et rentra presque aussitôt portant sur une assiette d'argent les deux œufs couverts d'une serviette.

Mais Louise avait probablement changé d'idée.

— Ma chère enfant, lui dit-elle, il me semble vous avoir entendue m'assurer que vous étiez à mes ordres.

— En tant que madame ne me demandera rien de ce qu'il m'est défendu de faire ou de dire, j'ai ordre de lui obéir comme j'obéirais à monsieur le comte lui-même, répondit la soubrette.

— Vous est-il défendu de dîner quand l'heure en est venue ?

— Non, sans doute.

— Eh bien, je vous invite à dîner avec moi. Au besoin même, je vous l'ordonne, en vous avertissant d'avance que je ne goûterai d'un vin qu'après que vous en aurez bu, et que je ne mangerai d'un mets qu'après que vous l'aurez goûté.

— Madame a-t-elle donc peur qu'on veuille l'empoisonner ? s'écria la soubrette en riant.

— Fi donc! mais je veux conserver toute ma tête pour recevoir monsieur le comte, et je ne veux pas m'exposer à m'endormir d'un sommeil plus ou moins naturel plus tôt qu'il ne me conviendra. Comprenez-vous ?

— Parfaitement. Et pour prouver à madame combien ses soupçons sont peu fondés, je suis prête à lui obéir.

— A la bonne heure.

Louise, usant des précautions qu'elle venait de prescrire, dîna en tête-à-tête avec sa camériste, et dîna bien.

Il est inutile de dire qu'elle laissa de côté les modestes deux œufs dont, dans son premier mouvement de défiance, elle avait résolu de se contenter.

Quand elle eut dîné, quand la table magique eut disparu de la même façon qu'elle s'était montrée, elle congédia la soubrette.

Elle avait son idée qu'elle voulait mettre à exécution.

Il y avait déjà longtemps que la soubrette était partie qu'elle était encore dans la même position, le corps renversé dans son fauteuil, les yeux au plafond, dans cette position indolente et pleine de quiétude d'une personne qui rumine un bon dîner et qui ne songe à rien autre chose.

Elle calculait, non sans raison peut-être, que par quelque ouverture habilement ménagée, il pouvait y avoir auprès d'elle les yeux d'un argus l'épiant.

Enfin, quand elle put se croire vraiment seule et inobservée, elle se leva, prit un flambeau et recommença à explorer sa prison avec plus de soin.

Elle se préoccupait peu des portes ostensibles, sachant bien que celles-ci ne pouvaient la mener bien loin.

Ce qu'elle cherchait, c'était la petite porte, la porte secrète, dérobée, comme il devait, pensait-elle, y en avoir certainement plus d'une dans une pareille maison.

Mais qui dit porte secrète, dit porte cachée, et bien peu cachée serait celle que l'on découvrirait au premier coup d'œil.

Louise chercha donc assez longtemps.

Enfin, en frappant sur un des panneaux du fond de la salle à manger, lequel rendait un son plus clair que tous les autres, elle aperçut dans le lambris une fissure imperceptible, dessinant parfaitement le cadre d'une porte.

Elle avait trouvé.

Sans hésiter, Louise se saisit des pincettes dorées, au repos dans la cheminée, et, se servant des deux bouts réunis comme d'un levier, elle fit sortir le pène de la gâche.

La petite porte tourna doucement sur ses gonds.

Louise se vit alors dans une chambre à coucher à peu près semblable à celle qu'elle venait de quitter.

Une lampe d'albâtre l'éclairait timidement de sa lumière douce et mate.

Il n'y avait personne dans cette chambre.

Mais d'une pièce voisine s'élevait le bruit de deux voix alternant dans un entretien animé.

L'une fraîche, suave, aux inflexions cristallines, une voix de jeune fille ou de jeune femme.

L'autre pleine et sonore, affectant une grande douceur d'expression, mais laissant percer sous cette douceur un accent marqué de domination et de puissance.

La voix d'un homme habitué à commander.

Louise s'orienta.

Du fond de la ruelle du lit où débouchait la porte secrète, elle reconnut que le bruit venait de l'autre côté d'une porte double aux panneaux encadrés d'or, qui séparait la chambre d'une pièce voisine.

Cette porte était fermée.

Mais Louise ne se rebutait pas pour si peu.

A gauche de cette porte, à la hauteur de l'imposte, un mince carré de lumière plus vive que celle qui régnait dans la chambre attira son regard, et c'en fut assez pour lui indiquer ce qu'elle avait à faire.

Elle monta des deux pieds sur un fauteuil, et son œil rencontra un de ces petits judas ménagés dans le mur pour la plus grande satisfaction du sultan du Parc-aux-Cerfs, qui prenait, il paraît, un vif plaisir à venir assister secrètement aux plus intimes mystères de la toilette de ses odalisques.

Louise avait alors devant elle Louis XV et mademoiselle de Jumery.

Elle regarda et elle écouta.

Et, tout en suivant des yeux et de l'oreille toutes les péripéties de la scène qui se déroulait entre le roi et Claire, elle devina et comprit tout.

Elle devina que mademoiselle de Jumery, la compagne d'enfance du comte de Lorges, son heureuse rivale dans le cœur de celui qu'elle aimait, avait été victime d'un piége semblable à celui qui l'avait elle-même attirée dans les lieux où elle se trouvait.

Et elle comprit que ces lieux n'étaient autres que les pavillons du Parc-aux-Cerfs.

Dès lors, sa résolution fut prise.

Coûte que coûte, et dût-elle braver le roi, dût-elle se jeter entre lui et son innocente victime, elle voulut sauver Claire.

Quand Louis XV, déconcerté un instant par l'énergique résistance de la jeune fille, quitta le salon où il la laissait, quand elle eut vu Claire, momentanément délivrée, revenir s'asseoir, pleurant, dans son fauteuil, elle se décida, elle aussi, à abandonner sa place.

Mais elle savait ce qu'elle voulait faire, elle ne devait pas tarder à revenir.

C'était à peu près à ce moment-là que le comte de Lorges et Lamazou, suivis de Jalabert, tous trois décidés à tout, s'apprêtaient à escalader le mur des jardins du Parc-aux-Cerfs, sur la rue Saint-Antoine.

XVIII

Échange de bons procédés entre deux honnêtes gens.

Un autre personnage s'apprêtait, de son côté, à faire, lui aussi, et presque en même temps, son apparition au Parc-aux-Cerfs.

Celui-là était le prince Campiréali, venant poursuivre jusque-là sa farouche vengeance jalouse sur la femme qui l'avait quitté.

A peine échappé, grâce à son coup de stylet donné à la romaine, aux rudes étreintes dont l'avait enveloppé le garde Jalabert, qu'il croyait fermement laisser mort derrière lui, l'Italien, redevenu libre, s'était élancé à toute course vers la grille de l'avenue de Paris, où il devait rencontrer l'homme aux balafres, le mystérieux agent de la Compagnie de Jésus, l'ancien chevalier de Cubizol.

L'heure du rendez-vous, sonnant derrière lui à l'horloge du château, ne fit qu'accélérer sa course.

Il y avait encore loin de l'endroit où il était à l'extrémité de l'avenue de Paris.

Il eut peur, un instant, de ne plus trouver personne au rendez-vous.

Voyant l'heure passée, l'homme des jésuites aurait-il voulu l'attendre plus longtemps ?

Ne pouvait-il pas avoir, lui dont tous les instants devaient être si complétement absorbés par ses intrigues sourdes, ne pouvait-il pas avoir, presque à ce même moment, presque à cette même heure, quelque ténébreuse entreprise à mener à fin, quelque affaire impérieuse et secrète qui ne lui permissent pas de disposer d'un instant de plus que ceux qu'il avait fixés lui-même ?

Où et quand retrouver alors les moyens d'accomplir cette vengeance, qui depuis quarante-huit heures était devenue son idée fixe, sa vie ?

Le prince Campiréali eut froid jusque dans les os à cette crainte folle.

Et il redoubla de vitesse.

A vingt pas seulement de la grille, il s'arrêta, pour changer sa course désordonnée en une allure plus raisonnable.

Puis, toujours en avançant, il commença à fouiller l'ombre d'un regard anxieux.

En même temps, une forme humaine se détachait de la contre-allée, derrière la seconde rangée d'arbres.

L'Italien étouffa un cri de joie.

Sous et malgré le manteau sombre qui l'enveloppait, il avait reconnu l'homme aux balafres.

— Vous venez tard, lui dit durement celui-ci.

— J'ai failli être tué, et c'est miracle si j'ai pu m'échapper des mains qui me tenaient, répondit le prince encore essoufflé de sa course et de son émotion.

— Cette circonstance vous a-t-elle fait renoncer à vos projets ?

— Non certes, puisque me voilà.

— Alors, n'en parlons plus, et occupons-nous de ce qui nous intéresse.

— Oui, occupons-nous de Louise et de son nouvel amant, dit le prince avec un accent de haine impossible à décrire. Vous m'avez promis de découvrir la retraite où elle se cache; l'avez-vous découverte ?

— Oui.

— De me dire le nom de l'homme qui me l'a enlevée; le savez-vous ?

— Oui.

— Parlez.

— Pas encore. Avant de tenir mes promesses, il s'agit de savoir si vous pouvez tenir la vôtre. Vous devez me remettre une lettre écrite par la marquise, un ruban lui ayant appartenu; où sont cette lettre, ce ruban ?

— Là, fit l'Italien en frappant sur sa poitrine.

Mais il eut tout à coup un frisson d'épouvante.

Dans la lutte désespérée qu'il avait soutenue contre le garde-française, n'avait-il pas perdu cette lettre ?

Il plongea sous son habit sa main fiévreuse.

La lettre, le ruban étaient toujours à leur place.

— Les voici, dit-il.

— Donnez, fit l'homme aux balafres d'un ton de maître, en tendant la main.

Le prince hésita.

— Vous ne saurez rien, que cette lettre ne soit passée de vos mains dans les miennes. Mais soyez sans crainte, ajouta l'homme aux balafres, qui devinait le secret de cette hésitation, si elle est telle que vous me l'avez annoncée, je vous donnerai plus que vous ne demandez, plus que vous n'espérez.

— Prenez alors, dit le prince, en abandonnant la lettre. Je m'en rapporte absolument à vous.

— C'est d'autant plus méritoire, que vous ne pouvez guère faire autrement, répliqua ironiquement le père Cubizol.

Il avait saisi la lettre d'un mouvement avide.

— Est-elle véritablement écrite de la main de la marquise ? questionna-t-il.

— Je vous le jure, répondit le prince.

— Soit, mais je préfère m'en assurer, dit Cubizol.

Il sortit de dessous son manteau une petite lanterne sourde tout allumée, et il en dirigea le foyer sur le papier ouvert.

— C'est vrai, dit-il, elle est tout entière de sa main.

Il la lut attentivement, depuis le premier jusqu'au dernier mot.

Et, en la lisant, ses yeux profonds étincelèrent de joie, et les larges et horribles cicatrices de son visage grimacèrent, crispées par une contraction nerveuse, sourire de triomphe, ressemblant au rictus du tigre qui voit enfin sa proie à sa portée et qui comprend qu'elle ne peut plus lui échapper.

Mais sa tête était perdue dans l'ombre noire de la nuit, et le prince, tout délié qu'il fût, en sa double qualité d'Italien et de coquin, n'était pas assez avant dans ses secrets pour deviner, sans la voir, l'expression de sa physionomie.

Encore moins eût-il pu deviner ses pensées.

Et ces pensées, qui naissaient une à une, au fur et à mesure qu'il lisait mot à mot cette lettre d'amour, écrite par madame de Pompadour dans un moment d'ivresse folle, il eût été cependant bien important pour le prince Campiréali de les connaître, car elles auraient pu se traduire à peu près ainsi :

— Si ce misérable réussit dans l'entreprise où je le lance les yeux fermés, et où il doit, qu'il réussisse ou non, laisser sa vie, sans pouvoir dire, même sous la torture, qui est celui qui l'a lancé, cette lettre devient inutile. Le roi mort, la marquise tombe, et tombe si bas, qu'il n'y a plus à s'occuper d'elle. Mais si le cœur lui manque, ou si les circonstances l'entravent, s'il échoue enfin, cette lettre est une arme qui met la marquise pieds et poings liés entre mes mains; car, avec elle, je puis la perdre à l'heure que je voudrai choisir. D'une ennemie déclarée, je fais de la marquise une alliée occulte; ma volonté devient la sienne, et ma volonté, en passant par sa bouche, devient un ordre pour le roi. Cette lettre me fait général de l'ordre, c'est-à-dire plus que tous les rois de l'Europe réunis.

A défaut de sa physionomie, l'émotion de sa voix aurait pu le trahir, mais s'il avait laissé parler sa physionomie, c'est qu'il savait qu'elle ne pouvait être vue, et comme il lui fallait faire entendre sa voix, il attendit quelques secondes, après qu'il eut terminé sa lecture, avant de prononcer un mot.

Il y a des accès de joie si vifs, des impressions si puissantes, que l'homme le plus fort n'est pas toujours assez maître de lui pour les absorber tout entiers en lui-même.

— C'est bien, dit-il enfin. Vous avez rempli votre promesse; à mon tour de remplir les miennes.

— Ah! fit l'Italien, en poussant un rauque soupir d'allégement.

— Vous m'avez demandé de vous dire où se trouve en ce

moment la femme que vous aimez et que vous avez perdue?

— Oui.

— Vous voulez la punir de vous avoir trompé et quitté, et, pour la punir, vous voulez la tuer?

L'Italien hésita.

L'amour luttait maintenant en lui contre la haine.

— La tuer, elle? peut-être, dit-il; peut-être n'en aurai-je pas le courage, et si elle consent à me suivre, peut-être l'emmènerai-je en lui baisant les pieds.

S'il n'avait pas fait si sombre, l'Italien eût pu voir passer sur les lèvres de son auditeur un sourire de froid mépris.

— Mais celui qui me l'a enlevée, poursuivit-il avec force, celui-là, quel qu'il soit, je le tuerai, j'en suis sûr.

— A la bonne heure donc! murmura l'homme aux balafres d'une voix sourde.

— Où vais-je trouver Louise? questionna l'Italien.

— Dans une maison qui porte le numéro 15 de la rue Saint-Antoine, derrière la rue Saint-Louis.

— Bien. Maintenant, le nom de l'homme qui me l'a enlevée?...

— Il vous importe peu de connaître son nom, puisque avant un quart d'heure vous serez face à face.

— C'est vrai. Je ne demande autre chose que de le voir à portée de mon bras. Merci.

Il fit un mouvement de retraite.

— Attendez, lui dit l'homme aux balafres.

Il s'arrêta, mais comme un homme que pousse en avant un sentiment d'une violence telle que la terre, selon une expression vulgaire, mais juste, semblait lui brûler les pieds.

— Quoi encore? fit-il.

— On n'entre pas dans la maison où vous allez comme vous semblez le croire.

— J'ai de l'or, et avec de l'or on entre partout, et à toute heure.

— Excepté là. Si je ne vous venais pas en aide, vous n'en franchiriez pas le seuil. Écoutez-moi bien. Le succès de votre entreprise dépend tout entier de votre exactitude à suivre mes indications.

— Je vous écoute, dit le prince, frappé de l'accent sérieux de ces paroles.

— Gardez-vous de heürter à la porte de la maison de la rue Saint-Antoine, vous seriez perdu. Quand vous aurez trouvé et dépassé cette porte, il vous faudra suivre le mur de gauche jusqu'à ce que vous rencontriez, percée dans l'épaisseur de ce mur, du côté de la rue Saint-Médéric, une petite porte basse couverte de toiles d'araignées, et qui semble n'avoir jamais été ouverte depuis un demi-siècle. Elle a été ouverte aujourd'hui avec cette clef, qui vous permettra de l'ouvrir encore.

Il tendit à l'Italien une clef rouillée, mais dont l'extrémité, celle qui devait pénétrer dans la serrure, avait été tout récemment huilée.

Mais il ne lui dit pas que cette clef avait été achetée et payée, le jour même, cinq cents louis à un nommé Beccari, chef de cuisine au Parc-aux-Cerfs.

C'eût été lui dévoiler trop clairement l'intérêt immense qu'il prenait au succès de ce qu'il appelait son entreprise.

L'Italien prit la clef sans prononcer une parole de merci.

— Est-ce tout? demanda-t-il.

— Pas encore. Cette porte basse vous donnera accès dans un jardin, sous une allée de sycomores, que vous pourrez parcourir sans danger jusqu'au bout. Mais arrivé dans le parterre qui y fait suite, les difficultés se présenteront. Vous devrez marcher à découvert pour parvenir à la maison, bordée de ce côté d'un perron de trois marches de marbre.

— La nuit est noire, dit l'Italien.

— Oui, mais les fenêtres peuvent être éclairées.

— Elles laisseront toujours bien dans l'ombre une touffe d'herbe, une rangée de buis, un arbuste quelconque. J'ai rampé autrefois, et bien des fois la nuit, avec un ciel plein d'étoiles, sur les marches du Transtevère, pour y surprendre quelque étranger admirant Rome au clair de lune, et j'ai les membres aussi souples qu'autrefois. Est-ce tout?

— Non. Il faut encore que vous sachiez où trouver ceux que vous cherchez, dans cette maison qui vous est inconnue.

— C'est vrai.

— Au centre du perron, au fond d'une pièce ronde, toujours ouverte sur le parterre, se dresse le pied d'un escalier qui aboutit au premier étage. Ici, la maison se divise en deux, la partie droite et la partie gauche. C'est dans la partie gauche que vous trouverez votre Louise.

— Cela me suffit.

— Je l'espère. Êtes-vous armé?

— J'ai perdu mon épée dans la lutte que j'ai soutenue tout à l'heure, mais je ne la regrette pas; elle m'eût plus gêné que servi, car ce n'est pas une épée qu'il me faut pour frapper celui qui m'a volé Louise, c'est un poignard.

— Où est le vôtre?

— Le voici. C'est mon stylet.

L'homme aux balafres prit le stylet et l'examina un instant au toucher.

— Une arme d'enfant ou de femme, dit-il. Prenez ceci, qui vaut mieux.

Et il mit dans la main du prince un poignard court et large, à double tranchant, pointu comme une aiguille, une arme terrible, comme le couteau de Ravaillac, comme les jésuites savent les choisir quand elles sont destinées à percer le cœur d'un roi.

— Merci, dit l'ancien bandit de Rome en recevant ce sinistre cadeau, dont il ignorait encore la destination secrète. Où et quand vous reverrai-je?

L'homme aux balafres, qui savait l'envoyer à la mort, fut sur le point de lui répondre :

— Jamais!

Mais il se contint, et lui dit froidement :

— Vous êtes et vous resterez prince Campiréali. Quand j'aurai besoin de vous voir, je ferai ce que j'ai déjà fait, je vous chercherai, et je vous trouverai.

— Alors, adieu, fit le prince.

— Oui, adieu, et bonne réussite! dit l'homme aux balafres d'un ton singulier.

Il suivit un instant des yeux l'Italien, qui disparaissait peu à peu dans l'ombre de la nuit.

Puis il quitta lui-même la place, et, palpant sur sa poitrine, à travers le velours de son habit, comme s'il eût voulu s'assurer qu'elle était bien toujours là, la lettre de la marquise, il murmura :

— J'ai promis au roi de lui envoyer cette lettre demain, si demain il est encore de ce monde; mais avant de m'en dessaisir, en admettant que je m'en dessaisisse, il faut que je m'en serve autant que je puis m'en servir. C'est une arme à deux coups, l'un pour le roi, demain, l'autre pour la marquise, ce soir.

Il arpentait à grandes enjambées l'avenue de Paris, du côté de la ville.

Moins d'un quart d'heure après, il entrait, comme il avait fait la veille, dans l'hôtel du nonce, et, comme il avait encore fait la veille, il en ressortait bientôt dans un carrosse aux armes et à la livrée du nonce, qui, de même que la veille, se dirigeait vers le château, du côté des appartements du premier gentilhomme de la chambre, le maréchal duc de Richelieu.

XIX

Comment les jésuites se figurent avoir lié les pieds et les mains de
madame de Pompadour avec une de ses jarretières, et où il est
prouvé qu'ils se trompent.

Madame de Pompadour allait se mettre au lit.

Fatiguée de toutes les émotions qui l'avaient assaillie dans
le cours de cette journée, elle avait renvoyé toutes ses
femmes.

Madame du Hausset, elle-même, avait, d'après son désir,
quitté son appartement.

La favorite était restée seule.

Et simplement vêtue d'une robe de nuit, elle rêvait éveillée,
étendue dans une chaise longue, à deux pas de son lit ouvert.

Chose étrange chez cette femme, qui depuis si longtemps,
et pendant si longtemps, sacrifiait, et avait toujours sacrifié
avec tant de persistance, toutes choses pour conquérir et conserver la faveur royale, qui la faisait à demi reine, elle avait
absolument oublié dans sa rêverie le danger terrible qui menaçait cette faveur, et que le roi lui-même venait de lui montrer proche, pressant, imminent.

Après son premier cri de terreur et de désespoir, jeté dans
le sein de sa confidente, elle ne s'était plus souvenue ni du
roi, dont la visite hâtée ressemblait plutôt à une menace qu'à

un acte de courtoisie et d'affection, ni de cette lettre imprudente écrite par elle dans un moment de délire, et qui, par une infâme trahison, pouvait dès le lendemain passer entre ses mains.

Elle ne s'était plus souvenue que de celui à qui elle l'avait destinée, et qui ne l'avait pas reçue.

Et cette femme, qui jusque-là n'avait aimé qu'avec sa tête, peut-être un peu aussi avec ses sens, s'abandonna avec des délices inconnus aux charmes enivrants d'un amour pur.

Menacée de perdre ce qui, jusqu'à ce jour, avait été sa vie tout entière, l'objet unique de toutes ses ambitions, mais détachée de tout ce qui ne se rapportait pas à cet amour, elle se trouvait plus heureuse, en sentant son cœur s'ouvrir et s'enflammer au feu de ses pensées, qu'elle ne l'avait jamais été au milieu de ses plus radieux triomphes.

Elle se trouvait heureuse, et elle savait qu'elle n'était pas aimée !

A quelle intensité pourrait donc parvenir ce bonheur, si, au lieu d'être indifférente à celui qu'elle aimait elle-même, elle pouvait un jour posséder son amour ?

Voilà ce que la marquise se demandait avec une ivresse croissante.

Et comme ce que l'on désire ardemment, quelque impossible qu'il paraisse, offre toujours à l'esprit une lueur d'espoir, elle se demandait aussi si le moment où elle serait aimée ne viendrait pas un jour, si elle ne parviendrait à prendre, dans le cœur du comte de Lorges, la place qui semblait occupée maintenant par Claire de Jumery.

Cette jeune fille, cet obstacle vivant qui la séparait de celui qu'elle aimait, elle se promettait de la voir, de la connaître, de la juger.

Elle voulait s'assurer par elle-même de la puissance de cette beauté, qui avait su asservir un cœur comme celui du comte.

Et il y avait des instants où la marquise se sentait prise d'une rage folle d'user de l'immense pouvoir qu'elle possédait, pour se débarrasser à tout jamais de sa rivale.

Il lui était si facile de la faire disparaître, en l'enterrant vivante dans un couvent, où jamais personne ne soupçonnerait son existence !

Mais, alors, elle se reportait par le souvenir, un souvenir bien récent encore, au cachot de la Bastille, où le matin même elle avait été trouver le comte, où elle l'avait vu si résigné, si généreux, si bon, si beau !

Et elle étouffait aussitôt ses mauvaises pensées contre mademoiselle de Jumery, en songeant à la douleur, au désespoir du comte s'il venait à la perdre.

La marquise aimait trop déjà, ou n'aimait pas encore assez, pour que son amour fût égoïste.

Elle n'en était pas arrivée à sacrifier le bonheur de celui qu'elle aimait au sien.

Mais elle pouvait y arriver un jour.

Et cependant, en ouvrant au comte les portes de la Bastille, elle lui avait dit :

— Celle que vous aimez a en moi une amie.

Et elle le pensait sincèrement alors.

Mais une femme peut-elle être l'amie d'une rivale ?

Le cœur féminin n'est pas longtemps capable d'une pareille abnégation.

En ce moment, la marquise était encore sous le coup du charme des premières sensations de l'amour généreux et désintéressé, mais que fallait-il pour changer ses bonnes résolutions contre les plus mauvaises ?

Une rencontre avec sa rivale, un regard jeté sur elle lui dévoilant une beauté supérieure à la sienne, une blessure tant légère qu'elle fût faite à son amour-propre.

Moins que rien.

Mais en ce moment, la marquise ne songeait à rien moins que tout cela.

Elle ne prévoyait, elle ne projetait rien.

Elle ne songeait qu'à lui, s'enivrant au souvenir de ses paroles, de ses gestes, de ses regards, du son et de l'accent de sa voix.

En fermant les yeux, elle se revoyait comme elle était le matin, près de lui, dans sa prison de la Bastille, et elle se trouvait alors si doucement heureuse qu'elle cherchait à s'absorber dans cette seule et unique pensée.

Mais parfois, et malgré elle, son esprit faisait un écart soudain et lui rappelait avec horreur cette nuit d'amour qu'elle avait cru donner au comte et durant laquelle elle avait prodigué ses plus délirantes caresses à un misérable inconnu.

A ce souvenir horrible et si puissant qu'il avait le pouvoir d'effacer tous les autres, tout le corps de la souveraine favorite frissonnait de répulsion, une flamme rouge lui montait au visage, et sa bouche contractée s'entr'ouvrait pour laisser échapper une menace qui eût fait trembler celui qui en était l'objet s'il lui eût été donné de l'entendre.

Puis, l'image du comte reparaissant, chassait ce cauchemar odieux et rendait à la délicieuse tête de madame de Pompadour tout le calme de sa royale beauté.

Tout en songeant ainsi, perdue dans le pays des rêves, la marquise oubliait de se mettre au lit.

Elle ne dormait pas, pourtant, bien qu'elle ne fût plus très-éveillée; mais ses sens n'avaient pas encore dépouillé tout sentiment, car elle se redressa soudain en entendant un ongle discret glisser le long du panneau de la porte.

Ce ne pouvait être que sa première femme de chambre, sa confidente et son amie, madame du Hausset.

— Est-ce vous, du Hausset? demanda-t-elle.

A cet appel, et comme réponse affirmative, la tête fine et spirituelle de madame du Hausset se montra dans la baie de la porte entr'ouverte.

— Bien qu'il soit encore de bonne heure, je craignais de trouver madame la marquise couchée et d'être forcée de la réveiller, dit la femme de chambre.

— Me réveiller! répéta la marquise étonnée. Qu'est-il donc arrivé, du Hausset?

— M. de Richelieu va vous le dire, madame, car c'est lui qui insiste pour vous voir.

— M. de Richelieu! s'écria la marquise, passant de la surprise à l'inquiétude. Il est survenu quelque chose d'extraordinaire. Priez le duc d'entrer, ma chère, de suite.

Richelieu parut au seuil de la porte.

Madame du Hausset, le voyant introduit, se glissa derrière lui et sortit discrètement.

Elle avait reçu, une fois pour toutes, de sa maîtresse, qui ne lui cachait rien, l'autorisation d'écouter à la porte.

La discrétion chez elle n'était pas un mérite.

Madame de Pompadour, dans son impatience de savoir,

11.

s'était levée de sa chaise et avait fait un pas au-devant du duc.

Celui-ci, fidèle à ces grandes façons de politesse galante qui ont rendu sa mémoire aussi célèbre que ses innombrables bonnes fortunes dont elle était peut-être, le cœur des femmes est si bizarre, une des plus déterminantes raisons, s'élança vers elle et, lui baisant respectueusement la main, la reconduisit à sa place.

Il avait la même tranquillité, la même aisance de gestes et de maintien que si sa visite n'eût rien eu d'inopportun et d'étrange.

Richelieu, forcé de défendre sa vie contre des spadassins, eût laissé son épée au fourreau tout le temps qu'il aurait fallu pour saluer une femme que le hasard aurait à cet instant critique fait passer devant lui.

Toute autre que la marquise de Pompadour, ne connaissant pas le duc comme elle le connaissait, eût été d'avance rassurée par son calme et par la sérénité gracieuse de ses manières.

Mais la marquise savait que, chez Richelieu, cela ne prouvait rien.

— Qu'est-il arrivé, mon cher duc ? lui demanda-t-elle avec anxiété ; le roi est-il malade ?

— Sa Majesté, loin d'être malade, ne se porte ce soir que trop bien, répondit le duc en se jetant dans un fauteuil sur un geste d'invitation de la marquise et en éventant son jabot. C'est un peu même son excès de santé qui fait l'objet de ma visite tardive, mais ce n'est pas cela seulement, car cette visite a deux motifs.

— Quel est alors le second ?

— Permettez, chère marquise, fit Richelieu, baissant la voix. Avant tout, êtes-vous bien certaine que personne ne peut nous écouter aux portes ?

— Personne, dit la marquise, de plus en plus inquiète. Vous connaissez mon appartement. De ce côté-ci, les portes ouvrent toutes sur l'intérieur, où madame du Hausset seule peut se trouver.

— Madame du Hausset ne compte pas, dit le duc riant. Madame du Hausset est votre amie, ajouta-t-il d'un ton plus sérieux, et à ce titre elle a mon estime et mon amitié plus qu'aucune autre femme de la cour qui, toutes, sont plus ou moins vos ennemies. Madame du Hausset, vous me l'avez confié, sait tout ce qui vous touche, et ce que j'ai à vous dire, je l'eusse dit devant elle, si, par esprit de convenance, elle ne s'était pas retirée. Ne parlons donc pas de madame du Hausset. Si par hasard elle nous entend, cela vous évitera la peine de lui répéter mes paroles.

— C'est vrai, dit franchement la marquise. Du Hausset et vous, mon cher Richelieu, êtes ici les seuls vrais amis à qui je puisse me fier.

— C'est parbleu bien parce que je suis votre ami que je suis chez vous ce soir, marquise. Mais, voyons, si de ce côté, du côté où se trouve madame du Hausset, nous n'avons rien à craindre, dit le duc, en montrant le côté opposé, de celui-ci, de derrière cette porte, ne peut-on nous écouter un peu ?

— C'est la porte de la galerie que le roi prend quand il se rend chez moi, vous le savez.

— Sans doute, et c'est justement parce que je sais cela que je vous la signale.

— Le roi seul a le droit d'y passer.

— Raison de plus. Permettez-moi donc de prendre mes garanties surtout de ce côté.

Richelieu se leva et s'en alla ouvrir à deux battants la large porte qui séparait la chambre de la favorite de la galerie royale.

— De cette façon, dit-il, en parcourant du regard dans toute son étendue la galerie largement éclairée, on pourra nous voir si l'on veut, mais on ne pourra nous entendre.

— Ce que vous avez à m'apprendre est donc bien **grave ?** demanda la marquise.

— Grave ! mon Dieu ! répondit le duc, de ce ton léger qui lui était habituel et sous lequel il avait le talent de débiter quelquefois les choses les plus sérieuses, cela dépend de la manière de voir. Il y a certains faits qui nous paraissent des niaiseries et contre lesquels on se rompt très-nettement le cou parce qu'on les a méprisés; il y en a d'autres qui semblent d'une haute gravité, que l'on redoute, contre lesquels on se met bien en garde et qui s'évanouissent d'eux-mêmes comme ces bulles de savon que les enfants soufflent au bout d'un chalumeau.

— Mais c'est de la haute philosophie que vous me faites là, Richelieu, s'écria la marquise avec impatience, et je ne suppose pas que vous ayez forcé ma porte à cette heure pour me jeter à la tête des maximes renouvelées de MM. d'Alembert et Diderot !

— Vous avez raison, marquise, et je vous prie de me pardonner. Alors, pour parler net, je vous dirai que ce que j'ai à vous apprendre est, ou d'une gravité énorme, ou d'une puérilité oiseuse, et que seule vous avez qualité pour en décider.

— Voyons, ne m'effrayez pas. Qu'est-ce que c'est ?

— Je vous ai dit que ma visite avait deux motifs. Commençons par le plus gros. Mais d'abord, et avant d'ajouter un mot, j'ai besoin de vous répéter ce dont, jusqu'à ce jour, vous avez bien voulu ne pas douter, que je suis votre ami, et j'ai besoin de vous entendre m'assurer que, quelque chose que je sois forcé de vous dire, vous ne verrez dans ma démarche et dans mes paroles qu'une preuve de véritable et sincère amitié.

Le duc avait prononcé ces quelques mots avec un sérieux inaccoutumé.

La marquise en fut frappée.

— Je sais que, dans le monde où nous vivons tous deux, ce sont là, ou à peu près, des mots vides de sens, reprit Richelieu, de son ton légèrement railleur, mais nos intérêts sont à peu près les mêmes et, à la cour, l'intérêt peut tout expliquer, même l'amitié.

— Ce que vous avez à m'apprendre est grave, monsieur de Richelieu, très-grave, dit la marquise d'une voix altérée. Toutes vos précautions, jusqu'à la légèreté de vos paroles, me le prouvent surabondamment.

— Je vous répète, marquise, que vous seule en serez juge. Ce n'est peut-être rien du tout. Seulement, à tout hasard, je prends mes garanties. Les femmes, qui pardonnent bien des choses, sont parfois impitoyables pour le malheureux qui, souvent, sans l'avoir voulu, se trouve être devenu possesseur d'un de leurs secrets de cœur, et je ne voudrais à aucun prix me faire de vous une ennemie.

— Un secret de cœur ! dit la marquise.

Sans rien savoir encore, elle avait tout deviné.

Richelieu sortit de son habit un papier qu'il présenta tout ouvert à la marquise.

— Lisez, lui dit-il.

Ce papier était la copie littérale de la lettre fatale qu'elle avait écrite au comte de Lorges, et que le prince Campiréali avait soustraite.

Seulement, ce n'était qu'une copie.

Le nouveau possesseur de l'original s'était bien gardé de s'en dessaisir.

Au premier coup d'œil la marquise reconnut sa lettre.

— Comment avez-vous cela entre les mains, monsieur de Richelieu? demanda-t-elle.

— Le misérable ne m'a donc pas menti ! cette lettre est donc bien de vous ! s'écria le duc avec un mouvement de douleur vraie.

Madame de Pompadour hésita.

— Je suis votre ami et je viens m'unir à vous pour vous sauver, reprit-il doucement, ayez confiance.

— Oui, dit-elle, cette lettre est de moi.

— Écrite de votre main ?

— Écrite de ma main.

— Celui qui la possède prétend en outre avoir encore en sa possession un ruban qui accompagnait la lettre, une jarretière.

— Cela doit être vrai, car j'avais enroulé ce billet d'un ruban.

— Et le roi doit connaître, ou à peu près, toutes vos jarretières? dit le·duc, qui, malgré la gravité de la situation, ne put s'empêcher de rire de sa question, qui ressemblait, à s'y méprendre, à une plaisanterie.

Madame de Pompadour ne rit pas.

— Le roi m'a pris le matin même et a conservé, il me l'a dit ce soir, le ruban tout pareil à celui qui fermait cette lettre, dit-elle.

— Diable ! fit Richelieu, en se pinçant le menton, la chose est plus sérieuse que je n'avais voulu y croire d'abord. J'espérais que le drôle mentait. Il n'y a pas à se le dissimuler, marquise, le misérable a dans les mains une arme terrible dont il est parfaitement capable, dont il a la volonté d'user.

C'est un pistolet chargé qu'il vous braque sur la gorge. Il faut composer et subir sa loi.

Dans les paroles de Richelieu, la marquise avait surtout remarqué une chose, parce que cette chose se rapportait plus directement aux pensées dont elle venait d'être assaillie, c'est que le duc connaissait, avait vu, quittait sans doute à l'instant l'infâme de la trahison duquel elle avait été victime.

Il était venu lui-même, dans son excès d'audace, se mettre entre ses mains.

Elle allait pouvoir se venger.

Et elle se promettait une belle vengeance.

— Subir sa loi ! s'écria-t-elle avec une ironie froide, grosse de menaces et de haine. Il ne se trouvera pas à Bicêtre un cabanon assez profond pour l'y faire pourrir. Subir sa loi ! Êtes-vous fou, mon cher duc ? C'est lui qui subira la mienne, et c'est M. le lieutenant de police qui se chargera de la faire exécuter.

Richelieu secoua désespérément la tête.

— Nous ne nous comprenons pas, dit-il. Vous croyez cet homme en votre pouvoir, marquise ? Il y serait peut-être si cette lettre était apocryphe, et c'est ce que j'espérais, mais du moment qu'elle existe, écrite par vous, et que l'original est dans ses mains, ce n'est pas vous qui le tenez, c'est lui qui vous tient, et qui vous tient bien.

— Vous l'avez donc laissé échapper ! s'écria la marquise avec un cri de rage.

Richelieu rapprocha son fauteuil du siége de la marquise.

— C'eût été de la plus insigne maladresse de vouloir le retenir, dit-il ; c'eût été rendre inévitable une catastrophe que nous pouvons peut-être encore éviter, celle dont il vous menace, marquise, la divulgation au roi de cette lettre plus que compromettante.

— Le meilleur moyen de l'éviter était de se saisir de ce misérable, de le faire fouiller, et à tout prix de s'emparer de cette lettre qu'il a volée, s'écria la marquise.

— Vous ne connaissez pas l'homme, dit froidement Richelieu.

Madame de Pompadour, emportée par sa colère, allait ré-

pondre qu'elle le connaissait mieux que lui, qu'elle ne le
connaissait que trop.

Mais elle se contint.

— Le connaissiez-vous donc avant aujourd'hui, vous ? demanda-t-elle.

— Oui, dit le duc en faisant la grimace, et c'est à mes dépens que j'ai appris à le connaître.

— A vos dépens ?

— Très-bien. C'est un rude jouteur. Il m'a joué sous jambes, moi, Richelieu. Cela peut vous donner une idée de ce
qu'il vaut, marquise.

— Quel est donc cet homme ?

— Oh ! peu de chose et beaucoup tout à la fois. C'était, il
y a une vingtaine d'années, une sorte de chevalier d'industrie, moitié fripon, moitié spadassin, dont j'eus un jour la
malheureuse idée de vouloir me servir, dans une entreprise
où je ne jouais, il est vrai, que le rôle de confident, mais qui
n'en était pas moins d'une importance extrême. Le drôle, au
lieu de me servir, se servit de moi. Je fus complétement sa
dupe.

La marquise réfléchissait.

— Il y a vingt ans, se disait-elle ! en se rappelant les épisodes honteux de cette nuit d'amour qu'elle avait cru donner
au comte, et où elle s'était livrée à un inconnu ; ce ne peut
être lui. Celui-là doit être déjà vieux ; l'autre était jeune.

— Depuis vingt ans, que n'a-t-il pas fait ! continua le duc.
D'abord, il s'est fait mort, pour échapper sans doute à mes
recherches et à ma juste vengeance, et il ne s'est plus montré
à moi qu'hier au soir, quand il s'est cru, et quand il a été
en effet assez puissant pour ne plus rien avoir à craindre.

— Assez puissant pour ne rien craindre ! fit la marquise
avec une stupéfaction réelle. Quel est l'homme assez hardi
ou assez fou pour se croire une telle puissance ? Oublie-t-il
que le roi est le roi ?

— Non, mais il a la prétention de faire du roi le premier
ministre des volontés de sa compagnie, c'est-à-dire de se
mettre au-dessus du roi.

— Mais quel est donc cet homme ?

— Cet homme est aujourd'hui l'agent secret pour tous.

mais accrédité auprès du nonce, du général de l'ordre des jésuites, qu'il aspire à remplacer.

— Je comprends! dit la marquise, je comprends tout!

— Vous comprenez alors aussi pourquoi j'ai résisté à l'envie terrible qui m'a pris au premier mot de faire saisir le drôle, de le faire rosser d'importance et de vous l'envoyer pieds et poings liés. Un gaillard de cette force, poussant l'audace jusqu'à venir à onze heures du soir, chez moi, m'apporter ses conditions, ne pouvait pas avoir sur lui votre malheureuse lettre. Il devait l'avoir laissée en mains sûres, avec mission de l'adresser directement au roi, s'il lui survenait malheur.

— Oui, mon cher duc, vous avez bien et sagement agi.

— Parbleu! quand on a du temps devant soi, on se retourne. J'ai donc reçu le misérable comme j'aurais reçu un honnête homme, j'ai écouté son ultimatum sans sourciller, et après avoir civilement reconduit le porteur jusqu'à ma porte, je suis accouru vous prévenir. Mais comment diable aussi, marquise, avez-vous pu écrire une pareille lettre! continua Richelieu avec une fureur comique, et avec cette désinvolture de morale et de langage si fort à la mode alors; quand on s'appelle la marquise de Pompadour, et que l'on veut honorer un homme de ses bontés, on ne lui écrit pas, sarpebleu! on l'envoie chercher et on le lui dit.

La marquise ne l'écoutait pas.

— Et quel est l'ultimatum de ce misérable? demanda-t-elle.

— Ne le devinez-vous pas?

— A peu près, mais je veux le connaître.

— Eh bien, marquise, il exige tout simplement que le roi refuse sa signature royale à l'arrêt du Parlement qui expulse les jésuites de France, que la procédure commencée soit mise à néant, et que l'ordre continue à jouir, comme par le passé, de tous ses avantages. A cette condition, il consent à ne pas faire usage de votre lettre, qu'il s'engage à vous restituer.

La marquise avait la tête baissée sur son corsage, qui se soulevait par bonds précipités sous le coup d'une émotion violente.

— Votre avis, monsieur de Richelieu, est qu'il faut accepter, dit-elle.

— Oui, dit nettement le duc. Quand on est le plus faible, quand toute lutte est impossible, quand on se trouve désarmé en face d'un ennemi armé de toutes pièces, vouloir résister n'est plus courage, mais folie. Il faut d'abord sauver sa vie, sauf à voir après à prendre sa revanche.

La marquise se leva de sa chaise et alla fouiller dans un grand portefeuille gonflé de papiers qu'elle sortit d'un bureau.

Ce portefeuille renfermait les pièces que les ministres qui se réunissaient chez elle en conseil lui laissaient pour qu'elle les lût elle-même au roi, et qu'elle les offrit de sa blanche main à la signature royale.

Elle y prit un cahier assez volumineux portant suspendu à l'un de ses coins le sceau du Parlement de Paris.

—Voici l'arrêt d'expulsion de l'ordre des jésuites, dit-elle. Il ne lui manque plus, pour être exécutoire, que la signature du roi. Je veux, vous entendez, mon ami, je veux ! et quand une femme comme moi s'exprime ainsi, c'est qu'elle est certaine de réussir; je veux que cet arrêt soit signé du roi cette nuit même; je veux que demain, au lever du soleil, son exécution commence, et que toutes les maisons de l'ordre en France soient vidées et fermées.

— Mais vous vous perdez, marquise ! s'écria Richelieu.

— C'est possible; je le crois, mais si je me perds, répliqua la marquise, je sauve le roi, que les couteaux de ces messieurs n'ont cessé de menacer depuis et avant Damiens, et je sauve la France en la débarrassant de cette tache d'huile noire qui s'infiltre depuis si longtemps dans l'État et qui menace de l'envahir.

— Réfléchissez, marquise !

— J'ai réfléchi et je suis résolue. Entre les jésuites et moi, depuis dix ans, c'est une lutte à mort. Leurs attentats de toutes sortes m'avaient faite plus forte qu'eux, mon imprudence leur a fourni contre moi une arme terrible. Qu'ils s'en servent ! Nous tomberons ensemble, demain, à la même heure ! Eux, tués par moi, moi, renversée par eux.

La marquise était debout, droite, fière, superbe.

L'une de ses mains était appuyée sur l'arrêt du Parlement,

dont ses doigts crispés froissaient nerveusement les feuillets;
'autre, tendue en avant, menaçait ses ennemis invisibles.

Sa beauté majestueuse et souveraine rayonnait d'enthousiasme et d'orgueil.

— Corbleu! marquise, s'écria Richelieu électrisé, je voudrais que le roi vous vît! Jamais vous n'avez été si belle!

Elle ne l'entendit seulement pas.

— Le peuple, offusqué de mon luxe, jaloux de mon éléva-
·tion, achetée au prix de toutes les faiblesses, me méprise et
me maudit, continua-t-elle; plus tard, il me jugera et m'ab-
soudra. La Pompadour, c'est ainsi qu'il me nomme, la Pompadour, dira-t-il, a fait métier de courtisane, elle a servi de
sa personne à toutes les débauches du roi, et quand elle a
voulu ménager sa personne, tout en conservant son pouvoir,
elle lui a livré au Parc-aux-Cerfs, avec une infâme complaisance, des maîtresses de son choix; elle a épuisé le trésor,
gaspillé l'argent de la France; elle a eu tous les vices, elle a
commis toutes les fautes, oui! mais elle était Française de
cœur et d'âme, et jusqu'à la dernière heure de sa puissance
usurpée, elle est restée Française, et si elle nous a fait beaucoup de mal, elle nous a fait beaucoup de bien, car elle a
délivré la France des jésuites, et ce service, à lui seul, ra-
chète tous ses vices et pallie toutes ses fautes. Voilà ce que
dira le peuple dans cent ans. Je n'en demande pas plus.

— Le peuple ne vous connaît pas, marquise, s'écria Richelieu; s'il vous connaissait, au lieu de vous maudire,
comme vous le pensez, il vous bénirait, parce qu'il saurait
que la plus grande partie de l'or que vous tenez des libéra-
lités du roi, s'échappe de vos mains en bienfaisantes au-
mônes.

Elle se laissa tomber dans son fauteuil et fondit en
larmes.

— Vous ne devinez pas pourquoi je pleure? dit-elle au duc,
qui la regardait atterré.

— Parbleu si! répondit-il, et je trouve qu'il y a en vérité
bien matière à pleurer, quand on perd, de gaieté de cœur,
comme vous allez le faire, plus qu'une demi-royauté.

Elle sourit à travers ses larmes, et lui jeta un regard de
moqueuse pitié.

— Pour un homme qui a, comme vous, passé sa vie à

étudier les femmes, mon cher duc, vous les connaissez bien peu.

— Comment ! fit le duc, blessé au plus vif de son amour-propre d'homme à bonnes fortunes.

— Vous êtes loin d'avoir deviné pourquoi les larmes m'ont monté du cœur aux yeux. Vous croyez que je pleure ma demi-royauté, ma faveur et mon pouvoir perdus, et que je les pleure pour eux-mêmes ? Comme vous vous trompez ! Voulez-vous savoir pourquoi je pleure ? Je pleure de rage et de regrets parce que je vais peut-être être forcée de laisser derrière moi, sans pouvoir m'en venger, un homme que j'exècre et de qui me vient tout mon malheur.

Richelieu, le vieux roué, sourit d'un air capable.

Cette fois il croyait bien être sûr de son fait.

— Celui à qui vous avez eu l'imprudence d'écrire cette lettre ? dit-il.

— Celui-là est le plus grand et le plus noble des hommes ! s'écria la marquise avec le feu de la colère et de l'indignation sur les joues et dans les yeux ; celui-là, je l'aime plus que je n'ai jamais aimé personne au monde, et cependant celui-là n'a jamais touché ni ma main, ni mes lèvres.

— Allons, j'y perds mon latin que je n'ai jamais su, s'écria Richelieu déconcerté. Marquise, vous êtes la femme incompréhensible par excellence. De qui voulez-vous donc parler, mon Dieu ? Dites-le vous-même, car, moi, je jette ma langue aux chiens, et dites-moi par la même occasion comment il se fait que l'homme à qui vous avez eu la folie d'écrire cette lettre incendiaire n'a jamais touché ni votre main, ni vos lèvres. C'est donc un malotru ou un glaçon !

— L'homme à qui j'ai écrit cette lettre ne l'a pas reçue ; elle a été soustraite avant d'arriver à sa destination par un misérable qui a eu l'audace d'en user.

— Bah ! s'écria Richelieu, et que vous avez pris pour l'autre peut-être !

Madame de Pompadour baissa la tête sous le feu du regard pétillant de malice et de joyeuseté du vieux libertin.

— Ah ! parbleu ! s'écria-t-il émerveillé, le tour est bon, parfait, ravissant ! Pardon, marquise, pardon ! mais, d'honneur, quoique la situation soit triste, il m'est impossible de ne pas pouffer à l'idée d'un pareil tour ! Je n'en ai jamais fait un meilleur ! et je le regrette, car j'en aurais été, et j'en serais encore, ma foi, parfaitement capable.

— Je le crois, mais ce dont M. de Richelieu ne serait certainement pas capable, reprit la marquise sérieuse, ce serait de rester caché dans l'ombre, de n'avoir pas le courage de ce qu'il appellerait son bonheur et que j'appellerais sa perfidie, et surtout d'avoir livré ou vendu la lettre qu'il aurait détournée.

— Ceci est un trait de coquin, indigne par conséquent d'un galant homme, dit le duc avec force, et je me demande comment, marquise, vous avez attendu jusqu'à présent pour tirer de son auteur la vengeance qu'il mérite.

— Parce que je n'en connais pas l'auteur.

— Vous ne le connaissez pas !

— Non.

— C'est plus fort.

— C'est ainsi. Et si je regrette ma faveur, c'est qu'en la perdant, je vais perdre la puissance qui me serait nécessaire pour trouver cet homme et pour m'en venger.

— Marquise, s'écria le duc, ce que vous ne pouvez pas faire, je m'engage à le faire pour vous. Je vous jure, si votre coquin est un gentilhomme, de lui faire mettre flamberge au vent, et si ce n'est qu'un pleutre, comme je le crois à le juger par sa vilaine action, de le faire rouer de coups de canne par une demi-douzaine de laquais jusqu'à ce que mort s'ensuive.

La marquise tendit sa main au duc avec reconnaissance.

— Merci, mon ami, lui dit-elle, mais les femmes ne comprennent pas la vengeance comme vous autres hommes; ce n'est pas celle-là qu'il me faut. Veuillez donc, toute faible que je vais être, me laisser le soin de la mienne. Et puisque je suis résolue au sacrifice de mon pouvoir, donnez-moi les moyens de l'accomplir. Où est le roi, à cette heure?

— Le roi! Ah! parbleu! je l'avais oublié! dit Richelieu riant. Et cependant c'était autant pour vous parler de lui que de vous que j'étais venu ce soir si tard interrompre votre coucher.

— Qu'aviez-vous donc à me dire du roi? demanda madame de Pompadour.

— Bah! fit Richelieu avec négligence en se levant de son

siége comme s'il se fût apprêté à se retirer, cela ne vaut plus la peine d'être dit.

— Pourquoi ?

— Mon Dieu, marquise, parce que, résolue comme vous l'êtes à vous laisser attaquer et perdre dans l'esprit de Sa Majesté, cela ne peut plus vous intéresser que médiocrement de savoir que vous alliez être menacée d'une rivale.

— Une rivale! fit dédaigneusement la marquise.

— Une rivale dangereuse. J'étais venu pour vous mettre sur vos gardes, pour vous montrer le péril, mais à quoi bon maintenant, puisqu'en vous retirant de vous-même, vous laissez le champ libre à toutes?

Madame de Pompadour regarda le duc, et en surprenant sur ses lèvres le sourire finement railleur qui les plissait :

— Monsieur de Richelieu, s'écria-t-elle, moitié riant, moitié colère, vous êtes l'homme le plus détestable que je connaisse. En votre qualité de diplomate, vous ne présentez jamais les questions de front, et vous vous gardez toujours un argument caché pour faire arriver, bon gré mal gré, votre adversaire à vos fins. Que voulez-vous donc obtenir de moi, en cherchant, comme vous le faites, à mettre mon amour-propre de femme en jeu ?

— Ce que je veux? dit Richelieu. Je veux que dans cette lutte à mort que vous soutenez depuis si longtemps contre les jésuites, vous ne vous hâtiez pas, comme vous m'en témoigniez l'intention tout à l'heure, de vous avouer vaincue ; je veux qu'au lieu d'abandonner la position que vous avez près du roi, vous la grandissiez encore; je veux bien, puisque vous le voulez, qu'en faisant signer cet arrêt à Sa Majesté, vous écrasiez demain l'ordre de Jésus, dont j'ai toujours été comme vous l'ennemi, mais je ne veux pas que par indifférence ou faiblesse, vous ne fassiez rien pour empêcher de parvenir dans les mains du roi, cette lettre qui vous perdrait. Voilà ce que je veux, marquise.

— Et c'est pour me faire arriver là que vous avez évoqué ce fantôme mensonger d'une rivale ?

— Non pas. La rivale est une réalité.

— Quelque nouveau caprice de Sa Majesté, une velléité de quelques jours pour quelque fille sans conséquence.

— Non pas ! Un commencement d'amour vrai, peut-être de passion violente.

— Vous ne me trompez pas, Richelieu ? fit la marquise effrayée, plus effrayée de cette perspective d'un nouvel amour du roi, que des dangers que pouvait lui faire courir la divulgation de sa lettre au comte de Lorges.

— Sur l'honneur, non !

— Alors, mon ami, je me livre à vous, mais dites-moi tout, ne me cachez rien.

XX

Madame de Pompadour à la rescousse.

Le duc reprit vivement sa place.

— Veuillez d'abord appeler madame du Hausset, marquise, dit-il.

— Madame du Hausset! Qu'en voulez-vous faire? demanda madame de Pompadour.

— Moi, rien. Mais elle va vous être nécessaire pour vous habiller un peu.

— Où voulez-vous donc me conduire?

— Au Parc-aux-Cerfs, marquise.

— Au Parc-aux-Cerfs!

— Et sans perdre de temps, car il faut que vous y arriviez avant le roi, qui ne va pas tarder lui-même à s'y rendre.

— Et qu'irai-je faire au Parc-aux-Cerfs?

— Vous irez y voir, sans en être vue, si vous le voulez, celle qui vous menace, et vous jugerez vous-même des moyens que vous devez employer pour arrêter Sa Majesté à temps sur la pente où elle ne demande qu'à glisser.

— C'est donc une fille du Parc-aux-Cerfs?

— Oui, une nouvelle pensionnaire pour Sa Majesté, que Lebel, paraît-il, aurait recrutée aujourd'hui même.

— Le roi l'a donc déjà vue?

— Appelez madame du Hausset, marquise. Je vous mettrai au courant, tandis qu'elle vous habillera.

La marquise fit sonner un timbre.

Madame du Hausset parut aussitôt.

Elle ne devait pas être loin.

— Donnez-moi une robe et arrangez-moi, lui dit madame de Pompadour; M. de Richelieu voudra bien ne pas nous regarder pendant le temps que vous mettrez à ma toilette.

— Je me garderai bien de vous obéir, marquise. C'est bien le moins que l'on puisse regarder ce que l'on ne peut pas toucher, repartit galamment Richelieu, qui, en effet, ne bougea pas de sa place.

Ni la femme de chambre, ni la maîtresse ne s'occupèrent, du reste, davantage de lui.

C'était le bon temps, où les grandes dames se faisaient volontiers passer leur chemise en présence d'une douzaine d'hommes, favoris du moment, admis aux secrets intimes de la toilette.

Personne ne songeait à y trouver à redire, surtout parmi ceux qui en profitaient.

— Je vous écoute, monsieur le duc, dit la marquise.

Richelieu prit un ton confidentiel, comme si, malgré toutes les précautions dont il avait eu le soin de s'entourer, il eût craint encore d'être entendu par quelque autre que la marquise et madame du Hausset.

— Vous savez, dit-il, que le roi est revenu de Saint-Germain étant d'une humeur assez méchante?

— Oui, dit la marquise.

— Mais ce que vous ne savez sans doute pas, c'est que cette mauvaise humeur s'est très-promptement dissipée. Lebel, qui, profitant de la liberté du dimanche, avait fait, il paraît, aujourd'hui, une chasse des plus heureuses, l'attendait dans son appartement, et, en le débottant, lui a tant et si bien vanté ses trouvailles, que Sa Majesté, renonçant à dîner à son petit couvert, s'est rendue, suivie de Lebel, au Parc-aux-Cerfs.

Madame de Pompadour l'interrompit.

— C'est moi qui, ce matin même, ai chargé Lebel de renouveler quelque peu son personnel du Parc-aux-Cerfs. Le roi s'ennuyait. Il fallait essayer de le distraire, en lui offrant la seule chose qui ait le pouvoir d'opérer ce miracle, quelque nouvelle beauté de son goût.

— Eh bien, vous avez eu la main heureuse, marquise.

— Comment ?

— Vous allez voir. Personne ne saurait ce qui s'est passé au Parc-aux-Cerfs entre Sa Majesté et la beauté nouvelle que Lebel lui a présentée, si Sa Majesté elle-même n'avait eu le soin de nous en instruire. Encore est-il à supposer qu'elle ne nous a pas tout dit. Écoutez bien, marquise.

La marquise était tout oreilles.

Quant à madame du Hausset, de son côté, elle ne perdait pas un mot.

— Nous étions tout à l'heure une demi-douzaine réunis dans la petite antichambre du roi, quand Sa Majesté est entrée. Elle revenait du Parc-aux-Cerfs. Jamais je n'avais vu le roi si agité. Il était rouge comme un page qui vient de risquer sa première déclaration aux genoux de sa première maîtresse.

« — Richelieu, » dit-il, en passant et en me faisant un léger signe de tête, que je compris aussitôt.

Je le suivis dans son cabinet.

Il s'y promenait déjà de long en large, d'un pas fiévreux et saccadé.

« — Mon cher duc, me dit-il dès que la porte fut refermée sur moi, vous voyez devant vous un homme malheureux.

« — Comment, sire ! Que voulez-vous dire ? » m'écriai-je avec une surprise qui n'avait rien de joué, car j'étais à cent lieues de soupçonner la vérité.

Il continua comme s'il ne m'eût pas entendu :

« — Oui, un homme malheureux et un homme heureux tout à la fois, car de ma vie je n'ai rien vu d'aussi parfait. C'est étrange ! Oui, Richelieu, moi, le roi, j'ai été bafoué, insulté, traité comme ne le serait pas le plus misérable de mes sujets, et elle savait que j'étais le roi ! Et au lieu de m'indigner, de vouloir me venger et punir, j'ai souffert peut-être un peu, mais j'ai courbé la tête, et tout en l'écoutant me menacer et me maudire, j'éprouvais une joie immense, un bonheur inconnu à entendre sa voix. C'est extraordinaire ! je n'ai jamais rien ressenti de pareil.

« — Mais de qui parlez-vous, sire ? lui demandai-je.

« — C'est toute une histoire, me répondit-il en arrêtant tout à coup sa promenade. Je viens exprès du Parc-aux-Cerfs pour vous voir, Richelieu, pour vous consulter et vous ouvrir mon cœur. Vous êtes un homme terrible en matière de sentiment; vous seul pouvez me conseiller.

« — Je suis aux ordres de Sa Majesté.

« — Je ne suis cependant pas moi-même un novice, reprit le roi avec un certain embarras dans la voix, mais il est des choses qu'on ne peut pas, qu'on ne veut pas s'avouer à soi-même. Il faut que ce soit un autre qui se charge de vous les dire.

« — Parlez, sire.

« — Vous me direz la vérité, Richelieu?

« — Comme si Votre Majesté n'était pas le roi.

« — Et vous me garderez le secret?

« — Comme si j'étais muet de naissance. »

— Vous êtes un singulier muet, monsieur de Richelieu, interrompit madame de Pompadour en riant à demi.

— Marquise, répliqua le duc sans se déconcerter, vous savez aussi bien que moi que vos intérêts sont les miens, de même que, je l'espère, les miens sont aussi les vôtres. Richelieu, premier gentilhomme de la chambre, et la marquise de Pompadour, favorite de Louis XV, se complètent l'un par l'autre, et, au point de vue de la faveur royale, ne font en réalité qu'un. Par conséquent, vous répéter un secret qui m'a été confié par le roi, quand ce secret vous menace d'un danger plus grand que tous ceux que votre faveur a jamais pu courir, ce n'est pas, de ma part, faire acte d'indiscrétion, c'est obéir à notre intérêt commun.

— Soit, mais en mettre en tiers madame du Hausset?...

— Madame du Hausset est une autre vous-même; c'est comme si elle n'entendait pas.

— Vous avez raison, duc. Continuez, dit la marquise.

Richelieu reprit son récit.

« — Eh bien, mon ami, me dit alors le roi, écoutez donc ce qui m'arrive. Ce soir, à mon retour de Saint-Germain, j'ai trouvé ici Lebel, qui m'a conduit au Parc-aux-Cerfs. »

Le roi eut un mouvement de colère comme je ne lui en avais jamais vu.

« — Lebel! s'écria-t-il, ce misérable bélître, qui se permet, de son chef, d'introduire au Parc-aux-Cerfs, comme une malheureuse fille de rien, et sous je ne sais quel subterfuge infâme, une femme digne des respects de tous, de l'adoration de tous! Je le chasserai demain comme un drôle! Je le bâtonnerai de ma main! »

Il fit un effort pour se calmer.

« — C'est que vous ne savez pas, Richelieu, ce que c'est que cette femme; vous ne pouvez pas le savoir. Avant de l'avoir vue, je n'aurais pu croire qu'il existait au monde une créature lui ressemblant.

« — Peste! sire, lui dis-je, de quelle merveille me parlez-vous donc là?

« — Une merveille, oui, dit-il d'un ton pénétré. Laissez-moi finir, et vous jugerez.

« — J'écoute Votre Majesté avec toute mon attention. »

— Le roi est fou, dit aigrement madame de Pompadour, à qui madame du Hausset passait en ce moment son dernier jupon.

— Fou d'une folie dangereuse pour vous, marquise, repartit Richelieu. Vous allez voir.

« — Je croyais, comme je devais m'y attendre, reprit le roi, trouver au Parc-aux-Cerfs une de ces beautés faciles, complaisantes même, auxquelles je suis habitué. Le sort du roi est triste, Richelieu. Il ne rencontre que des femmes qui cèdent au monarque, aucune n'aime l'homme. La crainte, le respect, l'ambition, l'appât du luxe, le libertinage, voilà ce qui lui livre les femmes qu'il possède, l'amour vrai n'y est jamais pour rien. »

— Le roi a dit cela? demanda madame de Pompadour.

— Mot pour mot.

— Alors, en effet, Sa Majesté est bien malade.

— Attendez, marquise, attendez. Vous ne voyez encore rien.

Le roi, dont l'agitation était toujours très-grande, s'arrêta en face de moi.

« — Au lieu de cela, savez-vous ce que je trouve, Richelieu, dans cette maison honteuse, d'où tant de courtisanes sont sorties, qui étaient déjà courtisanes de cœur et d'esprit en y entrant? Une ravissante et fière jeune fille, belle et digne comme une déesse antique, et dont le regard pur, empreint d'une majesté divine, me fit involontairement baisser les yeux.

« — Quoi, sire! m'écriai-je, vous, Louis XV, baisser les yeux devant une femme!

« — Celle-ci n'est pas une femme comme les autres. Oui, Richelieu, à sa vue, avant même d'avoir entendu sa voix, je me sentis devenir timide comme un écolier. J'essayai de me révolter contre cette impression extraordinaire, et à laquelle cependant je trouvais je ne sais quel charme inconnu et irritant. Je voulus être galant, je ne réussis qu'à paraître insolent; je voulus être tendre, je ne fus que grossier.

« — Allons donc, sire!

« — C'est ainsi. Et elle me l'a dit, nettement, sans ménagements, sans ambage. Quelle inconcevable influence elle avait déjà prise sur moi! Ses paroles, qui auraient dû m'enflammer de colère, m'ont laissé calme, soumis, presque repentant. Cependant, je ne pouvais pas me tenir ainsi pour battu dès les premiers mots. Cette singulière fille m'imposait par la majesté de son maintien, par la grandeur de son geste, par l'éclat et la profondeur de son regard, mais aussi elle m'enivrait de désirs et d'amour par sa souveraine beauté. Reconnaissant enfin qu'elle était tombée dans un piége, elle voulait partir; je m'y opposai.

« — Bravo, sire!

« — Pour la décider à rester de son plein gré, que n'ai-je pas fait! Le croiriez-vous, Richelieu, je me suis mis à ses genoux, je l'ai priée, suppliée.

« — Mauvais, sire, mauvais.

« — Taisez-vous, Richelieu. Vous ne la connaissez pas. Je lui ai dit que si elle voulait consentir à m'aimer, je ferais d'elle la première femme du royaume de France. »

— Bah! fit madame de Pompadour, interrompant Richelieu; à ma connaissance, Sa Majesté a dit pareille chose à vingt femmes et filles, dont quatre jours après elle ne se souciait plus.

— Attendez, marquise, attendez. C'est à peu près, sauf le sans-façon, ce que je me suis permis de dire au roi.

« — A la bonne heure, sire! très-bien! m'écriai-je; voilà de ces paroles qui, dans la bouche d'un roi, ne coûtent pas

grand'chose, et qui suffisent pour enlever d'assaut les cita-
delles les plus imprenables! »

— Savez-vous comment et ce que Sa Majesté m'a répondu,
marquise? dit Richelieu.

« — Monsieur de Richelieu, me dit-il, en arrêtant sur moi
un regard de colère, et de ce ton sec dont il ne se sert que
dans les grandes occasions, et qui n'en est que plus dangereux, si vous ne voulez pas me déplaire, vous prendrez mes
paroles, en tout ce qui touche cette noble fille, aussi sérieusement que moi. »

— D'honneur, marquise, à cette boutade royale, je crus un
instant que Sa Majesté, furieuse, allait m'inviter à aller visiter
mes terres, et je me vis déjà banni déjà la cour pour avoir osé
plaisanter sur la nouvelle beauté du Parc-aux-Cerfs. Je me
hâtai de me confondre en excuses, et le roi, calmé, poursuivit :

« — Croyez-moi, monsieur de Richelieu, quand je lui ai dit
que j'en ferais, si elle le voulait, la première et la plus élevée
des femmes de France, je le pensais, et je le pense encore, et
je m'estimerais le plus heureux des hommes si elle daignait y
consentir.

« — Mais il est impossible, sire, qu'elle n'ait pas accepté
avec reconnaissance l'honneur insigne que Sa Majesté veut
lui faire! m'écriai-je.

« — Je vous répète que vous ne la connaissez pas. Je voudrais que vous l'eussiez vue, comme je l'ai vue, se redresser
fière, irritée, menaçante, et, plus belle que jamais dans sa colère, me montrer la porte d'un geste que lui eût envié une
reine offensée. Oui, elle m'a chassé, Richelieu, chassé comme
un valet, moi, le roi! »

Louis XV baissa la tête sur sa poitrine, et recommença à
marcher par la chambre avec agitation.

« — Sire, lui dis-je, tout ce que Votre Majesté me fait
l'honneur de me confier me paraît si extraordinaire, si en
dehors de tout ce que je pourrais imaginer, qu'il me faut le
garant de sa parole royale pour que je puisse y croire. »

Il ne me répondit pas aussitôt, mais tout à coup, s'arrêtant
de nouveau devant moi :

« — Tout ce que je vous dis est vrai, Richelieu, et ce que
je vous dis, je ne le dirais pas à mon confesseur. Oui, elle

12.

m'a chassé! et ce qu'il y a de plus étrange, c'est que j'ai
obéi, et c'est que, quand je suis sorti de sa chambre, je ne
ressentais contre elle ni colère, ni indignation. Comprenez-
vous cela, Richelieu, vous qui êtes si expert en matières
amoureuses? Quelle faiblesse! Mais quand je me suis trouvé
hors de sa chambre, je me suis révolté contre cette faiblesse.
J'ai appelé madame Bertrand, et je lui ai ordonné d'employer
un de ses moyens secrets pour mettre à ma discrétion, sans
qu'elle puisse ni résister, ni se défendre, cette beauté qui venait de me rebuter si violemment. Je voulais la posséder à
tout prix.

« — Très-bien, sire.

« — Très-mal, mon ami. A peine commençait-elle à s'endormir, sous l'influence des vapeurs odoriférantes et opiacées
dont madame Bertrand venait d'inonder sa chambre, que ma
résolution tomba. Il me sembla que j'allais commettre un
crime, pis encore, que sa possession brutale ne me satisferait
pas, et me rendrait pour elle, dans l'avenir, un objet de haine
et d'horreur. Et je veux qu'elle m'aime, vous entendez, Richelieu! Je me suis enfui du Parc-aux-Cerfs pour venir me
confier à vous. Que faut-il faire?

« — Ma foi, sire, puisque Votre Majesté me fait l'honneur
de me demander mon avis, qu'elle me permette de le lui donner sincère. Eh bien, je pense que le roi aurait dû tranquillement attendre que la jeune fille fût complétement endormie,
pour se glisser alors à ses côtés et la réveiller sous ses caresses. Prendre d'abord et comme on peut, sauf à demander
ensuite pardon de son audace, voilà quel a toujours été mon
système. Les femmes m'ont toujours pardonné. »

Le roi secoua énergiquement la tête.

« — Il y a femme et femme, dit-il. J'ai eu tort de vous demander conseil, Richelieu. Vous ne pouviez pas me comprendre. Non, j'ai bien fait de fuir pour ne pas succomber.
Son sommeil factice va durer jusqu'à minuit à peu près. A
minuit, pas avant, je retournerai au Parc-aux-Cerfs. Je lui
demanderai pardon d'avoir osé vouloir la retenir de force, et
je la ferai reconduire à l'instant chez elle, où elle voudra. Je
ferai tout ce qu'elle voudra. Je ne lui demanderai qu'une faveur, la permission d'aller moi-même, demain, comme si
j'étais son égal, jouir respectueusement de sa présence, sans

laquelle, maintenant, je sens que je ne pourrais vivre. Peut-être ma soumission parviendra-t-elle à la toucher. »

En prononçant ces mots, le roi me tourna le dos et reprit sa promenade méditative à travers son cabinet.

Je compris que j'allais lui être plus importun qu'utile, et je me retirai.

— Eh bien ! marquise, dit alors le duc à madame de Pompadour, que pensez-vous de tout cela ?

Depuis longtemps déjà la toilette de la marquise était terminée, mais, toute au récit du duc, qui captivait son attention, elle ne bougeait pas.

Assise au bord de son fauteuil, les mains croisées sur ses genoux, le regard fixe, les lèvres agitées par un mouvement nerveux, elle écoutait et réfléchissait en même temps.

Madame du Hausset était debout, appuyée au dossier du fauteuil de sa maîtresse, et ne bougeait pas plus qu'elle.

Toutes deux étaient atterrées.

La question de Richelieu tira madame de Pompadour de l'absorption dans laquelle elle était plongée.

— Vous avez raison, duc, dit-elle, le danger est là, et il est là plus grand que partout ailleurs.

— Le roi est amoureux, dit madame du Hausset.

— Amoureux d'un amour timide et dévoué, platonique et charnel tout à la fois, continua Richelieu, le plus terrible des amours. A l'âge du roi, un amour semblable devient en peu de temps une passion qui absorbe tout et rend capable de tout.

— Oui, répéta la marquise, là est le danger. Cette fille est, ou la plus adroite des coquines, ou elle est une honnête fille dont le roi deviendrait fou, si on le laissait faire.

— Alors vous êtes résolue à vous défendre, marquise ? demanda Richelieu.

— Par tous les moyens en mon pouvoir.

— Allons donc ! je savais bien que je vous réveillerais.

— Ce Lebel est un imbécile, dit madame du Hausset. Comment va-t-il offrir au roi une semblable femme !

— Lebel est un sot ou un traître, dit la marquise avec colère ; je ne l'oublierai pas au besoin.

Elle prit sa montre.

— Venez, madame du Hausset, dit-elle. Il faut d'abord voir cette fille merveilleuse. Nous aviserons après.

— Songez, marquise, dit Richelieu, qu'à minuit le roi sera au Parc-aux-Cerfs.

— J'ai plus d'une heure d'avance. C'est assez.

— Allez donc, marquise, défendez-vous, défendez-nous au Parc-aux-Cerfs. Moi, je m'engage à si bien garder le roi demain, que votre lettre, si elle lui est adressée, comme on vous en menace, tombera dans mes mains avant de tomber dans les siennes. De mon côté, c'est tout ce que je peux faire, mais, du vôtre, vous pouvez tout.

— Soyez tranquille, duc. Maintenant que je suis prévenue, cette fille n'est plus à craindre. Le roi ne la reverra pas.

Singulière versatilité de l'esprit féminin !

Madame de Pompadour, qui venait, il n'y avait pas une heure, de prendre avec elle-même, et de bonne foi, le parti de se laisser dépouiller de la faveur royale, parce qu'elle y voyait une sorte de sacrifice à faire à l'homme qu'elle aimait, était résolue maintenant à employer tous les moyens possibles, même les plus cruels, pour défendre et conserver cette faveur, depuis qu'elle la savait menacée par une rivale.

XXI

Où madame de Pompadour, qui ne comptait que sur une rivale,
est toute surprise d'en trouver deux.

Après avoir assisté de sa cachette à la scène qui s'était
passée entre Louis XV et mademoiselle de Jumery, après
avoir suivi un certain temps, avec une inquiétude croissante,
les progrès du sommeil étrange qui s'était emparé si soudai-
nement de la jeune fille, Louise s'était élancée précipitamment vers la partie du pavillon opposée, dans l'appartement
qui lui avait été donné comme sien.

Il semble au premier abord qu'elle eût dû, au contraire,
courir tout aussitôt au secours de Claire en franchissant la
chambre qui l'en séparait.

Mais Louise était, nous le savons, femme de tête, d'énergie
et de résolution.

D'un coup d'œil elle avait saisi la situation tout entière.

Du moment où elle avait su que la pauvre enfant tombée
entre les mains libertines du sultan Louis XV était mademoiselle de Jumery, la femme aimée du comte de Lorges,
elle s'était, avec une généreuse abnégation, résolue à la sauver, dût-elle se perdre elle-même.

Mademoiselle de Jumery courait un immense danger.

Elle le savait.

Mais ce danger n'était pas encore imminent.

Et d'ailleurs, pour la sauver, il fallait d'abord en chercher les moyens, et ce premier point présentait déjà certaines difficultés dans une maison inconnue et qui, par la nature de ce qui s'y passait, devait être bien gardée.

La première pensée de Louise, celle qui l'avait poussée à rentrer avant tout dans l'appartement qu'elle venait de quitter, avait été de se mettre à l'abri de toute surprise dans ce qu'elle se proposait de faire ensuite.

Pour cela, il fallait laisser croire à tous ceux qui pouvaient avoir un intérêt à s'en assurer, qu'elle n'était pas sortie de son appartement, et que, prenant son parti d'y rester, au moins jusqu'au lendemain, elle s'y était couchée et endormie.

Elle retraversa donc l'antichambre, le vestibule, et elle regagna la salle à manger, où les traces du souper qu'elle y avait fait avaient déjà disparu.

Son intention était de souffler toutes les bougies, de barricader en dedans toutes les portes, de chercher aussi rapidement que possible une issue qui lui permît de s'échapper avec mademoiselle de Jumery, et, si elle n'en trouvait pas une assez vite, de revenir enlever Claire, de l'emporter et de la cacher jusqu'au lendemain, jusqu'au jour, dans son appartement barricadé.

Louise ignorait que tous les appartements, toutes les chambres du Parc-aux-Cerfs possédaient des portes secrètes, invisibles, permettant à ceux qui en avaient les clefs d'y pénétrer quand ils le voulaient, que toutes les serrures avaient des doubles clefs, et que toutes les barricades que l'on pouvait y faire étaient d'avance condamnées à néant et ne devaient servir à rien.

Elle retrouva son appartement comme elle l'avait laissé.

A l'exception de la table à manger, qui s'en était sans doute allée de la même façon qu'elle était venue, tous les meubles dérangés, tous les objets y étaient encore à leur même place.

Il était évident que pendant son absence personne n'était entré.

Fidèle au plan qu'elle s'était tracé, Louise se mit en devoir d'éteindre les bougies.

Elle s'y employait avec ardeur, lorsque tout à coup, en se

détournant, elle aperçut, au milieu de la chambre, la soubrette qui lui avait tenu compagnie.

Cette fille était arrivée si doucement que Louise n'avait
entendu aucun bruit.

C'était là un témoin gênant dont il était urgent de se débarrasser au plus vite.

Et encore fallait-il, en s'en débarrassant, ne lui laisser
dans l'esprit aucun soupçon.

Louise feignit de ne l'avoir pas vue et continua tranquillement son opération.

Grâce au regard rapide qu'elle avait jeté sur la soubrette,
elle avait remarqué en elle un étonnement trop naturel pour
être joué, et elle en avait conclu qu'il était nécessaire avant
tout de détruire les soupçons qu'elle pouvait déjà avoir conçus
en la surprenant comme elle était, perchée sur un fauteuil,
éteignant les lumières.

La soubrette fut complétement sa dupe, car elle révéla aussitôt sa présence en s'écriant :

— Mon Dieu, madame, que faites-vous là ?

Louise se détourna vers elle.

— Vous voilà, ma fille ? dit-elle. Eh bien, pour une maison
comme celle-ci, montée sur un pied presque royal, le service
laisse à désirer d'une singulière façon.

— Comment, madame ? fit la soubrette interdite. Madame
aurait-elle à se plaindre de moi ?

— Je ne me plains pas plus de vous que de toute autre.
Mais voilà peut-être dix fois que j'appelle sans être entendue.

— La maison est sourde à la voix, dit la soubrette. Madame,
au lieu d'appeler, n'avait qu'à sonner, et je serais accourue
au premier coup.

— Il fallait au moins, alors, me dire où se trouvaient les
cordons des sonnettes.

— Les voici. Je les avais déjà montrés à madame avant de
la quitter.

— Vous me les aviez montrés ?

— Oui, madame.

— C'est qu'alors je dormais déjà à moitié.

— Madame avait donc besoin de moi puisqu'elle m'appelait ?

— Sans doute. Après souper, je me suis assoupie là, dans

un fauteuil, mais ce flot de lumières que vous avez laissées m'a réveillée. Il me semblait avoir le soleil dans les yeux. J'ai voulu me coucher et je vous appelais pour vous demander de les éteindre.

— C'est donc pour cela que madame les éteignait elle-même ?

— Il le fallait bien, puisque personne n'entendait.

— Je demande pardon à madame. Je vais achever de les éteindre. Je déshabillerai madame ensuite.

— Hâtez-vous donc, car je tombe de sommeil.

La soubrette s'élança, leste et vive, vers les candélabres et les torchères encore enflammés.

Louise commença elle-même à se déshabiller.

Quand la soubrette eut soufflé toutes les bougies, quand il ne resta plus dans l'appartement d'autre lumière que la lumière douce et finement tamisée de la lampe d'albâtre brûlant dans la chambre à coucher, elle vint aider la jeune femme.

Sous les doigts habiles de toutes deux, les vêtements de Louise furent bientôt à terre.

Tout cela cependant était du temps perdu, peut-être un temps bien précieux.

Mais il fallait à tout prix écarter de l'esprit de la soubrette, qui paraissait fine comme une souris, toute pensée d'une préoccupation quelconque, il fallait paraître ne songer qu'à se coucher et à dormir.

Enfin Louise, déshabillée, se mit au lit.

La chambrière se retirait.

Elle la rappela pour la prier de baisser encore, et autant que possible, la lumière de la lampe, puis, cela fait, elle ferma ses rideaux.

La soubrette, sans défiance, sortit en marchant sur la pointe de ses petits pieds.

Louise attendit quelques instants encore.

Elle voulait être certaine de son départ.

Puis, écartant les rideaux, elle s'assura qu'elle était bien seule.

La chambre était si faiblement éclairée que tout mouvement de sa part, l'eût-on observée de la porte, ne pouvait être remarqué.

Alors elle attira ses vêtements à elle, et, debout sur son lit, derrière ses rideaux fermés, elle se mit à se rhabiller.

Jamais toilette de femme ne fut si rapidement faite.

Cinq minutes après le départ de la soubrette, Louise se glissait hors de son alcôve et sortait de sa chambre.

Elle ne prenait pas de lumière.

Confiante dans sa sagacité, dans l'extrême attention qu'elle avait apportée aux localités pendant son double parcours de son appartement à celui de mademoiselle de Jumery, elle comptait retrouver à tâtons ce chemin deux fois parcouru.

Une bougie allumée dans sa main, errant à cette heure de nuit derrière les fenêtres de la maison, pouvait être aperçue et faire échouer dès lors toute son entreprise.

D'ailleurs elle savait retrouver de la lumière dans la chambre où elle avait laissé mademoiselle de Jumery, et quand elle approcherait du but, cette lumière devait la guider sûrement.

L'événement justifia ses prévisions.

Après quelques erreurs et quelques instants perdus à les réparer et à se remettre sur la bonne voie, elle parvint à l'alcôve de la chambre de laquelle elle avait vu et entendu Louis XV et mademoiselle de Jumery.

De même que la première fois, quand elle mit le pied dans cette chambre, son attention fut appelée vers le petit salon où devait se trouver Claire seule et endormie, par un murmure confus de plusieurs voix.

Mais comme la première fois, ce n'était plus la voix du roi, ce n'était plus la voix d'un homme qui se faisait entendre, alternant avec celle de Claire.

C'étaient des voix de femmes, contenues dans leur expression, assourdies à dessein.

Louise, invitée à la prudence par cette circonstance à laquelle elle était loin de s'attendre, car, si elle avait redouté d'arriver trop tard et de trouver quelqu'un près de mademoiselle de Jumery, c'était plutôt Louis XV venant abuser de sa victime endormie que tout autre, Louise gagna doucement son ancien poste d'observation, et, grâce au judas qui lui avait déjà servi, put de nouveau voir et entendre.

Mademoiselle de Jumery était toujours à sa même place.

Étendue au fond d'un fauteuil, dans une pose pleine d' ?

bandon qui dévoilait à l'œil émerveillé toute la juvénile et pure délicatesse de ses formes, elle dormait toujours de son même sommeil.

Devant elle se tenaient deux femmes.

Dans l'une d'elles, Louise reconnut au premier coup d'œil la favorite en titre du roi, madame de Pompadour.

L'autre lui était inconnue.

Nous savons que c'était madame du Hausset.

— Elle est bien belle, dit madame du Hausset.

— Elle est trop belle, dit madame de Pompadour avec une expression remplie d'envie haineuse.

Elle couvrit la jeune fille endormie d'un long regard scrutateur et jaloux.

On eût dit qu'elle cherchait à découvrir sur la personne de sa rivale un défaut, une imperfection, une laideur, comme autrefois les chevaliers armés de toutes pièces essayaient de trouver, avant de porter un coup mortel, le défaut de la cuirasse de leurs adversaires.

— Trop belle et trop adroite, répéta-t-elle en forme de conclusion.

Elle n'avait pu trouver le défaut de la cuirasse de la séduisante enfant.

— Car je ne suis pas dupe de toutes ces simagrées de vertu, ajouta-t-elle avec une aigreur croissante. Une femme, tant belle qu'elle soit, ne refuse pas la moitié de la couronne de France. C'est un manége habile pour se faire désirer et pour doubler son prix.

— Ceci est plus que probable, appuya madame du Hausset.

— Richelieu avait raison, reprit la marquise, le danger est grand, mais j'arrive à temps pour le conjurer. Sa Majesté ne doit pas la retrouver ici. Il faut qu'elle disparaisse.

— Comment? questionna madame du Hausset.

— Je ne dois pas songer à me servir ni de madame Bertrand, ni d'aucune des personnes de sa maison. Je veux que tout le monde ignore ce qui va se passer afin que personne ne puisse le divulguer. Une indiscrétion commise remettrait le roi sur les traces de cette fille, qu'il ne doit jamais revoir, et aurait en outre pour effet de l'irriter contre moi outre mesure. Il ne me pardonnerait pas de lui avoir enlevé l'objet de sa foudroyante passion.

— Mais comment faire? répéta madame du Hausset embarrassée. Le roi va venir. Comment la faire disparaître? Comment empêcher Sa Majesté d'arriver jusqu'ici?

— Un rien vous arrête, du Hausset, répliqua la marquise avec impatience. Il n'est pas question d'empêcher le roi de venir ici, d'aller où bon lui semble. Personne, pas même moi, ne pourrait l'essayer. Il s'agit simplement de ne pas lui laisser retrouver cette fille ici. Voyons, ma chère, vous êtes forte. Prenez-la dans vos bras et emportons-la chez moi.

— Chez vous?

— Le roi ne songera jamais à venir l'y chercher cette nuit. Demain je lui trouverai une retraite plus sûre encore.

À l'accent impérieux de sa maîtresse, madame du Hausset comprit que toute objection, tout atermoiement, seraient non-seulement inutiles, mais pourraient être encore pris en fort mauvaise part.

Malgré la répugnance naturelle que lui inspirait le rôle tout nouveau que la marquise jugeait à propos de lui faire jouer, elle se mit en devoir d'obéir.

Le lourd sommeil dans lequel la jeune fille était plongée lui rendait d'ailleurs sa tâche assez facile.

Elle n'avait à redouter ni résistance, ni prières, ni cris.

C'était un corps inerte qu'il s'agissait de porter.

Il ne fallait pour cela que de la volonté et de la force.

La robuste madame du Hausset ne manquait certainement pas de l'une, et, du moment que l'autre lui était imposée, rien ne s'opposait plus à ce que les désirs de madame de Pompadour fussent accomplis.

Elle se baissa pour prendre et pour soulever mademoiselle de Jumery.

Mais elle eut à peine le temps de frôler les vêtements de la jeune fille de ses deux mains tendues.

Une autre main, aussi blanche et aussi fine que les siennes, mais plus vigoureuse encore, la toucha à l'épaule et la fit reculer.

C'était la main de madame Louise, dont la personne venait de se dresser froide et calme, mais d'un calme menaçant et résolu, entre la marquise et le groupe formé par Claire et par madame du Hausset.

— Ne touchez pas à cette jeune fille, madame, dit-elle en repoussant celle-ci.

Et comme madame du Hausset, interdite une seconde, relevait son visage empreint d'indignation et de colère :

— Je vous le défends! ajouta-t-elle.

Madame de Pompadour, surprise, avait fait instinctivement un pas en arrière.

— Quelle est cette femme? s'écria-t-elle. Qui êtes-vous? Que faites-vous ici? demanda-t-elle à Louise avec ce ton de hauteur souveraine dont elle avait pris l'habitude dans ses hautes fonctions tant publiques que privées.

— Vous le voyez, madame, répondit Louise d'un accent ferme et froid, je m'oppose à ce que vous fassiez ce que vous vouliez faire.

— Insolente! s'écria la marquise, dont les lèvres blêmirent de fureur.

Madame Louise sourit d'un sourire de dédain et ne répliqua pas.

Elle était maintenant debout aux côtés du fauteuil sur lequel reposait Claire, et son beau bras nu, qui, sortant de sa large manche, s'appuyait au dossier du siége, semblait servir d'égide à la jeune fille endormie.

Elle avait la tête haute et tenait son regard droit et plein d'audacieux défi fixé sur la marquise arrêtée à deux pas devant elle.

Quant à madame du Hausset, elle ne lui faisait plus seulement l'honneur de la regarder.

Le groupe de ces quatre femmes était saisissant.

Mais deux d'entre elles n'y figuraient qu'à titre de comparses.

Claire endormie pouvait n'y compter que pour sa beauté plastique.

Madame du Hausset, effacée par sa maîtresse, n'y comptait plus.

Louise et madame de Pompadour le dominaient.

Et le contraste qu'elles présentaient était magnifique d'oppositions et de lumière.

La marquise, belle de sa beauté sculpturale et froide, richement vêtue de sa demi-toilette de nuit, élégant négligé d'une favorite presque reine, où le satin, la soie et la dentelle se disputaient à qui aurait le prix.

Louise, à peine et mesquinement habillée de son costume d'ouvrière, de sa jupe d'indienne, de ce caraco de ravaudeuse qu'elle avait endossé le matin même, et que Lebel n'avait pas eu le temps de lui faire quitter, mais splendidement belle de sa beauté chaude et passionnée.

L'une puisant sa force dans sa colère et dans l'immense puissance dont elle savait pouvoir user et abuser.

L'autre trouvant la sienne dans sa volonté inébranlable d'accomplir ce qu'elle regardait comme un devoir et dans son énergie.

Toutes deux irritées et menaçantes, se mesurant de l'œil et prêtes à se livrer un combat à outrance.

— Vous ne savez pas qui je suis; je vais vous le dire, s'écria la marquise, attaquant la première, et qui croyait, en prononçant son nom, pulvériser son ennemie d'un seul coup.

— C'est inutile, madame, répliqua froidement Louise. La marquise de Pompadour, la maîtresse du roi, est assez connue pour que chacun la reconnaisse en la voyant.

— Vous me connaissez, et vous osez me braver de la sorte!

Tant d'audace, une telle folie étaient choses si inconcevables, si inouïes, que madame de Pompadour en fut un instant démontée.

Elle n'était pas au bout de ses étonnements.

— Très-bien, dit Louise. Remarquez seulement, madame, que ce n'est pas parce que vous êtes la maîtresse de Sa Majesté que je brave votre colère et vos menaces; à ce point de vue, je ne vaux pas mieux que vous. Non, je vous résiste et je vous brave, parce que vous avez sur cette jeune fille, qui vaut mieux que nous deux, des projets que je ne veux pas que vous réalisiez, parce que vous voulez la perdre, et que je veux la sauver.

— Ah! s'écria la marquise, qui depuis quelques instants examinait Louise avec une attention de plus en plus avide, et qui, emportée par un mouvement de rage jalouse plus fort que sa volonté, ne réfléchit pas avant de parler combien ses paroles allaient être compromettantes pour elle-même, ah! je vous reconnais! Je vous connais aussi, moi! C'est vous que j'ai vue, que j'ai trouvée hier matin chez le comte de Lorges!

Louise pâlit à ce souvenir, qui lui rappelait le moment le plus enivrant et le plus cruel de sa vie.

Mais elle se remit aussitôt.

— Je ne pouvais pas vous reconnaître, moi, madame, dit-elle, car vous aviez un masque sur le visage, tandis que j'avais le visage découvert. Ah! c'est vous! Merci, madame, d'avoir bien voulu me l'apprendre. Votre présence chez M. le comte de Lorges m'explique bien des choses qui, pour moi, étaient restées et pouvaient toujours rester mystères, des choses qui sont encore mystères pour vous. Merci, madame, de me les avoir dévoilées.

La marquise ne comprenait plus.

Ce qu'elle était forcée de s'avouer, c'est qu'elle était battue sur ce terrain-là comme sur l'autre.

Comme tous les gens qui se sentent faibles, elle voulut se redresser par un coup d'éclat.

— Nous ne sommes pas chez le comte de Lorges, ici, dit-elle d'une voix sifflante à force de colère; chez lui, je me suis contentée, hier, de vous faire me céder la place; ici, aujourd'hui, je vais, d'un coup de sonnette, appeler dix valets qui me feront raison de vous.

Louise, loin de s'effrayer de la menace, secoua dédaigneusement la tête.

— Vous ne le ferez pas, dit-elle, parce que vous ne pouvez pas le faire. Si vous l'eussiez pu, vous l'eussiez déjà fait.

— Savez-vous donc où vous êtes ici?

— Oui, madame, nous sommes ici, vous et moi, chez le roi.

— Qui va venir.

— Je le sais, et je l'attends.

— Vous l'attendez!

— Oui, et c'est parce que je l'attends, parce que je sais qu'il va venir, que je suis si forte, et que vous êtes, vous, si faible. Oui, car tandis que je désire sa venue, vous tremblez, vous, de le voir arriver.

— Moi, trembler!

— En ce moment, vos mains et vos lèvres tremblent de colère, mais au fond de vous-même votre cœur tremble d'effroi à la pensée que le roi peut entrer par une de ces portes d'une minute à l'autre. Et cela, parce qu'il faudra lui expliquer votre présence ici, à cette heure, lui dire quel était le projet qui vous y amenait. Vous n'oseriez pas le lui dire; moi qui suis là, et qui y resterai, je le lui dirai.

Madame de Pompadour jeta un cri de véritable terreur.

Madame du Hausset, par esprit d'imitation, poussa un gémissement.

Louise se laissa aller à rire, d'un rire franc et perlé.

— Tenez, madame la marquise, reprit-elle tout à coup sérieusement, voulez-vous me permettre de vous donner, en même temps qu'un bon avis, l'occasion de faire une bonne action ? Voulez-vous vous sauver de la mauvaise position où vous vous êtes mise, en m'aidant à sauver cette jeune fille ? A ce prix-là, je vous demanderai pardon de mon audace, de mes paroles, de tout ce qui en moi a pu vous blesser, et pour vous prouver que, quand je vous parle ainsi, je ne pense pas à moi, je vous jure de venir demain me mettre à votre discrétion, afin que vous puissiez, si vous le voulez, vous venger de moi tout à votre aise.

— Discuter, traiter avec une femme comme vous ! jamais ! s'écria madame de Pompadour avec une hauteur indignée.

— Ne discutez pas si cela vous blesse, agissez puisque cela vous sauve, et qu'en vous sauvant vous sauvez encore une autre que vous. On vous dit bonne, prouvez-le. Que vouliez-vous? quelle était votre pensée en vous rendant ici? Enlever cette pauvre enfant avant que le roi vienne, et la faire disparaître, afin qu'il ne la revoie pas.

— Qu'en savez-vous ?

— Je le sais. Je vous ai entendue.

Madame de Pompadour baissa la tête.

Les événements se mettaient décidément contre elle et la dominaient.

— Vous avez entendu? fit-elle effarée.

— Tout ce que vous avez dit. Cette enfant vous fait peur, parce qu'elle est trop belle et que le roi en est déjà trop amoureux; eh bien! madame, ce que vous vouliez faire, je vais vous y aider. Je ne vous demande que de m'en fournir les moyens.

— Que voulez-vous dire? Expliquez-vous, dit la marquise.

Elle avait déjà bien rabattu de sa fierté. Elle ne se refusait plus à discuter; elle questionnait.

— Vous devez connaître, vous connaissez certainement cette maison, où vous êtes reine et maîtresse, répondit Louise. Dites-moi comment on en sort, puisque vous savez comment on y entre. Montrez-moi le chemin, et ce que vous vouliez faire, je le ferai moi-même. Je vous débarrasserai de cette jeune fille, dans laquelle vous redoutez une rivale, en l'emportant comme vous vouliez l'emporter.

Madame du Hausset regarda la marquise, comme pour l'engager à accepter cette proposition.

Au point de vue de l'intérêt général, elle lui paraissait parfaitement acceptable.

Personnellement, elle lui souriait beaucoup, parce qu'elle la dispensait de la désagréable et fatigante corvée que sa maîtresse lui avait imposée.

Mais madame de Pompadour ne pensait pas ainsi.

Elle n'y trouvait pas des garanties suffisantes.

Qu'est-ce qui lui répondait que cette redoutable rivale, une fois disparue, ne reparaîtrait pas? Une fois sortie du Parc-aux-Cerfs, serait-elle assez bien cachée pour que le roi, par Lebel ou tout autre, ne la découvre pas?

Elle connaissait Louis XV.

Et elle savait qu'il mettrait tout en œuvre pour retrouver les traces d'une femme qui, à première vue, avait eu le bonheur de faire sur lui une aussi forte impression.

Lieutenant de police, agents de toutes sortes, espions de haut et de bas étage, allaient être aussitôt lâchés dans toutes les directions.

Pour lutter avec quelques chances de succès contre de pareils moyens de recherche, il fallait avoir une puissance au moins égale, sinon supérieure, à celui qui les employait.

Or, elle seule en France possédait cette puissance.

Elle seule donc pouvait cacher sa rivale assez bien pour qu'on ne la retrouvât plus.

Mais elle avait encore une autre raison, tout intime, celle-là.

En reconnaissant dans la femme qu'elle avait devant elle la femme qu'elle avait trouvée la veille chez le comte de Lorges, une atroce pensée de jalousie l'avait mordue au cœur.

Avec l'instinct de la femme amoureuse, elle avait deviné en elle une rivale.

Non point une rivale menaçant son pouvoir, comme la jeune fille inconnue endormie à ses pieds, mais une rivale dans son amour pour le comte de Lorges.

Elle s'en connaissait une déjà, le comte lui-même la lui avait avouée : mademoiselle de Jumery, et voilà qu'il en surgissait une autre !

Celle-ci, dont la merveilleuse et luxuriante beauté pouvait, elle aussi, lutter avec la sienne, se posait en outre comme son ennemie, en venant se jeter audacieusement à la traverse de ses desseins.

C'était plus qu'il n'en fallait pour qu'elle eût pour elle toute la haine possible.

Or, elle ne voulait pas que l'objet de cette haine lui échappât.

Battue par elle cette nuit, elle voulait le lendemain prendre une revanche éclatante, et lui faire sentir, en l'écrasant, toute la force de son pouvoir, qu'elle avait osé braver.

— Non, dit-elle en réponse au regard presque suppliant de madame du Hausset, je ne veux m'en remettre qu'à moi seule du soin de sauver cette jeune fille de l'amour du roi, et de veiller sur elle à l'avenir. Mais, ajouta-t-elle en se tournant vers Louise et en s'adressant directement à elle, je ne repousse cependant pas entièrement votre proposition. Vous demandez à sortir d'ici ; en voici le moyen. Prenez cette enfant dans vos bras, et suivez-moi.

— Où ? questionna Louise.

— Chez moi, répondit audacieusement la marquise.

— Chez vous ! Oh ! non pas ! fit Louise avec un fin sourire. Non pas, madame, ce n'est pas chez vous que je la porterais. Vous ne voulez pas me comprendre, madame la marquise. Je vous ai dit que je savais que vous vouliez la perdre, et je vous ai dit que je voulais la sauver. Comment pouvez-vous croire que je consentirais à vous la livrer moi-même ?

Madame de Pompadour eut un mouvement de rage intraduisible.

— Misérable femme ! murmura-t-elle entre ses dents serrées, que le jour vienne où je pourrai me venger de toi !

— Vous ne voulez pas seulement l'écarter de l'amour du

13.

roi, continua Louise, froidement railleuse; vous voulez encore vous venger sur elle de ce qu'elle est trop belle. Je conçois que ce soit là un crime que vous ne puissiez pas lui pardonner, et que je lui pardonne, moi, ajouta la jeune femme avec une expression de tristesse résignée que la marquise ne pouvait pas comprendre; mais le bon Dieu a permis que je tombe dans le même piége qui lui a sans doute été tendu, pour que je vienne me jeter en travers de vos méchants projets. Et j'y suis! Et je vous garantis maintenant qu'ils ne réussiront pas.

— Qu'espérez-vous donc enfin? s'écria la marquise.

— Peu de chose. Je vous l'ai dit : attendre.

— Qui?

— Le roi. Entre deux dangers, il faut choisir le moindre, madame la marquise. L'amour du roi est certainement un danger pour cette pauvre jeune fille, mais, grâce à votre heureuse présence, il va perdre beaucoup de sa gravité. Sa Majesté, devant vous, n'osera pas se porter aux extrémités terribles que pouvait faire craindre ce sommeil factice et subit dans lequel, je ne sais comment, on a plongé la pauvre enfant. C'est vous qui, malgré vous, allez lui servir de protectrice. Aussi je préfère, et de beaucoup, la voir entre les mains de Sa Majesté plutôt qu'entre les vôtres. N'est-ce pas aussi votre avis, madame, et n'est-il pas vrai que vous userez de tout votre ascendant sur l'esprit du roi pour l'éloigner, autant qu'il vous sera possible, de ses nouvelles amours, de même que Sa Majesté veillera de son côté assez sur elle et sur vous pour qu'il vous soit impossible de la faire, comme vous le vouliez, trop complétement disparaître?

La marquise aurait voulu pouvoir rugir.

Une fureur aveugle la suffoquait.

Elle était, et elle se voyait forcée de s'avouer vaincue.

La fausseté de sa situation l'écrasait.

Éperdue, à demi folle d'humiliation, de colère et de peur tout à la fois, elle ne savait que faire, à quel parti s'arrêter.

Rester et attendre le roi, auquel il faudrait expliquer sa présence, et cela devant un témoin implacable et résolu qui n'hésiterait pas à l'accuser et à la dévoiler en face, était aussi imprudent que dangereux.

Louis XV, qui l'avait choisie comme surintendante en chef de ses plaisirs secrets, depuis qu'il avait reconnu qu'elle ne pouvait plus suffire seule à le distraire, n'était pas homme à lui pardonner d'avoir essayé d'entraver ses plaisirs.

D'un autre côté, partir honteusement, laisser cette odieuse femme, qui osait ainsi lui tenir tête, maîtresse d'un champ de bataille qu'elle avait été impuissante à défendre, c'était accepter et subir le plus sanglant affront, la mortification la plus cruelle.

Tout l'orgueil de la favorite se révoltait à cette seule pensée.

Et ce qui la révoltait plus encore que toute autre chose, c'était la désolante conscience de son impuissance, à elle si haute et si puissante.

Elle ne pouvait même pas se venger de l'insolente ennemie qui la plaçait par son audace dans cette déplorable alternative d'appeler sur sa tête la colère du roi en restant, ou de renoncer à ses projets en fuyant lâchement.

Toutes ces pensées contradictoires et pleines d'amertume passèrent en moins d'une seconde dans le cerveau brûlant de madame de Pompadour.

Mais elles ne lui montrèrent aucune issue possible.

Alors, emportée par la colère, elle éclata follement.

— Oh! je me vengerai! s'écria-t-elle en dardant sur Louise un regard chargé de haine et de menace, je me vengerai de vous!

Louise eut un sourire froid et triste.

— Je m'y attends, dit-elle. Mais je fais bon marché de ma personne. Je ne crains rien, car je suis résolue à tout. Cette jeune fille une fois sauvée, je ne ferai rien, je vous le jure, pour échapper à votre vengeance.

Elle s'arrêta un instant.

A son tour, elle fixa sur les yeux de la marquise un regard profond.

— Et cependant, si je voulais, ajouta-t-elle, si je voulais, j'aurais pour me mettre à l'abri de vos vengeances une égide sûre. Il me suffirait d'un mot pour vous enlever, au moins pendant un certain temps, que je pourrais allonger ou raccourcir à mon gré, toute envie de me nuire. Vous me haïriez toujours, je n'en doute pas, vous ne me haïriez que davantage, mais au lieu de me menacer, si je disais ce mot, vous me supplieriez à genoux d'en ajouter un autre, car je crois vous connaître assez pour être sûre que vous donneriez beaucoup, même l'espoir de ne jamais vous venger de moi, pour pouvoir vous venger d'un autre qui vous a offensée plus cruellement que vous ne l'avez jamais été.

— Que dites-vous? s'écria la marquise.

— Je veux dire que je sais, et que je suis seule à savoir le nom de l'homme qui a volé près de vous, il y a deux jours, la place destinée au comte de Lorges.

Louise n'avait ni trop préjugé, ni rien exagéré.

En entendant son dernier mot, madame de Pompadour, oubliant tout, même la présence de Claire, même la crainte de voir tout à coup apparaître le roi, madame de Pompadour s'élança vers elle, et lui saisissant les deux mains dans les siennes :

— Vous savez le nom de cet homme? dit-elle avec un cri de joie.

— Oui.

— Vous le connaissez?

— Oui.

— Où l'avez-vous vu?

— La dernière fois que je l'ai vu, il sortait par la petite porte dérobée de votre ermitage de l'avenue de Saint-Cloud. Il avait un mouchoir de soie sur les yeux, et il était guidé par la main par une femme. Cette femme doit être madame, ajouta Louise en montrant madame du Hausset.

— Et vous êtes certaine de ne pas vous tromper, de l'avoir reconnu?

— Je ne pouvais pas me tromper, car je l'avais vu entrer, et j'ai attendu sa sortie. Je ne pouvais pas me tromper, car cet homme était alors mon amant.

— Votre amant! fit la marquise. Ce n'est donc pas le comte de Lorges qui est votre amant?

— Le comte de Lorges! dit Louise. Non, madame. Je n'ai vu le comte de Lorges qu'une fois, une heure, celle pendant laquelle vous m'avez rencontrée chez lui. Je venais avertir le comte de Lorges de se tenir en garde contre les mauvais projets que je savais formés par cet homme que vous avez reçu. Que j'aime aujourd'hui le comte de Lorges, que je n'ai cependant vu qu'une heure, c'est ce que je ne veux pas nier, c'est ce que j'avoue hautement, car cet amour m'a réhabilitée à mes propres yeux, et s'il ne peut me faire entièrement oublier le passé, il me sauvera dans l'avenir; mais ce que je puis vous jurer, c'est que le comte de Lorges ne m'aime pas, et qu'il ne m'aimera jamais.

— Vous ne me trompez pas? s'écria la marquise.

— Regardez-moi, dit Louise.

Il y a dans l'accent de la vérité et de la franchise quelque chose que l'on ne saurait imiter.

Madame de Pompadour fut persuadée.

Cette femme était bien encore pour elle une rivale, mais ce n'était qu'une rivale malheureuse.

Comme elle, elle aimait le comte, et, comme elle, elle n'en était pas aimée.

La véritable rivale de toutes deux était mademoiselle de Jumery.

Toute la colère de la marquise tomba comme par enchantement.

C'était la jalousie surtout qui la rendait si vive et si violente.

— Vous me direz le nom de ce misérable, n'est-ce pas? fit-elle presque suppliante.

— Oui, répondit Louise, mais à une condition.

— Demandez. Tout ce que vous exigerez, je vous le donne.

— Je ne demande rien pour moi, mais je veux être libre d'emporter sur l'heure, hors de cette maison, cette malheureuse jeune fille.

Louise étendit la main sur Claire.

Un nouveau nuage passa sur le front de la marquise.

— Pourquoi vous intéresser autant à cette fille? dit-elle. Est-elle donc pour vous autre chose qu'une étrangère? La connaissiez-vous avant aujourd'hui?

— Non, répondit vivement Louise, qui comprit tout le danger qu'il pouvait y avoir pour mademoiselle de Jumery à ce que madame de Pompadour la sût là, en sa puissance; non, mais j'ai assisté, cachée, à sa lutte contre les tentatives de Sa Majesté, j'ai découvert, sans qu'elle le sache, tout ce qu'il y a de vertu en elle, et je me suis promis qu'elle sortirait

d'ici aussi pure qu'elle y est entrée. Je veux me tenir ce que
je me suis promis.

— Eh bien ! soit, dit la marquise, prenant franchement son
parti d'une concession qui la sauvait elle-même de la fausse
situation où elle était tombée, vous emporterez ou emmènerez
cette jeune fille où vous voudrez. Je ne vous demande qu'une
chose, dans son intérêt comme dans le mien, c'est de la cacher assez bien pendant quelques jours pour que les limiers
qui seront certainement envoyés sur ses traces ne puissent la
trouver.

— Je vous le promets.

— Alors, ne perdons pas de temps, et faites ce que je vous
demandais tout à l'heure. Portez cette enfant chez moi. De mon
appartement, madame du Hausset, que voici, vous fera aisément gagner la rue. C'est le seul moyen possible de sortir
d'ici, car pour en sortir autrement, il me faudrait m'adresser
à la dame Dominique, qui est maîtresse de cette maison, et
ce serait tout à la fois me compromettre sans profit aux yeux
du roi, et rendre inévitable et certaine une prompte poursuite, qui vous remettrait peut-être avant une heure, toutes
deux, dans les mains des gens chargés de vous poursuivre.

Louise hésitait.

— Ayez confiance, dit la marquise. Je vous jure que je n'ai
pas d'arrière-pensée. Vous êtes libres toutes deux. Je ne vous
demande en échange que le nom du misérable que vous avez
vu sortir de chez moi.

— Si vous me trompez, que Dieu vous punisse, madame !
dit Louise ; moi, je ne vous tromperai pas.

Et elle fit un pas vers mademoiselle de Jumery.

Au même instant, la fenêtre du salon, violemment poussée,
s'ouvrit avec fracas, et un homme, bientôt suivi d'un autre,
se précipita sur le parquet.

— Claire ! s'écria le premier, qui ne vit que mademoiselle
de Jumery et qui s'élança vers elle.

— Le comte de Lorges ! s'écrièrent d'une seule voix madame de Pompadour et Louise éperdues.

XXII

Échec au roi.

Le comte de Lorges, accompagné de Lamazou et du garde-française Jalabert, avait pénétré dans le Parc-aux-Cerfs par le mur de la rue Saint-Médéric.

Guidée par Jalabert, qui avait été plusieurs fois de service au Parc-aux-Cerfs, la petite troupe résolue avait facilement trouvé un endroit sûr pour accomplir son escalade, et avait non moins aisément évité, une fois dans l'enceinte de ce lieu redoutable, les regards et l'attention de la sentinelle placée à l'entrée du petit potager.

Se glissant d'arbuste en arbuste, de massif en massif, profitant de toutes les ombres, les trois hommes n'avaient pas tardé à gagner la façade des deux pavillons principaux, servant le plus ordinairement de retraite aux favorites de passage du sultan de ce harem secret.

Parvenu là, le comte avait eu un instant d'indécision:

Il avait devant lui un vaste bâtiment percé de nombreuses fenêtres et autour duquel courait un large perron de marbre blanc.

Toutes les fenêtres du rez-de-chaussée étaient noires et closes comme s'il n'eût pas été habité.

Toutes les fenêtres du premier étage étaient au contraire éclairées, mais dans une si inégale proportion que le jeune homme en fut frappé tout d'abord.

Sur l'un des côtés tenant à peu près la moitié de la façade, une lueur à peine perceptible passait péniblement à travers les épais rideaux tirés derrière les fenêtres, par les lames égales des persiennes fermées.

Sur l'autre, chacune des fenêtres étincelait.

On eût dit que d'un côté tout était plongé dans le calme et dans le sommeil; que de l'autre tout était éclat et fête.

Et cependant le plus grand silence régnait dans toute la maison.

Les connaissances locales du garde-française s'arrêtaient au seuil de ce bâtiment.

Il n'y avait plus à y compter.

Il fallait maintenant se livrer au hasard.

Les trois hommes avaient alors tenu conseil.

Il avait été décidé que toutes les fenêtres du premier étage seraient explorées et que, pour ne pas perdre un temps trop long à jeter à chacune une échelle de cordes qu'il faudrait déplacer et replacer à chaque instant, le comte, le plus leste des trois, se servirait des épaules de Lamazou comme d'une échelle pour arriver au niveau du premier étage et scruter des yeux et des oreilles tous les appartements.

On ne devait se servir de l'échelle de cordes que lorsqu'il aurait trouvé la retraite où Claire pouvait avoir été cachée, pour lui faciliter, à elle, un moyen de fuite plus rapide et plus sûr.

Le hasard s'était tout aussitôt déclaré en faveur de l'aventureux jeune homme.

La première fenêtre qu'il avait voulu attaquer était celle du petit salon où étaient en ce moment réunies la marquise de Pompadour, Louise et madame du Hausset devant le fauteuil sur lequel reposait Claire endormie.

Cette fenêtre, qui ouvrait sur un balcon de fer ventru, avait été seulement repoussée.

A travers le joint assez large des vantaux on voyait librement tout l'intérieur du salon.

En se dressant sur les larges épaules du colossal Lamazou, le comte, dont la tête arrivait juste au niveau du balcon, avait aperçu aussitôt la jeune fille.

Mais il n'avait vu qu'elle.

Un nuage s'était à l'instant étendu sur ses yeux, et il lui avait fallu, pour ne pas se laisser tomber, s'accrocher instinctivement aux barreaux contournés du balcon.

Il avait vu Claire, mais Claire sans mouvement, inerte, évanouie, mourante, peut-être morte.

Tout n'était-il pas possible? Ne pouvait-on pas tout supposer dans ce lieu maudit?

Le jeune homme, à demi mort lui-même, avait glissé dans les bras de Lamazou.

Une minute après, les crampons garnis de laine de l'échelle, lancés par les bras robustes de celui-ci, étaient accrochés au balcon, et le comte s'élançait sur les échelons.

. Le garde Jalabert le suivait.

Lamazou devait garder le pied de l'échelle et assurer la retraite en la défendant contre tous.

Ni la marquise, ni madame du Hausset, ni Louise n'avaient rien entendu.

L'apparition si imprévue, la présence inouïe du comte dans cette maison, où jamais un autre homme que Louis XV et Lebel n'avait osé pénétrer, eut sur elles l'effet d'un coup de foudre.

Ce fut la marquise qui, la première, recouvra le sens et la parole.

En voyant le jeune homme, sans regarder personne, courir se jeter éperdu aux pieds de cette enfant endormie qu'elle ne connaissait pas, en entendant ce nom de Claire qui s'échappait avec un accent de désespoir de sa bouche, elle devina sur-le-champ que cette Claire et mademoiselle de Jumery n'étaient qu'une même personne.

Mais cette révélation qui, en tout autre moment, l'eût si profondément saisie, la laissa impassible.

Un intérêt plus pressant l'emportait.

C'était la liberté, peut-être la vie de celui qu'elle aimait.

Louis XV était certainement un homme et un roi débonnaire, ennemi des partis extrêmes, éloigné par nature et par goût de tout excès cruel, mais il ne fallait pas toucher à ses plaisirs.

L'égoïsme était la plaie morale de ce roi débauché.

Quel sort ferait-il au téméraire assez osé pour avoir violé et souillé de sa présence le sanctuaire de ses plaisirs secrets?

La marquise jeta un regard rapide à la pendule de Boule du salon.

Elle marquait onze heures et demie.

Et le roi avait dit à Richelieu qu'il serait rendu au Parc-aux-Cerfs à minuit.

Ne pouvait-on pas craindre en outre que, dans son impatience à revoir mademoiselle de Jumery, il ne se décidât à devancer l'heure?

— Malheureux! s'écria-t-elle, comment avez-vous pu, comment avez-vous osé pénétrer jusqu'ici?

Le comte releva la tête.

— Vous, madame, vous! s'écria-t-il au comble de la surprise.

Il aperçut Louise, qui, pour ne pas être vue de lui, s'était jetée effarée derrière madame du Haussel.

— Vous aussi! dit-il.

— Partez! fuyez! s'écrièrent les deux femmes. Le roi va venir; le roi vient!

Le jeune homme n'avait pas entendu.

Il avait pris la main de Claire et il considérait avec anxiété les traits purs et calmes de la jeune fille doucement animés par le jeu régulier de sa respiration.

Au premier abord, poussant ses craintes à l'extrême, il l'avait crue morte, et maintenant il était rassuré; elle n'était pas même évanouie.

La chaude moiteur de sa petite main lui prouvait que, même momentanément et par l'effet d'une syncope, la vie ne s'était pas retirée d'elle.

Évidemment elle dormait.

Mais quel était cet étrange sommeil qui ne s'était pas dissipé à sa présence, que ne parvenait à vaincre ni la pression de sa main, ni le son de sa voix prononçant son nom?

— Claire! appela-t-il de nouveau.

Mademoiselle de Jumery ne fit pas un mouvement.

Le comte se redressa.

— Madame, dit-il à la marquise, vous avez bien voulu, ce matin même, m'assurer de votre bon vouloir pour moi, de votre intérêt bienveillant pour mademoiselle de Jumery. Vos propres paroles m'autorisent à vous demander comment, par quel concours de déplorables circonstances, mademoiselle de Jumery se trouve à cette heure en proie à ce sommeil léthargique, dans cette maison où vous commandez.

Madame de Pompadour baissa les yeux devant le regard fier, rempli d'indignation, du jeune homme.

Elle eut peur de son mépris et voulut se défendre au moins de ce dont elle n'était pas coupable.

— Monsieur, répondit-elle avec feu, je vous jure par tout ce que j'ai de plus sacré, que mademoiselle de Jumery, et c'est vous qui m'apprenez le nom de cette jeune fille que je n'ai jamais vue, je vous jure que mademoiselle de Jumery a été amenée ici à mon insu, que je ne suis pour rien dans l'état où elle se trouve, et qu'au moment où vous avez paru, je m'apprêtais moi-même, et sans la connaître, à l'arracher au danger qu'elle peut courir ici.

Le noble et confiant jeune homme eut comme un remords de ses soupçons et de ses dures paroles.

— Pardonnez-moi, madame, dit-il. Le malheur rend soupçonneux et souvent injuste. Si vous pouviez savoir ce que j'ai souffert ce soir, vous me plaindriez.

Il ramena ses yeux sur Claire.

— Pourquoi dort-elle ainsi? demanda-t-il.

— Ne questionnez pas, répliqua vivement la marquise. Ce sommeil va bientôt cesser, et quand il cessera, mademoiselle de Jumery sera hors de tout danger. Fuyez pendant qu'il en est temps encore. Si Sa Majesté, qui va se rendre ici, vous y trouvait, vous seriez perdu. Personne, pas même moi, ne pourrait vous sauver. Fuyez, si vous ne voulez pas qu'en même temps que vous, mademoiselle de Jumery soit tout à fait perdue.

— Je ne sortirai d'ici qu'en emmenant ou emportant mademoiselle de Jumery, dit résolûment le comte.

— Comment?

— Comme vous le voudrez, madame. Par la voie la plus facile et la plus courte, si vous voulez me l'indiquer; par le chemin que j'ai pris moi-même pour venir, en escaladant fenêtres et murailles, si aucun autre moyen ne m'est offert.

— Ce serait vous perdre tous les deux. Dans cinq minutes, dans un instant peut-être, le roi sera ici. Son premier soin sera de faire courir sur vos traces. Il faut que mademoiselle de Jumery soit emportée d'ici directement chez moi, et sans qu'aucun des serviteurs de cette maison ne le soupçonne. Chez moi seulement elle sera en sûreté.

— Il faut alors, madame, que vous me permettiez de l'y suivre, dit le comte. Maintenant que je l'ai retrouvée, je ne veux plus la quitter.

Madame de Pompadour réfléchit un instant, en regardant alternativement le comte et Claire.

Quelle nouvelle et secrète pensée traversa son esprit à cette proposition du jeune homme de la suivre chez elle? Quelle perspective imprévue venait-elle d'ouvrir à ses yeux?

Elle dissimula un fin sourire, et un éclair de joie aussitôt réprimé passa sous sa paupière baissée.

Le comte ne vit rien de tout cela.

Mais Louise, dont personne ne s'occupait plus et que la marquise elle-même avait presque oubliée, Louise vit le sourire et saisit l'éclair du regard au vol.

Et, à son tour, elle sourit aussi.

La guerre commencée entre ces deux femmes n'était pas encore finie.

— Soit, monsieur le comte, dit la marquise. C'est peut-être le seul et le vrai moyen de vous sauver tous deux. Venez, mais hâtez-vous. Sa Majesté, quand elle se rend ici de nuit, prend toujours le chemin du petit potager; il faut que nous ayons gagné le passage qui mène à mon appartement et qui croise ce chemin avant son arrivée. Hâtons-nous. Madame du Hausset, prenez les devants.

Le comte de Lorges alla vers Jalabert, resté, immobile, au port d'armes, devant la fenêtre.

— Tu as entendu, n'est-ce pas? lui dit-il à voix basse.

— Oui, monsieur le comte.

— Tu vas descendre et rejoindre Lamazou.

— Oui, monsieur le comte, répéta Jalabert.

Le comte parlait à demi-voix.

Il croyait sans doute n'être entendu de personne que du garde-française.

Cependant un cri étouffé partit tout à coup derrière lui.

Le comte se retourna.

Louise était pâle comme une morte et elle se cramponnait au dossier d'un fauteuil pour se soutenir.

Le nom de Lamazou errait encore et expirait sur ses lèvres crispées.

Mais le jeune homme était trop ignorant du passé pour attacher quelque importance à cette émotion extraordinaire.

Il se remit en face de Jalabert et il reprit :

— Va rejoindre Lamazou et rassure-le. Dis-lui que j'ai retrouvé Claire et qu'elle ne court plus aucun danger, puisque je reste près d'elle. Sortez tous deux du Parc-aux-Cerfs au plus vite, et faites en sorte que l'on ne retrouve pas vos traces. Dans une heure, peut-être avant, je serai à l'hôtel.

— Oui, monsieur le comte, dit le soldat.

Il enjamba le balcon et disparut.

Le comte revint.

Lui présent, personne autre que lui ne pouvait se charger de mademoiselle de Jumery.

Il la prit dans ses bras et, précédé par madame du Hausset et suivi de madame de Pompadour et de Louise, il quitta le salon.

La pendule marquait alors minuit moins dix minutes.

Ils étaient sortis par la porte qui deux fois avait livré passage à Louis XV, la première lorsqu'il était venu surprendre Claire, la seconde lorsqu'il s'était retiré, honteusement chassé par la fière et courageuse jeune fille.

Cette porte, derrière eux, était restée ouverte.

Elle donnait sur un vestibule intérieur et secret qui desservait tout le bâtiment neuf du Parc-aux-Cerfs.

En face, dans le salon, une autre porte était aussi restée ouverte.

C'était celle qui le faisait communiquer à la chambre à coucher qui le précédait, celle par laquelle Louise était entrée pour se jeter à la traverse des projets de madame de Pompadour, au moment où madame du Hausset, exécutant ses ordres, allait s'emparer de mademoiselle de Jumery.

Comme la marquise et Louise franchissaient, sinon de front, au moins ensemble, le seuil de la première, un homme, ou plutôt un spectre, tant il était pâle et défait, apparut au seuil de la seconde.

C'était le prince Campiréali.

Ou plutôt le bandit Filippo Gouetti, car dans le personnage aux traits dévastés par le feu des passions les plus violentes, aux vêtements ravagés par la lutte désespérée qu'il avait soutenue une heure auparavant contre le garde Jalabert et par la course effrénée qu'il avait dû faire pour se trouver au rendez-vous de l'homme aux balafres, il n'y avait plus rien qui rappelât l'élégant et charmant prince romain, l'assidu coureur de ruelles des femmes les plus à la mode de la cour.

Il y avait longtemps déjà qu'il était derrière cette porte.

Il y était arrivé presque au moment où celle qu'il venait chercher là, celle de laquelle il avait une si âcre envie de se venger, où Louise la quittait pour s'élancer à la défense de mademoiselle de Jumery.

Entré aux Parc-aux-Cerfs par la petite porte dont le père
jésuite lui avait livré la clef, il s'était aisément dirigé, grâce
aux indications qu'il en avait reçues, à travers le labyrinthe
des jardins et de la maison.

Parvenu dans la partie des bâtiments que lui avait indiquée
le Père comme devant être le lieu d'habitation de Louise, il
avait trouvé son appartement vide, mais, dans le silence de
la nuit, le son des voix l'avait guidé, et tatonnant de porte en
porte, de pièce en pièce, il était arrivé à portée d'entendre
et de voir tout ce qui se passait autour du fauteuil de Claire,
comme un instant auparavant Louise l'avait vu et entendu.

La première impression qui avait alors frappé son cœur
ulcéré de haine et de vengeance avait été une impression
de joie immense, de bonheur ineffable.

Il venait là, au péril de sa vie, dont il avait d'avance fait
le sacrifice, pour y trouver et y frapper à mort, dans les bras
du nouvel amant qu'elle s'était choisi, la femme infidèle qui
l'avait trompé et abandonné; et dès les premiers mots qu'il
put entendre, des que son regard put pénétrer dans la pièce
qu'il avait devant lui, il reconnut et il comprit que cette
femme n'avait été attirée là que par mensonge et par trahison,
et que son plus ardent désir était d'en sortir au plus vite.

Le fantôme d'un amant préféré s'évanouit devant lui; la
jalousie et son noir cortége de vengeances s'enfuirent de
son âme.

Il ne ressentit plus en lui que cet amour désordonné, omnipotent, qu'il avait voué à Louise.

Sa subite disparition s'expliquait du même coup.

Elle ne l'avait pas abandonné; elle lui avait été traîtreuse-
ment enlevée, malgré sa volonté.

N'ayant plus de rival heureux, il ne songea plus à tuer.

Le poignard acéré que lui avait si perfidement donné le
père jésuite à l'adresse de ce rival qui ne devait être autre
que le roi de France, resta au plus profond de son habit, et
il ne pensa plus à l'en sortir.

Une fois encore, quant à présent du moins, les projets régicides des pères de Jésus ne devaient pas réussir.

A partir de cet instant, le prince Campiréali n'eut plus
qu'une pensée : ne pas perdre des yeux celle qu'il aimait et

attendre un moment favorable pour lui faire connaître sa présence et l'enlever.

Mais à mesure que la scène que nous connaissons en vint à se dérouler entre la marquise et Louise, ses idées, sans toutefois s'écarter de celle-ci, prirent peu à peu une autre direction.

A cette première impression qui était toute joie et tout amour, en succéda bientôt une autre toute de rage et de sourdes fureurs.

Cette autre vengeance qu'il avait si habilement préparée, vengeance juste et méritée, celle-là, qui devait perdre à jamais Claire de Jumery en la jetant en pâture à l'amour déshonorant du roi, on discutait devant lui les moyens de la lui enlever, et c'était Louise elle-même qui se faisait le défenseur de Claire.

Louise, la femme qu'il aimait.

Et sa joue, à lui, portait encore l'empreinte livide du fouet de la cravache de cette femme qu'elle voulait sauver!

Quel pouvait être le motif qui poussait ainsi Louise à se déclarer le champion de cette indomptable fille qui l'avait bafoué, raillé, insulté, souffleté?

La connaissait-elle donc déjà?

Ce motif, l'Italien ne devait pas tarder à le connaître.

Et c'était de la bouche même de celle qu'il aimait avec furie qu'il allait l'entendre sortir.

Car la malheureuse, qui ne le savait pas là, et qui, l'y eût-elle su, se serait peut-être exprimée avec la même franchise, la misérable femme n'en faisait pas mystère et l'avouait bien haut et s'en glorifiait.

Il faudrait avoir éprouvé soi-même toutes les horreurs de la plus infernale jalousie, puis être revenu tout à coup à la plus complète confiance, au plus fervent amour, comme il venait d'arriver à l'Italien en acquérant la croyance que Louise ne l'avait pas abandonné de son plein gré, pour comprendre la nouvelle réaction terrible qui s'opéra de nouveau en lui, lorsqu'il entendit Louise avouer son amour pour le comte de Lorges, lorsqu'il l'entendit prononcer, adressées à la marquise, ces accablantes paroles qui ne pouvaient plus lui laisser ni doute, ni espoir:

« Que j'aime le comte de Lorges, c'est ce que je ne veux

« pas nier, c'est ce que j'avoue hautement, car cet amour m'a
« réhabilitée à mes propres yeux et doit me sauver dans l'a-
« venir. »

Ainsi, Louise aimait le comte de Lorges, cet homme deux
fois détesté !

Et elle l'aimait assez pour vouloir sauver, et lui conserver
pure et digne de lui, mademoiselle de Jumery, sa rivale !

Et en agissant ainsi, elle lui arrachait ce bonheur si doux
au cœur d'un Italien, le bonheur d'une double vengeance !

Le prince Campiréali meurtrit sa poitrine sous ses ongles
furieux.

Un instant il eut l'idée de se précipiter dans le salon et de
poignarder Louise, Claire, madame de Pompadour elle-même,
toutes ces femmes qu'il englobait maintenant dans une même
haine.

La crainte de ne réussir qu'à moitié dans cet horrible dessein l'arrêta.

Puis une pensée consolante, consolante parce qu'elle im-
pliquait le malheur de ceux qu'il haïssait, vint le calmer un
peu.

Un mauvais sourire monta même jusqu'à ses lèvres.

Toutes ces femmes qui aimaient le même homme étaient
destinées à ne plus le revoir.

Le comte de Lorges était à la Bastille, et, comme il le lui
avait dit à lui-même, quand on était une fois entré à la Bastille on n'en sortait plus.

Madame de Pompadour seule eût pu, grâce à son immense
pouvoir, lui en faire ouvrir les portes, mais elle ne savait sans
doute pas qu'il y était, et le prisonnier dont la voix ne pouvait dépasser les murs de la forteresse était bien pour toujours dans l'impuissance de l'en prévenir.

La présence du comte faisant irruption dans le salon, et
s'élançant aux pieds de Claire, fut pour lui un coup de foudre
aussi violent que pour la marquise et pour Louise.

Mais ce qui l'anéantit, ce fut la vue de Jalabert, le garde-
française, dont il avait troué la poitrine d'un coup de stylet
une heure auparavant et qui apparaissait à la suite du comte,
droit, ferme, vigoureux, menaçant, prêt à prendre au besoin
une dure revanche.

A partir de ce moment toutes les velléités qu'avait pu avoir l'Italien de se montrer et de se venger sur l'heure et de ses propres mains, s'évanouirent et disparurent.

Lâche comme tous les misérables, et bien que son cœur ulcéré débordât à flots pressés de haine et de soif de vengeance, il n'eut plus dès lors qu'un désir, celui de se retirer prudemment comme il était venu, en remettant à plus tard la formation de ses nouveaux projets et leur exécution.

Seulement, pour agir plus sûrement plus tard, il fallait savoir.

Pour savoir, il fallait entendre.

Le prince Campiréali étouffa sa respiration et son haleine et il écouta.

Il entendit madame de Pompadour accepter la condition que lui imposait le comte de Lorges, de ne plus quitter Claire de Jumery et de l'emporter lui-même dans son appartement.

Il vit le sourire ambigu de la marquise en écoutant cette proposition.

Il surprit le sourire de Louise qui semblait être le complément ou le correctif de celui de la marquise.

Il entendit le cri étouffé, rempli de terreur et de souffrance, échappé à la jeune femme au nom de Lamazou prononcé par le comte de Lorges.

Il devina la profondeur du drame qui devait, tôt ou tard, se jouer entre la marquise et Louise, rivales toutes deux, et placées tout d'un coup en face de leur rivale préférée, en présence de l'homme aimé.

Et pour un esprit subtil et pervers comme celui de l'Italien, rien de tout cela ne devait être perdu.

Il faisait là, dans l'ombre, sa provision d'armes empoisonnées et mortelles.

Ce ne fut que lorsqu'il ne vit et n'entendit plus rien, lorsque le petit salon fut tout à fait vide, qu'il songea à quitter sa place.

Mais pourquoi, au lieu de fuir par où il était venu, entrat-il dans le salon à la suite de ceux qui en sortaient?

C'est qu'une impulsion plus forte que sa volonté l'y poussait malgré lui.

Il obéissait à ce besoin impérieux, irrésistible, qui étreint tous les amoureux, de se rapprocher à tout prix et le plus

14

longtemps possible de l'objet aimé, de respirer de plus près l'air qu'il a respiré, de humer dans les lieux qu'il a habités, ne fût-ce qu'un instant, les douces émanations qu'il y a laissées.

Car le misérable trompé, trahi et délaissé, le jaloux furieux, certain de ne plus être aimé, ne pouvait pas ne plus aimer celle qui ne l'aimait plus.

Étrange aberration du cœur ! Il abhorrait Louise et il l'adorait ! Il eût voulu la tuer et il se fût tué pour elle !

Cet amour féroce et irraisonné était sa punition sur terre.

La profondeur des vues de Dieu est impénétrable.

Le bandit criminel expiait peut-être dès à présent, dans les tortures de cet amour, ses crimes jusqu'alors impunis.

Un bruissement d'étoffe, un pas lourd et prépondérant faisant crier les feuilles du parquet sous les épais tapis de moquette, le tirèrent tout à coup de l'espèce d'absorption extatique dans laquelle il restait plongé.

Il n'eut que le temps de se rejeter en arrière derrière la porte de la chambre, qu'il attira sur lui.

Louis XV apparaissait au seuil de l'autre porte.

Nous savons dans quelle disposition d'esprit devait se trouver le roi.

Ses confidences intimes au duc de Richelieu se sont chargées de nous l'apprendre.

Louis XV, le sultan souverain du Parc-aux-Cerfs, honteusement repoussé par mademoiselle de Jumery, venait tenter une nouvelle et suprême démarche pour essayer de vaincre cette si extraordinaire vertu qui avait osé lui résister.

Dominé, asservi pour la première fois de sa vie par cette vertu à laquelle les pourvoyeurs de ses plaisirs ne l'avaient pas habitué, il venait, plus amoureux qu'il ne l'avait jamais été, mais amoureux timide, lui faire amende honorable, déposer à ses pieds sa majesté et sa toute-puissance, implorer humblement le pardon de tout ce qui, en lui, avait pu froisser ses plus délicates susceptibilités, et lui offrir, en échange de ce pardon qu'il osait à peine espérer, une adoration respectueuse et craintive.

Quel rôle nouveau pour un homme et pour un roi comme Louis XV !

Mais Louis XV avait cinquante ans et il était amoureux, et

un amoureux de cinquante ans, fût-il roi, est capable de tous les rôles.

Son premier regard, en entrant dans le salon où il avait laissé mademoiselle de Jumery, en fouilla aussitôt toute l'étendue.

Il le trouva vide.

Mais il ne ressentit de cette absence de la jeune fille ni surprise, ni inquiétude.

Éveillée du long et lourd sommeil dont elle avait été saisie si brusquement dans ce salon, elle avait pu et dû vouloir changer d'appartement.

Louis XV se dirigea alors vers la chambre à coucher, et, discret comme un écolier, il frappa du doigt deux légers coups à la porte entr'ouverte.

Personne ne lui répondit.

Il entra.

La chambre à coucher était déserte comme le salon.

Le lit, intact, n'avait pas été touché.

Le roi revint dans le salon, le traversa et ouvrit la porte de la salle à manger.

La jeune fille, fatiguée d'un jeûne trop prolongé, avait pu renoncer à garder rancune au somptueux souper qui lui avait été servi, et se décider à calmer sa faim par quelque fruit ou quelque pâtisserie.

La salle à manger était déserte comme la chambre et comme le salon.

— Aurait-elle fui, comme elle m'en a menacé? murmura Louis XV, qui pâlit à cette pensée, et qu'une émotion violente arrêta pour un instant au seuil de la porte.

Mais il réfléchit et se rasséréna.

— On ne peut pas s'enfuir du Parc-aux-Cerfs, se dit-il avec un sourire heureux et confiant.

Et certain que mademoiselle de Jumery n'avait pu s'échapper, qu'elle était sans doute cachée dans quelque réduit d'où elle le regardait malicieusement se fatiguer à sa recherche, et qu'il allait inévitablement la trouver, il se mit à regarder sous les tapis des tables, derrière les grandes glaces à pivot, derrière les épaisses portières des portes et des fenêtres.

Ses recherches furent vaines longtemps.

Enfin son regard inquiet, errant à l'aventure, rencontra sur le sol du salon un objet de forme particulière dont la nuance pâle tranchait sur les rosaces sombres du tapis.

Il se baissa et le ramassa.

C'était un gant de castor souple, parfumé d'un parfum inconnu.

C'était le gant d'un homme.

Un homme s'était introduit au Parc-aux-Cerfs !

Un homme était venu en enlever Claire !

Louis XV éprouva un des plus violents mouvements de colère qu'il eût éprouvés depuis bien des années.

Ses valets, ses courtisans et ses maîtresses lui faisaient à l'envi une vie si douce en se courbant devant toutes ses volontés !

Il saisit un cordon de sonnette et le secoua frénétiquement.

L'appel était si péremptoire et trahissait si bien l'impatience du maître, que ce ne fut pas seulement la chambrière affectée au service qui accourut au bruit.

La vénérable matrone qui, sous les noms de madame Bertrand ou de madame Dominique, remplissait si dignement par substitution les honorables fonctions de maîtresse de la maison, et maître Lebel, qui se trouvait en ce moment en consultation auprès d'elle, accoururent également.

La colère de Sa Majesté était d'autant plus effrayante qu'elle était plus froide et plus calme.

Louis XV n'adressa un reproche ni à Lebel, ni à madame Bertrand.

Après leur avoir dévoilé en deux mots nets et tranchants la disparition et la fuite de mademoiselle de Jumery, il leur donna ses ordres.

Il s'agissait avant tout de voir et de s'assurer si cette fuite était tout à fait accomplie et s'il n'était pas encore temps de l'empêcher.

En un instant tout le personnel du Parc-aux-Cerfs fut sur pied.

Tous les appartements furent visités.

Le jardin fut fouillé jusque dans ses moindres recoins.

Les appartements ne fournirent aucun indice.

Mais le jardin abonda en preuves convaincantes.

On y avait retrouvé les traces des pas de plusieurs hommes ; les murs portaient encore les marques d'escalades, et en outre, une petite porte basse percée dans l'épaisseur du mur de la rue Saint-Médéric, et qui depuis dix ans peut-être n'avait pas servi, avait été précisément ouverte cette nuit.

Quant aux ravisseurs et à la fugitive, ils avaient disparu.

Pendant tout le temps qu'avaient duré ces recherches, Louis XV, sombre et muet, n'avait pas quitté le petit salon où il se promenait avec une agitation fébrile :

Quand il eut écouté et entendu le rapport que Lebel, l'oreille basse et le cœur tremblant, vint lui faire du résultat des investigations auxquelles il sortait de se livrer :

— Je vous donne vingt-quatre heures pour retrouver cette jeune fille, lui dit-il. Voyez l'heure à cette pendule. Il est une heure du matin. Demain, à pareille heure, vous saurez où elle se trouve, et à mon lever vous me le ferez connaître.

Lebel frissonna et s'inclina consterné.

— Surtout, ajouta le roi, plus sévèrement encore, n'allez pas au delà, et prenez garde qu'il faut qu'elle ignore vos démarches et celles de vos agents. Rappelez-vous que si quelqu'un manque à tout le respect qui lui est dû, il pourrira au Châtelet.

Et il tourna le dos au valet de chambre.

— Quant au propriétaire de ce gant, murmura Louis XV en reprenant à grands pas le chemin du palais, et en tournant et retournant dans ses doigts le gant qu'il avait ramassé sur le tapis du salon, c'est M. de Sartines, mon lieutenant de police, que je chargerai de le trouver. Celui-là, je le jure, mourra à la Bastille, quand il serait prince du sang.

A ce même moment, madame de Pompadour se retrouvait seule dans sa chambre à coucher avec madame du Hausset et lui disait :

— Vous avez raison, du Hausset. Je suis une folle, mais une folle qui conserve sa tête. J'aurais dû la perdre vingt fois cette nuit, et j'en suis arrivée à réussir dans tout ce que je désirais. Mademoiselle de Jumery est en ma puissance. Ni Lebel, ni le lieutenant de police, s'il prend à Sa Majesté l'envie de s'en servir, ne la découvriront dans mon ermitage de l'avenue de Saint-Cloud, où le comte de Lorges vient de la conduire. Le plus pressant du danger est écarté. Je connais le roi ; les difficultés l'irritent et l'enflamment, mais il est trop

14.

égoïste pour avoir longue mémoire et longs regrets. Dans huit jours, la vue de cette fille qui l'a bouleversé aujourd'hui n'aura sur lui aucun effet. Aujourd'hui, si on la lui avait laissée, c'eût peut-être été une passion ; dans huit jours ce ne sera qu'un caprice. Qui sait si je ne serai pas la première à la lui offrir moi-même dans huit jours ? Ne serait-ce pas le moyen le plus sûr d'en détacher le comte ? Je vous dis, ma chère, que tout s'est arrangé au mieux de mes souhaits, comme je n'aurais pu l'espérer. Voyez cette femme insolente, cette sorte d'ouvrière, qui a commencé par vouloir me résister et qui consent à rester auprès de mademoiselle de Jumery, en prison dans mon ermitage, de telle sorte que je vais avoir mes deux rivales, ensemble, sous ma main. Et remarquez cet heureux hasard qui permet que cette femme puisse et veuille me faire connaître le misérable dont j'ai été le jouet toute une nuit, pour que je puisse m'en venger moi-même.

— Prenez garde, madame, observa gravement madame du Hausset, prenez garde à cette femme.

— Elle est dans mes mains, ma chère. Je la briserai dès que je le voudrai, dès que je n'aurai plus rien à en tirer. Laissez-moi faire. Aujourd'hui, en enlevant mademoiselle de Jumery au roi, j'ai conjuré ma perte, et, en la conjurant, j'ai assuré l'exécution de la promesse que je me suis faite ce soir, en présence de Richelieu, de faire signer à Sa Majesté, avant demain, l'arrêt du Parlement qui chasse de France mes plus ardents ennemis, les pères jésuites. Sans notre visite au Parc-aux-Cerfs, le roi y serait resté. N'y trouvant plus ce qu'il y allait chercher, il va me revenir. Il ne peut se décider à rester seul. Après la grande colère dans laquelle il a dû se mettre, il aura besoin de consolations, et c'est auprès de moi qu'il les viendra chercher. Demain matin l'arrêt sera signé. Et si la menace que les bons pères sont venus faire ce soir à Richelieu d'envoyer ma lettre au roi s'exécute, elle aura toujours moins de force partant d'un ennemi à terre. Vous comprenez cela, n'est-ce pas, du Hausset ? Bien, maintenant déshabillez-moi. Je vais attendre le roi en songeant au comte.

Moins d'un quart d'heure après, comme la marquise venait de l'affirmer, Louis XV, arrivant du Parc-aux-Cerfs, triste, ennuyé et colère, entrait dans sa chambre à coucher.

Madame de Pompadour achevait à peine de se coucher.

Elle n'avait pas encore eu le temps de beaucoup songer au comte de Lorges.

XXIII

La place du Collége Louis-le-Grand.

Le lendemain, un spectacle redouté depuis longtemps des uns, attendu et espéré depuis longtemps des autres, était offert aux Parisiens, qui s'en amusaient à cœur joie.

L'arrêt d'expulsion des pères jésuites, rendu par le Parlement depuis quatre mois et signé du roi de la veille, était mis à exécution.

On voit que la marquise s'était tenu ce qu'elle s'était promis à elle-même, et que les consolations qu'elle avait su donner à son royal amant désolé avaient été de quelque poids sur la faible volonté de celui-ci.

Louis XV avait dû oublier une grande partie des charmes de Claire de Jumery dans les bras de madame de Pompadour, pour en arriver si promptement, des spéculations éthérées de ce qu'il croyait être un amour vrai, aux préoccupations positives de la politique.

Ce qu'il y avait de certain, c'est qu'il y était arrivé.

L'arrêt avait été signé.

Et la vindicative marquise n'avait pas perdu de temps à s'en servir.

C'était surtout aux abords de la maison professe des jésuites et du collége Louis-le-Grand, leur principale maison, que le spectacle était le plus animé et le plus divertissant.

Les Parisiens de tous les temps n'ont jamais beaucoup aimé les jésuites.

Le caractère tors et les allures fourbes des disciples du cauteleux saint Ignace ne peuvent sympathiser avec le caractère ouvert, l'esprit léger, frondeur, narquois et essentiellement franc de l'enfant de Paris.

Au milieu du dix-huitième siècle, cet antagonisme était peut-être plus marqué qu'il ne l'avait jamais été, et qu'il ne l'a été depuis.

Les idées philosophiques, écloses des œuvres des encyclopédistes, étaient encore fraîches; rien ne les avait encore usées, rien n'avait encore réussi à les étouffer.

Aussi les groupes compacts qui stationnaient devant les maisons que les pères et leurs adhérents devaient vider dans le délai le plus court étaient-ils, sinon menaçants, au moins très-évidemment hostiles.

Les cris et les rumeurs qui s'en élevaient ne laissaient aucun doute à cet égard.

De temps à autre il en partait une menace, mais le plus souvent c'étaient des chansons, des épigrammes, des bons mots, des quolibets qui en jaillissaient.

L'un rappelait en riant que la défense des bons pères au Parlement avait été confiée à un avocat nommé *Domine.*

Et un autre repartait à l'instant, en faisant allusion aux complots régicides de la compagnie, que la seule réplique que l'on aurait dû faire à cet avocat était ce peu de mots consacrés : *Domine salvum fac regem.*

Un troisième chantait à tue-tête ces quelques vers d'une chanson de nouvelle fabrication sur la clôture du collége :

> Vous ne savez pas le latin :
> Ne criez pas au sacrilége
> Si l'on ferme votre collége,
> Car vous mettez au masculin
> Les mots qui sont au féminin.
> Vous ne savez pas le latin.

Un autre rappelait à son tour que le rapport déterminant contre la société de Jésus avait été fait au Parlement par l'abbé Chauvelin, qui était bossu.

Et à l'instant une vingtaine de voix de répéter en chœur le distique suivant, auquel avait donné lieu une assez singulière coïncidence :

> Que fragile est ton sort, société perverse !
> Un boiteux te fonda, un bossu te renverse.

On sait qu'Ignace de Loyola, le fondateur des jésuites, était boiteux.

Un dernier trait complétait la physionomie de cette manifestation des Parisiens contre les jésuites, enfin renversés.

Quelques marchands de la foire Saint-Ovide, ouverte précisément ce jour-là, avaient imaginé de confectionner de petites figures habillées en jésuites, et qui avaient pour base une coquille d'escargot, emblème ingénieux de l'esprit subtil et entortillé de ces pères. A l'aide d'une ficelle on faisait rentrer la figure dans sa coquille et on l'en faisait sortir.

Ces pantins de nouvelle espèce avaient fait aussitôt fureur.

On se les arrachait, et les marchands ne suffisaient pas à en faire.

Chacun dans la foule avait son jésuite en coquille dans la main, et le faisait jouer à qui mieux mieux.

Devant la porte du collége de Louis-le-Grand, l'animation était plus grande que partout ailleurs.

Elle était expliquée et justifiée par la vue d'un large placard blanc affiché sur l'entrée principale, et que chacun, pressant, poussant et culbutant, voulait lire à son tour.

Ce placard, tout parisien, était ainsi conçu :

« Ici, la troupe de Saint-Ignace donne aujourd'hui, lundi, « pour sa dernière représentation, *Arlequin jésuite*, comédie « en cinq actes, du père Du Plessis, suivie des *Faux bruits de* « *Loyola*, par le père Lainez, petite comédie en un acte; pour « divertissements, le *Ballet portugais*; en attendant le *Triom-* « *phe de Thémis*. »

La foule sur ce point était considérable.

Elle se composait un peu de tout.

On y voyait des clercs, des gens du peuple, des femmes des marchés Maubert et Saint-Germain, des courtauds de boutique, des gens en robe, des bourgeois, voire même des abbés en petit collet.

La cohue, en s'agglomérant, avait peu à peu envahi la petite place demi-circulaire qui faisait face au collége, et était venue battre de son flot mouvant la boutique d'un cabaret situé à peu près au centre du demi-cercle.

Mais comme elle tendait incessamment à se rapprocher du fameux placard que tout le monde voulait lire, il y avait des instants où le devant du cabaret devenait tout à fait libre, pour être réoccupé quelques instants après.

Ce mouvement de va-et-vient, indépendant de la volonté de chacun, paraissait violemment contrarier un individu qui se tenait debout dans une petite salle du cabaret, derrière la grille d'une fenêtre de laquelle il regardait la place.

Cet individu, un jeune homme, était très-simplement vêtu d'un habit, d'une veste et d'une culotte en camelot gris.

Il avait des souliers à boucles et portait un chapeau rond.

Tout en lui, au moins quant au costume, dénotait le petit commis en habit de dimanche.

Ce n'était, toutefois, rien moins qu'un commis.

C'était le prince Campiréali.

Mais le prince Campiréali déguisé admirablement, et véritablement méconnaissable.

Une fois sorti du Parc-aux-Cerfs, d'où il avait réussi à s'échapper avec plus de bonheur que n'en aurait eu un honnête homme, l'Italien avait sagement pensé que sa sûreté allait pour quelque temps se trouver gravement compromise, s'il osait affronter, en rentrant à Versailles, tous les ennemis qu'il s'était faits.

Le premier et le plus inévitable des dangers qu'il pouvait courir, était un duel avec le comte de Lorges, qu'il croyait à la Bastille et qu'il venait de voir aussi libre que lui.

Or, ce duel qu'il eût fort redouté d'ailleurs en tous temps, il ne voulait maintenant à aucun prix en courir les risques.

C'eût été compromettre toutes ses vengeances à la fois.

Et ce n'était pas au grand jour, et sur un seul, que Filippo Gouetti entendait se venger.

Puis, à côté du comte, se trouvait Jalabert, dont il avait eu la veille même l'occasion d'apprécier la redoutable vigueur, et qui allait certainement se mettre de nouveau à sa recherche, pour le tuer cette fois comme un chien, s'il parvenait à le rencontrer.

Puis, derrière ces deux là, et plus à craindre à elle seule que tous les autres, arrivait la marquise de Pompadour, à qui Louise avait promis de dévoiler le nom de l'homme dont elle avait été tout une nuit le jouet et la victime, et qui, dès qu'elle le connaîtrait, devait promptement en tirer vengeance.

Il fallait d'abord éviter tous ces dangers.

Pour les éviter, le prince Campiréali avait tout aussitôt quitté Versailles.

Il fallait ensuite prévenir toutes ces vengeances en se vengeant le premier.

Le prince espérait y parvenir.

Il espérait mieux encore.

Il espérait, après s'être vengé, échapper à tous ses ennemis.

Mais pour mener à bonnes fins l'exécution de ces divers plans, une première condition était indispensable.

Et cette condition était une nouvelle rencontre avec ce mystérieux protecteur qui depuis dix ans l'avait servi dans l'ombre, et qui s'était si inopinément révélé à lui il y avait à peine deux jours.

On comprend qu'il s'agit de l'agent accrédité du général des jésuites, du Père, autrefois chevalier de Cubizol.

Cette rencontre présentait d'assez grandes difficultés.

Où le chercher? Où le trouver?

Jusqu'alors il avait toujours surgi tout à coup, il était arrivé à l'improviste, et il s'était toujours effacé sans laisser de traces, sans qu'il fût possible de rattacher à sa présence aucune indication de nature à pouvoir le faire découvrir de nouveau.

Mais le prince Campiréali était trop Italien pour n'avoir pas démêlé, dans les allures de l'étrange personnage, quelques-uns de ces indices significatifs qui dénotent, malgré qu'ils en fassent, les affidés de la compagnie de Jésus.

Le révérend père Cubizol avait encore beaucoup du mousquetaire, mais il avait encore beaucoup plus du révérend.

L'Italien, partant de ce point acquis, avait habilement calculé que la seule chance qu'il pût avoir de retrouver son protecteur aux balafres, était de garder à vue la principale maison des jésuites à Paris, c'est-à-dire le collége de Louis-le-Grand.

Et, dès le point du jour, il était à son poste dans la salle basse du cabaret qui, au fond du centre de la place, faisait face à l'entrée principale.

Caché à la fois par l'épais grillage en fil de fer qui protégeait la fenêtre et par les rideaux de coton rouge qui la garvissait à l'intérieur, il avait suivi, avec un intérêt croissant, tous les épisodes de la scène qui se passait sur la place ce matin-là.

Il avait entendu les cris de joie de la foule applaudissant l'arrêt du Parlement qui chassait la compagnie de Jésus du royaume de France, et, dans cette circonstance imprévue, il avait vu aussitôt une chance de plus de réussir dans son dessein.

Le collège des jésuites devant être vidé de suite, il était, pensait-il, impossible que celui qu'il cherchait ne vînt pas tôt ou tard à passer sous ses yeux.

L'heure cependant avançait et personne encore n'avait franchi le guichet de la porte.

L'Italien, au comble de l'anxiété, commençait à désespérer.

Et, comme nous l'avons dit, chaque mouvement de la foule, se rapprochant ou s'éloignant de la fenêtre derrière laquelle il était à l'affût, l'impatientait outre mesure, car alors qu'elle venait se briser devant lui, elle interceptait à son regard avide les abords du collège.

Dans un de ces mouvements de va-et-vient qui n'étaient d'ordinaire que de courte durée, deux individus, poussés vers le cabaret, au lieu de s'en éloigner pour suivre le flot comme avaient fait tous ceux qui les avaient précédés, restèrent au contraire collés au mur, précisément en travers des regards du prince.

Ces deux personnages qui portaient un habit à peu près de la même coupe en ratine marron, des culottes pareilles, des bas de grosse laine, des souliers à boucles plates et des tricornes en feutre, avaient au premier abord l'apparence débonnaire de deux bons et honnêtes marchands du quartier du Temple ou Saint-Martin.

Ils n'en avaient que l'apparence.

L'un d'eux était le révérend père supérieur des prêtres du Calvaire.

L'autre, le religieux cordelier qui était venu l'avant-veille réclamer l'hospitalité au couvent du Calvaire, le compagnon sentimental du père supérieur dans cette promenade nocturne qu'il avait faite ce soir-là à travers les vignes du couvent, du sommet du mont vers Suresnes, du côté de la petite maison qui servait de lieu de rendez-vous à l'agent secret du général.

Et nous savons, le père Cubizol s'est chargé de nous l'apprendre, que sous ce personnage d'emprunt de moine cordelier, se cachait le père provincial des Jésuites.

La présence de ces deux individus paraissant vouloir prendre racine à deux pas de lui, comme s'ils eussent été déterminés d'avance à lui boucher, pour un temps indéfini, la vue de ce qui se passait sur la place, porta à son comble l'exaspération de l'Italien.

Mais en fin de compte, comme la place appartenait à tout le monde, il ne pouvait songer à les prier d'aller plus loin.

Faisant de nécessité vertu, il approcha une table de la fenêtre et y monta pour que son regard pût passer librement par-dessus le tricorne des deux gênants personnages.

Ainsi placé, sa tête atteignait au niveau de l'imposte qui, dégarni de rideaux et laissé ouvert, lui permettait de dominer la place beaucoup mieux qu'il ne pouvait le faire auparavant.

Cet avantage n'était pas le seul qu'il dût trouver dans ce changement de position.

La voix des deux bonshommes, bien qu'elle fût contenue et basse, comme celle de gens ne tenant pas à être entendus de voisins indiscrets, arriva à ses oreilles parfaitement nette et distincte.

Machinalement il écouta.

— Ainsi, disait le révérend père cordelier, vous ne savez rien de plus depuis que je vous ai quitté cette nuit vers deux heures ?

— Non, répondit le père supérieur, j'ai veillé jusqu'au matin, jusqu'au moment où je suis venu vous trouver, et je n'ai pas revu le signal qui devait nous rappeler dans la maison où nous l'avons vainement attendu.

— Le reverrons-nous maintenant ? Ne craignez-vous pas qu'il n'ait pénétré nos intentions secrètes en ce qui le concerne ?

— Impossible.

— Que quelque chose des ordres que nous avons reçus du général à son sujet ne soit arrivé jusqu'à lui ?

— Impossible, vous dis-je.

— Enfin qu'il n'ait, à votre insu, connaissance de ce gouf-fre mystérieux que l'on peut ouvrir sous ses pas dans la pe-tite maison de Suresne?

— Le frère de notre couvent qui l'a construite est un homme éprouvé.

— Je le veux bien, mais le père Cubizol a une police s bien faite !

— Je ne crains rien de tout cela, dit le père supérieur avec assurance.

— Alors, comment expliquez-vous qu'il ne soit pas venu cette nuit au rendez-vous qu'il nous avait donné? lui de-manda son compagnon.

— Je ne puis rien expliquer, mais j'ai la certitude que tout n'est pas fini entre nous et que nous le reverrons ; et, si nous devons le revoir, c'est ici, sur cette place.

— A moins que reconnaissant enfin que tous ses projets, pour empêcher la promulgation de cet arrêt qui nous chasse, sont définitivement avortés, il ne se soit empressé de fuir.

— Je ne le crois pas homme à fuir. Il voudra lutter jus-qu'au bout et nous donnera de lui-même les moyens d'exécu-ter les ordres du général.

— Oui, s'il réussit, il faut qu'il meure pour qu'il n'ait pas la tentation de profiter de son succès.

— Et s'il échoue, il faut qu'il meure pour avoir échoué.

— Pensez-vous qu'il ait l'imprudence de se montrer ici, au milieu de cette foule ?

— Pourvu qu'il garde son visage découvert, quelque dégui-sement qu'il ait, du reste, nous le reconnaîtrons. Les horribles cicatrices qui le défigurent ne peuvent appartenir à deux hommes.

— Dieu vous entende!

Il n'y avait dans le commencement de cette conversation rien de bien intéressant pour l'Italien, mais au dernier mot, il fit un haut le corps de stupéfaction.

Ces horribles cicatrices, qui ne pouvaient appartenir qu'à un seul homme, ne pouvaient appartenir qu'à son mystérieux protecteur.

Ces deux hommes attendaient évidemment celui qu'il atten-dait lui-même.

En ce moment, un nouveau mouvement se produisit dans la foule.

Un carrosse de la dernière élégance, attelé de deux chevaux, parut à l'angle de la place.

Un homme, en habit de cour, était seul dans ce carrosse.

A sa vue, les deux hommes qui venaient d'échanger les quelques mots que l'Italien avait entendus, se précipitèrent en avant.

Ils avaient reconnu le père Cubizol.

L'Italien, lui aussi, l'avait reconnu.

Mais pour arriver sur la place il lui fallut sauter en bas de la table, traverser la salle puis la boutique du cabaret.

Quand il fut sorti, le carrosse était parti et avait disparu.

Mais le père supérieur et son acolyte étaient restés.

Une scène rapide avait eu lieu entre eux et le propriétaire du carrosse.

En les apercevant, celui-ci avait fait arrêter ses chevaux et, comme il s'approchait, il les avait appelés à haute voix.

— Bonnes gens, leur avait-il dit du ton dégagé d'un grand seigneur d'humeur joyeuse, que diable se passe-t-il ici et quelle mouche vous pique tous de vous tenir ainsi, criant et braillant sur cette place? renseignez-moi donc sur cela, je vous prie.

— C'est l'arrêt d'expulsion des Jésuites qu'on va mettre à exécution, répondit le père supérieur en venant, suivi de son compagnon, se ranger près de la portière ouverte.

— Bravo! vive le Parlement! s'écria l'homme au carrosse.

La foule tout entière répéta ce même cri.

Il se pencha hors du carrosse comme pour remercier la foule, mais en réalité pour laisser tomber dans l'oreille des deux compagnons, ces quelques mots rapidement prononcés :

— Ce soir, à la nuit, où vous savez !

Les deux compagnons se reculèrent.

— Touche, Lafleur, cria l'homme au carrosse à son cocher en se rejetant sur la banquette.

Le cocher piqua ses chevaux et le carrosse disparut.

Le prince Campiréáli venait d'apparaître sur la place.

Il n'avait rien entendu, mais il avait eu le temps de reconnaître que quelques mots avaient été échangés, entre l'homme au carrosse et les deux personnages dont il avait surpris la conversation.

Courir après le carrosse, était chose à laquelle il ne fallait pas songer.

L'Italien se rapprocha sans affectation des deux hommes.

Son costume de courtaud de boutique, ses allures, qu'il sut rendre gauches à plaisir, ne devaient pas appeler l'attention.

Procédant du connu à l'inconnu, certain qu'il existait quelque lien occulte entre l'homme aux balafres et ceux qu'il suivait maintenant, il ne doutait pas que d'une façon où d'une autre, ces derniers ne le missent promptement sur les traces du premier.

L'événement devait justifier ses prévisions.

Le père supérieur et le père provincial s'éloignaient à présent à pas lents.

— Vous le voyez, disait le père supérieur, le rendez-vous n'est que reculé et nous retrouverons l'occasion remise à notre petite maison de Suresnes; jusque-là prenons patience et rentrons au couvent. Nous n'aurons plus que nos vignes à descendre pour être tout portés au rendez-vous.

Le prince Campiréali n'en put entendre davantage.

Les deux pères avaient doublé le pas.

Mais il en avait suffisamment entendu.

Il savait maintenant que, pour connaître tout ce qu'il avait intérêt de connaître, il n'avait plus qu'à les suivre en aveugle.

Un mauvais carrosse de louage attendait les deux pères au détour d'une rue déserte.

Ils y montèrent, et le véhicule s'ébranla.

Le prince Campiréali, en face de la nécessité, mit de côté toute vergogne.

Il se souvint du temps où il n'était que Filippo Gouetti et il sauta lestement sur le marchepied de derrière.

Ni les possesseurs du carrosse, ni le cocher ne remarquèrent ce surcroît de compagnie; les chevaux seuls, de pauvres rosses efflanquées, s'aperçurent de l'incident, mais comme elles ne pouvaient réclamer, elles se turent.

Le véhicule traversa Paris, puis suivit l'avenue de Neuilly, passa le pont, et, après avoir longé au bord de la rivière les villages de Puteaux et de Suresnes, vint s'arrêter à l'extrémité de celui-ci au pied du coteau grimpant vers le Calvaire.

L'Italien avait deviné au ralentissement de la marche, que la voiture n'allait pas tarder à s'arrêter.

Il avait mis pied à terre quelques minutes à l'avance, et, blotti derrière le tronc d'un saule, il assista au débarquement de ses deux compagnons de route.

Il vit les deux pères sans défiance jeter en passant un regard furtif sur la petite maison isolée, puis s'engager lentement dans les vignes du couvent.

Le carrosse avait tourné bride et regagnait Paris.

Quand l'Italien fut seul, il sortit de sa cachette.

— Voilà le lieu du rendez-vous, se dit-il, en regardant à son tour la petite maison; je suis certain, ce soir, d'y retrouver mon homme. Occupons-nous maintenant des autres.

Il gagna rapidement Saint-Cloud, entra dans la première auberge qu'il rencontra, et après s'être fait servir un déjeuner de commis en goguette, il écrivit une courte lettre que l'hôtelier, bien payé, se chargea de faire porter à l'instant à destination.

Cette missive, que le prince Campiréali recommanda particulièrement au messager, était adressée à M. Lebel, premier valet de chambre de Sa Majesté Louis XV.

XXIV

Où le comte de Lorges est très-surpris de reconnaître que madame de Pompadour n'est pas une sainte.

Le sommeil léthargique de mademoiselle de Jumery avait duré longtemps.

Enlevée dans les bras robustes du comte de Lorges, elle avait été rapidement transportée, par le passage souterrain qui conduisait du Parc-aux-Cerfs à l'intérieur du château, dans les appartements particuliers de madame de Pompadour.

Mais il n'était ni dans les intérêts, ni dans les intentions de la marquise de la garder longtemps là.

La retraite eût été peu sûre, pour la faire échapper aux premières recherches du roi.

Elle eût d'ailleurs été beaucoup trop compromettante pour la marquise elle-même.

Aussi l'habile favorite lui en avait-elle à l'avance, dans son esprit, choisie une autre.

C'était son ermitage de l'avenue de Saint-Cloud.

L'ermitage dans lequel la marquise ne faisait que de courtes et rares apparitions, avait un personnel de valets peu nombreux, mais d'une discrétion à toute épreuve.

Claire devait se trouver là plus en sûreté, à son point de vue, que dans le couvent le mieux gardé.

Madame de Pompadour n'avait eu que peu d'efforts à faire pour convaincre le comte de Lorges de l'impérieuse nécessité d'accepter, ne fût-ce que momentanément, pour mademoiselle de Jumery, cet asile inviolable pour tous, même pour Sa Majesté Louis XV.

Le confiant jeune homme l'avait non-seulement accepté, mais il avait encore témoigné chaudement sa reconnaissance à la marquise.

Les mesures les plus promptes avaient aussitôt été prises et arrêtées.

Madame du Hausset, qui, depuis quelques jours, se voyait chargée par sa maîtresse de corvées plus ou moins épineuses, partit aussitôt, à défaut de toute autre personne pouvant être mise dans la confidence, pour faire venir de chez le comte un carrosse ou une chaise qui pût recevoir Claire à sa sortie du château.

Cette voiture ou cette chaise devait être laissée en face de la cour des petites écuries, mais à une distance assez grande du château pour qu'elle ne pût éveiller l'attention.

Quelques instants après, la femme de chambre était de retour.

Le carrosse du comte était à son poste.

Claire, toujours portée par le comte, suivi de Louise et escorté par madame du Hausset qui devait veiller à ce que leur sortie n'éprouvât aucune difficulté, fut portée dans le carrosse.

Moins d'un quart d'heure après, les portes de l'ermitage se refermaient sur eux.

Madame du Hausset, après avoir procédé de la façon la plus délicate à l'installation de la jeune fille, était alors revenue vers sa maîtresse.

Le comte, Claire et Louise étaient demeurés seuls.

A l'heure que Louis XV avait fixé au duc de Richelieu comme devant être celle où l'action des vapeurs soporifiques qui avaient provoqué chez la jeune fille son étrange sommeil, devait, en cessant tout à coup, lui rendre le sentiment de l'existence, c'est-à-dire un peu après minuit, Claire se réveilla.

Son premier regard, encore chargé des lourdeurs de l'opium, ne vit d'abord rien autour d'elle; puis, peu à peu, le voile se dissipant à la fois devant ses yeux et devant son esprit troublé, elle porta les deux mains à son front et jeta un cri d'épouvante.

Elle se souvenait.

La scène terrible qui avait eu lieu entre elle et le roi lui revint dans tous ses détails.

Elle se revit au moment où, brisée de la lutte morale qu'elle venait de soutenir, elle rentrait du balcon où elle s'était réfugiée, dans cette chambre d'où elle avait chassé l'audacieux monarque.

Elle sentit, comme elle les avait éprouvées quelques heures auparavant, les premières atteintes de ce sommeil mystérieux qui devait la livrer sans défense au sultan de Versailles.

Mais, en jetant un second regard autour d'elle, elle vit à ses pieds le comte de Lorges qui lui tenait la main.

Un nouveau cri lui échappa, un cri de joie ineffable.

Le comte auprès d'elle, elle se savait sauvée.

Louise, réfugiée dans un coin, regardait les deux amants et comprimait sa poitrine de sa main crispée, comme si elle eût craint d'en laisser échapper un gémissement trahissant sa souffrance.

Les explications des deux enfants furent longues et passionnées.

De la part de Claire, elles n'apprirent rien au comte; il savait tout déjà.

Mais tout ce que le jeune homme avait à dire était nouveau pour mademoiselle de Jumery.

Elle le croyait à la Bastille, et il fallait lui dire comment il en était sorti, comment il se trouvait là auprès d'elle, dans cette maison inconnue.

Elle s'était endormie dans le palais du roi, et elle ne reconnaissait autour d'elle rien qui pût lui faire croire qu'elle y était encore.

Comment en était-elle sortie? comment en avait-elle été enlevée?

Le comte lui dit tout : l'intervention généreuse de la marquise qui était venue elle-même lui ouvrir les portes de la Bastille, sa course folle à Jumery, son désespoir quand il ne l'y avait pas trouvée, la manière étrange dont, aidé de Lamazou, il avait retrouvé sa trace, et comment il avait pénétré au Parc-aux-Cerfs pour l'en arracher à tout prix.

Il lui dit comment il était arrivé trop tard pour avoir seul le mérite de l'avoir sauvée; la marquise l'avait prévenue. C'était à elle qu'il devait d'avoir pu l'en faire sortir et en sortir lui-même.

Le noble jeune homme, convaincu de tout ce qu'il croyait devoir à la bienveillante initiative de madame de Pompadour, en parla avec l'enthousiaste reconnaissance d'un cœur généreux.

C'était elle qui avait sauvé Claire; c'était elle qui voulait la sauver encore en lui offrant, pour la mettre à l'abri de tout nouveau danger, l'asile où elle se trouvait.

Claire l'écoutait palpitante, et, à chacune de ses paroles, elle bénissait dans son cœur cette excellente femme qui, sans la connaître, avait tant fait et faisant tant pour elle.

Louise, elle aussi, écoutait, et ses impressions étaient d'une toute autre nature que celles qui agitaient mademoiselle de Jumery.

C'est qu'elle savait, mieux que personne, de quelle valeur étaient les sentiments si généreux attribués à la marquise.

C'est qu'elle n'ignorait rien de ce qui se passait dans les plus secrets replis du cœur de la favorite.

Elle en avait découvert et surpris une grande partie; elle avait deviné le reste.

Personne ne faisait attention à elle.

Le comte avait oublié sa présence, Claire ne la connaissait pas.

Tous deux, absorbés en eux-mêmes, étaient alors indifférents à tout ce qui n'était pas eux.

Aussi leur surprise fut-elle presque égale lorsqu'ils virent la jeune femme, qui s'était lentement avancée, se dresser devant le canapé sur lequel ils étaient assis l'un près de l'autre.

— Monsieur le comte, dit-elle au jeune homme de sa voix grave et pénétrante, pardonnez-moi cette question. Croyez-vous devoir laisser longtemps dans cette maison mademoiselle de Jumery?

Le comte la regarda d'un air surpris.

La question de Louise, tombant froide comme une douche de glace au milieu de son enthousiasme, était certainement la dernière qu'il pût attendre.

— Que voulez-vous dire, madame? fit-il. Pourquoi cette question?

Avant de répondre, la jeune femme se rapprocha de la porte, l'entr'ouvrit doucement pour s'assurer que personne n'était aux écoutes derrière elle, puis, rassurée sur ce point, elle laissa retomber et ferma hermétiquement les doubles portières qui la recouvraient.

C'était là un obstacle infranchissable qu'aucun éclat de voix ne pouvait traverser.

Louise revint alors vers le comte et répondit :

— Parce que, si mademoiselle de Jumery ne court plus ici les dangers qu'elle courait tout à l'heure dans le Parc-aux-Cerfs de Sa Majesté, elle en court d'autres tout aussi grands, bien qu'ils soient d'une autre nature.

La jeune femme parlait d'un accent si convaincu que, malgré lui, l'attention du comte fut éveillée.

Claire ouvrait sur cette femme qui lui était inconnue, deux grands yeux stupéfaits, et quand ses regards la quittaient, c'était pour se porter, pleins d'interrogations, sur les regards du comte.

Celui-ci la comprit.

— Claire, lui dit-il, madame, que je ne connaissais pas hier et qui ne me connaissait pas elle-même, est venue à moi pour me rendre un de ces services devant lesquels reculent

15.

souvent les amis les plus dévoués. Elle est venue me dévoiler la trahison d'un homme dont j'ai honte de rappeler le nom devant vous, du prince Campiréali. Elle voulait me mettre en garde contre les infâmes projets qu'il avait formés sur vous, et me donner les moyens soit de les prévenir, soit de les détruire.

Claire tendit avec reconnaissance sa petite main à Louise.

— Merci, lui dit-elle simplement, mais de la voix du cœur.

Louise s'inclina avec un respect sincère sur cette main loyale.

— En échange du peu de bien que j'ai pu avoir l'intention de faire, dit-elle, je ne vous demande qu'une chose, monsieur le comte, à vous aussi, mademoiselle, croyez-moi et, quand je vous parle de dangers qui peuvent exister pour vous dans cette maison, soyez persuadés qu'ils existent.

— Expliquez-vous, dit le comte. Madame de Pompadour s'est montrée si excellente pour nous qu'il m'est impossible de supposer, sans preuves, que mademoiselle de Jumery ne soit pas en sûreté dans sa maison.

— C'est que vous ne savez pas, que vous ne pouvez savoir, ce qui s'est passé avant votre arrivée dans ce petit salon du Parc-aux-Cerfs où vous nous avez trouvées. Vous ne connaissez qu'une partie de la trame perfide qui y avait attiré mademoiselle de Jumery, et qui m'y avait fait tomber moi-même.

— Qu'y a-t-il encore ? questionna le comte.

— Il vous aurait fallu pour le savoir, entendre comme je les ai entendues les confidences de madame de Pompadour à cette femme qui, sur son ordre, vient de nous conduire ici. Supposez-vous quel est le motif qui avait amené madame de Pompadour au Parc-aux-Cerfs cette nuit? Elle y venait pour se débarrasser, en la lui enlevant, d'une rivale qu'elle jugeait avoir déjà fait trop de progrès dans l'esprit et dans le cœur du roi. Et savez-vous ce qu'elle en voulait faire? comment elle songeait à s'en débarrasser? En la transportant d'abord chez elle, comme elle vous y a fait transporter, mademoiselle de Jumery, puis en la faisant disparaître à tout jamais, soit au fond d'une prison, soit au fond d'un cloître.

Claire jeta une exclamation de terreur.

— Mais elle ignorait alors que celle qu'elle avait devant elle était mademoiselle de Jumery, observa le comte.

— C'est vrai, répliqua Louise; mais croyez-vous qu'en reconnaissant que c'était mademoiselle de Jumery qu'elle avait
devant elle, ses dispositions se soient modifiées? Modifiées en
mal, oui, peut-être. Pourquoi ne dirais-je pas ce que je pense,
et tout ce que je pense? ajouta-t-elle en s'animant, qu'ai-je à
risquer de plus que ce que j'ai perdu? qu'ai-je à craindre que
je ne sois décidée à braver? Oui, ses dispositions se sont modifiées, mais pour devenir plus hostiles. Mademoiselle de
Jumery est plus pour elle qu'une rivale ordinaire; elle est
doublement sa rivale.

— Que dites-vous? s'écria Claire.

— Une chose qu'il faut que vous sachiez, mademoiselle,
une chose qu'il faut que vous sachiez aussi, monsieur le
comte. Madame de Pompadour vous aime, monsieur le comte,
et elle est jalouse de vous, mademoiselle.

Il y eut un instant de stupeur, provoqué par ces paroles.

Le comte se remit le premier.

— Qu'importe? dit-il. Je ne l'aime pas, moi.

— Pauvre femme, je la plains, dit Claire, avec une touchante expression de sincère pitié.

— Enfants! dit Louise, d'un ton presque maternel et avec
des larmes dans les yeux et dans la voix, vous ne connaissez
pas cette femme. Elle aime, elle est jalouse, et elle a le pouvoir dans les mains et l'impunité devant elle; elle ne reculera
devant rien. Écoutez-moi; croyez-moi, prenez garde!

Le comte réfléchissait.

Il se sentait à demi ébranlé.

Claire le regardait, et cherchait à lire dans ses yeux la nature de ses pensées.

Seule en face d'un danger, la jeune fille était décidée, résolue, remplie d'initiative et d'audace, mais quand le comte
était près d'elle, elle reconnaissait en lui son protecteur naturel, et le laissait penser et agir pour elle.

C'était une habitude d'enfance.

— Non, s'écria le comte tout à coup, je ne puis croire au
mal que lorsque je le vois. Madame de Pompadour est incapable d'une trahison semblable.

— En voulez-vous la preuve? s'écria Louise avec feu. Supposez-vous que mademoiselle de Jumery ou moi-même, main-

tenant que nous sommes entrées dans cette maison, soyons
libres d'en sortir ?

— Sans doute, répondit le comte.

— Eh bien, vous vous trompez. Vous seul avez la liberté
de la quitter. La marquise saura toujours bien où vous retrouver et vous revoir, quand elle le voudra. Mais mademoiselle de Jumery et moi sommes ici prisonnières, et n'avons
fait que changer de prison, en passant du Parc-aux-Cerfs
dans la maison de madame de Pompadour. Venez vous en
assurer.

Elle entraîna le comte vers la porte.

Claire se leva et voulut les suivre.

— Restez, mademoiselle, lui dit-elle. Rien ne vous menace
en ce moment, et l'essai que nous allons faire ne vous laissera
pas longtemps seule. Au reste, de la porte entr'ouverte, vous
allez pouvoir en entendre le résultat.

Elle ouvrit une porte, et dans une antichambre, un vieux
valet de pied, qui sommeillait à demi sur une banquette, se
réveilla tout à fait et se leva au bruit.

— Dites-moi, mon ami, fit Louise, nous allons sortir quelques instants, monsieur le comte et moi. En notre absence,
veuillez envoyer à la jeune dame qui reste dans cette chambre
une chambrière qui puisse la servir.

Le valet de pied fit un profond salut.

— Toute la maison est aux ordres de ces dames, répondit-il,
mais les ordres de madame la marquise sont que, pour leur
plus grande sûreté, elles veuillent bien ne pas franchir les
portes de l'hôtel.

— Madame la marquise a pensé à tout, dit Louise d'un ton
pénétré ; elle a pour nous plus de prudence que nous n'en aurions nous-mêmes. Monsieur le comte sortira seul.

— Monsieur le comte est maître d'entrer à l'hôtel et d'en
sortir à toute heure du jour et de la nuit, répondit respectueusement le valet.

— Je profiterai de la permission tout à l'heure, dit le
comte.

Il revint avec Louise dans la chambre où se trouvait
Claire.

Le valet reprit son demi-somme un instant interrompu.

— Eh bien ? questionna Louise, après avoir, comme elle

avait déjà fait, abattu sur la porte les doubles portières qui devaient empêcher qu'elle ne fût entendue de l'extérieur.

— Vous aviez raison, dit le comte, dont un nuage pourpre, signe d'une violente indignation, colora subitement le visage.

Claire aussi s'était redressée, le feu de la colère dans les yeux.

— Prisonnière ! s'écria-t-elle, prisonnière de cette femme !

— Rassurez-vous, Claire, dit le comte ; cette maison n'est pas inviolable comme le palais du roi, et après avoir tenté de vous arracher du Parc-aux-Cerfs, je ne vous laisserai pas ici une heure.

— Vous avez raison, monsieur le comte, dit Louise ; il faut que mademoiselle de Jumery quitte cette maison, mais non pas comme vous l'entendez peut-être, avec du bruit, de la violence et de l'éclat. N'oubliez pas combien madame de Pompadour est puissante. Une heure après votre sortie de cette maison, ses agents seraient sur vos traces, et vous seriez de nouveau, et peut-être pour toujours, séparés. Vous, monsieur le comte, un exempt vous reconduirait à la Bastille, d'où vous ne ressortiriez sans doute plus ; un autre exempt entraînerait mademoiselle de Jumery dans quelque cloître, où on l'ensevelirait vivante.

Le comte et Claire se saisirent instinctivement les mains, comme pour protester contre cette nouvelle et affreuse séparation, dont on leur montrait la perspective.

— Croyez-vous, reprit Louise, que si je n'avais pas calculé toutes les conséquences que pouvait avoir une fuite précipitée, j'aurais attendu à ce moment pour vous éclairer et vous convaincre ? Quand nous étions dans votre carrosse, qui nous apportait ici, quoi de plus simple, quoi de plus facile de fuir ? Mais à cette heure, vous seriez peut-être déjà retombés sous la main de la marquise.

— Que faire, alors ? s'écria le comte avec emportement.

— Attendre, et demander à l'adresse ce que la force serait impuissante à faire. Avez-vous confiance en moi ? demanda la jeune femme, avec une douce expression de crainte et d'humilité.

Les mains du comte de Lorges et de mademoiselle de Jumery se tendirent ensemble vers elle, comme pour protester de leur confiance aveugle.

— Alors, écoutez-moi, reprit-elle. Durant toute la journée, mademoiselle de Jumery ne court aucun danger; elle est ici à l'abri des poursuites du roi, qui ne songera pas à venir l'y chercher. Quant aux entreprises ténébreuses que madame de Pompadour voudrait tenter sur elle, elles ne sont pas à craindre aujourd'hui; d'ailleurs, je ne la quitterai pas une minute. Rentrez à votre hôtel, monsieur le comte, envoyez un exprès au père de mademoiselle de Jumery, pour calmer ses inquiétudes, et pendant le cours de cette journée, faites tous les préparatifs nécessaires pour pouvoir emporter ce soir mademoiselle de Jumery bien loin des atteintes de ses ennemis.

— Ce soir, dit le comte, j'aurai une chaise toute prête et des relais organisés jusqu'à la frontière d'Allemagne.

— Bien. Ayez aussi un déguisement pour vous, un autre pour mademoiselle. Prenez, en un mot, toutes les précautions possibles. A la nuit tombante, mademoiselle de Jumery sortira d'ici par une issue qui m'est connue, une petite porte qui ouvre des jardins sur une ruelle écartée.

C'était la porte par laquelle Louise avait vu sortir, deux nuits auparavant, de l'ermitage de la marquise, le prince Campiréali, qui avait usurpé cette nuit-là la place du comte de Lorges.

Le comte hésitait.

Il éprouvait une angoisse terrible à la pensée qu'il allait laisser Claire seule tout une longue journée, livrée, à peu près sans défense, aux embûches de ses ennemis.

Mais Claire, nous le savons, était une courageuse enfant.

Ce fut elle qui le décida.

Quelques instants après, le jeune homme, le cœur serré, l'esprit inquiet, mais sans aucune défiance apparente, retraversait l'antichambre et sortait de l'ermitage.

Louise et Claire restèrent seules.

XXV

Où Lebel est embarrassé et où madame de Pompadour est plus embarrassée encore.

Moins d'une heure après le départ du messager chargé d'une missive à son adresse, maître Lebel, en personne, sautait bas de carrosse à la porte de la petite auberge de Saint-Cloud où l'attendait le prince Campiréali.

La missive devait être pressante et devait être surtout intéressante.

Le premier valet de chambre de Sa Majesté Louis XV ne se dérangeait pas ordinairement pour peu.

Mais il s'était lestement et activement dérangé.

On voyait qu'il ne s'était pas même donné le temps de la réflexion et qu'il avait eu hâte d'arriver au plus vite.

Les chevaux qui l'avaient amené, deux magnifiques bêtes sortant des écuries du roi, ruisselaient de sueur.

D'un autre côté, contrairement à son habitude quand il se mettait en campagne pour quelque expédition ressortant de son service occulte, il avait oublié de revêtir un de ces costumes de fantaisie, qu'il portait si bien et qui le déguisaient encore mieux.

Le temps lui avait manqué, ou il n'avait pas voulu le prendre.

Il portait donc son costume habituel sur lequel un petit manteau, qui n'en dissimulait qu'une très-faible partie, avait été précipitamment jeté.

Rouge, animé, ébouriffé, soit par la rapidité de sa course, soit par la violence de son impatience, il sauta d'un bond dans la maison, appelant, demandant, cherchant d'un regard effaré celui qui l'avait mandé.

Le prince Campiréali avait entendu et vu arriver Lebel.

Si l'un était empressé d'accourir, l'autre n'était pas moins empressé de le recevoir.

Lebel aperçut l'Italien qui, d'une pièce voisine, s'élançait au-devant de lui en portant un doigt à ses lèvres.

Une seconde après, ils étaient en tête-à-tête au fond d'une petite salle isolée de laquelle aucun bruit ne pouvait sortir.

— Je vous reconnais, dit Lebel, vous êtes le garde-française du *Petit-Ramponneau.*

— C'est vrai, répondit l'Italien dont le premier mouvement fut un mouvement de surprise de se voir si vite démasqué, lorsqu'il croyait son nouveau déguisement impénétrable; au reste, ajouta-t-il, je n'ai aucun intérêt à essayer de vous faire croire le contraire.

— Vous n'y réussiriez pas, dit Lebel. Mais vous savez quels sont mes principes. Vos intérêts, vos affaires, vos secrets me sont indifférents. Je n'ai pas la moindre envie de vous nuire; je dirai mieux, je suis tout disposé à vous servir, car maintenant que je vous ai reconnu, j'ai bon espoir de ne pas avoir fait une course vaine. Ce que vous avancez dans votre billet est-il vrai ?

— Très-vrai.

— Vous savez où s'est réfugiée mademoiselle de Jumery ?

— Oui.

— Et vous allez me le dire ?

— C'est uniquement pour cela que je vous ai prié de vous rendre ici.

Lebel poussa une exclamation de joie insensée.

Depuis minuit, depuis l'instant où le roi, son maître, lui avait, d'un visage glacé, donné vingt-quatre heures pour retrouver la fugitive, Lebel n'avait pas vécu.

Il avait compris à l'accent de Louis XV, que, s'il échouait cette fois dans ses recherches, le temps de sa faveur était irrévocablement passé.

Et c'était au moment où il désespérait, où, la tête enfoncée dans ses mains tremblantes, il fouillait en vain de l'esprit toutes les issues possibles sans en trouver une seule qui pût le mener au but, c'était alors qu'il pleurait déjà sur sa ruine inévitable et prochaine, qu'un sauveur inattendu venait lui dire : voilà le salut.

L'entretien des deux hommes ne fut pas long; ils tombèrent d'accord bien vite.

Les termes de cet entretien nous intéressent peu.

Nous verrons bientôt, en suivant les actions de l'un et de l'autre, quelle en avait été la substance.

Ce qu'il est bon de constater, dès à présent, c'est qu'à l'issue de cette conversation intime entre le premier valet de chambre du roi et l'Italien, ils paraissaient et étaient les meilleurs amis du monde.

Lebel, une fois dans son carrosse, invita l'Italien à y prendre place à ses côtés.

Celui-ci hésitait.

— Montez, lui dit Lebel, je prends tout sur moi et je vous garantis de tout danger, jusqu'à la réussite de votre entreprise.

Sur cette parole le prince Campiréali, rassuré, sauta à son tour dans le carrosse, qui reprit à fond de train le chemin de Versailles.

— Parbleu ! s'écria Lebel avec une reconnaissance pleine d'enthousiasme et en frappant amicalement sur le genou de son compagnon, parbleu, mon cher monsieur, je vous dois bien cela.

A l'entrée de l'avenue de Saint-Cloud, à cent pas des premières maisons de la ville, Lebel fit arrêter le carrosse.

L'Italien en descendit.

— Je vais faire mes affaires ou plutôt celles de Sa Majesté, lui dit le valet de chambre. Faites les vôtres sans inquiétude, et s'il se présente quelque obstacle, réclamez-vous de moi.

Le prince remercia du geste.

Le carrosse emporta Lebel.

C'est lui que nous suivons.

En arrivant au château, au lieu de se rendre, comme cela eût semblé naturel, soit dans son propre appartement, soit dans l'appartement du roi, auquel il avait une bien riche confidence à faire, il s'enfonça dans les jardins par les allées les moins fréquentées.

Il gagna ainsi, en traversant le bosquet du roi et l'allée de Saturne, la grande salle des marronniers, c'est-à-dire la partie du parc la plus ordinairement déserte.

Une fois là, l'exubérante expression de joie qui avait jusqu'à cet instant régné sur son visage, s'éteignit tout à coup et fit place à une expression d'inquiétude et d'indécision presque comique.

Lebel avait voulu être seul et bien seul, pour réfléchir à l'aise.

Au moment décisif, au moment où il allait courir se jeter aux pieds du roi et lui crier, comme autrefois Archimède, le fameux *Euréka !* une perspective effrayante s'était tout à coup déroulée devant lui et l'avait fait sauter en arrière.

C'était certainement très-beau de rentrer d'un seul coup dans la faveur du roi, mais c'était non moins certainement terrible de se faire, par la même occasion, une ennemie irréconciliable de madame de Pompadour.

Il n'y avait cependant pas en apparence de moyen terme entre ces deux alternatives.

Ou se taire, renoncer à profiter du bénéfice si heureux et si inattendu de la confidence, qu'il venait de recevoir, du lieu qui servait de retraite à mademoiselle de Jumery.

Et, dans ce cas, la faveur de son maître lui était à jamais retirée.

Ou parler, tout dire, tout dévoiler au roi.

Et c'était mettre en jeu la marquise, divulguer la part active qu'elle avait prise dans la disparition de Claire ; c'était la compromettre aux yeux du roi, ébranler peut-être son crédit, sans le renverser tout à fait, autrement dit se perdre.

La marquise n'était pas femme à laisser impunie longtemps une pareille trahison de sa part.

Lebel, au comble de l'embarras, arpenta deux ou trois fois à grandes enjambées l'étendue de la salle des marronniers, se frappant alternativement le front de son poing fermé et les cuisses de ses mains ouvertes.

Il avait beau chercher, il ne trouvait aucun moyen de sortir de peine en conciliant ces deux propositions qui paraissaient inconciliables.

Sa promenade et son embarras durèrent longtemps.

Mais, comme la Providence ne manque jamais de venir au secours des honnêtes gens, elle lui suggéra enfin une idée qui lui parut devoir tout concilier.

Cette idée était de s'adresser tout d'abord à la marquise.

Il revint alors vers le château aussi rapidement qu'il s'en était éloigné et il se rendit chez la favorite.

Celle-ci, de son côté, mais pour un tout autre motif, était aussi en assez grande peine.

La menace de l'agent des jésuites suspendue au-dessus de sa tête, comme une épée de Damoclès, la tenait péniblement inquiète.

D'heure en heure, le duc de Richelieu, qui, nous le savons, lui avait promis de veiller toute cette journée aux alentours de sa majesté pour saisir au passage et ne pas laisser arriver jusqu'à lui sa compromettante lettre au comte de Lorges, et sa jarretière plus compromettante encore, d'heure en heure, le duc de Richelieu lui envoyait un affidé secret chargé de l'assurer que rien n'avait encore paru.

Et la marquise regardait s'écouler les heures avec une impatience fébrile.

Elle en avait presque oublié le comte de Lorges lui-même, et mademoiselle de Jumery qu'elle savait tenir en sa possession, à son ermitage de l'avenue de Saint-Cloud.

Lebel parut devant elle avec une physionomie de circonstance, un visage grave, refrogné, gros de confidences sérieuses.

Rien de tout cela ne pouvait échapper à la marquise, dont l'esprit en éveil s'attendait à chaque instant à une mauvaise nouvelle.

Elle était loin, toutefois, de s'attendre à celle que le valet de chambre lui apportait.

— Qu'y a-t-il, Lebel ? lui demanda-t-elle.

— Il y a, madame la marquise, que je suis perdu si vous ne venez à mon aide, répondit piteusement Lebel.

Madame de Pompadour respira.

Elle portait sans doute un grand intérêt au valet de chambre dont elle était bien plus la maîtresse que Louis XV n'en était le maître, mais enfin la chose ne la touchait pas personnellement.

En comparaison de ce qu'elle redoutait d'entendre, tout le reste, quoi que ce fût, n'était rien.

— Qu'est-il arrivé ? demanda-t-elle.

— Une chose à laquelle personne n'aurait pu songer. Une jeune personne enfermée au Parc-aux-Cerfs, et sur laquelle sa majesté avait déjà complaisamment arrêté ses yeux, s'en est enfuie cette nuit.

La marquise eut un vague pressentiment, cependant elle ne sourcilla pas.

— Sa Majesté en est-elle instruite ? questionna-t-elle ?

— Sa Majesté m'a donné vingt-quatre heures pour retrouver la fugitive, sous peine d'être chassé de sa présence.

— Mon pauvre Lebel ! commença madame de Pompadour avec une grimace de condoléance ; et vous n'avez, bien entendu, aucune idée de ce que peut être devenue cette jeune fille ?

— Pardon, madame la marquise.

— Vous avez quelques soupçons ?

— Mieux que cela.

— Une certitude ?

— Oui, madame la marquise.

— Vous savez où se trouve la fugitive ?

— Oui, madame la marquise.

Madame de Pompadour regarda Lebel jusqu'au fond des yeux.

Le valet de chambre soutint ce regard respectueusement, mais avec un calme de mauvais augure.

— Voyons, Lebel, dit la marquise avec une certaine impatience, expliquez-vous mieux ; je ne vous comprends pas.

— Et il faut pourtant que madame la marquise veuille bien me comprendre, reprit le valet de chambre.

— Je ne demande pas mieux.

— Alors, que madame la marquise me pardonne si j'ai découvert ce qu'elle n'avait pas jugé à propos de me confier.

— Quoi donc, Lebel ?

— Que mademoiselle de Jumery a été enlevée du Parc-aux-Cerfs par ses ordres, et qu'elle se trouve, en ce moment, dans son ermitage de l'avenue de Saint-Cloud.

Le fait était si vrai, et Lebel paraissait si sûr, qu'il eût été difficile de nier.

Madame de Pompadour n'y songea même pas.

— Comment avez-vous découvert cela, Lebel ? dit-elle.

— Mon Dieu, madame la marquise, j'avoue, en toute humilité, que je ne l'ai pas découvert et que je l'ignorerais encore, si un brave garçon n'était, fort à propos, venu m'en instruire.

— Quel est celui-là ?

— Je ne le connais pas.

— Ce ne peut être qu'un de mes ennemis, dit madame de Pompadour. Lequel ?

— Ce n'est peut-être pas un ennemi de madame la marquise, mais c'est, à coup sûr, un ennemi de mademoiselle de Jumery, car c'est lui qui me l'avait vendue et livrée hier, et qui vient de me la livrer de nouveau aujourd'hui.

Une pensée singulière traversa tout à coup l'esprit de madame de Pompadour.

— Lebel, dit-elle, il faut absolument que vous sachiez qui est cet homme. Savez-vous où et comment le revoir ?

— Très-bien. Vous comprenez, madame la marquise, que dès l'instant qu'un homme me rend un service du genre que celui-ci m'a rendu, je ne m'inquiète pas de savoir qui il est et je me contente de le remercier. Mais puisque madame la marquise le désire, ce soir même, si elle veut, je puis retrouver le compagnon et le mettre, au besoin, entre ses mains.

— Ce soir ? fit la marquise.

— Il m'a demandé pour toute récompense une chose assez simple, et que je me suis empressé de lui accorder. Une autre femme, enfermée au Parc-aux-Cerfs comme mademoiselle de Jumery, s'en est échappée avec elle.

— Je le sais, dit la marquise.

— Or, continua Lebel, si notre homme paraît tenir beaucoup à ce que mademoiselle de Jumery retombe entre les mains de Sa Majesté, il tient plus encore à ce que l'autre n'y puisse retomber. Il m'a fait promettre de lui rendre celle-ci, ce soir, par un moyen de son invention.

— Et ce moyen ?

— Un exempt, muni d'une lettre de cachet, ira l'arrêter à votre ermitage et l'en fera sortir. Une voiture de poste l'attendra à la porte. L'exempt l'y fera monter, et elle y trouvera notre homme, qui veut, dit-il, l'enlever s'il le faut jusqu'au bout du monde.

— Bien, dit la marquise après avoir réfléchi, vous ferez comme il est convenu, Lebel. Je me charge du reste.

Lebel s'inclina.

— Aux ordres de madame la marquise, dit-il.

L'entretien avait dévié de son but.

Le valet de chambre continua :

— Madame la marquise se rend-elle bien compte de mon embarras ? demanda-t-il.

Madame de Pompadour ne pouvait plus ne pas comprendre.

— Sans doute, dit-elle. Mais que puis-je y faire ? J'ai su à temps qu'une des deux jeunes femmes que vous aviez introduites au Parc-aux-Cerfs avait, à première vue, fait sur le roi une impression dangereuse, une impression pouvant peut-être devenir fatale pour moi. Je l'en ai enlevée. Quoi de plus naturel ?

— Madame la marquise a certainement agi comme elle devait le faire, répondit Lebel, mais, de mon côté, je suis forcé d'exécuter les ordres de Sa Majesté. Ces ordres étaient de découvrir, avant vingt-quatre heures, la retraite de mademoiselle de Jumery et de la lui faire connaître.

— Et si je vous donnais un ordre contraire, Lebel, que feriez-vous ? demanda la marquise.

— Je prierais madame la marquise de me pardonner, mais j'obéirais au roi.

Un éclair de colère passa dans les yeux de madame de Pompadour.

— Que veniez-vous alors faire ici ? s'écria-t-elle.

Le valet de chambre s'attendait à ce premier mouvement.

Il ne s'en effraya pas.

— Je venais supplier madame la marquise de m'aider à me tirer de peine, et ma visite seule devrait lui prouver combien est grand mon dévouement à sa personne, répondit-il.

Madame de Pompadour s'était calmée.

Une seconde de réflexion avait suffi pour lui faire comprendre toute la gravité de la situation.

Il était bien évident que, forcé de choisir entre les bonnes grâces du roi et les siennes, le valet de chambre n'hésiterait pas.

Il était évident encore que, maintenant que la retraite de mademoiselle de Jumery était connue de Lebel, il était impossible qu'elle restât cachée au roi.

Ce qu'elle avait voulu éviter était donc devenu inévitable.

Il fallait maintenant, bon gré, mal gré, se résigner à subir les chances qui pouvaient résulter de l'empire plus ou moins grand que mademoiselle de Jumery prendrait sur l'esprit de Louis XV.

La veille encore peut-être, alors qu'elle ignorait que cette nouvelle rivale de son crédit était mademoiselle de Jumery, la fiancée du comte de Lorges, elle eût plus difficilement pris son parti de cette nécessité.

A présent, elle y trouvait un côté consolant, à la fois une vengeance de cette insolente beauté de la jeune fille, qui osait éclipser la sienne, et un moyen, peut-être le meilleur de tous, d'en éloigner à jamais le comte de Lorges.

Le noble et délicat jeune homme ne pouvait vouloir conserver plus longtemps l'affection si pure qu'il lui avait vouée, à une fille désormais déshonorée.

— Je ne veux pas douter de votre dévouement, Lebel, dit-elle au valet de chambre, mais si votre embarras est grand, croyez-vous que le mien soit moindre? Dans quelle situation allez-vous me mettre vis-à-vis de Sa Majesté, en lui dévoilant ce qui s'est passé cette nuit au Parc-aux-Cerfs, et que c'est ma propre maison que j'ai donnée pour refuge à sa belle fugitive?

— Je crois avoir songé à tout, madame la marquise, et avoir trouvé, si vous voulez l'employer, un moyen de satisfaire le roi, en vous donnant vis-à-vis de lui un rôle dont il ne peut vous faire un crime.

— Comment cela?

— Madame la marquise me permet-elle de lui donner un conseil?

— Donnez, Lebel, donnez toujours. Si le conseil ne me plaît pas, je reste maîtresse de ne pas le suivre.

— Eh bien! que madame la marquise me prévienne auprès de Sa Majesté, que ce soit elle qui, la première, aille divulguer au roi la retraite de mademoiselle de Jumery, qu'elle lui livre elle-même cette nouvelle maîtresse.

— Mais, Lebel, dit la marquise, c'est vous enlever tout le bénéfice de votre découverte.

— Madame la marquise me saura gré de ce sacrifice.

— Certes. Mais comment expliquer au roi ce revirement dans ma conduite? Pourquoi serais-je allée, cette nuit, au Parc-aux-Cerfs lui enlever mademoiselle de Jumery, pour la lui rendre moi-même aujourd'hui?

Lebel sourit d'un air fin.

— Madame la marquise a trop d'esprit pour ne pas trouver à cela un prétexte plausible. N'est-il pas naturel que, dans un premier mouvement de jalousie, une femme aimante ait agi sans réflexion tout d'abord, puis, qu'en présence du désespoir de Sa Majesté, elle revienne sur sa première impression et consente, pour le rendre heureux, à se sacrifier elle-même ?

Madame de Pompadour regarda le valet de chambre avec admiration.

— Vous êtes un habile homme, Lebel, dit-elle. Je n'aurais jamais trouvé celle-là.

— Madame la marquise est trop bonne, fit le valet de chambre en essayant de prendre un air modeste.

— Vous étiez digne d'être femme !

— J'en ai tant fréquenté depuis que je suis au service de Sa Majesté, que j'ai fini par prendre un peu de leur esprit.

— Et vous en avez fait une ample provision. N'importe, le conseil est bon, et je vais le suivre.

— Songéz encore, madame la marquise, à la joie de Sa Majesté lorsqu'elle vous entendra lui offrir de vous-même ce que vous lui avez toujours refusé jusqu'à présent, un libre accès dans votre ermitage de l'avenue de Saint-Cloud, qu'il meurt d'envie de visiter.

— C'est vrai, dit la marquise. Cette seule proposition suffira pour le rendre d'humeur charmante. Décidément, Lebel, vous n'avez pas votre pareil pour l'invention.

— Madame la marquise me comble. Mais je suis heureux de recevoir son approbation. Je vais attendre son retour de chez Sa Majesté, et quand elle en sortira, j'irai à mon tour lui faire part du résultat de mes recherches. Je serai mal reçu sans doute, car je ne lui apprendrai plus rien, mais madame la marquise s'emploiera, je n'en doute pas, à me faire rendre ses bonnes grâces.

— Comptez-y, Lebel. Je m'y engage.

Le valet de chambre se retira, enchanté d'avoir tourné si adroitement une difficulté si redoutable.

Et madame de Pompadour, toute décidée, se rendit chez le roi, pour lui livrer de nouveau la malheureuse Claire.

— Au moins, se disait-elle en traversant, dans les petits appartements, les groupes de courtisans qui se rangeaient avec une respectueuse obséquiosité sur son passage, je suis sûre que demain le comte de Lorges ne l'aimera plus et la méprisera.

XXVI

Un duel à mort.

A peu près au moment où ceci se passait au château de Versailles, la petite barque, que nous avons vue déjà une fois servir au passage de l'homme aux balafres d'une rive à l'autre rive de la Seine, se détacha du rideau d'arbres et d'arbustes qui la cachait du côté du bois de Boulogne, et vigoureusement menée à la perche par un homme seul qui s'y tenait debout, commença de traverser le courant, en se dirigeant du côté de Suresnes.

Le batelier, car de même qu'il en remplissait les fonctions il en portait le costume, le batelier n'était et ne pouvait être autre que l'agent secret du général des jésuites, l'homme aux balafres, le père Cubizol.

Ce sombre personnage ne se rendait sans doute pas encore au rendez-vous qu'il avait donné le matin, sur la place du collège Louis-le-Grand, aux deux révérends pères.

L'heure était loin d'en avoir sonné encore.

Il leur avait dit à la nuit, et l'on n'était guère qu'au milieu de l'après-midi.

Il aborda sans encombre au rivage de Suresnes, y attacha sa barque, et marcha vers la maison sur laquelle le père supérieur des prêtres du Calvaire et son compagnon avaient, en passant, jeté un si singulier coup d'œil.

Une fois entré, et la porte refermée sur lui, il enleva d'un tour de main sa veste, son large pantalon de toile bleue et son chapeau plat.

Et il apparut alors sous le costume sévère qu'il portait la nuit de sa première visite au prince Campiréali.

La maison, dont les volets extérieurs n'étaient jamais ouverts, était triste et froide.

16

Il y régnait une obscurité profonde, et cette fraîcheur humide et nauséabonde que l'on rencontre dans les caves et dans les souterrains.

Mais son propriétaire était habitué à tout cela, et la nuit la plus noire ne pouvait s'empêcher de se reconnaître et de s'y diriger sûrement.

Sa main tomba sans hésiter sur le bouton de la porte de la salle où nous l'avons vu recevoir, l'avant-veille, le supérieur du Calvaire et le père provincial.

Et sans se heurter à aucun meuble, il marcha droit vers la cheminée, sur laquelle il prit un briquet.

Il alluma, au lieu de la petite lampe qui avait éclairé son entretien avec les deux pères, les bougies des candélabres posés sur la cheminée, puis il revint dans la pièce d'entrée, cette sorte d'antichambre dont le parquet trompeur cachait un gouffre mortel, et y alluma à son tour la lampe qui y restait accrochée au mur, à demeure.

Ces préparatifs terminés, il revint dans la salle et s'assit, ou plutôt se laissa tomber, sur le fauteuil resté devant la table, à la place qu'il occupait l'avant-veille.

Un immense découragement se lisait sur ses traits ravagés, dévastés.

Cette expression saisissante d'audace et de confiance en soi qui les illuminait chaque fois que nous l'avons vu, soit chez le prince Campiréali, qu'il effrayait, soit chez le duc de Richelieu, qu'il étonnait, soit en face des révérends pères jésuites, qu'il dominait de toute la hauteur de son énergique volonté, cette expression avait complétement disparu.

Sa physionomie trahissait maintenant le doute, la faiblesse et l'abattement.

Dans l'existence du plus heureux, il arrive toujours un moment où la chance tourne.

Les caractères les mieux trempés ne sont pas alors toujours exempts d'une première impression de désespérance et d'atonie, d'autant plus vive qu'ils ont plus aveuglément compté sur un bonheur indéfini.

L'ancien chevalier de Cubizol, l'ex-coureur de tripots, qui avait passé dix ans de sa jeunesse à vivre difficilement du produit sanglant de son épée de spadassin et de ses honteux talents à tricher heureusement au jeu, puis qui, mettant toute sa fortune en jeu sur une seule carte, avait employé vingt ans d'intrigues pour élever cette fortune au sommet des plus grandes, venait de voir surgir tout à coup sur sa route ce moment fatal qu'il s'était flatté de toujours conjurer.

La signature de Louis XV, apposée au bas de l'arrêt du Parlement, qui prononçait l'ordre d'expulsion de la société de Jésus, était venue, sinon détruire, au moins ébranler jusque dans sa base, cet édifice si péniblement édifié.

Ce rôle suprême de général de l'ordre, un homme plus puissant que la moitié des rois de l'Europe, qu'il avait vu un instant à portée de sa main, ouverte pour le saisir, menaçait à présent de lui échapper.

Pour pouvoir le prendre, il fallait réussir.

Et il avait échoué.

Il avait échoué dans tout ce qu'il avait tenté.

Il avait essayé d'arrêter le roi en lui faisant suspecter la fidélité de madame de Pompadour, l'ennemie la plus ardente des jésuites.

Le roi avait passé outre.

Il avait voulu effrayer madame de Pompadour en la menaçant de divulguer à son royal amant sa faiblesse amoureuse pour le comte de Lorges, par la production de sa lettre et de son éhonté cadeau.

La marquise, loin de se laisser effrayer, avait audacieusement pressé le roi de consommer la ruine de ses ennemis.

Il avait enfin, comme moyen extrême, armé la main de son instrument aveugle, l'ancien bandit romain Filippo Gouetti, en dirigeant la pointe de son couteau, le couteau de Damiens, vers le sein du roi de France.

Le bandit avait dû hésiter ou faiblir, puisque Louis XV n'était pas mort.

Le coude appuyé sur la table, la tête soutenue dans sa main, l'ambitieux jésuite réfléchissait profondément.

Son regard fixe, perdu devant lui sur la muraille, ne voyait rien des objets extérieurs.

Le travail de l'esprit absorbait chez lui tous les sens.

Des paroles incohérentes, sans suite apparente, comme le cours de ses pensées, et prononcées peut-être à son insu, s'échappaient de temps à autre de ses lèvres.

— J'ai fait tout ce que j'ai pu humainement faire, disait-il.

C'est la fortune qui s'est tournée contre moi. J'avais compté sur des passions qui ne trompent jamais, la jalousie, l'amour, la haine, la soif de la vengeance, elles m'ont trompé. Pourquoi? Quel est le grain de sable qui m'a arrêté et renversé dans ma course? Quel qu'il soit maintenant, qu'importe? Il est trop tard.

Il resta quelques instants silencieux et morne.

Puis il reprit :

— Que dois-je faire, que puis-je faire à présent? Donner suite à ma menace? Faire parvenir au roi les preuves de la trahison de sa maîtresse? Vengeance stérile et nulle! je ne réussirai même pas à la perdre. Ce roi qui ne songe qu'aux femmes a, sur les yeux, le bandeau de la sottise et de la vanité; il ne voudra rien voir.

Il sourit avec une ironie amère.

— Laissons-lui cette femme. Ils s'épuiseront et me vengeront l'un par l'autre.

Au bout d'un nouveau moment de silence, il redressa brusquement la tête et il se leva.

Un feu sombre étincelait sous ses sourcils froncés, au fond de ses yeux caves.

Il eut un instant dans les yeux ce regard fièrement inspiré du joueur qui jette son dernier louis sur une dernière carte.

— Tout est-il bien perdu? s'écria-t-il. Non! La possession de ce secret, presque un secret d'État que j'ai surpris, il y a vingt ans, me reste encore. Le roi n'a pas voulu me l'acheter, je vais le donner au comte de Lorges. Ce que le père a refusé de payer, le fils le recevra pour rien.

Il fit quelques pas avec agitation.

— Qui l'a fait sortir de la Bastille? Qui l'y avait fait entrer? Je n'ai pu le savoir. N'importe! Je sais qu'il est libre aujourd'hui; c'est tout ce qu'il me faut. Toute la question est là, maintenant : D'abord, viendra-t-il? aura-t-il assez de confiance pour suivre en aveugle celui que je lui ai envoyé? Puis quel homme est-ce, en fait, que ce comte de Lorges, ce fils bâtard de Louis XV élevé dans une campagne comme un gentilhomme de dernier rang? me comprendra-t-il? Voudra-t-il me servir? Oh! s'il vient, si je peux le tenir ici deux heures devant moi, il faudra bien qu'il me comprenne, il faudra bien qu'il me serve.

Il s'approcha de l'une des deux fenêtres qui garnissaient un des côtés de la salle faisant retour sur la face latérale de la maison, et il en fit jouer l'espagnolette.

Puis, d'une main légère et en prenant toutes les précautions pour ne produire aucun bruit pouvant attirer l'attention de l'extérieur, il entr'ouvrit les deux volets fermés.

Un rayon du soleil couchant se glissa aussitôt par l'ouverture, comme un hôte étonné de se voir enfin reçu dans un logis dont l'entrée lui avait jusque-là été interdite.

La fenêtre regardait Saint-Cloud, c'est-à-dire la route directe de Versailles.

L'œil, suivant le bord découvert de la rivière, s'étendait, malgré ses sinuosités, sur une grande étendue du chemin poudreux qui la longeait.

Le jésuite resta un assez long temps immobile à cet observatoire.

Son regard ne quittait pas l'extrémité du chemin qui se perdait à l'horizon.

Il y cherchait avidement l'apparition de ce qu'il attendait.

Un carrosse à lui familier, un attelage dont l'allure lui était connue, un cocher dont il devait, même d'aussi loin, reconnaître au premier regard la livrée.

Un point noir parut enfin au sommet du chemin, blanc de poussière, grossit peu à peu et se dessina bientôt en ce qu'il était réellement.

C'était un carrosse.

Et c'était le carrosse attendu.

Au premier mouvement de joie qui avait saisi le jésuite à cette vue, succéda presque aussitôt une impression de doute.

Le carrosse lui amenait-il celui qu'il attendait.

Pour le savoir, il fallait attendre.

L'impatience ne servait et ne pouvait servir à rien.

Le jésuite attendit.

Au reste, le carrosse allait d'un train d'enfer, mais il allait si vite qu'il semblait ne devoir être porteur que de mauvaises nouvelles.

Les bonnes nouvelles n'arrivent jamais que lentement.

Si le père Cubizol eut été un esprit faible, il n'eût pas manqué de faire cette réflexion.

Mais il était trop fort pour se laisser aller à de pareils en-
fantillages.

Caché derrière ses volets entr'ouverts, il attendit patiemment, résolûment, sans se livrer par avance à un espoir
prématuré, mais aussi sans désespérer encore.

Les chevaux dévoraient la distance.

Moins d'un quart d'heure après, le carrosse était assez rapproché pour que les regards perçants du jésuite pussent pénétrer dans l'intérieur, à travers la glace de la portière de face.

Un homme était assis sur la banquette du fond.

Il était seul.

Désormais il n'y avait plus de doute possible.

Le jésuite attira les volets à lui, les referma ainsi que la
fenêtre, puis il sortit de la salle et alla entr'ouvrir la porte
qui donnait, du côté de la rivière, accès dans la maison.

On entendait alors distinctement le bruit des roues du carrosse et le pas cadencé des chevaux lancés au grand trot.

Quelques secondes s'écoulèrent, puis le carrosse s'arrêta.

Il était devant la porte.

Le père Cubizol sortit alors de la maison, ouvrit lui-même
la portière et prit la main de l'homme qui se trouvait assis au
fond du carrosse.

Cet homme, qui était le comte de Lorges, avait les yeux couverts d'un épais bandeau.

— Veuillez descendre, monsieur le comte ; vous êtes arrivé,
lui dit le jésuite.

Le comte, sans faire la moindre observation, chercha à
tâtons, du pied, le marchepied, et descendit.

— Maintenant, monsieur le comte, ayez la bonté de me
suivre, lui dit encore le père Cubizol.

Il n'avait pas lâché la main du jeune homme.

Marchant doucement devant lui, il regagna la maison, y
entra et en referma la porte.

Le carrosse, obéissant à un ordre donné d'avance, tourna
le coin de la maison et alla se ranger le long du mur, dans
un champ, sous un couvert de noyers qui, sans le cacher
entièrement, le dérobait assez bien aux premiers regards
de ceux qui, par un grand hasard, pouvaient venir à passer
sur cette route presque toujours déserte.

Le jésuite avait conduit le jeune homme dans la salle ; il

l'avait fait asseoir et s'était assis en face de lui, à sa place habituelle, de l'autre côté de la table.

— Vous pouvez à présent enlever votre bandeau, monsieur le comte, lui dit-il.

Le comte obéit et promena autour de lui un regard curieux, mais plein d'une froide dignité.

La vue du père jésuite qui, pour celui qui ne le connaissait pas, ressemblait plutôt à un mousquetaire qu'à un homme d'église, ne lui arracha ni un signe, ni une parole d'étonnement.

Il ne l'avait jamais vu.

Seulement, en laissant de côté la première impulsion d'horreur que lui causa l'aspect des affreuses cicatrices qui labouraient le visage du père, en le jugeant uniquement sur son extérieur, sur son habit de coupe sévère, mais presque militaire, sur la façon dont sa longue épée en verrou était plantée à son côté, et surtout sur l'énergie audacieuse que respirait à présent son regard nettement fixé sur lui, le jeune comte devina qu'il se trouvait en face d'un homme décidé à tout et capable de tout.

Mais un intérêt supérieur dominait le comte de Lorges et le laissait insensible et indifférent à ces remarques qui, en toute autre circonstance, l'eussent au moins étonné, sinon impressionné.

C'est à peine s'il parut s'apercevoir de ce fait assez bizarre qu'alors qu'il faisait encore grand jour au dehors, la salle où il se trouvait introduit d'une façon si mystérieuse avait ses fenêtres et ses volets fermés et était éclairée comme en pleine nuit par deux candélabres chargés de bougies.

— Monsieur, dit-il de sa voix fraîche et ferme, vous avez invoqué pour me faire venir à vous le motif le plus grave, le plus impérieux, un motif devant lequel je devais tout laisser de côté, tout oublier. J'ai en effet tout oublié et je suis venu. Vous m'avez imposé des conditions étranges ; je les ai acceptées. Vous demandiez que mes yeux fussent couverts d'un bandeau, afin que je ne pusse savoir où l'on me conduisait, en exigeant ma parole de gentilhomme que, durant la route, je ne soulèverais pas ce bandeau d'une ligne ; j'ai docilement tendu mon front et j'ai donné cette parole. Je n'ai pas besoin de vous dire qu'elle a été religieusement tenue. A présent

me voici devant vous. J'ai rempli tous mes engagements;
j'espère que vous êtes prêt à remplir les vôtres.

Pendant tout le temps que le jeune homme avait parlé,
Cubizol ne l'avait pas un seul instant quitté des yeux.

Toute sa perspicacité, toute son expérience des hommes,
tout ce qu'il possédait de finesse et d'astuce, il l'avait mis
en jeu pour étudier et juger l'homme sur lequel il allait tenter un effort décisif.

Cet homme était encore presqu'un enfant.

Mais c'était un enfant qui paraissait plus fort que bien des
hommes.

Le jésuite fronça le sourcil.

Il allait avoir affaire à un adversaire redoutable.

— Monsieur le comte, lui dit-il, je veux tout d'abord vous
remercier de la confiance que vous avez eue en moi, de
l'empressement que vous avez mis à vous rendre aux désirs
exprimés dans un simple billet, à vous adressé par un homme
qui vous était totalement inconnu.

— Ce billet faisait appel à un sentiment si vif, excitait en
moi un intérêt si grand, qu'il n'y a rien d'extraordinaire dans
ma conduite, répondit froidement le comte.

— Soit, dit le jésuite, mais, au moins, vous ne repousserez
pas mes remerciements, d'avoir accepté et rempli les conditions qu'une nécessité impérieuse me forçait de vous im-
poser.

Le jeune homme fit un geste de dénégation.

— Ici encore, monsieur, vous ne me devez rien, répondit-il. J'ai accepté vos conditions, quelqu'étranges qu'elles
m'aient paru, et sans les discuter, parce que le but que vous
leur donniez faisait disparaître par sa grandeur tout ce que
ces conditions pouvaient avoir d'exagéré. Je les ai tenues,
parce que je ne manque jamais à ma parole, même lorsque,
comme dans cette circonstance, se fiant en mon honneur, on
ne me demande que de me la donner à moi-même.

— Ceci est d'un vrai et noble gentilhomme, dit le père
Cubizol en soulignant le mot avec une intention marquée.

Et cette intention était tellement saisissante, que le jeune
homme en fut frappé.

— Je suis en effet gentilhomme, monsieur, dit-il, et, quelles
que soient les preuves que vous ayez à me donner du con-

traire, je vous avoue, dès à présent, que j'aurai peine à y croire.

Le jésuite sourit finement.

— Les preuves que j'ai à vous donner de votre origine sont officielles, par conséquent ne peuvent être plus convaincantes ; mais, rassurez-vous ; elles sont loin d'avoir pour effet de vous dénier votre qualité de gentilhomme ; elles serviront au contraire à vous persuader que cette origine est beaucoup plus haute que vous n'auriez pu l'imaginer jamais.

— Expliquez-vous, monsieur, de grâce, dit le comte.

Le père Cubizol parut réfléchir quelques instants.

— Vous n'avez connu ni votre père ni votre mère, n'est-ce pas? dit-il.

— C'est vrai. Mon père, écuyer au service de la maison de Richelieu, fut tué, m'a-t-on dit, pendant les guerres d'Allemagne, avant que ma mère ne me mît au monde, et elle-même mourut peu de jours après ma naissance.

— Oui, c'est là ce que l'on vous a raconté, dit le jésuite, mais il n'y a pas dans ce récit un mot de vérité. Ecoutez-moi bien.

Le jeune homme rapprocha avidement son siége de la table qui le séparait du jésuite.

Toute son âme était passée dans ses yeux qui le dévoraient du regard, et dans ses oreilles qui attendaient avec anxiété chacune de ses paroles.

— Il y a vingt ans environ, commença Cubizol, ou plutôt, se reprit-il, car je puis vous dire la date exacte de votre naissance, le 12 juin 1742, la première maitresse de Sa Majesté Louis XV, roi de France et de Navarre, mit au monde, au château de Rambouillet, chez Son Altesse le comte de Toulouse, bâtard légitimé de Louis XIV et oncle du roi, un enfant du sexe masculin.

— La première maitresse du roi! s'écria le comte.

— Oui, une femme dont le nom est oublié aujourd'hui, car son nom a été suivi d'un bien grand nombre d'autres sur la liste des favorites de Sa Majesté ; mais, ce nom, je ne l'ai pas oublié, moi, et je puis vous le dire. C'est celui de la comtesse de Mailly.

— La comtesse de Mailly ! répéta le jeune homme, comme s'il eût voulu graver ce nom dans sa mémoire.

— La comtesse de Mailly, morte depuis longues années, était votre mère ; elle ne vous a jamais connu, elle a même toujours ignoré votre existence.

— Je ne vous comprends pas, monsieur, s'écria le jeune homme ; ma mère, elle-même, a ignoré qu'elle avait un fils !

, — Vous ne me comprenez pas, c'est possible, mais vous allez me comprendre. Au moment de votre naissance, un grand crime a été commis, un crime que la loi punit sévèrement quand il est l'œuvre de gens ordinaires, mais qu'aucune loi ne pouvait punir, parce qu'il était l'œuvre de gens au-dessus de la loi. Profitant d'un instant d'épuisement, soit naturel, soit provoqué à dessein, chez la comtesse de Mailly, un enfant mort, l'enfant d'un pauvre forestier de la forêt de Rambouillet, nommé Lamazou...

— Lamazou ! s'écria le jeune homme éperdu.

— Attendez, dit le jésuite avec calme, vous n'êtes pas au bout de vos étonnements. L'enfant mort du forestier Lamazou fut glissé à votre place, aux côtés de votre mère, et, quand elle revint à elle, on le lui présenta comme le sien. Pendant ce temps, la sage-femme qui avait servi d'instrument pour commettre et consommer ce crime, vous emportait à travers la forêt de Rambouillet jusqu'au village de Jumery, où vous étiez reçu par le baron de Jumery et par sa femme, chargés de vous élever comme si vous aviez été leur fils.

— Le baron de Jumery sait donc tout cela ? questionna le jeune homme :

— Le baron de Jumery ne sait rien et ne doit rien savoir de ce que je viens de vous raconter ; il croit encore, il croit fermement, que vous êtes le fils d'un écuyer de Richelieu. Le secret que je vous divulgue n'est connu au monde que de trois personnes : Moi, qui vous le livre, le maréchal duc de Richelieu qui ne l'a jamais trahi, et enfin celui qui a ordonné cette substitution criminelle d'un enfant mort à un enfant vivant, celui qui a le plus grand intérêt à ce que ce secret ne soit jamais révélé, moins encore à vous qu'à tout autre, votre propre père, qui ne vous a jamais vu et n'a jamais voulu vous voir.

— Mon père! s'écria le jeune homme, vous ne me l'avez pas nommé?

— N'avez-vous pas deviné, et faut-il que je vous le nomme?

Le comte de Lorges porta ses deux mains à son front, se dressa debout et retomba sur son siége en murmurant d'une voix étouffée :

— Le roi!

— Le roi Louis XV, répéta Cubizol, Sa Majesté elle-même, qui, il faut le dire, ne vous a abandonné qu'en apparence, car il vous a fait comte de Lorges, et, en vous gratifiant des domaines et du nom de cette grande famille, vous a donné cent mille livres de revenus.

— Je comprends tout, s'écria le comte, tout ce qui m'étonnait dans ma vie, ces faveurs inattendues, inespérées, qui venaient me trouver sans que je les aie cherchées, ces dons magnifiques, ces honneurs dont je m'enorgueillissais parce que je croyais ne les devoir qu'aux services rendus autrefois par mon père.

Il s'arrêta et resta un long moment silencieux, absorbé dans ses pensées.

Cubizol le regardait et cherchait à deviner sur sa physionomie la nature de ces pensées secrètes.

Pour un homme comme lui, il n'y avait là rien de bien difficile.

Le noble et franc visage du jeune homme reflétait naïvement et fidèlement ses impressions à mesure qu'il les ressentait.

Et ce ne fut pas sans une sourde colère, sans un cruel désappointement, que le jésuite ne remarqua, dans aucune de ces impressions, celle surtout qu'il espérait faire naître :

Une violente explosion de joie et une ardente soif d'ambition, éclatèrent tout à coup à la vue de la perspective éblouissante qui lui était ouverte.

Les traits du jeune homme exprimaient plutôt la tristesse que la joie, une sorte de stupeur pénible, plutôt que l'orgueil du triomphe.

— Monsieur, dit-il tout à coup, vous m'avez annoncé des preuves authentiques et irrécusables de ce que vous avancez, et, quelque confiance que j'aie en votre parole, vous devez comprendre qu'il est de mon devoir de vous les demander.

Le jésuite sortit de la poche de son habit une liasse de papiers qu'il étala devant lui sur la table.

Il y en avait de diverses natures.

Il les sépara et fit un choix entre eux.

Le comte de Lorges suivait des yeux tous ses mouvements avec une attention, un intérêt faciles à comprendre.

Quand il eut fait son choix, le père Cubizol prit un papier, et le montrant au jeune homme :

— Voici, lui dit-il, une déclaration faite à son lit de mort par la dame Bertrand, maîtresse sage-femme à Rambouillet, de tous les événements auxquels elle s'est trouvée mêlée le jour de votre naissance, 12 juin 1742. C'est cette dame Bertrand qui a assisté et délivré la comtesse de Mailly, votre mère ; c'est elle qui est allée chercher et à mis à ses côtés l'enfant mort du forestier Lamazou ; c'est elle qui, une fois cette substitution opérée, vous a pris et porté au village de Jumery. Elle dénonce et désigne par son nom l'homme qui lui a ordonné et payé son crime, l'homme qui, depuis le matin jusqu'au soir de cette journée, ne l'a pas quittée une minute pour être bien assuré de l'exécution de son plan. Cet homme est le duc de Richelieu. Elle dénonce et établit également la présence, auprès du lit de la comtesse de Mailly au moment de sa délivrance, d'un homme que tout, dans ses manières, désignait comme le père de l'enfant, et, dans celui-ci, elle déclare solennellement avoir reconnu le roi Louis XV.

— Cet acte est d'une haute gravité, dit le comte attentif ; mais qu'est-ce qui lui donne un caractère authentique ?

— Il a été dressé sur les propres paroles de la dame Bertrand par maître Ledru, notaire au bailliage de Rambouillet, et signé de lui, en présence du curé de la paroisse de Saint-Jean de Rambouillet et de quatre habitants honorables de la même ville, lesquels l'ont tous signé ; et leurs signatures ont été légalisées et reconnues véritables par monseigneur le nonce apostolique de Sa Sainteté, à Paris.

Le jeune homme fit un geste d'approbation.

Le jésuite continua :

— Voici maintenant un autre acte qui sert d'appendice au premier et qui affirme la vérité de la plupart des faits qui y sont énoncés.

Il prit un autre papier sur la table.

— C'est encore une déclaration faite et signée par trois gentilshommes : l'un portant le nom du chevalier de Cubizol, les deux autres nommés le baron de Lougairou et le vicomte de Crébassan. Ces deux derniers sont morts; le premier est encore vivant, et c'est lui qui vous parle.

— Vous ! s'écria le comte.

— Moi-même. Cette déclaration, également visée par monseigneur le nonce, établit que ce même jour, 12 juin 1742, ces trois gentilshommes ont vu et suivi le duc de Richelieu, sortant, caché sous un manteau, du château de Rambouillet où le roi et madame de Mailly étaient arrivés la veille; que le duc de Richelieu s'est rendu chez la dame Bertrand, sage-femme, à la porte d'Épernon, et, en étant ressorti avec elle, l'a conduit dans son carrosse jusqu'à la cabane d'un forestier, où elle s'est emparée d'un enfant mort; que, de là, il l'a portée, elle et l'enfant, au château de Rambouillet, et qu'à la nuit il est ressorti du château dans le même carrosse, ayant toujours à ses côtés la sage-femme cachant sous sa mante un enfant vivant, lequel a été emporté, à travers la forêt, du côté du village de Jumery.

— Ces actes sont, en effet, indiscutables, dit le comte réfléchissant. Ils ne me laissent aucun doute. Oui, je le crois d'après eux, et je sens en moi quelque chose qui me l'assure, oui, je suis l'enfant, le fils d'un roi.

Le jésuite ne put réprimer un mouvement de joie.

L'orgueil de la naissance semblait enfin s'emparer de l'âme du jeune homme.

— Maintenant, il me reste à savoir, poursuivit celui-ci redevenu subitement calme et froid, pour quelles raisons si puissantes vous avez tardé vingt ans à révéler ce secret, et pour quelles raisons, non moins puissantes sans doute, vous vous êtes décidé à m'en rendre maître aujourd'hui.

Cubizol se replia un instant sur lui-même.

Le moment décisif approchait pour lui.

Tout ce qu'il avait dit jusqu'alors n'était que préambule; il fallait maintenant aborder le côté difficile, délicat, capital de l'entretien.

Et la tranquillité d'esprit, le stoïcisme réel ou affecté du jeune homme, lui semblaient de mauvais augure et l'épouvantaient à l'avance.

17

Il n'y avait pas jusqu'au regard incisif et d'une expression singulière que le comte tenait obstinément fixé sur lui qui ne le gênât étrangement.

Mais il s'était maintenant trop avancé pour ne pas être forcé de s'avancer encore.

Au reste, l'ancien chevalier d'industrie Cubizol n'était pas homme à reculer devant aucune perspective.

— Monsieur le comte, dit-il, je pourrais assurément vous répondre que, possesseur d'un secret qui, si je l'avais voulu, pouvait n'appartenir qu'à moi, j'étais le seul et unique juge de ce que j'en devais faire, mais il faut que tout soit net et franc entre nous. Vous allez savoir la vérité entière, et vous ne vous en offenserez pas.

— Parlez, dit le comte.

— Si j'ai gardé ce secret si longtemps, si je vous le révèle, et si je ne vous le révèle qu'aujourd'hui, c'est que j'ai voulu attendre que vous fussiez assez fort pour pouvoir l'entendre, en comprendre la grandeur, vouloir et savoir en profiter. Ce n'était pas à un enfant que je devais parler; c'était à un homme vaillant et résolu comme vous êtes.

Le comte s'inclina sans répondre.

— Ai-je eu tort, ai-je eu raison de compter sur votre énergie et sur votre audace? reprit Cubizol. La suite de cet entretien va me le dire.

— Voyons alors la suite de cet entretien, fit le jeune homme sans se dérider.

— D'abord et avant tout, monsieur le comte, je vous prie de remarquer, pour bien établir à l'avance nos situations respectives, que tout ce que je viens de vous apprendre ne peut avoir d'importance pour vous qu'autant que vous aurez à votre disposition les pièces qui en sont les preuves; ces deux actes établissant votre qualité.

— C'est évident, dit le comte.

— Il est évident, en effet, qu'une prétention de votre part qui ne serait basée que sur le récit et la parole d'un inconnu que, cet entretien terminé, vous pouvez ne jamais revoir, n'obtiendrait que pitié et railleries.

Le comte fit un geste de hauteur souveraine.

— Laissez cette supposition de côté, monsieur, dit-il; elle est inutile et offensante.

— Je sais que vous n'êtes pas homme à la rendre vraie, monsieur le comte, dit le jésuite d'un air conciliant; je n'en parle que pour bien préciser la situation.

— Je comprends à demi-mots, monsieur. Venez au fait.

— J'y arrive. La possession de ces deux actes vous est donc indispensable.

— C'est vrai.

— Mais ils sont en mon pouvoir.

— Vous vous en dessaisirez.

— C'est mon intention; seulement je compte ne m'en dessaisir qu'autant que nous nous entendrons sur l'usage que vous en voulez faire.

— Alors, questionna le jeune homme, vous avez sans doute des idées arrêtées à ce sujet?

— Très-arrêtées, répondit le jésuite.

— Et vous désirez m'en faire part?

— C'est, je ne dirai pas le seul but, mais un des principaux motifs de cet entretien.

— Alors, monsieur, je vous écoute, dit le comte avec la plus exquise politesse et sans donner la plus légère marque d'émotion.

— Il est un premier point sur lequel nous ne pouvons pas, je crois, ne pas être d'accord, commença Cubizol, c'est la nécessité pour vous de revendiquer au plus tôt l'individualité qui vous appartient.

Il fit une pause, attendant une réponse.

Le jeune homme demeura impassible.

— Continuez, dit-il.

— Pour en arriver là avec chance de succès, poursuivit Cubizol de plus en plus démonté par l'air de calme dignité avec lequel ses paroles étaient écoutées, il n'y a qu'une marche à suivre.

— Et cette marche?

— La voici. Comme il est douteux que vous puissiez parvenir jusqu'à la personne du roi et lui parler en particulier, il faudra vous adresser au duc de Richelieu.

— Bien.

— Le duc de Richelieu a toute la confiance de Sa Majesté. D'un autre côté, il est, avec moi, le seul possesseur de ce secret qui vous concerne; à votre premier mot, il comprendra toute la gravité de votre requête, et je ne doute pas qu'il ne la fasse à son tour comprendre au roi.

— Quelle sera cette requête? questionna le comte.

— Vous remettrez au duc de Richelieu, non pas les originaux, mais les copies de ces deux actes, et, quand vous aurez ainsi rigoureusement établi la valeur de vos titres, vous lui ferez connaître vos conditions.

— Qui sont?

— Qui sont la reconnaissance de ces titres par Sa Majesté, et une déclaration à votre profit, semblable à celle faite par le roi Louis XIV, son grand-père, au profit des comtes de Toulouse et du Maine.

— Un acte de légitimation?

— Précisément.

— Et si le roi refuse?

— Le roi ne refusera pas.

— Le fait est cependant possible, insista le jeune homme. S'il refuse?

— S'il refuse, nous verrons dans une seconde entrevue, que nous devrons avoir ensemble, ce qu'il conviendra de faire, et quels moyens il sera nécessaire d'employer pour venir à bout de ce refus.

— Encore un mot, dit le comte. Vous allez, je le pense, me remettre les originaux de ces pièces?

— Non, répondit nettement Cubizol. Ces originaux sont plus en sûreté en ce moment entre mes mains qu'entre les vôtres. La première pensée du duc de Richelieu, de Louis XV lui-même, peut être de vous les enlever. Tant qu'ils resteront en ma possession, au contraire, ils sont introuvables et imprenables.

Le comte s'était levé.

— Monsieur, dit-il, vous m'avez fait part de vos intentions, il est juste que je vous fasse connaître les miennes.

Sa voix n'était plus aussi calme; il y régnait une altération sensible.

Une émotion profonde agitait le jeune homme.

Mais cette émotion, il eût été insensé de l'attribuer à la faiblesse ou de croire qu'elle pouvait amener la faiblesse chez celui qui en était atteint.

Jamais son regard droit et franc n'avait brillé d'une énergie, d'une résolution plus grandes.

— Les uns et les autres sont dans le désaccord le plus complet.

— Comment? fit le jésuite avec éclat.

Le comte l'arrêta du geste.

— Je vous ai écouté avec patience, daignez m'entendre de même, dit-il. Au premier moment, reprit-il, quand vous m'avez fait cette grave confidence par laquelle a commencé notre entretien, je me suis senti porté vers vous d'un bon mouvement, et j'ai été sur le point de vous remercier.

— C'était inutile, dit Cubizol d'un ton de froide ironie.

— C'est ce que j'ai pensé presqu'aussitôt, car j'ai deviné que, sous cette confidence, se cachait bien moins un désir désintéressé de m'être utile, que le besoin où vous deviez être de faire de moi, entre vos mains, un instrument.

— Nous traitons une affaire, monsieur le comte, répliqua sèchement le jésuite, et les affaires excluent le sentiment.

— Vous avez raison, monsieur. Aussi, ce premier point réglé, je ne vais plus vous parler que d'affaires. Mon intention de revendiquer au plus tôt le titre qui m'appartient de bâtard du roi Louis XV, ne peut, d'après vous, être douteuse. Je dois, dites-vous, être pressé de revêtir au grand jour ce titre de bâtard qu'ont si fièrement porté les comtes de Toulouse et du Maine. Vous ne me connaissez pas, monsieur. Si j'ai été saisi tout d'abord d'un premier sentiment de joie et de bonheur en apprenant que le roi est mon père, ce n'est pas parce que le roi est le roi, c'est parce que mon père, que je croyais mort, est vivant, et qu'il me sera permis désormais de lui vouer tout le respect et toute l'affection que je lui dois comme son fils.

— Ceci est encore du sentiment, grimaça le jésuite avec une sourde fureur.

Le comte dédaigna l'interruption.

Il poursuivit :

— Quant à revendiquer ce titre de bâtard d'un roi qui vous semble si noble, je vous le répète, vous ne me connaissez pas. Si vous m'eussiez mieux connu, vous vous seriez épargné de me faire cette offense inutile. Ce que vous regardez comme une gloire, comme une source d'honneur et de profils, je le regarde comme une honte. Jamais personne au monde ne connaîtra un mot de ce secret que vous m'avez révélé, car c'est assez, c'est trop que, tout à l'heure, ici, j'aie été forcé de rougir devant vous; je ne veux pas, plus tard, avoir à rougir devant quelque autre.

Cubizol s'était levé à son tour, tout frémissant de rage impuissante.

La volonté si énergiquement exprimée du jeune homme renversait tous ses plans.

Il essaya toutefois encore de tenter un dernier effort.

— Cette résolution de ne pas faire valoir vos droits est-elle irrévocable ? demanda-t-il.

— Irrévocable, répliqua fièrement le comte. Je suis et resterai ce que je suis.

— Alors, dit le jésuite avec un geste qu'il croyait de nature à couper court à toute parole ultérieure, cet entretien n'a plus d'objet.

— Il n'est cependant pas encore terminé.

— Je n'ai plus rien à vous dire.

— Je le crois, mais il vous reste à m'entendre.

Le jésuite se redressa tout d'une pièce.

— Ce ne sera peut-être pas malgré moi ? s'écria-t-il.

— Je vous demande pardon, monsieur, répliqua le comte sans quitter son accent froid et calme et son ton de charmante politesse, ce sera non pas peut-être, mais, au besoin, malgré vous.

Les yeux noirs du père Cubizol jetèrent des gerbes de flammes et, machinalement, par un mouvement de réminiscence du temps où il faisait métier de coupe-jarret, il porta la main à la poignée de son épée.

— Patientez un peu, monsieur, lui dit le comte. Tout à l'heure, quand je vous aurai tout dit, vous pourrez, si l'idée vous en prend, vous en remettre à votre épée, mais auparavant, vous m'entendrez.

Le jésuite eut un regard effrayant.

La mort du jeune homme y était écrite en toutes lettres.

Il reprit sa place sur son siège.

— Parlez, dit-il, et parlez tant que vous voudrez.

— Oh ! je serai bref, dit le comte paisiblement, et votre patience ne sera pas mise à une longue épreuve. Je ne sais pas

et je ne veux pas savoir pour la réussite de quels projets souterrains et ténébreux il vous est nécessaire que je me fasse
reconnaître de Sa Majesté comme son fils bâtard, mais j'ai le
pressentiment que ces projets ont été conçus dans une pensée
hostile au roi.

— C'est vrai, interrompit audacieusement le jésuite, qui
maintenant n'avait rien à ménager.

— Je ne vous le demande pas et il m'importe peu de le savoir, puisque j'ai un moyen de les anéantir dans leur germe.

Le jésuite Cubizol ne prit pas même le soin de réprimer
l'éclat de rire qui lui vint aux lèvres.

— Et ce moyen, dit-il, peut-on le connaître ?

— Ce moyen, répondit le comte sans rien perdre de son
assurance noble et digne, est de vous prier de me remettre,
non point les copies qui sont sans valeur, mais les originaux de ces actes.

— Vraiment ! fit Cubizol avec une insolence railleuse. Et
puis-je savoir ce que vous en voulez faire ?

— Je ne vois aucun inconvénient à vous le dire. Je veux,
résolu à ne point en faire l'usage que vous désiriez m'en voir
faire, je veux les renvoyer au roi, afin qu'il puisse les détruire
lui-même.

Le jésuite poussa un rugissement.

— C'est assez ! cria-t-il.

— Non, monsieur, pas encore. Un seul mot. Je l'ai gardé
pour le dernier parce qu'il me touche plus personnellement
peut-être que tout le reste, et parce que, s'adressant uniquement à votre probité, il ne peut manquer d'être bien reçu de
vous.

— Qu'est-ce encore ?

— En éparpillant tout à l'heure sur cette table les papiers
que vous aviez dans la poche de votre habit, pour y démêler
ceux qui me concernent, il vous en a passé un sous la main
qui m'a semblé fermé avec un ruban rose et dont la suscrip-
tion, que j'ai eu le temps de lire, porte mon nom. Ce billet,
car c'est un billet, étant à mon adresse, m'appartient incon-
testablement. Je compte que vous allez me le remettre en
même temps que ces deux actes.

Pendant que le jeune homme prononçait ces paroles, Cubizol s'était de nouveau levé.

Au dernier mot, il s'élança devant la porte d'entrée de la salle et s'y appuya du pied gauche.

Puis il fit sauter son épée du fourreau avec une aisance et une rapidité de main qui rappelaient l'ancien spadassin.

— Voici ma réponse, dit-il. Vous êtes trop savant et trop exigeant pour votre âge. Vous avez une partie de mes secrets et il faut qu'ils meurent; vous allez mourir avec eux. Si vous êtes bon chrétien, marmottez un bout de prière, car rien ne peut vous sauver. J'ai, dans ma vie, tué en duel une vingtaine d'hommes et jamais un seul ne m'a touché. Vous allez mourir.

Le comte avait déjà, de son côté, l'épée à la main.

— Moi, monsieur, dit-il de sa voix harmonieuse et grave, moi, c'est bien différent. Je ne me suis encore jamais battu et, par conséquent, je n'ai pas encore eu le malheur de tuer personne, et cependant je crois fermement que je vais vous tuer. Pourquoi? Je ne sais. Sans doute parce que Dieu est juste, et que je suis un honnête homme, tandis que vous êtes un misérable.

Il n'avait pas fini de parler, qu'il avait engagé les fers jusqu'à la garde.

Alors commença, entre les deux adversaires, un duel à mort dont l'issue ne semblait pas devoir être douteuse.

D'un côté, un jeune homme, presque un enfant qui, de son propre aveu, n'avait pas encore joué sa vie à ce terrible jeu d'un duel d'homme à homme.

Certes, gentilhomme, élevé en gentilhomme, il n'ignorait sans doute rien de cette science de l'escrime si répandue et si cultivée à cette époque; mais il devait nécessairement manquer de ce cruel sang-froid qui fait plus de la moitié de la force des duellistes.

Et de l'autre côté, un homme fait, qui avait passé vingt ans de sa vie dans les tripots et dans les salles d'armes, qui avait fait métier et marchandise de son épée, qui s'était battu vingt fois et qui, chaque fois, avait tué son adversaire.

Et cependant, au premier choc du fer, le beau visage du jeune homme resta ce qu'il était, calme et fier, doucement coloré de ce rose velouté de la jeunesse, qui dénote à la fois la santé du corps et la santé de la conscience.

Tandis que l'affreuse physionomie de l'homme aux balafres se couvrit aussitôt, sur toutes les coutures de ses horribles cicatrices, d'une pâleur de marbre.

On eût dit que les rôles étaient intervertis ; que le comte était sûr de son coup et que le spadassin doutait de son adresse.

Le combat fut court.

Il eut à peine la durée d'une seconde.

Au premier engagement, l'épée du comte, poussée par une force irrésistible, échappa à l'étreinte de l'épée du jésuite et disparut jusqu'à la garde dans sa poitrine, trouée sous le sein gauche.

L'ancien spadassin resta un instant immobile à sa place, ouvrit de grands yeux hagards, laissa échapper son épée, et, appuyant ses deux mains sur sa blessure, glissa de toute sa hauteur de la porte sur le carreau.

— C'est la main de Dieu ! murmura-t-il.

Et il expira à l'instant.

L'épée du comte lui avait traversé le cœur.

Le jeune homme demeura comme stupéfait de sa victoire. Elle avait été si rapide qu'elle lui semblait un rêve.

Mais le cadavre était là, devant lui, continuant de le regarder avec ses grands yeux ouverts.

Le doute n'était pas possible.

Alors le comte se rapproche de la table, cherche et trouve les deux actes qu'il a vus dans les mains de Cubizol, puis, en fouillant de nouveau la liasse des papiers pour y reconnaître le billet enroulé d'un ruban sur lequel il a lu son nom, il aperçoit une sorte de manifeste couvert d'une masse de signatures, et il le rejette.

C'était l'engagement que l'ambitieux jésuite avait fait signer aux révérends pères de le choisir comme successeur du général de l'ordre.

Enfin le comte trouve le billet.

Il réunit les trois papiers, les entasse dans sa poche, puis, enjambant le mort, ouvre successivement les deux portes qu'il tire après lui et s'élance sur la route.

La vue du carrosse qui l'a amené et qui est resté à demi caché au coin de la maison, l'arrête.

17.

Il fait signe au cocher qui s'approche, et il saute dans le carrosse, en disant d'une voix calme :

— A Versailles, et bon train.

XXV

L'arrestation.

La journée s'était écoulée lente et triste pour mademoiselle de Jumery et pour Louise.

La jeune fille et la jeune femme avaient compté les heures, attendant, de l'une à l'autre, le retour du comte de Lorges.

Le comte ne revenait pas.

Cependant, si les longues heures passées dans cette attente vaine n'avaient pas été sans impatience, elles avaient au moins été exemptes d'inquiétudes.

Les deux femmes se rendaient compte de la multiplicité des démarches du comte pour préparer tout ce qui pouvait être nécessaire à la fuite projetée, et, tout en s'ennuyant de son absence et en désirant ardemment son retour, elles ne s'étonnaient pas de le voir aussi longtemps tarder.

Une douce et touchante intimité s'était promptement établie entr'elles.

Était-elle un simple effet de cette sympathie naturelle qui rapproche invinciblement deux êtres jusqu'alors étrangers l'un à l'autre ?

Était-elle le résultat d'une presque parité de situation, la situation amenée pour chacune d'elles par les circonstances pareilles qui les avaient rassemblées au Parc-aux-Cerfs, et qui les réunissait maintenant encore sous la main de la marquise de Pompadour ?

Ces deux femmes, qui ne se connaissaient pas la veille, étaient amies vingt-quatre heures après.

Claire surtout, privée de sa mère dès sa plus tendre enfance, élevée pour ainsi dire par des hommes et avec des hommes, Claire trouvait un bonheur tout nouveau à pouvoir, pour la première fois de sa vie, verser une partie du trop plein de son cœur dans le sein d'une autre femme, vers laquelle elle se sentait doucement portée, et qui paraissait provoquer ses confidences par l'air de tendre bonté avec lequel elle les recevait.

Involontairement Claire, en lui parlant, songeait à sa mère, et il lui semblait que c'était à sa mère qu'elle parlait.

Louise, de son côté, ressentait des joies inconnues en entendant la voix fraîche et sonore de mademoiselle de Jumery, en écoutant ses chastes confidences.

Seulement, où le bonheur de la jeune fille était sans mélange et sans arrière-pensée, celui de Louise était empoisonné par une atroce douleur de jalousie.

Toutes deux aimaient le même homme.

Et Louise seule le savait.

Mais depuis que l'amour pur et malheureux que lui avait inspiré le comte de Lorges avait régénéré son âme égarée jusque-là par une existence délaissée, la pauvre femme comprenait et savait pratiquer la vertu du sacrifice.

Claire ne vit rien sur son visage de ce qui se passait en elle.

Et cependant Claire, qui n'avait dans l'esprit et dans le cœur qu'une pensée dominante, son amour heureux pour le comte de Lorges, n'avait cessé de parler de lui.

La journée s'était donc écoulée dans un calme relatif.

Soit par un sentiment de délicate discrétion, soit par tout autre motif, madame de Pompadour, ni madame du Hausset qui n'aurait pu y venir que par son ordre, ne s'étaient présentées à l'ermitage de l'avenue de Saint-Cloud.

Les deux prisonnières qui s'étaient attendues à une visite de la favorite, Claire avec une terreur secrète, Louise avec la ferme volonté de lui tenir tête au besoin, furent aussi heureuses l'une que l'autre, quand l'heure avancée de la journée vint leur enlever cette crainte qui ne les avait pas quittées, de se retrouver en face de leur puissante et redoutable ennemie.

Sa seule présence dans la maison, n'eût-elle eu que ce résultat, eût d'ailleurs suffi pour les gêner beaucoup.

Il fallait en effet que Louise retrouvât à l'intérieur la petite porte par laquelle elle avait vu, deux jours auparavant, sortir, les yeux bandés et couverts par madame du Hausset, le soi-disant prince Campiréali.

Et pour ce faire, il avait été nécessaire qu'elle eût ses coudées franches.

Ses recherches avaient réussi.

Elle avait très-bien reconnu la petite porte qui s'ouvrait au bout d'une sombre allée de tilleuls, dont le feuillage épais devait être à leur fuite un abri et un secours.

Il lui avait fallu aussi s'assurer du degré de liberté qui leur était laissée.

Et elle avait acquis l'assurance qu'au moment voulu, il leur serait facile de pénétrer dans les jardins, sans éveiller le moindre soupçon.

L'ermitage tout entier leur servait de prison, et elles pou-vaient y circuler et s'y promener à l'aise.

C'était à la nuit close que la voiture de poste du comte de-vait se trouver derrière les murs, le long de la porte.

Claire et Louise, prêtes à fuir, étaient debout l'une près de l'autre, cachées sous les plis épais des rideaux d'une fenêtre.

Elles attendaient la nuit.

Et dans leur impatience, elles écoutaient avidement par la fenêtre ouverte si elles n'entendaient pas au loin le bruit des roues de la voiture qui devait les emporter.

Leur attention surexcitée était si exclusivement tendue sur ce seul point, qu'elles furent un certain temps à remarquer et à s'expliquer un mouvement subit et confus, qui venait de se produire sur un autre côté de la maison, vers l'entrée prin-cipale.

Mais enfin ce mouvement devint tel qu'il arriva à leurs oreilles.

Elles se précipitèrent à une autre fenêtre et, aux dernières lueurs du jour, elles virent dans la cour un exempt et des gardes.

Un certain nombre de valets de la maison les entouraient et semblaient leur demander des explications que l'exempt refusait de donner.

Enfin l'exempt, conduit par le vieux valet de pied plus spécialement affecté au service des prisonnières, monta le perron suivi des gardes.

— Que veut dire cela? s'écria Claire en pâlissant.

— Cela veut dire que nous allons être séparées, mademoiselle, répondit Louise d'une voix altérée.

La jeune fille jeta un cri d'effroi.

La présence à ses côtés de la jeune femme en laquelle elle voyait une amie énergique et dévouée, lui était une sauvegarde.

A la pensée de se retrouver seule, exposée de nouveau aux embûches qui l'entouraient, elle se sentait perdue.

Louise devina cette pensée de désespoir chez mademoiselle de Jumery.

Elle voulut essayer de la détruire.

— Rien n'est désespéré pour vous, mademoiselle, lui dit-elle en lui prenant les mains dans les siennes et en les pressant doucement. Ce n'est pas pour vous que ces hommes sont ici ; c'est pour moi, j'en suis sûre. Cette femme ne devait pas oublier que je l'ai bravée et humiliée, elle si hautaine et si puissante; je croyais même qu'elle ne tarderait pas autant à se venger. C'est à moi, et à moi seule, qu'on en veut en ce moment. Tant mieux. Cela rendra votre fuite plus facile et plus sûre. M. le comte va venir. A la faveur du mouvement qui suivra mon départ, il vous sera aisé de gagner le jardin et la petite porte. Nous n'en avons pas la clef, mais soit que M. le comte en brise les ferrures, soit qu'il vous enlève par-dessus le mur, rien ne doit empêcher votre fuite. Cet espoir suffit pour me consoler.

— Mais vous? dit Claire avec des larmes dans les yeux.

— Moi ! fit Louise d'un ton calme, je suis tellement résignée à tout, que je ne redoute rien.

Le valet entrait dans la chambre.

L'exempt le suivait.

Les gardes s'arrêtèrent à la porte.

— Madame, dit le valet en s'adressant à Louise, voici un officier de Sa Majesté porteur d'un ordre qui vous concerne.

L'exempt déplia une lettre de cachet et la mit sous les yeux de la jeune femme.

— Emmenez-moi où vous voudrez, dit froidement Louise.

Elle se rapprocha vivement de mademoiselle de Jumery,

— Adieu, lui dit-elle d'une voix émue et pleine de larmes qu'elle s'efforçait de contenir. Adieu, mademoiselle. Soyez heureuse avec lui. C'est mon vœu le plus cher et le plus sincère. Nous ne nous reverrons plus, mais avant de vous quitter, laissez-moi vous adresser une prière. Promettez-moi de ne pas m'oublier tout à fait. Quand vous serez réunie à lui, mariée, heureuse dans votre honnête et pure existence de femme et de mère, pensez quelquefois à moi, ensemble, tous les deux. Moi, je ne vous oublierai jamais.

— Je vous le jure, dit Claire attendrie.

Louise hésita un instant, puis avança sa main vers celle de la jeune fille.

Mais Claire lui ouvrit ses bras.

Et ces deux jeunes femmes, si éloignées l'une de l'autre par le rang, par l'éducation, par la nature de leur vie passée, s'embrassèrent avec effusion.

— Allons, maintenant, dit Louise à l'exempt en passant fièrement devant lui.

Avant de sortir, elle s'arrêta de nouveau.

Ce fut devant le valet de confiance que madame de Pompadour avait commis à leur garde.

— Mon ami, lui dit-elle, votre maîtresse m'avait promis qu'elle se vengerait de moi, elle tient sa promesse. De mon côté, je lui en ai fait une, et je veux la tenir aussi. Dites-lui de ma part que l'homme à qui elle a si largement prodigué ses faveurs les plus intimes, en le prenant pour tout autre que ce qu'il était, se nomme ici, à la cour, le prince Campiréali; et ajoutez, toujours de ma part, que le prince Campiréali, qui a eu le bonheur inespéré d'être son amant tout une nuit, n'est autre qu'un bandit du Transtevère de Rome, Filippo Gouetti, condamné deux fois aux galères par la justice romaine. Je ne doute pas que cette agréable confidence ne lui fasse plaisir.

Un cri de rage et d'horreur, aussitôt étouffé, retentit sourdement derrière une portière.

Madame de Pompadour, cachée à tous les yeux, avait tout entendu.

Louise eût sans doute donné dix ans de sa vie pour avoir la certitude que ses écrasantes paroles étaient ainsi arrivées directement à leur adresse.

Mais elle ne devait pas le savoir.

Le cri de la marquise n'était parvenu aux oreilles de personne.

Louise sortit de la chambre, suivie de l'exempt et des gardes.

Mademoiselle de Jumery se vit tout à coup seule.

Sa première impression fut une impression de peur.

Puis elle se souvint des recommandations de Louise, et tout autant pour fuir au plus vite cette solitude où elle se trouvait, que pour aller plus tôt au-devant du comte de Lorges, elle essuya rapidement ses yeux mouillés de larmes, et elle s'élança vers la porte qui devait la conduire au jardin.

Cette porte faisait face à celle par laquelle venait de disparaître Louise.

Au moment où Claire posait sa main sur le bouton doré, elle s'ouvrit tout à coup de l'extérieur.

Un homme parut sur le seuil, souriant, empressé, les traits resplendissants de joie.

Claire jeta un cri sourd, et recula comme si elle avait vu surgir à ses yeux une effroyable tête de Méduse.

Elle venait de reconnaître le roi.

XXVIII

Le père et le fils.

Louis XV était radieux.

Cette splendide conquête qu'il avait espérée un instant, qui lui avait échappé si vite et qui lui était si heureusement rendue, il l'avait de nouveau devant lui, à sa portée.

Et il était bien décidé, cette fois, à ne plus se la laisser ravir.

Aussi la marquise, malgré toute l'évidence des torts qu'elle pouvait avoir eus de la lui enlever une première fois, avait-elle été plutôt bien que mal reçue de lui, lorsqu'elle était venue, repentante, lui offrir de la lui livrer.

Louis XV avait voulu tout quitter pour accourir près de Claire.

Ce n'avait été qu'à force d'instances que madame de Pompadour avait obtenu de lui qu'il attendrait le soir pour se rendre incognito, et dans le plus grand mystère, à l'ermitage de l'avenue de Saint-Cloud.

Le soir était arrivé, et le roi était là.

Claire, pâle, anéantie, chancelante au premier coup, s'était à sa vue, reculant pas à pas comme devant un spectre, enfuie jusqu'au bout de l'appartement.

Louis XV avait la vue basse.

Il savait que la jeune fille était là, il avait entendu son cri, il avait entrevu sa personne, mais elle s'était si rapidement éloignée, qu'il dut la chercher un instant des yeux pour l'apercevoir de nouveau.

La chambre, d'ailleurs, était assez faiblement éclairée alors par un petit nombre de bougies allumées à la hâte par le valet de pied, au moment de l'arrivée de l'exempt et des gardes qui venaient s'emparer de Louise.

Cet instant d'indécision de la part du roi, quelque court qu'il eût été, avait suffi pour qu'un nouvel acteur, se jetant tout à coup à sa traverse, vînt changer du tout au tout la physionomie de la scène dont Louis XV avait, dans sa cervelle amoureuse, prévu à l'avance et caressé tous les détails.

Le comte de Lorges était entré soudain.

Claire, au bruit de ses pas, l'avait reconnu avant de le voir.

Elle s'élança vers lui, et se jeta dans ses bras en s'écriant éperdue :

— Sauve-moi, Louis ! sauve-moi !

Le comte n'avait encore vu qu'elle.

— Sois tranquille, Claire, dit-il. Je ne suis ici que pour te sauver.

Il la tenait pressée contre sa poitrine et l'entraînait.

La voix de Louis XV l'arrêta.

Cette voix était effrayante d'altération.

Mais on devinait pourtant, sous cette altération terrible,

les efforts suprêmes que faisait Louis XV pour rester calme
et digne au milieu de l'effroyable colère à laquelle il était en
proie.

— Qui êtes-vous, monsieur? s'écria-t-il. Que faites-vous
ici?

Pâle, les lèvres violemment serrées, les bras croisés, la tête
haute, il avança lentement vers le groupe formé par les deux
jeunes gens.

Le comte de Lorges avait reconnu le roi.

Une émotion non moins vive que celle de Louis XV, mais
d'une autre nature, lui serra la gorge et le fit chanceler.

Il était en face de son père.

Et son père ne savait pas que c'était à son fils qu'il parlait.

Il voulut répondre, mais la voix lui manqua.

Ce silence, qui aurait dû calmer, par son apparence de respect et de crainte, la colère du roi, l'irrita davantage.

La vue du jeune homme, dont le bras entourait toujours la
taille de mademoiselle de Jumery, qui continuait de se pres-
ser avec frayeur contre lui, n'était pas de nature à l'apaiser.

Il fit encore un pas en avant, et sortant de la poche de son
habit un gant d'homme fripé, il le jeta d'un geste plein de
hauteur aux pieds du jeune homme.

— Ce gant n'est-il pas à vous, d'abord? fit-il.

— Oui, sire, répondit le comte en s'inclinant.

Louis XV respira bruyamment, et garda un instant le silence.

Sa fureur menaçait de rompre ses digues, et il essayait encore de la contenir quelque temps.

— En vous voyant ici, je n'aurais pas dû en douter, dit-il.

Il fit une nouvelle pause et reprit :

— Ainsi, c'est vous qui, cette nuit, avez osé violer la demeure de votre roi, en vous y introduisant comme un malfai-
teur, par escalade?

— Oui, sire, répondit le comte, qui se remettait peu à
peu.

— Vous avez commis là un crime dont vous serez puni,
monsieur, je vous le jure, s'écria Louis XV avec éclat.

— Sire, répliqua le comte qui ploya le genou, je suis à la
discrétion de la justice de Sa Majesté.

— Vous vous adressez à ma justice, monsieur? Soit! Ma justice veut alors être éclairée. Dans quel but vous êtes-vous introduit cette nuit au Parc-aux-Cerfs?

— Dans le même but, sire, que celui de ma présence ici, à cette heure, répondit le comte du ton le plus respectueux, mais en même temps le plus ferme, celui d'en arracher mademoiselle de Jumery, qui n'y avait été amenée que par surprise, et qui n'y était gardée que par violence.

Louis XV fit un geste terrible.

Involontairement, il porta la main à son épée.

On eût dit que, s'oubliant tout à fait, dans le paroxysme de sa fureur, il allait la charger aussitôt de punir le coupable.

Claire, effrayée, se jeta au-devant du comte pour lui faire un rempart de son corps.

Ce mouvement, parti du cœur de la jeune fille, rappela le roi à lui.

Il eut un sourire plein d'amertume et de colère.

— Vous avez parlé de violences, monsieur, reprit-il. Comment qualifiez-vous votre propre conduite? De quel droit vous faites-vous le chevalier de mademoiselle? Êtes-vous son père, son frère, son mari?

— Que Votre Majesté me pardonne, dit le comte, mais toutes mes paroles ne peuvent que lui déplaire.

— Parlez, monsieur. Je le veux.

— Sire, mademoiselle de Jumery est ma fiancée, et je dois veiller sur son honneur comme sur le mien.

— Mademoiselle de Jumery peut être votre fiancée, mais elle ne sera jamais votre femme.

— Sire!

— Le roi est le maître, monsieur! Et le roi vous défend de ne plus songer à elle.

— Le roi est le maître de m'empêcher d'épouser l'homme que j'aime, répliqua fièrement Claire, mais il n'a pas le pouvoir de me forcer à me donner à un homme que je n'aime pas.

Louis XV la foudroya du regard, mais ne répondit pas.

— Je vous ai demandé votre nom, monsieur? dit-il au comte avec une hauteur souveraine.

— Sire, dit le jeune homme d'une voix profondément émue, on me nomme le comte de Lorges.

Ce nom, prononcé simplement, fit sur le roi l'effet d'un coup de foudre.

Il recula de deux pas, sans quitter un instant, de son regard éperdu, celui qui venait de le prononcer.

— Le comte de Lorges ! répéta-t-il plusieurs fois à voix basse.

Puis une autre idée traversant son esprit :

— Jumery ! dit-il ; le baron de Jumery !

Il passa sa main sur son front, et demeura un moment silencieux.

— Vous avez été élevés ensemble ? questionna-t-il tout d'un coup en s'adressant aux deux jeunes gens à la fois.

— Oui, sire, murmura le comte.

Louis XV marcha vers mademoiselle de Jumery.

— Mademoiselle, lui dit-il de ce ton d'exquise et grande politesse dont plus que tout autre il avait le secret, veuillez me permettre de vous faire entrer, et de vous laisser seule pendant quelques instants dans ce cabinet.

Il lui prit respectueusement la main, qu'elle lui abandonna sans résistance, et la conduisit vers une porte qu'il ouvrit devant elle.

Et comme Claire, hésitante, se détournait pour peut-être consulter du regard celui-là seul qu'elle reconnaissait pour maître :

— Soyez sans inquiétude, mademoiselle, ajouta-t-il avec un accent de dignité majestueuse inimitable, je vous jure sur mon honneur de gentilhomme, et je vous donne ma parole de roi, que vous n'avez désormais rien à redouter de personne, de personne, vous m'entendez, dit-il en appuyant avec une intonation pleine de délicatesse sur ces deux derniers mots.

Claire, interdite, mais instinctivement rassurée, entra dans le cabinet, dont le roi ferma la porte sur elle.

Il revint alors à pas lents vers le jeune homme, resté debout à la même place, au milieu du salon.

La colère du roi était tombée comme par enchantement.

Louis XV était maintenant calme et triste.

Il s'assit sur un fauteuil en face du comte, qui gardait sa tête baissée, dans une attitude pleine de respect et d'émotion, et il le regarda longuement.

— Monsieur le comte, lui dit-il enfin, vous avez insulté votre roi.

Le comte courba la tête encore davantage, mit un genou à terre, et sortant son épée du fourreau, la présenta au roi par la poignée.

— Que Votre Majesté daigne reprendre cette épée dont elle me déclare indigne, dit-il, et qu'elle veuille bien surtout me pardonner mes offenses. Si elles existent, elles sont involontaires, car le roi n'a pas de serviteur plus fidèle, plus dévoué et plus respectueux que moi.

— Gardez votre épée, monsieur, dit Louis XV avec un sourire bienveillant. Le roi vous pardonne, mais à une condition, c'est que vous serez vis-à-vis de lui de la plus extrême franchise.

— Je n'ai jamais menti, sire.

— Relevez-vous, monsieur.

Le comte obéit, mais resta incliné.

— Vous aimez mademoiselle de Jumery ?

— Oui, sire.

— Depuis longtemps ?

— Toujours, sire. Cet amour a grandi avec moi. Il est maintenant aussi vieux que mon cœur.

Louis XV hésita.

Ce qu'il allait dire, et surtout ce qu'il allait entendre, bien qu'il en fût d'avance convaincu, lui étaient autant de blessures douloureuses.

— Et mademoiselle de Jumery, dit-il, vous aime-t-elle de la même force ?

— Sire, répondit le comte franchement, bien qu'il soit malséant à un homme d'avouer de pareilles choses, puisque Votre Majesté m'a ordonné de ne lui rien cacher, je lui dirai naïvement ce que je pense.

— Parlez.

— Oui, sire, mademoiselle de Jumery m'aime autant que je l'aime.

Louis XV étouffa un soupir.

— Une séparation dès lors vous rendrait malheureux tous deux, dit-il.

— Une séparation, si elle était irrévocable, serait notre

mort, sire. Mademoiselle de Jumery se laisserait mourir, moi, je me tuerais.

Cela fut dit simplement, noblement, sans forfanterie comme sans faiblesse.

C'était l'expression vraie d'une conviction sincère.

— Il suffit, dit le roi.

Il se leva de son siége et se mit à marcher gravement par la chambre, passant et repassant devant le jeune homme sans plus paraître songer à lui.

En face de la cheminée, occupant un trumeau tout entier, était un portrait du roi à l'âge de vingt-huit ou trente ans.

Chaque fois que Louis XV passait devant ce portrait, il y jetait les yeux et les ramenait aussitôt sur le jeune homme.

Sauf la magnificence du costume, la ressemblance était frappante entre le comte et le portrait.

Le roi vint reprendre sa place.

— Monsieur le comte de Lorges, dit-il brusquement, comme si, fatigué de la lutte intérieure qu'il soutenait depuis trop longtemps, il eût voulu en sortir au plus tôt, à quelque prix que ce fût, vous quitterez Versailles et Paris aujourd'hui même.

— J'obéirai, sire, dit le comte étourdi.

— Ce n'est pas un exil que je vous impose, puisque vous n'avez jamais paru et que vous n'aviez pas l'espérance de jamais paraître à la cour, continua le roi ; ce que j'en fais est pour votre bonheur à venir, pour votre tranquillité et la mienne. Vous emmènerez mademoiselle de Jumery, votre femme.

A cette parole du roi, le jeune homme releva ses yeux baissés et son regard brilla de reconnaissance et d'ivresse.

Louis XV détourna le sien.

— Le baron de Jumery vous suivra également. En un mot, tout ce qui peut vous attacher ici doit partir avec vous pour que vous n'ayez plus aucune raison d'y revenir.

— Les ordres de Votre Majesté me sont sacrés, dit le comte ému.

— Vous garderez le titre et le nom du comte de Lorges, mais vous devrez en abandonner les domaines qui vous laisseraient des intérêts trop rapprochés d'ici. Les terres de Lorges sont, je crois, de cent mille livres de rente. Je vous donne en échange le domaine de Nesles, en Dauphiné, qui en vaut deux cent mille.

— Ah ! sire, c'est trop ! s'écria le comte.

— C'est mon cadeau de noces à la comtesse de Lorges, dit Louis XV gravement. Nesle, que je vous donne, appartient à madame de Pompadour, mais j'en dispose. Je dédommagerai la marquise. C'est affaire entre nous.

Louis XV se leva.

— Allez, monsieur, allez maintenant vous-même rendre la liberté à votre femme, dit-il.

Il fit en même temps un mouvement pour se retirer.

Mais le comte ne quitta pas sa posture respectueuse.

— Avant de me retirer de la présence de Sa Majesté, dit-il, il me reste à remplir un devoir envers elle.

— Quel est ce devoir ? questionna le roi avec une légère marque d'inquiétude.

— C'est de remettre au roi ces papiers qui ne doivent passer par les mains de personne pour arriver dans les siennes.

Et le comte, mettant de nouveau un genou à terre, présenta à Louis XV les deux actes dont le père jésuite Cubizol lui avait donné lecture et qui déchiraient le mystère dont sa naissance avait été entourée.

— Quels sont ces papiers ? fit le roi en les prenant d'une main presque tremblante.

Il s'approcha d'une bougie et les déplia rapidement.

Pendant assez longtemps son visage resta impassible, mais il vint un moment où il ne fut plus maître de son émotion.

— Avez-vous eu connaissance de ce que renfermient ces papiers, monsieur ? dit-il d'un ton qu'il essayait, mais en vain, de rendre sévère.

— Oui, sire, répondit le comte nettement, mais je jure sur mon honneur et sur ma foi de gentilhomme, ajouta-t-il aussitôt en levant sur le roi son regard limpide et loyal, je jure à Sa Majesté que j'en ai oublié le contenu.

Louis XV le regarda un instant comme s'il eût douté de ce qu'il entendait.

Mais, en présence de la noble et fière dignité qui brillait sur les traits du jeune homme, il eut honte et regret de son doute.

— Je vous crois, dit-il, je dois vous croire.

Puis, après avoir réfléchi l'espace d'une seconde :

— De qui tenez-vous ces papiers? demanda-t-il.

— D'un homme qui m'avait fait venir à lui pour m'en donner lecture, sire.

— Quel est cet homme?

— Je ne le connais pas.

— Vous ne le connaissez pas!

— Non, sire. Je l'ai vu il y a à peine deux heures pour la première fois de ma vie.

— Mais au moins vous savez où pouvoir le retrouver?

— Oui, sire, car il lui est désormais impossible de quitter la place où je l'ai laissé.

— Que voulez-vous dire?

— Sire, cet homme est mort.

— Mort!

— Oui, sire. Que Votre Majesté me juge, dit le jeune homme en relevant son front haut et fier, et si je suis coupable, qu'elle me condamne.

— Achevez, monsieur.

— Sire, aux premières paroles de cet homme, je devinai en lui un ennemi du roi. Ces actes, dont il m'avouait avoir été l'auteur et qu'il conservait depuis vingt ans, étaient destinés à l'accomplissement de quelque entreprise ténébreuse; j'en exigeai la remise. Ils appartenaient au roi, et nulle autre main que la mienne ne devait les lui rendre. Cet homme avait une épée au côté, sire. Confiant dans son âge, dans son adresse et dans sa force, il se mit en travers de la porte son épée nue à la main, m'annonçant que j'allais mourir. Mais j'avais pour moi le droit et l'honneur. Ce fut lui qui tomba. Alors, je m'emparai de ces papiers qui étaient vôtres, et maintenant, sire, vous les avez entre les mains et vous pouvez les détruire vous-même.

Louis XV avait tout écouté sans faire un mouvement, sans prononcer une parole.

Mais son regard, qui s'attendrissait peu à peu, suivait, sans en perdre une, toutes les nobles et généreuses impressions qui se succédaient sur les traits du jeune homme.

— C'est bien, dit-il comme s'il eût répondu à ses propres pensées, c'est très-bien.

Et il lui tendit sa main.

Le comte la saisit et y appuya tendrement et respectueusement ses lèvres.

Et deux chaudes larmes, longtemps contenues, s'échappant de ses yeux, tombèrent sur la main royale.

— C'est assez, dit le roi faisant un effort violent pour se maîtriser. Vous partirez, monsieur, parce qu'il le faut, mais, où que vous soyez, je me souviendrai de vous.

Le comte se redressa et donnant aussitôt à sa voix et à son visage un calme bien loin de son cœur.

— Merci, sire, dit-il. Cette parole que je n'aurais jamais osé espérer, suffira pour me rendre heureux.

— Venez, dit le roi.

Il alla lui-même ouvrir la porte du cabinet où il avait enfermé Claire.

— Prenez la main de votre mari, mademoiselle, lui dit-il. Il est digne de vous et vous êtes digne de lui. Vous vous étiez choisis, mais c'est moi qui vous marie.

Claire, éperdue de joie, fit un mouvement pour se jeter à ses pieds.

Il la releva et l'attirant à lui avec une douce violence, il l'embrassa pieusement au front.

— C'est un baiser de père, lui dit-il en regardant le comte.

Il entraîna la jeune fille et le jeune homme après lui, et, traversant la chambre, il s'en alla ouvrir la porte d'un autre appartement.

La marquise de Pompadour y était seule.

Et si Sa Majesté Louis XV et les deux jeunes gens eussent été moins troublés eux-mêmes, il ne leur eût pas été difficile de deviner au trouble de la marquise, qu'elle venait de faillir être surprise commettant une indélicatesse, que grand nombre de femmes se permettent volontiers quand elles veulent satisfaire le premier besoin de leur nature, la curiosité, l'indélicatesse d'écouter aux portes.

Madame de Pompadour devait avoir à peu près tout entendu de ce qui venait de se dire entre Louis XV et le comte.

— Marquise, lui dit le roi, je vous présente deux amis à moi pour qu'ils soient aussi les vôtres. Ils vont vous faire en même temps leur compliment et leurs adieux, car ils partent cette nuit pour votre domaine de Nesles, en Dauphiné, que je viens de leur donner sans votre consentement. Je vous dédommagerai, marquise, ajouta le roi en souriant.

— Votre Majesté n'ignore pas que tout ce qui est à moi est à elle, dit gracieusement la marquise.

Elle s'avança vers une haute armoire de marqueterie de cuivre et d'écaille, d'où elle tira une petite boîte qu'elle entr'ouvrit pour en laisser voir le riche contenu.

C'était une magnifique parure de diamants.

— Je la voudrais plus belle pour qu'elle fût tout à fait digne de votre beauté, dit-elle en la présentant à Claire, mais je suis prise au dépourvu.

Elle embrassa la jeune fille interdite.

Puis se tournant vers le comte :

— Sa Majesté veut que je vous donne mon amitié, lui dit-elle pendant que le roi, qui avait pris l'écrin des mains de mademoiselle de Jumery, était occupé à l'examiner; je ne puis ni veux lui désobéir. Cette amitié ne vous manquera pas.

Elle tendit sa main au comte qui s'inclina pour la toucher de ses lèvres et qui profita de ce mouvement pour y glisser le petit billet enroulé d'un ruban qu'il avait trouvé en la possession du jésuite.

— Je ne l'ai pas lu, dit-il rapidement et à voix basse. Celui qui le possédait est mort. Celui qui l'avait volé mourra.

— Merci pour le premier, quant au second, je lui garde mieux qu'une mort honorable, répondit la marquise sur le même ton.

Elle se rappelait les dernières paroles de Louise entraînée par l'exempt.

Le nom sinistre de Filippo Gouetti, le bandit, hurlait encore à son oreille..

Au même moment un coup de feu retentit au dehors, mais si rapproché qu'on eût dit qu'il avait été tiré dans la maison même.

Puis un grand tumulte de voix et de gens se fit presque aussitôt dans la cour dont la grande porte avait été brusquement ouverte.

— Qu'est cela ? s'écria le roi.

— Je ne sais, dit la marquise. Que Votre Majesté se calme. Je vais m'informer.

18

Elle se précipita hors de l'appartement.

Sur la première marche de l'escalier, elle rencontra un homme qui le gravissait essoufflé.

Au premier coup d'œil, il était aisé de le reconnaître pour un de ces habiles personnages qui formaient l'état-major intelligent du lieutenant de police.

C'était en effet l'un des plus fins limiers de M. de Sartines, mis, pour la circonstance, aux ordres de la marquise.

— Nous sommes arrivés trop tard, madame la marquise, dit-il d'un ton contrit.

— Comment, trop tard ! s'écria madame de Pompadour avec un terrible mouvement de colère. Auriez-vous eu la maladresse de le laisser s'échapper ?

— Non, madame la marquise, mais nous n'avons pu l'empêcher d'être tué.

— Tué, dites-vous ? Ce coup de feu, c'est donc lui !

— C'est lui qui l'a tiré.

— Eh bien ?

— Mais, en réponse à son coup de pistolet, un homme, un colosse qui se trouvait derrière lui, a laissé retomber sur sa tête son poing fermé et lui a brisé d'un seul coup le crâne et la colonne vertébrale, comme s'il se fût servi d'un marteau de forge.

— Il est mort d'une mort trop douce, murmura la marquise avec un féroce accent de regret.

XXIX

Le pardon.

Voici ce qui s'était passé.

Louise, désormais indifférente à tout ce qui pouvait lui arriver, avait suivi d'un pas ferme l'exempt chargé de l'arrêter.

Elle avait traversé la tête haute la cour de la maison.

A la porte, en dehors, il y avait un carrosse à figure suspecte et aux volets fermés.

Elle comprit qu'il était pour elle.

Alors, se retournant vers l'exempt :

— Où allez-vous me conduire? lui demanda-t-elle.

— Aux Filles repenties, répondit l'exempt.

— C'est juste; c'est là ma place, dit la jeune femme avec une humilité sincère.

Et elle marcha résolûment vers le carrosse.

L'exempt ouvrit la portière et l'invita à monter.

Louise enjamba le marche-pied, fit un pas dans la voiture et s'assit sur la banquette du fond.

L'intérieur de la voiture était sombre.

Au premier instant elle n'y vit personne et put s'y croire seule.

Mais, presqu'aussitôt, elle remarqua que sur la banquette même où elle s'était placée, il y avait déjà quelqu'un.

Elle distingua la forme d'un homme roulé tout entier dans un grand manteau.

— C'est un autre exempt, se dit-elle.

La portière de la voiture était restée ouverte.

L'exempt qui l'avait amenée était près du cocher et paraissait lui donner des ordres à voix basse.

Louise pensa qu'aussitôt ces ordres donnés, l'officier du roi allait revenir auprès d'elle, et, se faisant petite pour lui laisser place, elle rangea son jupon et se poussa le plus possible vers l'homme au manteau en lui disant :

— Pardon, monsieur.

L'homme ne bougea pas.

Peut-être n'avait-il pas entendu, peut-être dormait-il.

Louise ne s'en occupa pas davantage.

Elle attendait l'exempt qui parlait au cocher.

Mais celui-ci, au lieu de monter dans la voiture, referma la portière et, immédiatement, la voiture partit.

Au même instant, l'homme assis à côté d'elle rejeta brusquement son manteau et la saisit par la taille en lui criant avec une sorte de joie frénétique :

— Louise, c'est moi! N'ayez pas peur.

La jeune femme poussa un cri d'horreur et se rejeta violemment en arrière.

Elle venait de reconnaître l'homme à la voix.

C'était le bandit Filippo Gouetti.

Lui se méprit sur ce premier mouvement, qu'il attribua à l'effroi et à la surprise.

Il crut qu'elle ne l'avait pas reconnu.

— N'ayez pas peur, répéta-t-il en cherchant à ressaisir ses mains qu'elle lui disputait avec force, c'est moi, Louise, c'est le prince Campiréali, votre amant, qui vous retrouve et qui vous sauve. Rassurez-vous. Cette arrestation n'est qu'une comédie pour vous rendre à mon amour. Nous sommes réunis à présent; rien ne pourra nous séparer.

Louise paraissait ne pas l'entendre, et se défendait avec une énergie terrible.

— Faites arrêter! s'écria-t-elle. Je veux descendre.

L'Italien étouffa une exclamation de désespoir.

Il aimait cette femme.

— Ne me reconnaissez-vous pas? dit-il.

— C'est parce que je vous reconnais que je veux descendre, c'est parce que je vous reconnais que je veux vous fuir! répliqua Louise.

— Mais je vous aime, Louise!

— Moi, depuis que je sais qui vous êtes, je vous méprise et je vous hais.

— Eh bien, n'importe! s'écria l'Italien d'une voix sifflante. Vous me haïrez, mais vous ne me quitterez pas. Je vous tiens et je vous garde.

Louise se précipita sur la portière et en fit rapidement glisser la glace fermée.

— A moi! cria-t-elle.

Et elle passa son bras en dehors pour tourner la poignée et pour l'ouvrir.

L'Italien, furieux, se jeta sur elle, et la saisissant à bras-le-corps, chercha à l'arracher de la portière et à la rejeter sur le coussin.

Mais Louise était vigoureuse.

Elle résista, cramponnée au châssis de la portière, et la moitié du corps penché en dehors, elle cria éperdûment :

— Arrêtez! à moi! arrêtez!

Le cocher, qui avait sans doute sa leçon faite, n'en fouettait ses chevaux que plus fort.

La voiture passait alors à l'angle de la petite ruelle qui longeait les jardins de l'ermitage.

Deux hommes étaient en sentinelle à cet endroit.

L'un était Jalabert, le garde-française.

L'autre, Lamazou, le forestier.

Tous deux gardaient la voiture de poste qui, un peu reculée dans la ruelle, devant la porte du jardin, attendait le comte de Lorges et mademoiselle de Jumery.

Louise aperçut deux ombres qui se détachaient sur le mur, et elle tendit vers elles ses bras suppliants en les appelant à son aide.

— Mort diable! fit Jalabert, voilà, si je ne m'abuse, une chose qui ressemble à un enlèvement! Mais, particulièrement, la jeunesse qu'on enlève n'a pas l'air de s'y prêter avec trop d'agrément.

— C'est quelque grand seigneur qui s'amuse, dit Lamazou de sa voix grave et amère, quelque malheureuse pauvre fille qui va être déshonorée et perdue. Cela se voit tous les jours.

A ces paroles de Lamazou, la gravité naturelle du garde-française tomba.

L'image de sa sœur, victime d'un misérable, et qu'il avait retirée noyée de l'étang de Lorges, passa devant ses yeux, sinistre et froide.

Celle qu'on enlevait, et qui appelait à son secours, avait peut-être, elle aussi, un frère, un fiancé, une famille qu'elle allait laisser dans les larmes et dans le deuil.

— Tonnerre d'enfer! dit-il sourdement, en voilà toujours au moins une que je sauverai à temps.

Et il s'élança vers la voiture.

Lamazou, le colosse, leva ses deux énormes épaules d'un air de stoïque indifférence.

Mais il le suivit.

Jalabert s'était jeté à la tête des chevaux.

Le cocher, qui ne voulait pas s'arrêter, le fouaillait à outrance.

Le garde se vit au moment d'être emporté, renversé, écrasé.

Lamazou survenait.

18.

Il saisit au vol le bras du cocher et le broya entre ses doigts.

— D'où viens-tu ? lui demanda-t-il.

Le cocher hurlait de douleur.

Il fit un signe et montra derrière lui, sur l'avenue de Saint-Cloud, la maison de la favorite.

— De cet hôtel? dit-il.

— Retournes-y.

Le cocher ne se le fit pas répéter.

La voiture fit volte-face, escortée par Jalabert et Lamazou.

A l'intérieur, la lutte continuait entre Louise et l'Italien.

Celui-ci, ivre de fureur, assourdi par les cris de la jeune femme et par les efforts dans lesquels il se consumait pour l'arracher de la portière par laquelle elle essayait de se précipiter, maintenant qu'elle voyait la voiture arrêtée, celui-ci n'avait rien remarqué de ce qui venait de se passer.

La voiture s'arrêta devant la porte de l'hôtel, de l'autre côté de la contre-allée.

La nuit était alors tout à fait venue.

L'avenue de Saint-Cloud était presque déserte.

Quelques rares carrosses, passant rapidement sur la chaussée pavée, l'animaient seuls dans toute sa longueur.

A droite et à gauche, sous les arbres, des ombres noires s'agitaient avec précaution.

C'étaient les agents de M. de Sartines qui attendaient le moment d'agir.

Bien que la nuit fût tombée, l'obscurité n'était pas encore très-grande.

Il faisait une soirée d'été, les étoiles brillantes, qui se levaient une à une dans le ciel bleu, produisaient une sorte de demi-jour qui permettait de distinguer et de reconnaître assez nettement les objets à une certaine distance.

Lamazou, qui se trouvait le plus rapproché de la voiture lorsqu'elle s'arrêta, ouvrit la portière sur laquelle était penchée Louise.

La jeune femme, sans le regarder, se précipita dans ses bras.

Elle entraînait après elle l'Italien frénétiquement accroché à ses vêtements, à demi fou d'amour, de désespoir et de rage.

Le misérable tomba sur les genoux.

Mais il n'eut pas la peine de se relever de lui-même.

Une main vigoureuse l'enleva de terre et le planta debout, sur ses pieds.

En même temps, une voix narquoise et railleuse, mais railleuse d'une raillerie si mordante et si terrible qu'elle le fit frissonner jusque dans la moelle de ses os, retentissait à son oreille.

C'était la voix de Jalabert.

— Ah! mort diable! ah! ventre Mahon! ah! tonnerre! s'écria le garde avec une joie délirante, le bon Dieu est juste, sang du Christ! Et, particulièrement, nous devions nous retrouver nez à nez. Mais cette fois-ci, nous allons rire! cette fois-ci, mon joli seigneur, je vais me défier du petit couteau de l'autre jour, et, personnellement, je vais me charger de mes affaires en t'éventrant de mes propres mains comme un vrai chien.

L'haleine furieuse du garde brûlait le visage de l'Italien, et ses yeux, injectés de sang, incrustés sur les siens, lui ouvraient l'âme.

Jalabert fit jaillir son sabre du fourreau et en porta la pointe sur sa poitrine.

La terreur et la stupeur du bandit romain étaient si intenses, qu'il ne fit pas un mouvement pour éviter le coup.

Il était à moitié mort déjà.

Mais, au moment de frapper, le soldat s'arrêta.

— Non! s'écria-t-il avec force, je ne suis ni un boucher, ni un bourreau. Je ne pourrai jamais me décider à te tuer ainsi.

Il le prit par l'épaule et le poussa devant lui de quatre pas.

— Tu n'es qu'un assassin et un brigand, lui cria-t-il, tu as assassiné ma sœur et tu as tenté de m'assassiner moi-même. Je devrais être pour toi ce que tu es toi-même, mais je ne le veux pas. Tu as une épée au côté, tire-la et défends-toi.

Tout ceci s'était dit et passé entre le garde et l'Italien, en moins de temps qu'il n'en faut pour l'écrire.

Lamazou avait reçu dans ses bras Louise éperdue.

Lui n'avait vu en elle qu'une femme qu'il s'agissait de sauver.

Elle n'avait vu en lui qu'un homme qui allait la sauver.

Mais quand il la tint dans ses bras, appuyée contre sa large poitrine, leurs deux visages se touchèrent presque, et leurs yeux se rencontrèrent.

Un double cri d'épouvante s'échappa de leur bouche :

— Louise !

— Lamazou !

Après vingt ans, le mari trompé et la femme coupable se retrouvaient face à face.

Le géant ouvrit ses bras, qui n'avaient plus de force, et chancela sur ses jambes d'hercule.

Louise tomba à genoux devant lui, la tête dans ses mains.

Il y eut entre eux un long moment de silence accablant, que ni l'un, ni l'autre n'eurent le courage de rompre.

Ils semblaient tous deux pétrifiés.

Lamazou fut le premier à recouvrer son énergie, un moment vaincue.

Il regarda longuement cette femme courbée à ses pieds, anéantie sous le poids de sa honte, écrasée par son repentir.

Et une lutte terrible se livra en lui à cette vue.

D'un côté, le souvenir encore saignant de l'injure reçue, de l'amour trahi, du déshonneur.

De l'autre, cet instinct de mansuétude, ce besoin de pardonner que Dieu a mis dans tous les cœurs forts et honnêtes.

D'un côté les bons sentiments.

De l'autre les mauvais.

Les mauvais l'emportèrent encore une fois.

— Je ne vous connais pas, dit-il sourdement.

Et, sans se détourner, il se dirigea d'un pas lent vers le groupe formé par l'Italien et le garde.

C'était à ce même moment que Jalabert, le sabre nu au poing, invitait l'Italien à se défendre.

— L'assassin de ma sœur ! lui cria le garde en le lui montrant de la pointe de son arme.

— Tue-le ! dit froidement Lamazou.

Jalabert fondit en avant.

Mais l'Italien était revenu à lui.

Parant de la main droite le premier coup qui lui était porté, de la gauche il prit sous son habit un pistolet, ajusta Jalabert et fit feu.

Un atroce cri de douleur retentit aussitôt.

La balle, mal dirigée, avait manqué son but et s'était égarée.

Elle était allée frapper Louise en pleine poitrine.

Jalabert était demeuré étourdi un instant.

Mais cet instant avait suffi à Lamazou.

Son énorme poing fermé s'abattit sur la tête de l'Italien comme une massue, et le renversa le crâne fracassé et la colonne vertébrale brisée.

Le misérable était mort avant de toucher la terre.

Au bruit du coup de feu, les portes de l'hôtel s'étaient ouvertes. Une foule de valets étaient accourus.

On voulut y porter Louise, mais elle s'y refusa énergiquement.

— Je veux mourir ici, dit-elle.

Elle chercha des yeux autour d'elle dans la foule, et son regard ne s'arrêta que lorsqu'elle rencontra celui de Lamazou.

Alors elle croisa ses mains sur sa poitrine sanglante.

Était-ce pour adresser avec plus de ferveur une prière à Dieu, qui la rappelait à lui?

Était-ce une supplication muette à celui qu'elle avait offensé?

Lamazou le comprit ainsi.

Il s'approcha et se mit à genoux devant la mourante.

— Pardon! lui dit-elle d'une voix si faible qu'il l'entendit plutôt du cœur que de l'oreille.

Ce dernier mot avait épuisé ses forces.

A peine l'eut-elle prononcé qu'elle se renversa en arrière.

Mais elle gardait toujours ses yeux anxieusement ouverts sur les yeux de Lamazou.

Il se pencha sur elle, et la regarda quelque temps avec un inexprimable sentiment de pardon et de bonté.

Puis, se penchant encore davantage, il souleva sa tête dans ses mains, et il appuya ses lèvres sur les siennes, inondant son visage de ses larmes, qu'il ne pouvait plus retenir.

La malheureuse n'attendait pour mourir que ce baiser et ce pardon.

— Merci, dit-elle.

Ce fut son dernier mot.

Sa tête s'affaissa inerte sur le bras du forestier.

Elle était morte.

CONCLUSION.

A la chute du jour, comme il leur avait été dit le matin sur la place du Collège Louis-le-Grand, le père supérieur des prêtres du Calvaire et le père provincial des jésuites de Paris pénétrèrent par le chemin souterrain qui leur avait déjà une fois livré passage, dans la petite maison de Suresnes, située à l'extrémité des vignes du couvent.

Comme la première fois, le père supérieur souffla la chandelle de cire dont il était porteur, et la déposa à terre sous la lampe qui brûlait encore au mur de la pièce octogone dont le plancher mobile cachait un piège mortel.

Puis, comme la première fois, il frappa doucement à l'une des quatre portes qui s'ouvraient sur cette pièce.

Mais, cette fois, personne ne répondit à cet appel.

Il frappa une seconde fois, puis une troisième, et toujours en vain.

Les deux révérends pères se regardèrent étonnés.

Peu à peu leurs regards exprimèrent la même pensée.

Et cette pensée pouvait se traduire ainsi :

— Ne serait-il pas venu, ou serait-il déjà parti ?

La clef était à la serrure.

— Entrons, dit le père provincial.

Le père supérieur fit jouer la clef, et la porte s'ouvrit.

Alors un spectacle aussi effrayant qu'inattendu s'offrit à leurs yeux.

Devant eux, à leurs pieds, étendu de tout son long en travers de la porte, gisait un cadavre.

Celui du jésuite Cubizol.

Une large mare de sang déjà coagulé s'étalait sur le parquet.

Les bougies achevaient de brûler dans les bobêches des candélabres, et éclairaient de leurs dernières lueurs ce sinistre tableau.

Le père supérieur se baissa et toucha le cadavre.

Il était froid et rigide.

— Dieu n'a pas voulu que nous exécutions nous-mêmes les ordres du général, dit-il d'un ton béat; il a dirigé sur celui qui devait mourir une main étrangère, pour épargner aux nôtres cette pénible tâche. Que son saint nom soit béni !

— Ainsi soit-il ! marmotta le père provincial.

Ils enjambèrent froidement le cadavre, et se précipitèrent vers la table sur laquelle étaient éparpillés les papiers du jésuite.

Le comte de Lorges, en les bouleversant pour y trouver ceux qu'il cherchait, les avait mis dans un complet désordre.

Les doigts crochus des deux pères se plongèrent dans ce fatras en même temps que leurs yeux ardents.

Tous deux, sans se l'être dit, étaient en quête de la même pièce, l'engagement signé par eux de choisir comme général de l'ordre, au décès du général actuel, l'ambitieux père Cubizol.

Ils le découvrirent enfin, et d'un commun accord, ils l'approchèrent d'une bougie et le laissèrent se consumer.

Quand il ne fut plus que cendres, un sourire pâle glissa sur leurs lèvres minces.

— Maintenant, je puis partir, dit le père provincial.

— Oui, mon père, partez, et partez tranquille, répondit le père supérieur du Calvaire. L'ordre n'existe plus en France aux yeux de la loi, mais il y existe encore dans nos cœurs.

— Je le sais, dit le père provincial. La France est pour nous une trop bonne terre pour que nous renoncions jamais à nous en séparer. On nous en chasse aujourd'hui, mais nous y reviendrons. L'ordre des jésuites est une hydre immortelle. A chaque membre que ses ennemis lui coupent, il lui en renaît cent.

* * * *

Au matin, une voiture de poste filait rapidement, au galop de ses quatre chevaux, sur la route poudreuse de Bourgogne.

Elle renfermait trois personnes.

Le comte de Lorges, Claire et le baron de Jumery.

Lamazou et Jalabert, dont le comte avait demandé et obtenu le congé, étaient assis l'un près de l'autre sur le siège extérieur, par derrière.

Le baron de Jumery dormait.

Le vieux gentilhomme, qui avait passé quarante-huit heures dans les plus mortelles inquiétudes sur le sort de sa fille disparue, avait, en recouvrant le calme de l'esprit, cédé à une fatigue insurmontable et à un sommeil réparateur.

Le comte et Claire ne dormaient pas.

Les mains doucement entrelacées, ils songeaient.

— Ami, dit tout à coup la jeune fille en levant sur le comte ses grands yeux bleus si purs, je n'ai pas osé refuser sur le moment le cadeau que madame de Pompadour a voulu me faire. Je ne pouvais savoir si vous m'approuveriez ou si vous m'improuveriez. Maintenant que je suis libre de vous demander quelle est votre volonté, dites-moi si vous désirez que je porte cette parure ?

— Vous m'avez deviné, ma Claire chérie, et je lis dans votre pensée comme vous lisez dans la mienne, répondit le comte. Non, vous ne porterez pas cette parure.

— Il doit y avoir des pauvres en Dauphiné, n'est-ce pas, mon ami ?

— Il y en a partout. Mais rassurez-vous, en passant par Lyon, nous vendrons ces diamants.

— Et nous en distribuerons l'argent à Nesles ?

— C'est vous, Claire, qui le distribuerez. En passant par vos mains, il sera purifié de toutes souillures.

Elle le remercia d'un regard.

Et la voiture continua de rouler, les emportant, eux et leur bonheur désormais sans nuage.

FIN.

Sceaux. — Typographie de E. Dépée.

COLLECTION A 1 FRANC LE VOLUME.

Sceaux. — Typographie de E. Dépée.

www.ingramcontent.com/pod-product-compliance
Lightning Source LLC
Chambersburg PA
CBHW070203030726
47505CB00006B/1567